1차원이

되고
싶어

1차원이
되고
싶어

박상영
장편소설

문학동네

과거로부터 온 편지 1

한 시간여의 인터뷰가 끝나고 난 후 나는 조금 피곤한 상태였다.

조명이 꺼지고 사람들이 나가자 익숙한 허무함과 모멸감이 밀려왔다. 오후에 잡힌 상담 예약 하나를 취소한 후 사무실 소파에 누웠다. 목이 답답해 셔츠 단추를 두어 개 풀고 허리춤에서 셔츠 자락을 빼냈다. 목덜미에 닿는 가죽 쿠션의 차가운 감촉이 싫지 않았다.

지난달, 동시간대 시청률 1위로 화제성이 높은 시사 프로그램에서 최근 동시다발적으로 제기되고 있는 유명인들의 과거 학교 폭력 논란과 관련해 인터뷰 요청을 해왔다. 청소년 상담은 나의 전문 분야가 아니라고 에둘러 거절했으나 소용이 없었다. 제작진 중 누군가가 작년에 출간된 내 에세이를 읽고 깊은 감명을 받았고 책 속 한 구절이 이번 특집을 기획하게 된 가장 큰 요인이라며 간곡히 부탁했다. 끈질긴 섭외 요청에 결국 나는 제의를 받아들였다.

제작진이 보내온 영상 자료와 피해자들의 증언을 검토하며 가슴이 조이는 듯한 답답함에 사로잡혔다. 도망치고 싶었으나 약속을 번복할 수는 없었다. 나는 음성 변조와 모자이크 처리가 되어 있지 않은 자료 속 날것의 목소리와 표정, 몸짓 들을 그저 교과서에 등장하는 텍스트로 여기기 위해 안간힘을 다했다. 인터뷰를 하기 위해 사무실에 찾아온 제작진 앞에서는 심리적 트라우마가 인생에 어떤 영향을 미치는지에 대해 중학생만 돼도 할 수 있을 법한 뻔한 얘기들을 늘어놓았다. 제작진은 만족한 것 같았다. 애초에 그들이 원한 게 그런 뻔한 말이었을 것이다.

그리고 보름 전, 방송이 나가고 난 후 나는 그야말로 일상이 통째로 흔들리는 경험을 하게 되었다. 방송의 위력은 상상을 초월했다. 관련 기사가 연일 포털 사이트 메인을 장식했고 고작 오 분 남짓 방영된 내 인터뷰 장면이 삽시간에 SNS로 퍼져나갔다. 급기야 지난주에는 프로그램의 공식 유튜브 채널에 인터뷰 무편집본이 업로드되었다. 내 얼굴이 일주일 동안 한국에서 가장 많이 본 화제의 동영상 목록에 노출되었다.

작년에 출간되었으나 별다른 반응이 없었던 내 에세이도 덩달아 주목받기 시작했고, 언제나 한산했던 심리 상담 센터에도 업무가 마비될 정도로 정신없이 전화가 걸려왔다. 메일 관리와 전화 응대를 하는 직원을 새로 뽑아야 할 정도였다.

이 모든 것들은 결코 내가 바라고 예상했던 결과가 아니었다.

때문에 제작진이 후속 특집을 준비한다며 또다시 인터뷰 요청을 해왔을 때 나는 다시는 출연할 수 없다고 강력히 거절 의사를 밝혔다. 담당 PD가 말했다.

"선생님 덕분에 살아갈 의지를 얻었다는 분들이 많습니다. 한 번만 더 생각해주세요."

살아갈 의지, 라는 진부한 표현이 자꾸만 가슴에 박혔다. 그의 말이 그저 프로그램 제작을 위한 감언이설이라고 생각하면서도 나는 또다시 넘어가고 말았다. 이번에는 짧게 약식 인터뷰만 하는 것으로 합의를 보았다.

소파에서 눈을 붙이고 일어났을 때에는 해가 지고 있었다. 창문 너머 광장에 평소처럼 많은 사람들이 모여 있었다. 언제나 분노에 찬 얼굴로 뭔가를 외치는 사람들. 때때로 나는 그들의 얼굴에서 나 자신의 어떤 조각들을 발견하고는 했다. 그건 대체 뭘까.

마른세수를 몇 번 해봐도 일어날 기력이 생기지 않았다. 나는 주머니에서 핸드폰을 꺼내 인스타그램 앱을 열었다. 더이상 연락도 하지 않고 지내는 사람들이 자신의 일상을 전시해놓은 모습들이 가득했다. 다이렉트 메시지함에는 메시지가 잔뜩 쌓여 있었다. 나는 그것들을 무심하게 읽어내려갔다. 그러던 중 오랜만이야, 로 시작하는 메시지 앞에서 나는 동작을 멈췄다. 사진이 등록되지 않은 기본 프로필에 '1004'라는 아이디를 쓰는 사람에게서 온 것이었다. 나는 등골이 싸늘해지는 기분을 느끼며 메시지를 읽기 시작했다.

오랜만이야.
오랜만이라고 얘기하는 게 되레 어색할 만큼 정말로 오랜 시간이 지나버렸네. 잘 지내지? 잘 지내고 있는 것, 맞지?

그래, 잘 지내고 있는 것 같더라. 텔레비전에도 나오고 인터넷에서도 계속 네 얘기가 언급되더라고. 솔직히 놀랐어. 네가 그런…… 사람이 됐을 거라고는, 그래서 사람들 앞에 나설 거라고는 전혀 예상하지 못했거든.

내가 누군지 알겠냐고, 혹시 나를 기억하냐고 묻는 게 더 적절한 질문이겠지. 그런데 그러지 않으려고. 그건 기만이니까. 내 이름을 말하지 않아도, 심지어 마침표 하나만 찍어 보냈더라도 너는 이 메시지를 내가 보냈다는 사실을 알 수 있을 거야. 십오 년이라는 시간은 그 무엇이라도 흩어져 없어져버릴 수 있을 만큼 긴 시간인데, 이런 확신을 가지고 있다는 게 내가 봐도 너무 이상했어. 왜일까? 곰곰이 이유를 생각해보니까…… 내 기억 속에선 네가 흐려지지 않은 채 그대로 새겨져 있기 때문이더라고. 마치 지난주에 본 사람처럼, 너는 내게 아직도 생생해. 영원히 과거가 되지 않은 채 현재로 남아 있어. 그러니까, 너에게도 나라는 사람의 어떤 부분이 여전히 존재하고 있을 게 분명해. 뭐든 일방적인 것은 없으니까. 그때 네가 나에게 말했듯이 말이야.

그 말을 너도 기억하고 있을까.

아마 기억하고 있겠지.

그럴 수밖에 없겠지.

기세 좋게 메시지를 보내기로 마음먹었는데, 막상 쓰기 시작하니 무슨 말을 더 해야 할지 막막하네.

그래도 이 말은 전하고 싶어.

호수에서 시신이 발견됐어.

아주 빠른 속도로 신원이 밝혀졌지.

참 이상하지? 그때로부터 셀 수 없이 많은 날이 지났는데, 진실이 여전히 그곳에 남아 있다는 사실 말이야.

나는 핸드폰을 치워버렸다. 그리고 곧장 컴퓨터 앞으로 옮겨 앉아 검색창에 '수성못'이라는 세 글자를 천천히 쳐넣었다. 유니버시아드 유치를 위해 도시 재정비 사업에 들어간다는 기사들이 화면을 뒤덮었다. 기사의 내용과 톤은 하나같이 베껴 쓴 듯 비슷했다. 아마 시에서 보도자료를 뿌린 것 같았다. 폐허나 다름없던 수성랜드가 철거되고, 여름이면 모기가 들끓던 수성못에도 분수대를 비롯해 공원이 새로 조성된다는 내용이었다. 당연한 일이라고 생각했다. 낡고 오래된 것들은 깎이고 버려지고 사라져버리기 마련이니까. 그게 세상의 이치니까. 예전에 내가 살았던 아파트도 철거되고 재건축이 끝난 지 오래였다. 새집으로 들어가던 날, 있는 돈 없는 돈을 끌어모아 아파트를 산 엄마는 눈물을 흘리며 기뻐했다. 진심으로 행복해하는 그녀의 표정을 떠올리니 놀랐던 마음이 조금 진정되는 기분이었다. 수성못과 관련한 뉴스는 그것 말고는 별다른 게 없었다. 그렇게 창을 닫으려던 찰나, 페이지의 끄트머리에 있는 유달리 짧은 헤드라인의 기사가 눈에 띄었다. 나는 떨리는 손으로 기사를 클릭했다.

'수성못 보수 현장에서 사체 발견'

물이 빠져나간 못 군데군데에 흙이 파헤쳐져 있는 사진이 떴다. 나는 이제 막 글을 깨우친 사람처럼 더듬더듬 같은 문장을 반복해 읽었다.

〔D시〕수성못 보수공사 현장에서 신원 미상의 백골 사체가 발견돼 경찰이 수사에 나섰다.

수성경찰서에 따르면 지난 8일 오후 세시경, 정비 사업을 위해 물을 뺀 수성못에서 수상한 물체가 발견됐다는 신고가 접수됐다. 경찰이 출동해 확인한 결과 신원 미상의 시신으로 밝혀졌다. 물속에 방치돼 백골화된 시신은 사망 시점을 추정하기 어려워 국립과학수사연구원에서 유전자 감식을 진행중인 것으로 전해졌다.

자리에 가만히 앉아 있는데도 현기증이 이는 것 같아 눈을 감았다. 나는 차가워진 손을 주무르며 고개를 뒤로 젖혔다.

뒤통수에서 시작된 냉기가 어깨를 타고 손가락과 발가락 끝까지 내려왔다. 입술이 떨리는 게 느껴졌다. 창을 닫고 난 뒤에도 심장이 얼어붙은 것 같은 기분은 가시지 않았다. 나는 아예 모니터를 꺼버렸다. 입꼬리가 처지고 미간에 옅은 주름이 지기 시작한 삼십대 중반의 남자가 검은 화면에 비쳤다. 흰자가 많이 보여 공격적이고 의구심이 가득해 보이는 남자. 그의 얼굴은 호수 아래에 가라앉은 시신 같기도 하고, 네모난 캔버스에 그려진 검은 그림 같기도 했다. 실수로 한 획을 잘못 그은 후 완성할 의지를 잃은 채 마구잡이로 망쳐버린, 그런 그림 말이다.

지난 내 삶은 그 시절로부터 멀어지기 위한 것이었다고 해도 과언이 아니다. 한 겹씩 인생을 은폐하는 기분으로 하루하루를 살아왔고, 이제야 비로소 나를 철저히 숨길 수 있게 되었다. 그런데 그 시절이 송두리째 다시 수면 위로 떠오른 지금, 나는 그것이 완벽한 착각이었다는 것을 깨달았다. 그 시절 우리가 겪었던 일들이 언제나 현재형일 수밖에 없다는 사실도.

나는 다시 모니터를 켜서 내가 잘 알고 있는 주소를 쳐넣었다. 수백수천 번도 넘게 접속했던 로그인 창으로 들어가 아이디와 비밀번호를 입력했다. 십 년 넘게 단 한 번도 접속하지 않았음에도 손가락이 모든 것을 기억하고 있다는 게 새삼스러웠다. 미니홈피는 모든 게시판이 닫힌 채 비공개 상태로 설정되어 있었다. 나는 설정 메뉴로 들어가 다이어리를 다시 활성화했다. 십여 년 동안 봉인해놨던 기억이 수면 위로 떠오르고 있었다.

1장

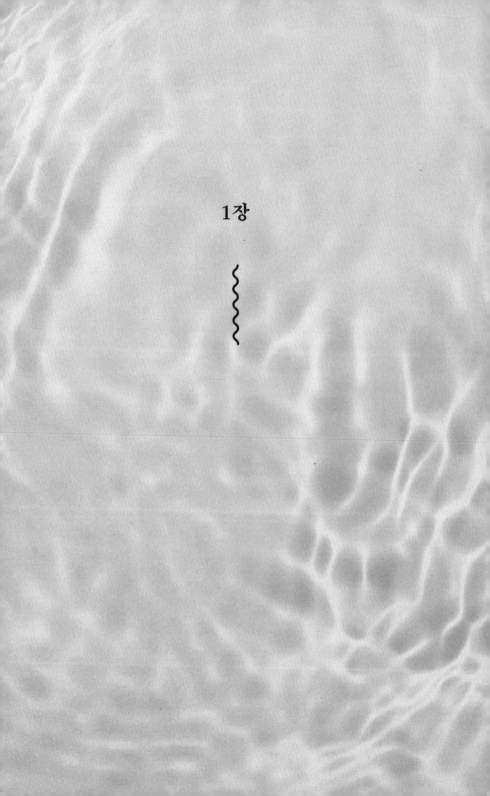

밸런타인데이

2003년의 이른 봄날, 세상은 기이한 열정으로 들끓고 있었다. 2002년 월드컵의 열기가 채 가시지 않은 거리에는 희망이 안개처럼 흩뿌려져 있었으며, 대한민국 국민은 누구든 '꿈은 이루어진다'는 말을 가슴에 아로새긴 채 마음만 먹으면 뭐든지 할 수 있다는 믿음을 종교처럼 품고 있었다. 그것은 월드컵을 위해 부랴부랴 경기장을 세웠던 D시의 경우도 다르지 않았다. 심지어는 사춘기를 맞아 모든 것들에 심드렁해져버린 나에게도 그런 감정이 옮아붙어버렸을 정도니까.

그날 나는 수업이 끝나기가 무섭게 가방을 꼭 안은 채 교실 밖으로 뛰어나갔다. 학교에서 학원까지는 버스를 타면 십 분, 걸어가면 이십 분 정도 걸리는 거리였다. 버스 정류장 근처에 다다르면 나는 언제나 갈등에 사로잡히곤 했다. 내게는 세 가지의 선택지가 있었다. 이대로 학원까지 쭉 걸어가는 것. 400번 버스를 타고 네 정거장을 지나 학원 앞에 내리는 것. 혹은 210번 버스를 타는 것. 210번 버스의 종점은 D 공항이었다. 청소년용 교통카드가 아닌 (훔친) 신용카드를 쥐고 210 번을 탄 뒤 공항에 내려, 갈 수 있는 가장 먼 곳의 항공권을 산 후 그 대로 도망쳐 영원히 돌아오지 않는 것. 그것이 열여섯의 내가 상상할 수 있는 가장 짜릿한 탈주였다. 그러나 그날만큼은 달랐다. 나는 지 체 없이 학원 쪽을 향해 달렸다.

외고 심화반인 A반의 불은 꺼져 있었다. 나는 안으로 들어가 내 지 정석인 왼쪽 두번째 줄 세번째 자리에 앉았다. 그리고 가방을 꼭 끌 어안은 채 갈등하기 시작했다.

두 달 전, 그러니까 중학교 2학년 말부터 나는 이 특목고 입시학원 에 다니기 시작했다. 당시 한국사회는 학력이 더 나은 삶을 보장해줄 거라는 믿음이 유효한 상태였고, 특히나 외고나 과고 등의 특목고 열 풍이 불고 있었다. 내가 살던 수성구는 D시의 '강남구'라는 별칭(혹 은 자조적인 멸칭)으로 유명한 곳이었는데 좋게 말하면 입시 실적이 우수하고(즉 서울대를 많이 보내고), 좀더 정확히 말하자면 지역 특 유의 보수적인 폐쇄성과 교육열이 만나 기형적인 사교육 문화를 형 성한 공간이었다. 때문에 대단히 공부를 잘하는 학생들뿐 아니라 개 나 소나(그러니까 나같이 애매한 성적의 아이들조차) 특목고 입시를 준비했다. 그것이 학부모들과 학생들의 불안을 자극해 학원을 배 불 리기 위한 개수작에 불과하다는 사실을 모두가 알고 있었지만 말이 다. A반은 말이 좋아 A반이지 실은 알파, 베타, 감마반에 이어 마련 된 네번째 등위의, 그러니까 입시에서 실패할 게 뻔한 구제불능들을 모아놓은 반이었다. 나는 수학과 암기 과목이 약한 대신 맥락을 짚는 국어나 사회 같은 과목은 높은 성적을 받는 편이었다. 그러니까, 예나 지금이나 주제 파악이 너무 잘돼서 문제였다. 그럼에도 불구하고 순순히 학원에 다닌 이유는 입시야말로 내가 D시를 탈출할 수 있는 유일한 방법이었기 때문이다. 불가능할 거라 생각하면서도 꿈을 꾸고야 마는 게 내 주제 파악 능력의 한계라면 한계였다.

그건 불 꺼진 강의실의 문턱을 넘은 그날도 마찬가지여서, 불가능하다는 것을 알면서도, 심지어는 내 삶을 흔들어놓을 수도 있다는 위험을 감지하면서도 기어이 학교가 끝나자마자 학원까지 달려오고야만 것이었다. 나는 한참을 고민하다, 결국 가방에서 작은 상자 하나를 꺼냈다. 그리고 마치 성배라도 든 것처럼 조심스럽게 상자를 내 오른쪽 대각선 앞자리에 올려두었다.

전날 밤 마트에서 가장 싼 초콜릿을 사서 인터넷 카페에서 본 레시피에 따라 뜨거운 물에 중탕을 한 뒤 하트 모양 판에 부었다. 그 위에 어설프게 프로스팅과 드리즐을 얹고 슈거 파우더를 뿌려 완성한 내 인생 첫번째 핸드메이드 초콜릿. 학교 앞 선물 가게에서 구매한 상자에 담은, 누가 봐도 완성도가 현저히 떨어지는 초콜릿을 책상 위에 툭 올려놓고 나오는 것이 당초의 내 계획이었다. 마치 마니또라도 되는 것처럼 무심하게.

그런데 아무도 없는 강의실이, 나의 중2병이, 터질 것 같은 긴장감이, 초콜릿을 단순히 초콜릿으로만 두는 것을 허락하지 않았다. 결국 나는 가방에서 서울대 사진이 표지에 박힌 연습장을 꺼냈다. 그리고 종이 한 장을 찢었다. 나의 필체와는 거리가 먼 아기자기하고 동글

동글한 글씨로 편지를 써 내려가기 시작했다. 어차피 발신인이 누군지도 모를 텐데, 나는 수도 없이 고민을 하며 한 글자 한 글자를 적어갔다.

　꽤 오래전부터 너를 좋아해왔어.
　나는 나 자신이 누구인지, 무엇이 될 수 있는지 잘 모르지만 이것 하나만은 확신하고 있어. 세상 그 누구보다 너에 대해서 자주 생각한다는 것. 자주 생각한다는 게 애정의 크기를 의미하는 것인지는 모르겠지만 어쨌든 시간의 총량을 따지자면 그렇다는 말이야.
　나는 내게 주어진, 내가 가능한 삶이 무엇인지 가늠해보는 습관이 있어.
　그 속에는 항상 네가 있어. 바보같이.

　나는 백 번 천 번 속으로만 되뇌었던 고백의 말을 정성껏 적으며 은밀한 쾌감을 느꼈다. 익명이기에 얻을 수 있는 한줌의 자유. 이 작은 종이 안에서만큼은 아무런 비밀도 간직할 필요가 없었다.
　하지만 몇 번의 수정을 거쳐서 완성한 그 발신인 없는 편지는 나 자신조차 수치스러울 정도로 원색 그대로의 감정을 담고 있었고, 소리 내 읽는 순간 스스로가 참을 수 없이 부끄러워져 나도 모르게 뺨을 후려쳤다. 정신 차려. 이걸 정말 상자에 넣을 작정이야? 그런 생각을 하면서도 나도 모르게 상자의 리본을 풀고 편지를 딱지 모양으로 접어 초콜릿 위에 올려두고 말았다. 리본을 다시 묶은 뒤 그의 자리에 초콜릿 상자를 올려놓고야 말았다. 가방을 멘 채 문을 열고 강의실 밖으로 나오며 한번 더 뺨을 때렸다. 내가 무슨 짓을 한 건지 도무지 실감이 나지 않았다.

강의실 복도의 코너를 도는 순간 누군가 걸어오는 게 보였다. 타이트하게 줄인 체크무늬 교복 치마에 평균보다 훌쩍 큰 키, 까무잡잡한 피부에 가느다란 눈매, 목이 훤히 드러나도록 뒷머리를 짧게 치고 뺨쪽으로는 앞머리를 길게 늘어뜨린 숏컷을 한 그녀, 이무늬.

무늬는 특유의 날카로운 눈빛으로 나를 쳐다보고는 멍하니 서 있는 내 옆을 스쳐지나갔다. 흐릿하게 풍겨오는 담배 냄새. 언뜻 드러난 그녀의 귓바퀴에 피어싱이 연습장 스프링처럼 잔뜩 꽂혀 있었다. 무늬의 학교는 오늘부터 봄방학이라고 했던가. 단지 보름 동안의 일탈을 위해 기어이 몸에 구멍을 몇 개나 내고 마는 게 너무 사춘기 특유의 감성 같다는 생각이 들었다. 아니, 그게 중요한 게 아니었다. 무늬가 강의실을 향해 걸어가고 있었다. 어떡하지. 일단 붙잡아야 하나. 아니면 먼저 강의실에 들어가 상자를 챙겨 나와야 하나. 뭐 그리 대단한 러브레터를 쓴답시고 뻗대지만 않았어도, 아니 싸대기 두 대를 후려치는 시간만 아꼈어도 이런 일은 없었을 텐데. 어쩌면 좋지. 우물쭈물하는 사이 무늬가 강의실로 들어가버렸다. 이미 늦은 일이었다. 등줄기가 서늘해지고 입술이 바짝바짝 마르기 시작했다. 지금껏 안간힘을 다해 숨겨온 내 비밀이 단 한 번의 일탈로 이토록 손쉽게 세상에 알려지게 된다니. 내 오만과 한심함이 불러온 결과였다.

아니다. 조금 더 이성적으로 생각하자. 상자를 올려놓은 사람이 나라는 증거가 어디 있어? 난 그저 복도에서 무늬와 마주친 것뿐이라고. 내가 아닌 누군가 상자를 놓고 갔다고 해도 이상할 건 없잖아? 그래, 한국 땅에서는 우기는 사람이 이기는 법이다. 내가 아니라면 아닌 거지. 걱정할 필요 없어. 그리고 무늬가 꼭 상자를 열어본다는 보장도 없잖아? 아예 신경조차 안 쓸 수도 있다고. 아닌 게 아니라 무늬는 자기 몸에 얼마나 많은 피어싱을 할 수 있을지, 어떡하면 교문에서 걸리지 않고 블루 블랙 컬러로 염색을 할 수 있을지, 얼마나 얇게 눈썹을 밀 수 있을지 고민하느라 남 일 따위는 신경쓰지 않는 것 같아 보였으니까.

이무늬.

우리 학교 인근의 S여중에 다니며, 남다른 외양과 달리 의외로 A반에서 수학과 과학 성적이 가장 좋은 아이. 구제불능인 우리 반에서 그나마 특목고 진학 확률이 가장 높은 아이였다. 노는 애와 모범생의 범주 어디에도 속하지 않는 그녀의 비전형성이 나를 더 불안하게 만들었다. 이무늬가 초콜릿 상자를 놓고 가는 나를 보았다고 아이들에게 미주알고주알 떠들지 않으리란 보장이 없었다. 차라리 무늬의 옆자리에 앉는 류희영에게 들켰으면 조금은 나았을 것 같기도 했다. 희영은 나와 집 방향이 같고 성적도 엇비슷했으며 각자 학교의 학생회에 속해 있어 작년에 합동 축제 기획단에서 만난 적도 있었다. 그나마 몇 번 말을 섞어봤고, 대단한 선인은 아니라도 공정한 사람이라는 인상을 받았었다. 차라리 희영에게 들켰다면 설득의 여지라도 있지 않았을까? 생각이 꼬리에 꼬리를 물고 이어졌지만 뾰족한 방도는 없었다. 불안한 건 불안한 거고 배고픈 것은 배고픈 것이었다. 나는 어깨를 축 늘어뜨린 채 학원 앞 편의점으로 향했다.

평소처럼 왕뚜껑을 사 먹으려다 생생우동을 골랐다.

시험을 망치거나 부모님과 싸운 날이면 나는 꼭 생생우동을 사 먹었다. 마음이 복잡하고 산란할 때만큼 고가(?)의 음식이 절실한 날은 없었다. 뜨겁고 짜고 시큼한 간장 국물을 허겁지겁 마시면서 땀을 줄줄 흘리고 나면 머릿속을 뒤숭숭하게 하는 고민까지 덩달아 쓸려 내려가는 느낌이었으니까. 나는 용기에 뜨거운 물을 받은 뒤 초조함을 감추지 못한 채 편의점 테이블 위에 손가락을 퉁기며 약 사 분을 버텼다. 그러고 국물을 버리는 쓰레기통을 열었다. 생생우동 뚜껑에 나 있는 구멍으로 물을 흘려 버리려던 찰나 무게중심이 아래로 쏠리면서 용기 속에 있던 면이 순식간에 쓰레기통으로 쏟아졌다. 쓰레기통의 채반에 고스란히 담긴 고결한 백색의 면발. 김이 솔솔 올라오는 면발을 보며 음식을 떨어뜨렸을 때 얼른 주워 담으면 된다는 '삼 초의 룰' 같은 것을 떠올렸지만 그사이에 삼 초가 흘러버렸다. 안 되는 날은 컵라면 하나도 제대로 못 끓여먹는다.

편의점 유리창으로 얼굴이 비쳤다. 뺨이 붉게 달아올라 있었다. 아까 뺨을 너무 세게 쳤나. 별로 아프진 않았는데. 역시나 아직 흥분이 가시지 않은 거겠지. 수업 시작까지는 삼십 분 정도 시간이 있었다. 그냥 집으로 도망쳐버릴까, 아니면 아무렇지 않은 척, 정말 아무것도 모르는 척 학원으로 돌아가 수업을 들을까.

한참을 고민한 끝에 결심했다. 그래, 피한다고 한들 뭐가 달라질까. 설사 모두에게 비밀이 까발려진다고 한들 돌이킬 수 있는 방법은 없다. 나는 편의점에서 나와 과감하게 학원 쪽으로 발걸음을 옮겼다.

앞으로 내 인생에 무슨 일이 펼쳐질지 모르는 채 말이다.

*

강의실의 분위기는 평소와 별반 다르지 않았다. 열 명의 반 아이들 중 반 정도가 사복을 입고 있었고 나머지는 교복 차림이었다. 학교별로 봄방학이 시작되는 날짜가 달랐기 때문이었다. 책상 위에 올려놓았던 초콜릿 상자가 보이지 않았다. 그가 무사히 받은 걸까? 아니면 무늬가 챙겨갔을까. 도대체 무슨 일이 벌어졌는지 전혀 파악되지 않았다. 용기를 내기로 결심한 것도 잠시, 나는 금세 초조해졌다.

내가 좋아하는 영어 시간이었음에도 도통 수업에 집중이 되지 않았다. 나는 (초콜릿의 주인인) 그와 무늬를 번갈아가며 관찰했지만 둘 다 별다른 이상 징후가 보이지는 않았다. 무늬는 중간중간 졸기까지 했다. 쑥대밭이 된 내 마음을 알 리가 없는 게 당연했지만 팔자 좋게 늘어져 있는 그녀를 보자니 괜히 화가 치밀어올랐다. 왜 나만 이토록 고통받아야 하는가? 순전히 누군가를 좋아한 죄밖에 없는데! 나는 영어 교재인 『Grammar in Use』 귀퉁이에 계속해서 의미 없는 사각형과 원을 그리며, 또 그려놓은 도형을 검게 칠하며 팽팽한 긴장을 이겨내려 노력했다.

세 시간의 수업이 끝난 후 아이들이 하나둘 강의실 밖으로 나가기 시작했다. 나는 천천히 가방을 싸면서 주변을 둘러보았다. 딱히 평소와 다른 눈빛으로 나를 쳐다보는 사람은 없었다. 다행히 내가 우려한 최악의 상황은 벌어지지 않은 것 같았다. 모두가 강의실을 빠져나간 후 나는 한숨을 내쉬며 책상에 엎드렸다. 초콜릿 상자와 그 속에 담긴 내 진심이 비밀리에 그에게 잘 전달됐다고 믿기로 했다. 그런데 그건 그것대로 또 문제이기는 했다. 그는 초콜릿을 준 사람이 누구라고 생각할까. 단 한 번이라도 나를 떠올릴까? 아니면 전혀 짐작도 못한 채 그저 어떤 여자아이가 줬을 거라고 생각하며 즐거워할까. 오늘의 내 행동이 우리의 관계에, 나아가 내 삶에 어떤 변화를 가지고 올지 고민해봤지만, 당연히 답은 없었다.

나는 가방을 챙기고 강의실 밖으로 나섰다. 그리고 까무러칠 듯 놀랐다. 복도 한가운데에 무늬가 떡하니 서 있었기 때문이었다. 나는 놀란 티를 내지 않기 위해 아무렇지 않은 척 스쳐지나갔다. 무늬가 내 뒤통수에 대고 말했다.

"너 나한테 할말 있지 않아?"

바보같이 나는 그 자리에 우뚝 멈춰 서버렸다. 못 들은 척 그냥 걸어갔어야 했는데. 내 앞으로 다가온 무늬는 도저히 참을 수 없다는 듯 웃음을 터뜨렸다.

"너 간첩은 못 되겠다. 진짜 거짓말 못하네. 얼굴에 다 보여."

다른 건 몰라도 거짓말만큼은 자신 있는 나였다. 인생 전체가 거짓말인 나에게 감히? 나는 잠깐의 실책을 만회하기 위해 다시 평정심을 찾고 모범생의 가면을 썼다. 누구보다도 무해한 표정을 얼굴에 띄운 채 평온한 음성으로 말했다.

"응? 딱히 할말은 없는데?"

"아닌 걸로 알고 있는데."

"그러고 보니 너 염색했네? 이번 머리 색깔 잘 어울리는 거 같아."

나는 내 주특기인, 눈이 반쯤 감긴 사회적 눈웃음을 지어 보인 뒤 태연하게 엘리베이터 앞으로 걸어갔다. 속으로는 제발 떨어져나가라, 기도를 하면서. 무늬는 내 옆에 따라와 서더니 뭐가 그렇게 웃기는지 계속 낄낄대며 말했다.

"내가 평소에는 학원에 절대 일찍 오는 법이 없는데 말이야. 오늘은 사정이 생겨서 집에 들르지를 못했거든."

무늬가 머리카락을 넘겨 피어싱이 잔뜩 박혀 붉게 부풀어오른 귀를 보여주었다.

"엄청 아팠겠다(뭐 어쩌라는 건가)."

"별로 아프진 않았고, 대신 웃기는 걸 봤지 뭐야? 당연히 아무도 없을 거라고 생각했던 강의실에서 어떤 남자애가 후다닥 뛰어나오질 않나, 불 꺼진 강의실엔 리본 달린 상자가 올려져 있지를 않나. 그런데 생각해보니 오늘이 밸런타인데이더라? 밸런타인데이에 리본 달린 상자라니. 아무리 남의 일에 관심 없는 나라도 별수 있나? 상자를 슬쩍 열어보았지."

"아, 정말(돌았니 진짜)?"

"다소 좆같은 문화라고 생각하지만, 통상적으로 한국에서 밸런타인데이는 여자가 초콜릿을 선물하는 날이잖아? 근데 왜 네가 나온 빈 강의실에 상자가 있었을까?"

"그래? 난 아무것도 못 봤는데 신기하다(제발 이쯤에서 닥쳐주라)."

"내가 편지 내용까지 읊어줘야 해? 나는 내게 주어진, 내가 가능한 삶이 무엇인지 가늠해보는 습관이 있어. 그 속에는 항상 네가 있어……"

이 맹랑한 게 상자를 홀랑 뜯어본 것도 모자라 편지까지 읽었다니.

나는 수치심에 어깨가 딱딱하게 굳었지만 아무것도 못 들은 척 엘리베이터 안으로 들어갔다. 무늬도 나를 따라 엘리베이터에 타서는 계속 말을 이어갔다.

"그럼 내가 본 걸 다른 애들한테 말해도 괜찮다는 거지?"

"미안하지만, 난 네가 무슨 말을 하는지 전혀 모르겠어. 너 하고 싶은 대로 하고 다녀. 나랑은 전혀 상관없는 일이니까."

내 목소리는 누가 들어도 상관이 있는 것처럼 사정없이 떨리고 있었다. 망했다. 무늬의 페이스에 넘어가버렸다는 것을 깨달았을 때는 이미 늦어버렸다. 엘리베이터 문이 열렸고 먼저 치고 나가려는 나의 옷자락을 무늬가 잡았다.

"어디 가, 나랑 얘기나 좀더 하자."

무늬의 말에는 함부로 거역하기 힘든 카리스마랄까, 모종의 강압성이 있었다. 나는 또 나대로 (모범생다운) 수동성이 있어서 정신을 차려보니 어느새 그녀의 뒤를 따르고 있었다. 강아지라도 된 것처럼.

무늬가 나를 데려간 곳은 한 번도 가본 적이 없는 학원 뒷골목이었다. 큰길보다 인적은 드물었지만 오래된 상가들이 죽 늘어서 있어 외진 느낌은 들지 않았다. 무늬를 따라 몇 걸음 더 걸으니 중년 여성을 상대로 하는 의상실과 자그마한 책 대여점이 보였다. 무늬는 '밍크북스'라는 책 대여점 앞에 섰다. 평소에 내가 애용하는 큰길가의 체인점과는 비교가 안 될 정도로 낡고 초라한 외관이었다. 무늬는 밍크북스의 쇼윈도를 바라보며 내게 말했다.

"너 돈 있냐."

세상에, 살다 살다 내 십육 년 인생에 처음으로 삥을 뜯게 됐다.

그것도 나보다 몸무게가 이십 킬로는 더 가벼워 보이는 동년배의 여자애에게. 나는 반사적으로 돈이 한푼도 없다고 했고, 무늬는 또 거리가 떠나가라 웃으며 이게 다 날 위한 거라고 했다. 날 위한 갈취? 개가 웃다 토하는 소리 하고 있네. 내가 입을 꾹 다물고 있자 무늬는 아무렇지 않게 내 바지 앞주머니에 손을 찔러넣어 지갑을 빼냈다(나는 단말마의 비명을 질렀다). 그러고는 밍크북스 안으로 들어갔다. 나는 지갑을 돌려달라고 외치며 무늬를 뒤따랐다.

숏컷의 중년 여성이 누구보다도 무심한 표정으로 카운터 뒤에 앉아 있었다. 무늬는 내 지갑에서 만원을 꺼내 (아마도 밍크북스의 사장님일) 여성에게 건네더니 내 이름으로 회원 등록을 해달라고 요청했다. 그러고는 지갑을 내게 넘겨주며 말했다.

"전번이랑 주소가 뭐니."

"주소는 왜(니가 알아서 뭐하게)?"

"두 번 말하게 하지 말고 빨리 대답해."

나는 지갑을 양손으로 받아든 채 고민했다. 설마 집까지 쳐들어오려는 수작은 아니겠지? 부모님에게 내 비밀을 알린다는 식의 협박을 하려고? 그게 아니더라도 우리집이 어딘지 절대 알려줄 수 없었다. 나는 길 건너 신세계아파트의 주소를 불렀다.

"너 우리집 근처에 사네?"

무늬가 말했다. 무늬가 쳐놓은 함정에 점점 더 깊이 빠져드는 기분이었다. 사장님이 아주 빠른 속도로 타자를 치더니 만원이 적립되었다고 말했다. 도대체 무늬의 의도가 뭔지 알 수 없었다. 무늬가 사장님에게 말했다.

"언니, 내가 여러 번 빌렸던 그것 좀 꺼내줘요."

아무리 봐도 언니보다는 아주머니나 사장님이라는 호칭이 적합할 것 같은 나이대로 보이는데 무늬는 굳이 언니라고 불렀다. 다짜고짜 '그것'을 꺼내달라고 했는데 사장님은 곧장 카운터 옆의 서가 맨 위 칸으로 손을 뻗어 책들을 꺼냈다. 무늬가 "얘 이름으로 빌려주세요" 라고 말하자 사장님은 역시나 감정이라고는 찾아볼 수 없는 표정으로 무심하게 스캐너로 한 권씩 바코드를 찍어나갔다. 만화의 제목은 '호텔 아프리카'. 파스텔톤의 아름다운 표지 일러스트를 보니 뭔가 간질간질한 기분이 들었다.

"일단 이것부터 읽어. 지금 너한테 큰 도움이 될 거야."

이게 무슨 상황인지 여전히 이해가 안 됐지만, 나는 대한민국의 주입식 교육을 충실히 이수하고 있는 열여섯답게 순순히 책을 받아들고는 가방 속에 넣었다. 기왕에 내 돈 주고 빌린 것이니 읽기라도 해보자는 마음도 있었다. 무늬는 예약해놓은 게 있다며 예약 서가에 꽂힌 세 권의 만화책을 대여하고는 미련 없이 뒤돌아 걸어나갔다. 무늬를 따라나설지 말지 잠시 고민했다. 무늬를 적절히 잘 구슬리면 초콜릿 상자가 주인에게 잘 전달됐는지 정도는 알아낼 수 있을 것 같았다. 나는 무늬의 뒤를 따랐다.

이무늬는 내게 책을 빌려주는 게 목표였다는 듯이 나를 신경쓰지 않고 낯선 길 쪽으로 계속 걸어나갔다. 시장 뒤쪽 오래된 아파트 단지 상가에 도착한 무늬는 건물을 가로질러 좁은 골목으로 들어갔다. 그리고 불규칙하게 놓인 에어컨 실외기와 LPG 가스통 사이에 아슬 아슬하게 섰다. 나 역시 그녀를 따라 골목 안쪽에 섰다. 무늬는 교복 치마 주머니에서 에쎄 라이트 한 갑을 꺼냈다. 무늬는 마치 90년대 초반 홍콩 누아르의 주인공처럼 담배 한 개비를 비스듬히 물더니 오른손으로 거듭 라이터 불을 댕겼다. 나는 거미줄처럼 얽혀 있는 가스관을 보며 혹시 폭발이 일어나지 않을까 호들갑스러운 걱정을 하고 있었다. 무늬가 내게 외쳤다.

"뭘 보고 있냐. 와서 바람 좀 막아봐라. 불 안 붙는다."

나는 또 무늬가 시키는 대로 순순히 양손으로 라이터를 감쌌다. 다행히 가스 폭발은 일어나지 않았고 대신 무늬의 담배에 불이 붙었다. 무늬는 엄지와 검지로 담배를 잡은 채 하늘을 향해 담배 연기를 뿜어댔다. 흡사 기사식당 앞에서 담배를 피우는 중년의 택시 기사와 같은 그녀의 자태를 보고 있노라니 긴장됐던 마음은 어디 가고 절로 웃음이 터져나왔다. 얘는 도대체 어디서 담배를 배운 걸까.

"왜 쪼개냐."

"너 하는 짓이 웃겨서."

"넌 담배 안 피우냐?"

"응."

무늬가 담배를 몇 모금 빨아들이더니 이내 바닥에 버리고는 잇새로 침을 뱉었다. 그리고 골목 바깥으로 휙 나갔다. 나는 연기를 피워 올리고 있는 담배를 발로 열심히 비벼 끄고 곧장 무늬의 뒤를 쫓았다. 마치 어미를 졸졸 따라다니는 병아리가 된 것 같은 기분이라 자존심은 조금 상했으나, 일단은 초콜릿 상자가 어디로 갔는지 파악하는 게 먼저였다. 망설임 없이 빠르게 걷는 무늬의 뒤를 따르다보니 어느덧 가파른 언덕이 나왔다. 오 분 정도 언덕을 올라가자 언덕배기에 단층 주택과 상가들이 주르르 서 있는 게 보였다. 사람이라고는 찾아볼 수 없었다. 무늬는 그중 평상이 놓인 가게 앞에 섰다. 가게에 달린 오래된 철제 미닫이문에 '미루나무 상회'라고 적혀 있는 게 보였다. 물론 주변 어디에도 미루나무는 없었다. 무늬가 미루나무 상회를 가리키며 말했다.

"저기가 민짜 술 담배 다 뚫리는 데로 유명하거든."

"근데?"

"내 주변 애들, 언니들 할 것 없이 죄다 저기서 사는데 주인 할배가 나한테는 절대로 안 팔더라고. 보시다시피 내가 좀 동안이잖니. 근데 넌 아무리 봐도 민짜로는 안 보이잖아?"

아닌 게 아니라 나는 중학교 2학년 때 이미 남들이 이십 년 동안 클 몫을 다 커버렸다. 학교에서 내 별명 중 하나는 늑인, 즉 늑대 인간이었다. 이미 성인 평균을 웃도는 키 때문에 다른 아이들과 눈높이를 맞추기 위해 구부정하게 다녔고, 콧수염이 굵어져 매일 면도를 하기 시작했으며 체모의 양도 성인의 것에 가까웠기 때문이었다. 무엇보다도 내 표정이, 눈빛이 다른 십대와는 조금 달랐다(비밀은 사람을 필요 이상으로 조숙하게 만들어버리곤 한다). 무늬는 키가 크지만 유달리 마른 편이라 좋게 봐줘야 중학생이고, 까무잡잡한 얼굴만 보자면 초등학생 같기까지 했다. 그녀가 주머니에서 분홍색 지갑을 꺼냈다. 지갑에 커다랗게 딸기 캐릭터가 그려져 있었다. 턱이 뾰족하고, 눈이 작고, 숏컷을 한 딸기 캐릭터가 무늬와 꼭 닮아 웃음이 터져나왔다.

"너 지갑이 그게 뭐야. 초딩이야?"

무늬는 그런 내 반응 따위는 신경쓰지 않고 지갑에서 만원짜리 네 장을 꺼냈다.

"저기 들어가서 이걸로 에쎄 라이트 두 보루 좀 사와."

무늬는 보통의 일진들처럼 막무가내로 삥을 뜯을 생각은 아니고, 나를 그저 간편한 중간 유통망 정도로 이용할 작정인 듯했다. 나는 내가 듣기에도 가증스러운 목소리로 대답했다.

"무늬야, 내가 네 기호에 반대하는 건 아니거든. 술 담배로 가치판단을 할 만큼 무지한 사람도 아니고…… 그런데 이런 불법적인 부탁을 들어주기는 조금 힘들 것 같아. 지금 교복을 입고 있기도 하고."

"내가 보기보다 입이 꽤 무거운 편이다? 근데 계속 입이 무거우려면 우리 사이에 일종의 친밀감 같은 게 형성돼야 하지 않겠어?"

"글쎄, 아까부터 네가 무슨 말 하는지 전혀 모르겠어. 나랑 친해지고 싶다면야 고맙지. 그런데 인간관계라는 게 말이야, 단계라는 게 있잖아? 우리 그 단계를 천천히 밟아가야 하지 않을까?"

"어려울 건 없어. 한 달에 한 번 이렇게 담배 사다주고, 친하게 지내자는 거지. 내 말 못 알아듣겠냐?"

내 십육 년 인생 최대의 위기가 찾아왔다. 이대로 이무늬의 담배 공급책으로 전락하고 마는 것인가. 자존심이 상했지만 협상을 하기에는 내가 쥐고 있는 카드가 너무 없었다. 일단 무늬가 무슨 말을 떠들고 다닐지 몰랐고, 여자애들 사이에서 무늬의 파급력이나 신뢰도가 얼마나 되는지도 전혀 모르기 때문에 막무가내로 그녀를 무시할 수는 없었다. 침착해지자. 지금 상황에서 확실한 건 무늬가 초콜릿을 만들고 편지를 쓴 사람이 나라고 확신하고 있다는 것. 설사 내가 그 모든 사실을 부정한다고 한들 무늬의 사회적 위치에 따라 내 인생이 통째로 뒤집힐 수도 있었다.

"알겠어. 돈 이리 줘."

나는 돈을 받아들고 미루나무 상회의 미닫이문을 확 열어젖혔다. 끼이익 하는 소리가 크게 울렸다. 어깨를 쫙 펴고 당당하게 가게 안으로 들어갔지만 인기척이 느껴지지 않았다. 도대체 언제 생산된 것인지 종잡을 수조차 없는 빛바랜 과자와 라면이 선반 위에 빼곡했고 그 위에 먼지가 쌓여 있었다. 그때 오른쪽 구석에서 인기척이 들리더니 창호지 문이 열렸다. 성별과 나이를 추측할 수 없을 정도로 잔뜩 쭈그러든 노인이 쪼그려앉은 채 돋보기안경을 벗으며 말했다.

"뭐 줄까."

나는 다 기어들어가는 목소리로 에쎄 라이트 두 보루를 달라고 했다. 노인은 내 쪽은 쳐다보지도 않고 천천히 방안으로 기어갔다. 한참 동안 부스럭대는 소리가 들렸고, 내 심장은 터질 것 같았다. 거의 억겁 같은 시간이 지나서 노인이 포장지가 반쯤 뜯어진 에쎄 라이트 두 보루를 내밀었고, 나는 노인에게 돈을 건네고 도망치듯 가게 밖으로 나왔다. 노인이 쩌렁쩌렁한 목소리로 내 뒤통수에다가 외쳤다.

"문 닫고 가!"

나는 담배 두 보루를 무늬에게 안겼다. 무늬는 만족스러운 표정으로 가방에 담배를 집어넣었다. 드디어 일이 끝났다는 생각에 긴장이 풀어졌다. (무늬에게서 정보를 캐내겠다는 본연의 임무는 깡그리 잊어버린 채) 뒤돌아서 가려는데, 무늬가 다급히 나를 붙잡았다.

"부탁할 게 하나 더 있어."

"(아이씨 또) 뭔데?"

"앞으로 학원 끝나고 나랑 집까지 같이 가자."

"왜?"

"글쎄, 집도 같은 방향이고…… 심심하니까?"

심심하다고? 애는 도대체 무슨 생각을 하고 있는 걸까. 매일 나를 개처럼 부릴 작정인 걸까? 학원에 처음 등록한 날 희영이 안경을 올리며 했던 말이 문득 떠올랐다.

"너니까 하는 얘기지만…… 이무늬…… 우리 학교에서는 좀 유명한 편이야."

관심이 가지 않아서 굳이 더 묻지는 않았는데 도대체 어떤 방면으로 유명하다는 것이었을까? 사실 그녀가 줄담배를 피운다고 한들, 그 어떤 참혹한 사건에 연루되었다고 한들, 내 비밀에 대해 입을 닫아주기만 한다면 아무 상관이 없었다. 하지만 이렇게 된 이상 일단은 무늬의 캐릭터를 (그러니까 자신의 말대로 입이 무거운 사람인지) 파악하는 게 먼저라는 생각이 들었다. 당분간 이빨을 숨긴 채 꼬리를 흔들며 무늬의 곁을 맴돌아야겠다. 순진한 척 아무것도 모르는 척 관찰하며 차근차근 정보를 수집해야지. 그리고 약점을 잡아 결정적인 순간 목을 비틀어버려야지. 나는 결연하게 가방끈을 고쳐 잡으며 대답했다.

"알겠어. 학원 끝나고 집까지 데려다달라는 거지? 같은 반인데 그 정도는 문제없지."

"아니, 무슨 소리야? 밤거리도 위험한데 이 누나가 너네 집까지 데려다주마."

내 거처를 노출하는 건 절대 있을 수 없는 일이었다.

길 건너의 사람이라는 것.

그것은 나의 정체성만큼이나 나를 옭아매는 비밀이었다.

중학교 입학을 앞두고 나는 새로운 집주소를 외우기 위해 안간힘을 써야만 했다. 당시 내가 살던 궁전아파트는 수성구에서 두번째로 오래된 아파트 단지였으며, 시의 경계선에 아슬아슬하게 위치해 있었다. 궁전아파트와 신축 아파트 단지 사이에는 널따란 팔 차선 도로가 있었는데, 그 길을 기점으로 학군이며 집값이며 동네의 분위기가 판이하게 달랐다. 궁전아파트에 사는 아이들의 경우 추첨 운이 좋은 극소수를 제외하고 대부분 시 외곽의 (입시 실적이 나쁜) 학교에 배치를 받았다. 엄마는 큰외삼촌—대형 안과의 원장이며 부동산 투자로 여러 번 재미를 봐 목이 좋은 부동산을 수집하는 취미이자 특기를 가지고 있던—이 새로 분양받은 신세계아파트에 나를 위장전입시켰다. 엄마의 전략이 유효했는지 나는 명문으로 유명한 K중학교에 배정받았으며, 그 탓에 생전 가본 적도 없는 '신세계아파트 101동 2013호'라는 주소를 외우고 또 외워야만 했다.

그렇다고 우리 가족이 처음부터 궁전아파트에 살았던 것은 아니었다. 내가 초등학교에 입학할 당시만 해도 우리 가족은 길 건너의 신축 아파트 단지에 살았었다. 그러다 그 유명한 IMF의 광풍이 불어닥친 후 하루아침에 사정이 바뀌어버렸다. 부모님은 신혼 때부터 사용하던 커다란 원목 옷장과 고급 혼수 이불을 버리고, 다채로운 그릇과 그것을 정리해놓던 장식장도 버리고, 그러니까 살림을 반으로 줄여 궁전아파트로 이사를 왔다. 궁전아파트는 시의 경계를 이루는 산자락에 위치해 있었으며 근방에는 수성못이 있었다. 좋게 말하면 배산임수라고 할 수 있지만 좀더 정확히 말하면 여름에는 모기가 들끓고 겨울에는 보일러가 얼 정도로 차가운 바람이 불며, 인근 환락가의 소음에 무방비하게 노출된 아파트 단지에 불과했다. 우리 가족이 살았던 곳은 아파트의 최상층인 오층. 당연히 엘리베이터는 없었다. 계단을 올라갈 때면 물리적으로는 점점 더 높은 곳으로 향하고 있음에도 마치 한 계단씩 내려가는 것 같은 기분을 느꼈다. 대리석이었던 바닥이 노란 장판으로 변했고, 두 개였던 화장실이 하나가 되었으며, 방 하나가 사라졌다. 방 사이의 거리가 가까워져 밤에 자려고 누우면 아빠의 코고는 소리가 선명하게 들렸다. 무엇보다도 놀이터의 규모와 놀이기구의 개수가 줄었는데, 열 살의 나에게 그건 세계가 통째로 흔들릴 정도로 큰 변화였다.

새로운 세상을 받아들일 준비가 되어 있지 않았던 나는 학교가 끝나면 예전 아파트 단지의 놀이터로 향했다. 벤치에 가방을 던져놓은 채 그 동네의 친구들과 함께 미끄럼틀을 타고, 소꿉장난을 하고, 비비탄총을 쐈다. 해가 진 후 모두가 삼삼오오 집으로 돌아가면 벤치에 놓아두었던 가방을 한쪽 어깨에 메고 홀로 집으로 향했다. 낮에는 그저 차가 지나다니는 길에 불과했던 팔 차선 도로가 밤에는 무시무시한 늪처럼 보였다. 로드킬을 당한 고양이의 사체와 플라타너스에서 떨어진 낙엽들이 바닥 가득 깔려 있는, 한 발이라도 잘못 디디면 당장이라도 집어삼켜질 것 같은 공간. 나는 언제나 내가 달릴 수 있는 가장 빠른 속도로 그 도로를 건넜다.

엄마는 달랐다. 마치 처음부터 궁전아파트에 살았던 사람처럼 아무렇지 않게 궁전슈퍼에서 콩나물과 두부를 샀고, 가파른 언덕길이며 오층 계단을 가쁜 숨 한 번 안 내쉬며 잘만 오르내렸다. 어떻게 그럴 수 있냐고 묻자 엄마는 자신이 유년기를 보낸 시골에서는 이 정도는 언덕으로 쳐주지도 않았다고 답했다. 그렇게 엄마는 삶의 거의 모든 것을 궁전에 맞게 바꿔나갔다.

그런 엄마가 중학교 입학식 날 내게 한번 더 단단히 일러준 것이었다. 내가 궁전이 아닌 신세계아파트의 주민이라는 것을 절대 잊지 말라고. 나는 엄마의 그 단호한 말투에서 내가 궁전에 사는 사람임을 철저히 비밀에 부쳐야 한다는 사실을 깨달았다.

잠시 동안 실랑이를 하다 다행히 부질없는 짓이라는 것을 먼저 깨달은 무늬가 순순히 자신의 집을 노출하기로 결정했다. 무늬의 집은 신세계아파트 근처의 주택이라 했다. 미루나무 상회에서 큰길까지는 제법 먼 거리였지만 내리막길이라 시간이 오래 걸리지는 않았다. 큰길을 건너 신세계아파트 단지를 지나자 넓은 정원이 딸린 오래된 양옥들이 줄지어 있는 언덕이 나타났다. 나는 무늬를 따라 언덕을 올라갔다. 아직 쌀쌀한 날씨였음에도 겨드랑이가 땀에 젖어드는 게 느껴졌다. 무늬는 매일 다니는 길이어서 그런지, 아니면 원체 체력이 강한지 한 번도 쉬지 않고 잘도 걸었다. 그러다 갑자기 우뚝 멈춰 섰다.

"여기가 우리집이야."

숨을 가쁘게 내쉬며 고개를 들자 동네에서는 좀처럼 보기 어려운 어마어마하게 높은 담장이 내 앞을 가로막고 있었다. 담장 너머로 삼층은 되어 보이는 석조 저택의 끄트머리가 보였다. 세련되거나 깔끔하지는 않지만 규모만으로 사람을 압도하는 구석이 있었다. 동굴의 입구처럼 생긴 검은 철문도 군데군데 칠이 벗어져 있었으나 내 키를 훌쩍 넘었고 그만큼 위엄 있어 보였다. 무늬가 도어 벨을 누르자, 새가 비명을 지르는 것 같은 벨 소리가 짧게 울리더니 바로 문이 열렸다. 그와 동시에 검은 그림자가 문밖으로 튀어나와 나를 덮쳤다. 나는 반사적으로 비명을 질렀다.

"안 돼, 나나."

무늬가 숙련된 손짓으로 그림자를 나에게서 떼어내고는 어루만졌다. 정신을 차리고 자세히 보니 그 그림자는 귀가 바짝 선 도베르만이었다. 내 키만한 도베르만의 이름이 나나, 라니. 도대체 누구의 작명 솜씨일까. 도통 어울리지 않는 이름을 가진 나나가 무늬의 얼굴을 정신없이 핥아댔다. 경미한 개 공포증이 있는 나는 나나가 다시 나에게 달려들기 전에 천천히 뒷걸음질을 쳤다. 무늬가 그런 나를 보고는 득의에 찬 미소를 지으며 말했다.

"뭘 그렇게 죽상을 하고 있니. 너무 걱정하지 마. 나 진짜 입 무거우니까."

"거듭 말하지만 네가 말하는 그 초콜릿이랑 나는 아무 상관도……"

"됐고, 이거 하나만 묻자."

"뭔데?"

"왜 하필 윤도야?"

왜 윤도냐고?

무늬의 질문에 일순간 몸이 굳어버린 나. 곧바로 나는 아무것도 모르는 척 "무슨 소리야? 초콜릿 받은 사람이 윤도야?"라며 둘러댔다.

그리고 무늬가 대답하기 전에 잽싸게 뒤돌아섰다. 언덕을 따라 빠르게 걸어내려오며 생각했다.

왜 윤도냐니…… 그것은 한 번도 생각해본 적이 없는, 생각해볼 필요도 없는 일이었다.

윤도니까. 윤도여야만 하니까.

*

돌이켜보면 윤도와 나의 인연은 뭐 특별할 것도 없었다.

평소에 윤도와 나는 그다지 섞일 일이 없는 사이였다. 이를테면 수학여행을 가는 관광버스에서 윤도가 맨 뒷좌석의 바로 앞에 앉는 아이라면 나는 맨 앞에서 두번째 자리에 앉는 아이였다. 교사들에게도, 아이들에게도 무난히 받아들여지며 특별한 숙적도 각별한 내 편도 없는 그런 학생. 그 이미지 덕분인지 나는 중학생 내내 반장을 도맡아하게 됐다. 성적도 인지도도 평판도 나쁘지 않은, 맹물에 겨우 시럽 한 방울을 탄 것 같은 사람. 사실 이런 사람이 된 데에는 내 철저한 계산이 작용했다.

나는 내가 기억할 수도 없을 만큼 어린 시절부터 내가 남들과 다르다는 사실을 자각하고 있었다. 그러니까 남자를 좋아하는 남자라는 사실을 말이다. 다른 아이들의 경우 자신이 좋아하거나 욕망하는 것이 무엇인지 표현하는 데 거리낌이 없었고, 그것은 자연스러운 일이었다. 그게 십대가 가진 본능이자 특권이니까. 그러나 (앞서 강조했다시피) 나는 눈치가 빠른 편이었고 때문에 내 욕망을 발설하는 것이 일종의 금기임을 온몸으로 체득하고 있었다. 그래서 언제부터인가 나는 카멜레온처럼 보호색으로 나를 위장해왔는데, 그것은 피곤하지만 동시에 은밀한 즐거움을 주는 일이기도 했다. 누구보다도 검은 속내를 품은 채 다른 사람들을 기만하고 있다는 데서 오는 묘한 쾌감. 상대방의 감정을 내 뜻대로 조종할 수 있다는 모종의 자신감. 이런 연유로 나는 누구도 감쪽같이 속일 수 있는 개연성 있는 거짓말을 지어낸다거나 능숙하게 감정을 절제하는 등 또래답지 않은 능력을 갖게 되었다. 지금에 와서 생각해보면 그것은 스스로가 보편의 무엇에 속할 수 없다는 것을 일찍 깨달아버린 사람이 갖게 되는, 일종의 강박이자 콤플렉스에 불과했지만 말이다.

윤도라는 아이의 존재가 내 일상에 스며든 건 중학교 2학년의 여름, 그러니까 내 몸의 변화를 확연히 느끼고, 남들과 어울리면서도 내밀하게 섞일 수 없는 이질감의 정체가 무엇인지 확실히 알아갈 무렵이었다.

대한민국과 이탈리아의 16강전이 한창이던 2002년의 여름, 나는 집 근처 독서실에 홀로 앉아 있었다. 기말고사 기간이라 평소에는 아이들이 바글대던 독서실이 그날은 텅 비어 있었다. 16인실보다 비싼 4인실 주간권을 끊었는데, 돈이 아까울 지경이었다. 내 숨소리 말고는 아무 소리도 들리지 않는 와중에 옆자리에 검은색 나이키 신발주머니가 놓여 있는 게 보였다. 자리의 주인은 시험 기간인데 공부는 안 하냐는 부모님의 성화에 못 이겨 독서실에 간다 해놓고 길바닥이나 친구 집에서 축구나 보고 있을 게 뻔했다.

나를 제외한 전 세계 사람들이 텔레비전 앞에 앉아 있는 것처럼 느껴졌다. 나로서는 축구도 국가도 그것과 관련된 그 무엇에도 별 관심이 없었기에, 차라리 다음날 치를 기술가정 시험을 위해 생애주기표를 외우는 게 더 효율적이겠다는 생각을 하며 교과서를 펼쳤다. 결혼과 출산, 육아와 자녀 교육 같은 사항은 우리 부모님에게는 유효할지 몰라도 나에게는 너무나도 어울리지 않는 옷인 것 같았다. 내가 누군가를 만나 가정을 이루는 모습은 (나의 성적 지향을 차치하고서라도) 상상조차 하기 싫었다. 당시 나에게 가족이라는 것은 나를 속박하는 굴레에 불과했으며, 내가 가진 모든 욕망은 하나의 지점으로 수렴했다.

지금의 이 삶을 벗어나고 싶다.

사람 한 명 없는 독서실의 고요함을 뚫고 사람들의 환호성이 울려퍼졌다. 나도 모르게 눈을 질끈 감고 귀를 막았다. 세상과 나 사이에 유리막 하나가 놓인 기분. 바깥에서 축제가 벌어지는 동안 나는 더 철저히 혼자였다. 모두가 하나가 된 세상에 속하고 싶지 않다는 치기 어린 반항심이 들면서도 단 한 순간만이라도 어딘가에 속해보고 싶다는 과장된 고독감이 나를 휘감았다. 그러니까 제발 누군가 나를 이 지긋지긋한 삶으로부터 구원해줬으면. 단 한 번만이라도 내게 손을 내밀어줬으면.

그 순간, 거짓말처럼 누군가 문을 여는 소리가 들렸다.

새하얀 얼굴과 구레나룻 없는 깔끔한 스포츠형 머리에 검은색 민소매 티를 입은 남자. 그가 입은 티의 등판에는 백넘버 18번과 누군가의 이름이 적혀 있었다(당연히 나는 그 선수가 누군지 알지 못했다). 그의 손에는 최신형 피엠피가 들려 있었다. 독서실까지 와서 축구를 볼 생각인 걸까? 그는 나를 흘끗 보고는 내 옆자리의 의자를 빼고 나를 등지는 듯한 자세로 앉았다. 그리고 책상 위에 놓인 신발주머니 앞에 피엠피를 비스듬히 세워두고는 팔짱을 낀 채 골똘히 화면을 바라보았다. 그러니까 그가 신발주머니의 주인인 거였다. 뭘 그리도 열심히 보나 싶어 곁눈질로 훔쳐보려 했는데, 액정이 흐려 잘 보이지 않았다. 매직 아이를 보듯 눈을 가늘게 뜨자 무료한 표정으로 파인애플 통조림을 먹고 있는 금성무의 모습이 보였다. 명화를 방송해주는 프로그램에서 몇 번 본 적이 있던 영화 〈중경삼림〉이었다. 금성무는 유통기한이 지난 파인애플 통조림을 보며 말했다.

"만약 기억이 통조림이라면 영원히 유통기한이 없었으면 좋겠다."

전 우주가 대한민국의 8강 진출을 기원하고 있는 이 순간, 한가롭게 금성무의 얼굴을 보고 있는 남자애라니. 자꾸만 흥미가 갔다. 그때 그가 내 쪽으로 살짝 몸을 틀어 자세를 고쳐 앉았다. 비로소 그의 얼굴이 자세히 보였다. 귓바퀴가 작고 뾰족한 귀, 날렵한 턱 아래로 이어지는 굵은 혈관이 도드라진 목, 길쭉한 코끝과 거뭇거뭇한 인중, 쌍꺼풀 없는 가느다란 눈. 두 번 봐도 기억에 남지 않을 것 같은 평범한 인상인데, 자꾸만 보고 싶어지는 구석이 있었다. 민소매 티 사이로 깨끗한 겨드랑이와 숱이 적은 체모가 언뜻언뜻 비쳤다. 나도 모르게 자꾸만 그쪽을 유심히 쳐다보게 되었다. 그가 시선을 눈치채고는 나를 쳐다보았다. 나는 화들짝 놀라 얼른 고개를 돌렸다. 그러자 그는 선뜻 내 쪽으로 피엠피 화면의 방향을 돌려주고는 피엠피에 연결된 이어폰을 뺐다. 4인실 안 가득 〈California Dreaming〉이 울려퍼졌다. 나는 총무가 달려오지 않을까 걱정했지만, 어차피 총무도 축구 중계를 보느라 소음 따위 신경쓰지 않을 게 뻔했다. 그가 내게 말했다.

"이 노래 좋지 않냐?"

"네…… 좋네요(언제 봤다고 반말이야)."

화면에서는 이제 경찰 제복을 입은 양조위가 푸른 조명의 패스트푸드점 앞에서 왕페이와 나란히 서 있는 장면이 나오고 있었다. 그가 내얼굴을 빤히 쳐다보는 게 느껴졌다. 얼굴이 달아올랐다. 그가 말했다.

"너, 해리 포터 맞지?"

"네(뜬금없이 뭔 소리야)?"

"맞네. 8반 반장, 해리 포터."

알고 보니 그는 나와 같은 학교인데다 바로 옆 반이며, 체육 시간이 겹쳤을 때와 점심시간에 몇 번 우리 반과 축구를 한 적이 있다고 했다. 다른 애들은 모두 삼삼오오 모여서 축구를 하는데 홀로 벤치에 앉아 손톱을 물어뜯으며 『해리 포터』를 읽던 나를 기억한다고 덧붙였다.

"내가 그랬었나?"

기억이 안 나는 척하기는 했지만 실은 너무나 내가 할 법한 짓이었다. 나는 얼른 칸막이 안쪽으로 몸을 숙이고 다시 기술가정 책으로 고개를 처박았다. 치부를 들킨 것처럼 수치스러운 마음이 밀려들어왔다.

나의 또다른 약점을 고백할 때가 온 것 같다. 나는 거의 모든 구기종목을 젬병에 가까울 만큼 못한다. 별 관심도 없다. 그래서 나는 체육수업 때 주어지는 자유 시간마다 홀로 벤치에 누워 책을 읽거나 아이들이 공을 차는 모습을 무료하게 바라보곤 했다. 야생이나 다름없는 십대 남성 사회에서 그것은 꽤나 큰 핸디캡이었다. 교사나 학부모 사회에서는 성적이, 이성(혹은 동성)과의 연애 시장에서는 외모가 절대적인 평가의 기준이라면, 남자애들 사이에서는 (몸싸움을 포함한) 신체 능력이 평판의 가장 중요한 요소 중 하나였다. 평소에는 무난하게 무리에 속해 있는 나였지만 체육 시간이면 무리 밖으로 튕겨져 나와 혼자가 되었다. 하필이면 그런 순간의 나를 보다니.

그는 내가 별 반응을 보이지 않자 다시 피엠피에 이어폰을 꽂고 혼자 열심히 영화를 보기 시작했다. 나는 심드렁한 척 다시 교과서의 생애주기표를 읽었다. 청년기에는 결혼 적령기의 남성과 여성이 만나 가족을 구성하고, 출산을 하게 된다⋯⋯ 몇 번을 읽어도 내용이 하나도 머리에 들어오지 않았다. 한참 동안 영화를 보던 그가 기지개를 켜더니 내 쪽으로 고개를 돌렸다. 그가 나를 뚫어져라 바라보다 갑자기 말을 걸었다.

"근데 너 진짜 해리 포터 같은데?"

"무슨 소리야?"

나는 기다렸다는 듯이 빠르게 대꾸했다. 떨리는 마음을 들킬까봐 서였는지 나도 모르게 퉁명스러운 말투가 나갔다. 그가 내 이마를 가리켰다.

"이 흉터, 딱 해리 포터잖아."

이마 가운데에 세로로 나 있는, 손가락 한 마디만한 분홍빛 모반을 보고 하는 말이었다. 멀리서 보면 티가 나지 않았지만 가까이서 보면 마치 길쭉한 얼룩처럼 생긴 그 점 때문에 반에서 내 또다른 별명은 포청천이었다. 포청천과 해리 포터의 간격이라니. 그는 별 의미 없이 한 말일 텐데 대단히 로맨틱한 애칭을 붙여준 것처럼 느껴졌다. 나는 아무렇지 않은 척, 우주에서 제일 무심하고 고요한 목소리로 물었다.

"너 이름이 뭔데?"

"도윤도. 해리, 니 이름은 뭔데."

나는 그에게 평범하기 짝이 없는 내 이름을 알려주었다. 그는 내게 본명보다 해리가 더 어울린다며, 앞으로 해리라고 부르겠다고 말했다. 나는 다시 교과서로 시선을 돌렸지만, 속으로는 계속 그의 이름을 곱씹었다.

도윤도. 윤도.

왠지 모르게 세련된, 지극히 한국적이면서도 이국의 향취를 두 스푼 정도 뿌려놓은 듯한 이름이었다.

윤도와 해리.

그의 이름과 그가 붙여준 내 별칭을 나란히 놓자 어쩐지 우리가 코네티컷주 어딘가의 명문 보딩 스쿨에 다니는 아이들 같다는 허무맹랑한 확신이 들었다. 순식간에 공상에 빠져든 나는 파란 하늘과 푸른 잔디밭이 펼쳐진 고풍스러운 건물에서 관심과 필요에 맞게 선택한 수업을 들으며 방과후 활동으로 밴드나 미식축구를 하고, 기숙사에서 벌어지는 은밀한……까지 상상하다 정신을 차렸다.

아무래도 이대로는 안 될 것 같아 나는 자리에서 일어나 4인실 문을 열고 나갔다. 화장실로 가 거울을 보니 과연 얼굴이 복숭아처럼 붉게 물들어 있었다. 찬물로 세수를 한 후 다시 거울을 바라봤다. 이마에 난 여드름과 짧게 자른 머리, 좋게 봐줘도 이십대 중반은 되어 보이는 얼굴. 나는 차가워진 손으로 가볍게 양 뺨을 때렸다. 정신 차리

자. 이제 다시 현실로 돌아가야 할 시간이었다. 화장실에서 나와 4인실로 돌아갈까 하다, 옥상의 휴게실로 걸어올라갔다.

옥상에서는 수성못이 훤히 내려다보였다. 수성못 인근의 번화가가 시끌벅적했다. 음식점의 야외 주차장마다 커다란 스크린이 세워져 있었고, 빨간색 월드컵 티셔츠를 입은 사람들이 플라스틱 의자에 앉아 고기를 구워먹었다.

모두가 행복한 가운데 나 혼자 외딴섬에 동떨어져 있는 기분.

나는 옥상 난간에 몸을 기댄 채 노래를 흥얼대기 시작했다.

너에겐 말 못할 많은 사연과 너만이 느끼는 많은 아픔
난 아프다고 안아달라고 말하는 너에게
다 그런 거라고 너무 쉽게 말하고 있는걸……

노래 한 곡을 다 불렀을 때쯤 누군가 내 등을 쿡 찔렀다. 나는 혼절할 만큼 놀라 비명을 질렀다. 고개를 돌리자 윤도가 서 있었다. 윤도가 말했다.

"너 궁전 1동 살지?"

"아, 아니? 나 신세계 사는데."

반사적으로 거짓말이 나가버린 나. 윤도의 말대로 나는 궁전아파트 1동에 살고 있었다. 하긴 신세계아파트 근처에도 독서실이 차고 넘치는데 거기 사는 애가 굳이 이 근처의 독서실까지 올 리 없었다. 하지만 그렇다고 여기 다니는 애들이 모두 궁전에 사는 것도 아니고. 그런데 어떻게 내가 사는 아파트의 동수까지 알고 있는 거지? 아무 말도 더 못하고 있는데 윤도가 내가 부른 노래를 흥얼댔다. 그리고 확신에 찬 목소리로 말했다.

"매일 밤 열한시, 궁전 1동 위쪽 층에서 들리는 그 노랫소리야. 확실해."

나는 아무 말도 하지 못한 채 멍하니 윤도를 바라보았다. 눈이 작은 데 비해 검은자가 큰 그의 눈. 그 눈동자에 황망한 표정의 내가 비쳐 보였다.

2002년의 여름, 내가 한창 꽂혀 있던 앨범은 넬의 'Reflection of'와 자우림의 '연인', 애브릴 라빈의 'Let Go'와 콜드플레이의 'Parachutes'였다. 지금의 나는 별 기준 없이 다양한 장르의 음악을 듣는 편이지만 그때는 한국 인디 신의 음악이나 브릿 팝, 모던 록에 대한 애호가 강했다. 어느 유명한 뮤지션은 이런 장르의 음악을 두고 '오줌싸개들이나 듣는 노래'라고 혹평하기도 했지만, 오줌이 아니라 뭐라도 질질 짜고 싶었던 당시의 내 감성에는 제일 적합한 온도의 노래들이었다.

윤도가 들었다는 음악은 그중의 하나, 혹은 그 모두인 듯했다. 병적으로 암기력이 떨어지는 나임에도 이상하게 노래 가사만큼은 기가 막히게 잘 외워서 그 앨범들 속 노래들을 곧잘 따라 부르곤 했다.

궁전아파트의 안 좋은 점은 셀 수 없이 많지만, 산자락에 위치해서 도시의 야경을 내려다볼 수 있다는 점과 여름에도 찬바람이 불어온다는 점만큼은 좋았다. 튐 방지 기능이 있는 파나소닉 휴대용 시디플레이어는 당시에 내가 가지고 있는(가질 수 있는) 것들 중 가장 값비싼 물건이었다. 알토란처럼 모아놓은 음반들을 시디플레이어에 걸어놓은 뒤, 이어폰을 귀에 끼고 침대에 누워 좋아하는 만화책을 보는 시간이 내게는 유일하게 마음을 놓을 수 있는 때였다. 그 누구도 의식하지 않고 비로소 나일 수 있는, 그런 순간. 때때로, 실은 매일 밤 창문을 활짝 열어놓은 채 이어폰에서 흘러나오는 노래를 따라 불렀다. 다른 때였으면 당장 엄마의 불호령이 떨어졌겠지만 다행히도 그 시간에는 엄마 역시 자신만의 음악 활동을 하느라 바빴다. 그녀는 창고로 쓰는 작은방에서 아빠가 충동적으로 구매해놓고 두 번 이상 쓰지 않은 전자피아노에 헤드폰을 연결한 채 성가를 치며 눈물을 쏟아내는 나름의 힐링 프로세스를 진행하고 있었다. 아마도 기울어버린 가세와, 폭삭 망한 주제에 쇼핑 중독으로 온갖 물건을 사들이는 남편, 집에 오면 말 한마디 하지 않은 채 방문을 걸어 잠그는 중학생 아들을 향한 원망을 담은, 그러니까 뜻대로 되지 않는 인생 전반에 대한 주님의 구원과 응답을 구하는 노래였을 것이다(나는 내 만성적인 청승과 불면, 감정 기복이 모계유전이라고 믿고 있다).

그런데 그가 도대체 그걸 어떻게 알고 있는 거지?

내가 복잡한 표정을 한 채 아무 대답도 않자 윤도는 궁전아파트 1동에서 매일 밤 울려퍼지는 노랫소리에 대해, 그 정체에 대해 더이상 캐묻지 않았다. 다만 방금 내가 부른 노래의 가수와 제목을 알려달라고 했다. 나는 한참을 고민하다 다 기어들어가는 목소리로 대답했다.

"넬……이라는 밴드의 〈어차피 그런 거〉라는 노래야."

입 밖으로 내뱉고 나니 괜히 부끄러운 기분이었다. 나의 아주 사소한 부분이라도 드러내는 것이 익숙지 않기 때문도 있었지만, 대한민국 사람 모두가 윤도현밴드의 〈오 필승 코리아〉를 부르던 시기에 낯선 인디 밴드의 음악을 듣는다는 게 괜히 특별해 보이려고 발악하는 것처럼 느껴질 것 같아서였다(물론 어느 정도는 사실이었다). 우울하기 짝이 없는 노래들로 인해 황무지 같은 내 내면 풍경이 드러날 것 같은 불안감도 있었다. '평범한 존재'로 여겨져야 한다는 강박과 나만의 고유한 취향을 가지고 싶다는 상반된 욕망이 내 안에서 끊임없이 부딪쳤다. 그런 내 마음을 알 리가 없는 윤도는 주머니에서 최신형 애니콜 폴더폰을 꺼내 내가 일러준 가수와 노래 제목을 메모했다. 그리고 다소 신난 어조로 내게 물었다.

"신기하다. 넌 그런 노래를 어떻게 알아?"

영락없이 괴짜 취급이나 받을 줄 알았는데, 호의적으로 관심을 보이는 윤도를 보니 덜컥 반가운 마음이 들었다. 월드컵이 한창일 때 축구가 아닌 〈중경삼림〉을 보는 아이라면, 금성무와 양조위의 아름다움을 감상할 줄 아는 아이라면 내 취향을 공유해도 되지 않을까? 나는 조심스레 여러 인디 밴드 커뮤니티와 『핫뮤직』 『GMV』 등의 잡지를 통해 정보를 얻으며, 시내 영화관 뒷골목에 이런 음반을 주로 판매하는 레코드 가게가 있다고 말했다. 말하고 나니 묻지도 않은 얘기까지 주절거린 것 같아 부끄러워졌다. 윤도는 한참을 골똘히 생각하다, 들고 있던 핸드폰을 건네며 말했다.

"그럼 우리 언제 그 레코드 가게 같이 가자. 번호 좀 줘, 해리."

"그래, 그러자."

예상치 못한 반응에 놀랐지만 나는 아무렇지 않은 척 핸드폰을 받아들고 내 번호를 찍었다. 긴장하며 통화 버튼을 눌렀고, 내 핸드폰에 그의 번호가 뜨는 것을 확인한 후 다시 윤도에게 핸드폰을 건넸다. 윤도는 내 오래된 폴더폰을 보더니 말했다.

"너도 비기 알 쓰네."

"응. KTF 신규 가입하면 이 폰을 공짜로 주더라고(굳이 이런 말까지 하는 이유는 또 뭔데)."

"근데 너 노래 잘하더라? 아주 동네가 쩌렁쩌렁하던데. 나 잠까지 설쳤잖아."

"뭔 개소리야……"

당황스러워서 나도 모르게 말이 세게 나갔다. 윤도는 칭찬한 건데 왜 난리냐, 웃으며 대답했고 나는 바로 후회했다. 윤도는 내 반응에 별 신경도 쓰지 않고 볼일은 다 끝났다는 듯 내 어깨를 두 번 툭툭 두드렸다. 그리고 옥상 문을 열고 아래층으로 내려갔다.

그 순간 모두가 환호성을 내질렀다. 아마도 대한민국이 골을 넣은 것 같았다. 나야말로 환호가 아니라 비명이라도 지르고 싶은 기분이었다.

그날 밤, 나는 방으로 들어와서도 불을 켜지 않았다. 내 노랫소리가 들릴 정도면 그가 가까이 살고 있으리라는 생각이 들었다. 나는 누군가 듣고 있기라도 한 듯 숨소리를 죽인 채 아주 천천히 창문을 열었다. 아파트 단지 입구, 산비탈 아래쪽 빌라 단지와 그 아래쪽 번화가가 내려다보였다. 자정에 가까운 시간이라 그런지 불을 밝힌 집들은 많지 않았다. 눈을 가늘게 뜨고 불 켜진 집들을 하나씩 살펴보았는데 당연히 집안의 모습은 잘 보이지 않았다. 나는 창밖으로 좀더 몸을 내밀어 실눈을 뜨고 다시 빌라 단지 쪽을 보았다. 빌라들은 고급스러운 외관의 상아색 신축 건물이었는데, 빌라라는 점과 입시 실적이 나쁜 학군 때문에 집값이 싼 편이었다(고 엄마가 말하는 것을 들었다). 고급형 빌라라는 구색을 갖추기 위해 매우 인공적으로 조성된 조경용 침엽수가 나의 시야를 가렸다. 나무 사이로 몇몇 불 켜진 집들이 보였지만 대부분 커튼이 쳐져 있었다. 그런데 그중, 일층 창문이 활짝 열려 안이 잘 보이는 방 하나가 있었다. 방안에서 검은 형체가 움직였다. 어두운 색의 민소매 티를 입은 누군가의 뒷모습이 보였다. 그가 옷을 벗었다. 하얗고 마른 등이 보이자 나는 침을 삼켰다. 남자가 하얀 러닝셔츠로 갈아입고는 창가 앞 책상에 앉았다.

윤도였다.

그가 저기서 정말로 매일 밤 나의 노랫소리를 들은 것이었다. 갑자기 죽고 싶을 만큼 수치심이 일었지만 책상에 앉은 윤도에게서 시선을 뗄 수 없었다. 그는 공부를 하는 건지 뭔가를 쓰고 있었다. 심장 박동 소리가 커졌다. 발바닥부터 머리 꼭대기까지 심장 소리가 울리는 그런 느낌. 당연히 윤도에게 내 심장 소리가 전해질 리 없는데도 나는 점점 커지는 소리를 감추기 위해 몇 번이고 숨을 멈췄다가 길게 내쉬기를 반복했다. 그때 윤도가 자리에서 일어나 창문 쪽으로 손을 뻗었다. 나는 얼른 몸을 숙였다.

잠시 후 조심스레 고개를 들었을 때 윤도의 방에는 커튼이 굳게 닫혀 있었다.

그것이 중학교 2학년, 윤도와의 첫 만남이었다.

캔모아

봄방학은 빠르게 끝나버렸다. 밸런타인데이 대소동(?)을 겪은 후, 다행인지 불행인지 내 일상은 아주 조금씩 변해갔다. 무늬가 자신의 말대로 입이 무거운 건지, 아니면 내가 정말로 이용 가치가 있다고 판단한 것인지, 다행히 아이들 사이에 내가 윤도를, 그러니까 남자를 좋아한다든가 하는 소문은 나지 않았다. 나는 무늬의 뜻대로 일주일에 두 번 정도 무늬와 함께 집에 가게 되었다. 이따금 무늬가 놀리듯 "윤도의 매력이 뭐야?"라고 물었지만 내가 입을 다문 채 아무 대답을 않으면 이내 화제를 돌리곤 했다. 관심 없는 척 무늬를 떠봐서 초콜릿의 행방을 캐내려 했던 나의 계획은 수포로 돌아갔다. 무늬는 타고나기를 눈치가 빨라서 내가 초콜릿의 '초' 자라도 꺼낼라치면 바로 편지 구절을 읊어대어 내 입을 다물게 했다. 때문에 나는 아무런 정보도 얻지 못한 채 무늬에게 질질 끌려다니기만 했다.

윤도 역시 평소와 다르지 않게 나를 대했다. 윤도는 이번에도 바로 내 옆 반에 배정을 받았는데, 쉬는 시간에 복도에서 마주칠 때면 아무렇지 않게 나를 해리, 혹은 반장이라고 부르며 손바닥으로 뒷머리를 쓰다듬는 식이었다. 때때로 좋아하는 뮤지션이나 새로 나온 영화에 대해 얘기하는 것도 여전했다. 하지만 그건 그것대로 편치 않았다. 초콜릿 상자와 그 안에 담긴 내 감정이 도대체 어디로 향했을지, 질문이 꼬리에 꼬리를 물고 이어져 나를 괴롭혔다. 윤도가 내 초콜릿을 받았으면서 나에게 그 사실을 숨기고 있을지도 모른다는 생각도 들었다. 나는 윤도가 일상의 사소한 것부터 세상 누구에게도 말할 수 없는 비밀까지 나한테만큼은 솔직하게 얘기해주기를 바랐다. 좋아하는 마음을 숨긴 채 은밀히(?) 그의 곁을 맴도는 내가 감히 품을 만한 바람은 아니었지만.

침묵과 비밀.

그것은 모든 걸 안개 속에 밀어넣어버리고 인간을 외롭게 만든다. 나는 윤도가 나를 통해 비밀에서 자유로워지기를, 그래서 외롭지 않기를 바랐다. 그런 욕망이 나를 더 외롭게 만든다는 사실도 모른 채 말이다.

내 이런 애타는 마음은 아랑곳 않고 무늬는 나를 일종의 상담소로 이용하기로 작정한 것 같았다. 배신과 모략, 그리고 사랑(?)이 가득한 여중에서의 생활과 신의가 없는 친구들을 향한 분노를 마구잡이로 쏟아내곤 했다. 가족에 대한 얘기도 서슴지 않고 했다. 무늬의 아버지와 어머니는 모두 교수 혹은 교사인 듯했는데, 은연중에 '아버지의 학생들'이라거나 '어머니가 수업을 나갔을 때'와 같은 말을 꺼내곤 했기 때문이다(나중에 알고 보니 두 분 다 대학 교수였다). 헤비

스모커 수준으로 담배를 피우고, 쌍시옷 섞인 욕도 거침없이 하는 무늬가 부모님을 부를 때만은 꼬박꼬박 아버지, 어머니라는 호칭을 썼다. 무늬의 가족은 나름대로 복잡한 사정이 있는 것 같았는데, 엄하고 독선적인 아버지와 가정에 무관심한 어머니, 아버지의 축소판 같은 꽉 막힌 모범생 오빠가 무늬를 잔뜩 짓누르고 있는 듯했다. 따지고 보면 나와 적(?)에 가까운 사이인데도 불구하고 무늬는 흉이 될 만한 얘기를 잘도 털어놓았다. 만날 때마다 하도 속 얘기를 해대는 통에 얘가 정말 나를 특별하게 여기나보다, 하는 생각까지 하게 됐다. 그럴 리가 없잖아. 나에 대해 뭘 안다고. 그렇다면 도대체 뭘까. 나 같은 애조차 아쉬울 정도로 친구가 없어 보이지는 않는데. 고민해봐도 답은 없었다. 문제는 나도 모르는 새 나 역시 무늬와의 동행을 즐기게 되어버렸다는 데 있었다. 좀더 정확히 말하자면 무늬의 큐레이션을 즐기게 되었달까.

이전까지 내가 알고 있던 서사라고는 남자아이들이 반에서 돌려보는 『더 파이팅』이나 『힙합』『짱』『H2』 같은 만화가 전부였다. 모험과 경쟁, 짠내 나는 우정과 죽음으로 점철된 세계. 그런데 무늬가 건네준 『호텔 아프리카』는 달랐다. 소도시인 고향을 떠나 대도시에서 예술을 하는 남자, 영원히 채워질 수 없는 상실을 안은 채 남자를 사랑하는 남자의 모습이 너무나도 자연스럽게 녹아 있었다. 『호텔 아프리카』를 읽는 내내 내가 가지고 있는지도 몰랐던, 하지만 내 안에 분명히 존재하고 있던 갈증이 해소되는 듯한 느낌을 받았다. 나는 무늬에게 이런 종류의 책이 더 없냐고 쑥스럽게 물어보았고, 무늬는 역시나 내가 좋아할 줄 알았다며 신이 나서 더 많은 만화책들을 추천해주었다. 나는 『Let 다이』와 『뉴욕 뉴욕』을 읽으며 남성들의 사랑을 배웠고, 『별빛 속에』와 『노말 시티』에서 SF를, 『X』와 『성전』 『악마의 신부』에서 오컬트 문화를 흡수했다. 세상에 나를 위한 서사가 이토록 다양하게 존재하고 있다는 사실을 그때 처음으로 알게 되었다. 나는 내게 허락된 신세계에 전율하며, 가진 돈을 모두 밍크북스에 갖다 바쳤다. 무늬는 진도를 성실히 따라오는 수강생을 보는 것처럼 뿌듯해하며 내게 더 많은 만화를 추천해주었다.

어느 날, 우리는 여느 때처럼 학원을 마친 후 함께 밍크북스에 들렀다. 평소처럼 무늬에게 책을 추천해달라고 하자 무늬는 매우 신중한 목소리로 말했다.

"이번 작품은 정말 아무한테나 알려주지 않는 거야. 그만큼 소중히 아껴 읽을 필요가 있지."

무늬는 마치 성검을 뽑아들듯 조심스레 서가에서 만화책 몇 권을 꺼내들었다. 그러더니 훈장을 수여하듯 경건하게 내 손에 쥐여주었다. 제목은 '나나'.

그날 밤 나는 빌려온 일곱 권의 책을 눈물을 쏟으며 읽었다. 그리고 처음으로 무늬에게 먼저 문자를 보냈다.

—『나나』 정말 미쳤다.

—좋지?

—개명작.

—역시 그럴 줄 알았어. 축하해. 시험은 끝났어. 너, 합격이야.

—무슨 뜻이야?

—내일 시내로 나와.

—왜?

　—와보면 알아. 예쁘게 입고 나와라. 대학생처럼.

　무늬의 문자를 받고 잠시 동안 멍해졌다. 갑자기? 시내를 왜? 같
이 영화라도 보자고? 우리가 그럴 사이까지는 아니잖아. 내가 너무
빨리 곁을 내준 것인가. 아니면 밸런타인데이 소동에 대한 후속 조
치를 하겠다는 의미인가. 이제 와서 도대체 뭘 어쩌려고…… 생각이
끝없이 이어졌다. 복잡한 마음으로 문득 벽에 걸린 달력을 쳐다봤더
니 오늘이 마침 3월 14일이었다. 그러니까 화이트데이. 순간 등에 소
름이 돋았다. 도대체 무슨 이유로 날 보자는 거지? 뭐라고 대답해야
할지 몰라서 한참을 핸드폰 화면만 바라보았다.

　그때 전화가 걸려왔다. 나는 진동 소리에 놀라 핸드폰을 침대에 떨
어뜨렸다. 고새를 못 참고 무늬가 전화한 것인가 싶어 액정을 봤더
니, 태리였다. 나는 잠시 숨을 고르고 전화를 받았다. 태리의 다소 침
울한 목소리가 들렸다.

　"형, 뭐해?"

　"그냥 누워 있어."

　"그럼 나랑 잠깐 볼래?"

　"귀찮은데."

　"좀 나와, 놀이터로."

　전화를 끊자 폴더폰의 외부 액정에 '강태리 0:15'라는 푸른 글자
가 떴다. 십오 초. 우리의 통화는 언제나 이렇게 간결했다.

　태리는 궁전아파트 단지에서 그나마 유일하게 친구라고 할 수 있
는 아이였다. 그 말인즉 할일이 없을 때 슬리퍼를 끌고 나가 언제든

지 만날 수 있는 가장 만만한 존재라는 의미였다(나 역시 태리에게
마찬가지였을 것이다). 태리와 나의 관계는 역사가 깊었다. 나의 엄
마와 태리의 어머니인 미라 아줌마가 문예반 단짝 친구였던 여고 시
절까지 거슬러올라간다. 태리는 빠른 연생이라 학년은 같지만 언제
나 나를 형이라 불러왔다(다행히 초등학교도 중학교도 서로 다른 곳
에 다녀서 혼선을 빚은 적은 없었다). 태리는 나이에 비해 좀 어린애
같았고 나는 조금 조숙한 편이라 태리를 동생처럼 대하는 것이 익숙
하기는 했다. 하지만 나는 나보다 다섯 살 많은 태란 누나에게 더 깊
은 친밀감을 느껴왔다.
　태리네 가족은 우리 가족이 이사오기 훨씬 전부터, 그러니까 태리
가 아기 때부터 궁전아파트에 살고 있었다. IMF 시절, 우리 가족이
망했을 때 하고많은 아파트 중에 군이 이곳에 정착하게 된 것도 미라
아줌마의 영향이 컸다. 미라 아줌마와 우리 엄마 모두가 생업에 종사
하고 있었는데, (미라 아줌마의 경우 알로에 방판 사원, 우리 엄마의
경우 공부방의 보조 교사였다) 어느 한쪽의 퇴근이 늦어지는 날이면
서로의 아이들을 한집에 몰아놓고 끼니를 챙겨주거나 돌봐주었다.
태리네는 아파트 단지에서 가장 높은 곳에 위치한 10동에 살았다. 내
가 사는 1동이 언덕 높이라면 10동은 가파른 산자락에 있어서 그곳
까지 가는 건 거의 등반이라고 할 수 있을 정도였다. 엄마가 퇴근이
늦어진다며 '미라네'에서 저녁을 챙겨 먹으라고 전화를 하면 나는 어
김없이 등반할 준비를 했다. 그렇게 가쁜 숨을 내쉬며 10동에 도착하
면 태리와 태란 누나가 텔레비전을 보다가 나를 맞아주었다.
　어릴 적 우리는 마치 세 남매처럼 자랐다. 좀더 정확히 말하자면

중학생이었던 태란 누나가 초등학생이었던 나와 태리를 챙겨주는 것에 가까웠지만. 누나는 예전부터 '이 거지같은 집구석을 떠나겠다'는 말을 입에 달고 다니며 집안의 이단아를 자처했는데, 어린 내가 보기에도 비범한 구석이 있는 사람이었다. 미라 아줌마는 태란 누나에게 싸가지 없는 가시나라고 하며 면박을 주기 일쑤였고 막내아들인 태리만 감싸고돌며 노골적으로 편애를 하는 것처럼 보였으나, 실은 언제나 전교 1등을 하는 장녀를 가문의 영광으로 여긴다는 사실을 동네 사람 모두가 알고 있었다. 자존심이 세고 지기 싫어하는 성격인 태란 누나를 위해 미라 아줌마는 빠듯한 형편에도 백화점에서 메이커 옷을 사다 입히고 용돈도 남부럽지 않게 챙겨주고는 했다. 태리는 자기 나름대로 지독한 차별을 겪으며 자랐다고 주장했다. 자신은 문턱도 밟아보지 못한 피아노 학원을 태란 누나는 체르니 50번을 뗄 때까지 다녔다는 사실을 귀에 딱지가 앉도록 얘기했다(태란 누나는 초등학교 2학년 때 유소년 피아노 콩쿠르에 나가 입상까지 했다). 아무튼 무엇을 했다 하면 끝장을 보는 태란 누나는 단순하고 산만하고 아무에게나 어리광을 피우는(즉, 스포일드 차일드인) 자신의 친동생보다 그나마 차분하고 말이 통하는 나를 더 가까이 여겼다. 태리는 얼씬도 못하게 했던 자신의 방조차 내게는 순순히 내어주었으니까.

태란 누나의 방은 그 시절 내게 보물 창고나 다름없었다. 책상 한쪽에는 카세트 시디 컴포넌트가 있었고, 벽 한 면을 차지하는 커다란 책장에는 『유행통신』과 『키노』 같은 잡지들과 인디 음악 앨범들이 꽂혀 있었다. 게다가 태란 누나는 추리소설광에 수집벽까지 있어 백 권이 넘는 동서추리문고 시리즈와 애거사 크리스티 전집, 셜록 홈스 전

집을 모두 보유하고 있었다. 나는 어쿠스틱 음악을 틀어놓고 공부하는 태란 누나의 등을 보며 애거사 크리스티나 엘러리 퀸의 추리소설을 읽고는 했다(이른 나이에 살인과 범죄를 접하는 게 아이의 정서에 좋지 않다는 것을 나는 경험으로 알게 되었다). 작년에 태란 누나가 서울대에 합격해 상경한 이후로는 그녀가 유산처럼 남기고 간 음반을 홀로 찾아 들었다. 태리는 태란 누나가 듣는 음악이 우울하다고 싫어했으며 애초에 책에는 관심도 없었다. 다만 내 뒤를 졸졸 쫓아다니며 학교나 교회에서 일어난 따분한 일들을 쏟아내곤 했다. 한참을 그렇게 혼자 떠들다 내가 별 반응이 없으면 뾰로통해져서 말했다.

"형은 나한테 뭐 하고 싶은 얘기 없어?"

"응."

"왜?"

"별로 할 얘기가 없으니까……"

너처럼 단순한 것도 재주라면 재주다, 말하고 싶기는 했지만…… 그러지 않았다. 그래도 태리와 있으면 뭐랄까, 조금의 구김도 없는 도화지를 보는 것 같은 편안한 기분이 들기는 했다. 하지만 오늘은 명작 『나나』의 감동에 젖어 있고 싶은데 태리 이놈은 눈치도 없이 왜 오밤중에 불러내고 난리일까. 대충 후드 티를 걸치고 나가려는데 문자가 한 통 왔다.

―내일 오후 한시, 한일극장 앞.

이번엔 진짜로 이무늬였다. 나는 잠깐 고민하다가 에라 모르겠다 하는 마음으로 'ㅇㅇ'이라고 보내버렸다. 그나저나 애는 전생에 히틀러였나. 입만 떼면 명령이야.

핸드폰을 주머니에 넣고 툴툴대며 집 앞 놀이터로 내려갔다. 그네에 태리가 앉아 있는 게 보였다. 태리는 회색 트레이닝 바지에 파란색 아디다스 저지를 입고 있었다. 별로 추운 날씨도 아닌데 소매를 손가락 끝까지 내리고 소매 안에 입김을 후후 불어넣고 있었다. 막내로 자라서 그런지 몰라도 태리는 때때로 성별과 나이를 초월하는 귀여운 척을 해서 나를 기함하게 만들었다.

"소매 뭐야. 니가 반윤희라도 되는 줄 아냐?"

"추워서 그런 거야."

쑥스러운 듯 소매를 다시 손목까지 끌어올린 태리. 태리의 허벅지 위에 작은 상자가 놓여 있었다. 나는 그 앞으로 다가가 무릎을 툭 치며 말했다.

"그건 뭐야?"

태리가 불쑥 내게 상자를 내밀었다.

"별건 아니고."

상자를 열어보자 초콜릿이 들어 있었다. 누가 봐도 직접 만든 수제 초콜릿. 지난달에 내가 만든 것보다는 나아 보였지만 수제 특유의 어설픔을 감출 수는 없었다. 트라우마가 되살아나 나도 모르게 몸을 부르르 떨었다. 나는 태리에게 신경질적으로 물었다.

"이걸 왜 날 줘. 여친한테 벌써 차였어?"

"차이긴 누가 차여! 누나 주려고 초콜릿 만들었는데 너무 많이 만들어버려서 들고 온 거야."

태리는 세 달 전 교회 찬양부의 고등학생과 사귀기 시작했다. 처음 그 누나에게 고백을 받은 날부터 지금까지 거의 생중계 수준으로 연

애사를 들어온 터라 사귄 지 백 일도 채 되지 않은 커플임에도 이미
천년은 만난 사람들을 보는 것처럼 피로감이 느껴졌다.

"나 단것 싫어하는 거 알면서."

말은 그렇게 하면서 어느새 초콜릿을 입에 넣은 나. 달콤쌉싸름한,
지독히 평범한 초콜릿 맛이었다. 내가 "먹을 만하네", 심드렁하게 말
하자 태리는 누구보다 기쁜 표정을 지었다. 투명한 꼬리를 계속 흔
드는 것 같은 느낌이랄까. 태리는 정말이지 반려견 같은 구석이 있었
다. 태란 누나(혹은 나)와는 달리 타고나기를 고분고분한 성격이라
미라 아줌마가 시키는 대로 교회도 주말마다 꼬박꼬박 잘 나가고, 누
구든 곧잘 믿고 따랐다. 그런 온순한 성격과 미라 아줌마를 닮은 큰
눈 덕분인지 이성들에게도 인기가 있어서 연애도 벌써 세 번이나 했
다. 나로서는 그녀들의 취향을 이해할 수가 없었지만 말이다.

왜 태리 앞에서는 늘 신랄하고 무정해지는 걸까, 그런 생각을 하며
나는 입안에 있던 초콜릿을 꿀꺽 삼켰다. 그리고 우리의 통화가 그렇
듯 태리와 짧게 얘기를 나누고 헤어졌다.

*

긴장이 돼서 그런지 약속 시간보다 이십 분이나 일찍 한일극장에
도착해버렸다. 나는 극장 앞 커다란 쇼윈도에 비친 내 모습을 바라보
았다. 노튼 카라 티에 검은 카디건, 물 빠진 청바지를 입고 검은 폴로
모자를 눌러쓴 나. 가방은 평소에 메고 다니는 나이키 백팩 대신 이
스트팩으로 골랐다. 대학생처럼 입고 오라는 말이 괜히 신경 쓰여서

최대한 나이들어 보이게 입었는데, 어쩐지 평소와는 달리 십대 티가 나는 것 같았다. 그때 누군가 내 등을 쳤다. 고개를 돌린 나는 입이 떡 벌어질 만큼 놀랐다.

내 앞에 선 무늬는 군데군데 구멍이 뚫린 흰 티에 체크무늬 미니 플레어스커트를 입고 벨트에 체인을 걸었다가 굽이 높은 검은 워커를 신어 가뜩이나 큰 키가 훨씬 더 커 보였다. 짝퉁이 하도 많아서 진품조차 가품처럼 보일 만큼 유행했던 프라다 백팩을 메고 있었다. 아이라인을 두껍게 그리고 머리에 왁스를 발라 가르마를 반으로 탄 헤어스타일, 피어싱이 잔뜩 박힌 귀가 고스란히 드러나는 그녀의 모습은 누가 봐도 『나나』의 주인공 오사키 나나였다. 나는 무늬를 보며 토하듯 웃었다.

"너 지금 코스프레한 거야?"

"개소리하지 마라."

욕을 하면서도 내 눈을 피하는 것을 보니 무늬 자신도 쑥스러운 모양이었다. 무늬는 오늘 해치워야 할 업무가 있으니 그것부터 해결하고 밥을 먹자고, 결연한 표정으로 말했다. 또 무슨 이상한 짓거리를 시키려고 이러시나, 불안한 마음이 앞섰다.

무늬는 내게 따라오라고 손짓한 뒤 횡단보도 쪽으로 걸어갔다. 무늬가 한 발짝씩 내디딜 때마다 체인이 부딪치는 소리가 들렸고, 나는 자꾸만 웃음이 터져나왔다.

"자꾸 웃네? 그러다 뒤지는 수가 있다."

무늬는 길을 건너 D역 쪽으로 향했다. 가만 보니 무늬의 귀가 기름을 바른 것처럼 번들거렸다. 내가 모르는 새로운 화장법인 걸까?

'니쁜필'이 유행이라던데 일본의 최신 트렌드인가? 궁금증이 일어 무늬에게 물었다.

"너 왜 귀가 반짝거려? 뭐 발랐어?"

"말도 마라. 자꾸 고름 나와서 미치겠어. 마이신 먹고 후시딘 바르고 나왔다."

나는 입술을 깨물며 웃음을 참았다. 얘는 나를 웃겨주려고 태어난 것일까. 무늬는 계속해서 걸었다. 번화한 거리를 지나니 낮고 오래된 건물들이 나타났고 이내 시장 입구에 도착했다.

교동시장.

이름만 들어본 곳이었다. 무늬는 이미 몇 번 와본 듯 시장 골목 쪽으로 거침없이 걸어들어갔다. 나도 무늬 뒤에 바짝 붙어 빠르게 걸었다. 사람 한 명이 지나가기 힘들 만큼 좁은 골목을 사이에 두고 음식점들이 다닥다닥 붙어 있었다. 처음 맡아보는 요상한 냄새가 풍겼다. 상한 고기 냄새 같기도 하고 묘한 이국의 냄새 같기도 했다. 그렇게 정체 모를 냄새를 맡으며 계속 걸었다. 두 갈래 길이 나오자 무늬가 우뚝 멈춰 서고는 이쪽저쪽 고개를 돌리며 길을 살폈다. 뭐야, 초행길이었어? 음식점들에서 내뿜는 증기며 열기 때문에 금세 더워졌다. 나는 입고 있던 카디건을 벗어 어깨에 걸쳤다. 그리고 길가에 비쭉 튀어나와 있는 아이스크림 냉장고에 슬쩍 몸을 기댔다. 팔에 닿는 시원한 감촉이 좋았다. 도통 방향감각이 없어 보이는 무늬를 불안해하며 무심코 냉장고 안을 바라봤다가 소스라치게 놀라 비명을 질렀다. 냉장고 안에 개의 사체가 있었다. 그것도 가죽이 벗겨진 채 몸을 웅크리고 있는 개가. 나는 온몸에 소름이 돋는 것을 느끼며 뒷걸음질

쳤다. 가게 주인이 별꼴을 다 본다는 듯 나를 쳐다봤다. 무늬가 내 쪽으로 와 화를 냈다.

"사람 죽었니? 왜 호들갑이야."

갑자기 이 모든 상황이 견딜 수 없이 짜증났다.

"너 어딘지 알고 가는 거긴 해?"

"인터넷에서 약도 보고 오기는 했는데……"

"뭐야, 한 번도 가본 적 없어?"

"누구에게나 처음은 있는 법이지."

무늬의 당당한 태도에 기도 안 찼다.

"도대체 목적지가 어딘데?"

"양키 골목."

모르면 물어보면 될 일이지, 그게 그렇게 어렵나. 나는 못마땅한 표정을 짓고 있는 개고기집 주인에게 양키 골목이 어디 있냐고 물었다. 주인은 아무 대답도 않고 턱짓으로 오른쪽을 가리켰다.

"이쪽인가봐."

우리는 두 갈래 길 중 오른쪽 길로 걸어갔다. 비슷비슷한 음식점들이 이어지다 곧 넓은 길이 나왔다. 군복을 모아놓은 가게며 외국산 과자들을 깔아놓은 가게들이 보였다. 무늬는 그제야 감을 잡았는지 앞으로 성큼성큼 걸어 마침내 어느 유리문 앞에 섰다. 유리문 위에는 커다란 간판이 달려 있었다.

교동 종합 수입 상가.

무늬가 백팩 앞주머니에서 딸기 지갑을 꺼냈다. 한눈에도 지갑이 두툼해 보였는데 만원짜리가 뭉텅이로 들어 있었다. 무늬는 침을 발라 돈을 세더니 나에게 십만원을 쥐여주었다.

"이걸 왜?"

"나 이제 에쎄 라이트 졸업하기로 했다."

"담배 끊을 거야?"

"그럴 리가 있겠니. 차라리 개가 똥을 끊지."

"그럼?"

"너 『나나』에 나오는 블랙스톤 기억나지?"

"그…… 야스가 피우는 까만 담배?"

"맞아. 그거랑 세븐스타. 누나가 이제 일본 담배를 피워보려고. 각각 한 보루씩 사오면 돼."

무늬가 주머니에서 작은 종이 하나를 꺼내더니 상가의 약도라며 내게 건넸다. 입구의 노란 계단을 통해 이층으로 올라간 뒤 약도를 따라 가면 '미자주류'라는 가게가 있다고, 그곳에서 일제 담배를 취급하니 주인아줌마에게 말하면 된다, 고 설명했다.

"돈은 아마 그 정도면 충분할 거야."

아, 정말이지, 사람을 귀찮고 짜증나게 하는 데 탁월한 소질이 있었다. 내 표정이 안 좋은 걸 눈치챘는지 무늬가 달래듯 말했다.

"눈 딱 감고 한 번만 더 도와줘라. 끝나고 내가 진짜 맛있는 거 사줄게."

잠시 고민하다 나는 여기까지 따라왔는데 거절하기도 좀 그래서 (실은 배가 고프기도 해서) 주머니에 십만원을 넣었다. 그리고 결연한 마음으로 유리문을 밀고 들어갔다.

무늬의 말대로 가니 과연 '미자주류'라는 조그마한 간판이 보였다.

가게 앞 진열대와 벽 쪽 장식장에 온갖 종류의 술이 즐비했다. 내가 가게 앞에서 말없이 서성대자 (아주 높은 확률로 이름이 미자일 것 같은) 사장이 내 쪽을 바라보았다. 나는 최대한 침착한 목소리로 말했다.

"사장님, 혹시 여기 일본 담배 있어요?"

사장이 미심쩍은 표정으로 말했다.

"뭐 줄까."

나는 무늬가 시킨 대로 세븐스타와 블랙스톤을 각각 한 보루씩 달라고 했다. 사장은 앓는 듯 끄응 소리를 내며 의자에서 일어나더니 장식장 아래쪽, 굳게 닫혀 있던 미닫이문을 열었다. 그 속에는 처음 보는 담배들이 가득 들어 있었다. 사장은 그중 세븐스타와 블랙스톤을 꺼내 진열대 위에 올려놓았다.

"세븐은 사, 블랙은 육."

뭐, 담배가 이렇게나 비싸다고? 아무리 수입 담배라 해도 바가지를 쓰는 것 같은 기분이었지만 따지고 들기에는 심장이 너무 쫄렸다. 나는 주머니에서 십만원을 꺼내 순순히, 실은 던지듯 건넸고, 담배 두 보루를 품에 안고 나왔다.

나를 본 무늬는 그 어느 때보다도 해사하게 웃었다. 그러고는 내 가방에 담배를 넣어놓으라고 명령하듯 말했다. 나는 반사적으로 무늬가 시키는 대로 했다. 무늬는 이제 밥을 먹으러 가자며 왔던 길로 돌아나갔다. 나는 무늬를 따라 다시 시장을 거슬러 시내 쪽으로 걸어갔다. 내심 무늬가 어떤 음식을 사줄지 기대를 품고 있었다. 그녀의 지갑에 꽂힌 지폐의 양과 경제관념으로 보건대 내가 생전 먹어보지 못한 음식을 사줄 것만 같았다.

무늬가 나를 데려간 곳은 동성로에 있는 '소호'라는 경양식 집이었다(이상하게 그 시절 음식점과 카페들은 영미권의 지역명에 집착하는 경우가 많았다. 소호와 버클리, 첼시와 브루클린, 매디슨 카운티……). 소호는 시내 한복판에 위치해 있음에도 양옥 건물에 그럴듯한 정원까지 딸려 있는데다 외관이 모던한 것이 딱 보기에도 고급음식점 같았다. 음식점 안에 들어가니 연기가 자욱했다. 무늬는 이곳이 시내에 몇 안 되는, 흡연이 자유로운 곳이라고 했다. 직원이 창가쪽 자리로 안내하며 메뉴판과 재떨이를 건넸다. 무늬는 메뉴판을 보지도 않고 "소호 정식 두 개요"라고 주문을 한 뒤 내게 담배를 꺼내라고 재촉했다. 나는 가방에서 담배 두 갑을 꺼내, 피우기 좋게 포장지를 뜯어서 무늬의 앞에 밀어놓았다. 점점 무늬의 하인이 되는 것같은 기분이 들었다. 무늬는 담배 두 갑을 모두 뜯더니 내게 말했다.

"둘 중에서 하나 골라라."

"왜?"

"왜긴 왜야. 너도 피워보라고."

태어나서 한 번도 담배를 피워본 적이 없었지만 나는 호기롭게 블랙스톤을 골랐다. 세븐스타보다 더 비싸고 담뱃갑도 검은색이어서, 왠지 더 그럴듯해 보였기 때문이다.

"괜찮겠어?"

웃는 무늬를 보며 나는 담배 한 개비를 입에 물었다. 무늬의 라이터로 호기롭게 불을 붙였다. 마치 물위로 떠오른 잠수부처럼 힘껏 숨을 들이켰다. 이내 속이 타는 듯한 느낌에 연신 기침을 했다. 여전히 목구멍에 이물질이 있는 것 같은 느낌이 들었다. 모든 처음은 흔적을 남긴다는 것을 나는 우습게도 담배를 피우며 배웠다. 무늬는 그런 나를 보고 또 한번 웃었다.

"그럴 줄 알았다. 그게 얼마나 독한데."

무늬는 세븐스타 한 개비를 꺼내 불을 붙였다. 그리고 특유의 아저씨 같은 포즈로 담배를 뻐끔뻐끔 피워댔다.

"역시, 일본 담배가 진짜 진하긴 하네."

왠지 탄내와 비린 냄새가 국산 담배보다 더 심한 것 같다고 무늬는 덧붙였다.

곧이어 음식들이 나오기 시작했다. 수프에 샐러드, 파스타에 자그마한 햄버그스테이크까지. 기대보다는 평범한 맛이었지만 우리는 둘다 말없이 흡입하다시피 먹었다. 두시가 넘도록 아무것도 먹지 않았기 때문이었다. 그렇게 음식을 다 비우고 난 후 시계를 보니 고작 십오 분이 지나 있었다. 직원이 빈 접시를 치우고 후식 메뉴판을 가져다주었다. 무늬는 내 의사를 묻지 않고 커피 두 잔을 시켰다. 곧 장식적인 커피잔에 블랙커피가 담겨 나왔다. 인공적인 달콤한 향과 함께 쓴맛이 혀끝에 감돌았다. 시험 기간에 잠을 쫓기 위해 마셨던 믹스커피와는 완전히 다른 맛이었다. 생전 처음 블랙커피를, 그것도 '헤이즐넛 향 아메리카노'를 마셔보는 거였다. 괜히 심장이 더 빨리 뛰는 것 같은 기분. 무늬는 커피잔에 입만 대놓고서는 굉장히 단호한 말투로 말했다.

"여기 커피 별로다. 다른 데 가자."

나는 아무렇지 않은 척했지만 속으로 몹시 놀랐다. 코스에 포함된,

공짜 후식을 다 먹지 않고 자리를 뜨다니. 나로서는 상상도 할 수 없는 일이었다. 무늬는 확실히 나와는 경제 감각이 다른 게 분명했다. 음식값으로 삼만원 조금 안 되는 돈이 나왔다. 나는 자꾸만 쪼그라드는 것 같은 기분이 들었다. 그도 그럴 것이 이전까지 내게 허락된 고급 음식은 기껏해야 시험을 마치고 장우동에서 사 먹는 칠천원짜리 장우동 정식 세트 정도였기 때문이었다. 일본 담배를 사는 데 십만원, 점심 한 끼에 삼만원을 쓰다니. 고작 하루 동안 십만원이 넘는 돈을 쓴다고? 일주일에 만원 남짓의 용돈을 받는 내 기준으로 보면 거의 세 달 넘게 모아야 하는 돈이었다.

계산을 끝내고 나온 무늬가 특유의 빠른 걸음으로 나를 앞질러 걷기 시작했다. 그제야 길에서 삼 초마다 볼 수 있는 그녀의 가방이 진짜 프라다일 것 같다는 확신이 들었다. 도대체 얼마짜리인 걸까. 교수 집 딸은 뭐가 달라도 다르네…… 촌스럽게도 질투심이 내 가슴을 휘저어놓았다. 무늬가 요즘 인기 있는 디저트 카페가 근처에 있다며 그곳에 가자고 했다. 밥을 얻어먹었으니 후식은 내가 사야겠지? 설마 이번에도 비싼 데를 가려는 걸까. 그냥 튀어버릴까? 짧은 순간에 다채롭게 구질구질한 생각에 빠져드는 나 자신이 조금 싫어졌다.

방향감각이 썩 좋은 스타일도 아니면서 무늬는 큰길이 아닌 샛길만 골라 다녔다. 늘 뒤가 켕기는 짓을 하고 다니기 때문에 으슥한 길로 다니는 거라는 주관적인 확신이 들었다. 나로서는 자꾸만 두려워졌다. 그것은 시내에 나올 때마다 언제나 느끼던 감정이기도 했다. 고백하자면 나는 좋아하는 가수의 신보나 기다리던 책을 사러 갈 때 빼고는 시내에 거의 나오지 않았다. 시내란 단짝들과 놀러오는 곳이고, 나같이 비밀이 있는 사람은 단짝이라는 걸 만들기 힘들 수밖에 없다. 모두와 잘 지내는 사람은 결국 아무와도 깊이 지내지 못하는 사람이기도 한 것이다. 나는 언제까지 이런 삶을 계속해나가야 하는 것일까. 침울한 생각에 빠져들 때쯤 무늬가 한 건물 이층을 가리키며 말했다.

"캔모아야."

나는 과일이 그려진 연두색 간판을 보았다. 우리는 나란히 계단을 올라갔다. 가게문을 여는 순간 나는 눈이 휘둥그레졌다. 벽이 핑크색으로 칠해진 것도 모자라 커다란 라탄 의자에 현란한 꽃무늬 쿠션이 놓여 있었다. 심지어 어떤 의자는 천장에 그네처럼 매달려 있어 몹시도 불안정해 보였다. 가게 중앙에는 너무나도 작위적인 빛깔의 인조나무가 풍성한 이파리를 자랑하며 서 있었다. 눈이 부시다못해 시릴 정도로 밝고 화려한 내부에 나는 현기증까지 느꼈다. 도저히 내 취향이 아니었는데, 무늬 말대로 요새 인기가 있는지 사람들로 북적거렸다. 무늬와 나는 간신히 구석의 그네 의자에 앉을 수 있었다. 무늬는 지금까지의 기세와는 달리 가방을 벗으며 한숨을 내쉬었다. 엄청나게 컬러풀한 의자에 반해 무채색의 펑크 키드 같은 무늬의 모습이 이질적으로 느껴졌다. 배경과 인물을 각각 다른 사람이 그린 만화 같았다. 내 입가의 웃음기를 보았는지 무늬가 나를 째려보았다.

"왜 또 쪼개냐. 뭐 잘못 먹었냐."

"내가 내 입으로 마음대로 웃지도 못해?"

무늬와 있으면 이상하게 자꾸 웃음이 났다. 인정하기는 싫지만 어느새 나는 무늬와의 시간을 즐기게 되어버렸다. 무늬는 메뉴판을 홀

꿋 보고는 자기는 이미 정했다며, 먹고 싶은 것을 아무거나 고르라고
했다. 나는 메뉴판을 보다 눈에 확 띄는 메뉴를 골랐다.

파르페.

일본 순정만화에 단골로 나오는, 디저트인지 음료인지 명확히 정
의 내릴 수 없는 미지의 음식. 무늬가 눈꽃빙수와 파르페를 주문했
다. 내가 지갑을 들고 미적대는 사이 무늬가 계산을 했고 나는 안도
의 한숨을 내쉬었다. 곧 음식이 나왔고, 내가 카운터로 가 트레이를
받아왔다(공짜 음식이니 그 정도는 해야 할 것 같았다). 트레이에는
우리가 시킨 것 말고도 토스트와 생크림이 담긴 접시가 있었다. 토스
트를 허겁지겁 먹어치우는 나를 보며 무늬가 말했다.

"그거 어차피 무한 리필 되니까 빙수부터 먹어."

"무, 무한 리필이라니. 토스트가 반찬도 아니고······"

"그걸로 유명한 데야. 토스트도 생크림도 원 없이 먹을 수 있어.
그러니까 배 차기 전에 일단 시켜놓은 것부터 먹어."

나는 무늬가 시키는 대로 눈꽃빙수를 한 숟갈 떠서 입안에 넣었다.
그리고 지금껏 경험해보지 못했던 신세계를 맛보았다. 알프스산맥의
만년설을 떠먹은 것처럼 혀에 닿는 순간 녹아내리는 차가운 맛의 향
연. 너무 찰나의 환희라 도저히 한 번으로 끝낼 수가 없어서 나는 계속
숟가락질을 했고, 정신을 차려보니 순식간에 빙수가 동나 있었다. 무
늬가 생크림을 찍은 토스트를 질겅질겅 껌처럼 씹으며 말했다.

"굶었니? 뭘 그렇게 허겁지겁 먹냐."

나는 급하게 빙수를 먹은 통에 관자놀이가 띵해서 아무 대답도 하
지 못했다. 무늬는 손에 묻은 생크림을 슥 핥아먹으며 심상한 목소리

로 물었다.

"넌 사랑에 대해 어떻게 생각해?"

내가 아니라 무늬야말로 뭘 잘못 먹은 게 분명했다. 그게 아니고서 야 이런 뜬금없고 근본 없는 질문을 할 리가 없지. 그러면서도 나는 무늬가 던진 질문에 휘말려, 그네 의자를 앞뒤로 살살 흔들며 생각했다.

사랑은 정말 뭘까? 자꾸 생각나는 거? 문득 윤도의 어깨가 떠올랐다. 얼굴도 뒤통수도 아닌, 쇄골이 비죽 튀어나온 하얀 어깨가. 윤도와 마주칠 때마다 내 코에 스치던 보송보송한 향기까지도…… 그렇게 잠시 윤도에 대한 공감각적 감상에 젖어 있다가, 얼른 정신을 차렸다.

"눈꽃빙수 먹다 말고 그런 걸 왜 묻는 건데."

"역시 넌 아직 날 못 믿는구나."

당연하지. 믿음, 혹은 신뢰감은 내게 너무나도 생경한 감정이었다. 누구에게도 품어본 적이 없는.

"나는 꽤 친해졌다고 생각했는데. 그러고 보니 언제나 나만 떠들었었네."

무늬는 내가 아무 말도 않고 파르페를 먹자 다시 말을 이어가기 시작했다.

"하긴 나라고 해서 뭐 너한테 완벽하게 솔직했던 건 아냐."

"그래(도대체 얼마나 더 솔직할 생각인 건데)?"

"너한테만 하는 말인데…… 난 졸업하면 서울에 갈 생각이야."

"아(그게 뭐 대단한 비밀이라고)."

"세상은 예쁜 사람을 D시에 살게 놔두질 않거든."

"갑자기 뭔 소리래."

"나 너한테 고백할 게 하나 있어."

"왜 이래, 무섭게."

"사실 나……"

무늬는 말을 잇지 못하고 뜸을 들였다.

"설마 어제 화이트데이였다고 나한테 고백 같은 걸 하려는 건 아
니지?"

"대가리에 총 맞았니?"

"그럼 뭔데."

"나…… 실은…… 얼마 전에…… 만나던 언니랑 헤어졌어."

나는 별로 당황하지 않았다. 무늬가 전에 없는 수줍은 태도로 몇
번이고 주저하다 애써 고백한 그 말이, 지금껏 그녀가 했던 그 어떤
말보다도 놀랍지 않기 때문이었다. '언니'와 사귀었단 말에 방점을
찍든, '헤어짐'에 방점을 찍든 신선한 내용은 하나도 없었다. 무늬의
외모로 정체성을 예상하는 것은 (편견에 입각한 판단일지언정) 어느
정도 가능한 일이었고, 무늬가 언니이든 연하이든 누군가와 사귀었
다 헤어졌다는 사실도 놀랍지 않았다. 나는 실소가 터질 만큼 맥빠지
는 비밀에 대한 대답으로 '그래, 참 안됐네. 어쩌니'와 같은 형식적인
위로의 말을 고르고 있었다. 그런 내 마음을 읽은 듯 무늬가 한마디
덧붙였다.

"그리고 학교에서 왕따가 됐어. 완전히."

그 말은 꽤 신선했다. 그도 그럴 것이 당시에 여중 여고 안에서 연
애를 하는 것은 일종의 유행과도 같았다. 보이시한 차림(이라는 것

이 존재한다면 아무튼 그런 모습)의 또래 여자애를 추종하는 여자애들을 심심치 않게 볼 수 있었고, 여자를 좋아하는 여자들은 마치 존재 증명이라도 하듯 특유의 짧은 머리나 피어싱을 하는 등의 표식(?)을 내보이는 것을 주저하지 않았다. 그것은 동성애는커녕 조금의 여성스러움(이라는 게 존재한다면 아무튼 그 비슷한 것)이라도 내비치면 제물이 되어버리는 남학생 사회와는 상반된 문화였기에 나는 그런 여학생들의 문화를 진심으로 동경하고 부러워해왔다. 심지어 여자아이들 사이에서는 진짜 레즈와 니세 레즈(유행에 따라 잠깐 스쳐가는 식으로 여자와 연애를 하는 가짜 레즈)를 구별해야 한다는 자성의 목소리마저 들릴 정도였으니, 단지 여성을 사랑한다는 이유만으로 왕따가 되는 일은 흔치 않았다. 호기심을 감추지 못한 나는 파르페를 떠먹던 숟가락을 내려놓고 무늬 쪽으로 얼굴을 바짝 들이대고 물었다.

"언니랑 연애했다고 왕따까지 될 일이야?"

"아니. 연애했다고 그렇게 되진 않지. 문제는 언니가 보통 언니가 아니라는 점이야."

"나이가 많아도 엄청 많으신가? 한 서른 살쯤?"

"나랑 세 살 차이. 그런 차원의 문제는 아니고……"

"얼마나 대단한 차원의 문제길래 그렇게 뜸을 들여. 빙빙 돌리지 말고 빨리 말해봐."

무늬는 한숨을 길게 내쉬더니 텅 빈 눈꽃빙수 그릇을 숟가락으로 저었다. 그리고 천천히 자신의 연애담을 털어놓기 시작했다.

무늬가 언니를 처음 만난 곳은 시내의 카페 A. 지하에 위치한 그곳은 흡연이 가능하고 간단한 주류도 판매하는 데였다. 원칙적으로는 성인 여성만 출입이 가능했지만 알음알음 미성년자들도 드나들었다. 무늬는 약 삼 개월 전 학교의 이쪽(?) 친구들과 함께 처음으로 그 카페에 갔다. 그리고 그녀를 만났다. 그녀는 옅은 갈색빛 긴 생머리를 한쪽 어깨에 늘어뜨리고 스탠드에 앉아 있었다. 녹색 카디건에 타이트한 튜브톱 원피스를 받쳐 입고, 올 화이트의 아디다스 슈퍼스타를 신은 그녀. 무늬는 태어나서 그토록 세련되면서도 완벽한 아름다움을 가진 사람을 본 적이 없었다. 마치 아무로 나미에가 화면에서 걸어나온 듯한 모습이었다. 무늬는 친구들과 함께 구석 테이블에 앉아 (알코올 도수가 오 도쯤 되는) 파란 크루저를 마시며 나미에 언니를 흘끗흘끗 훔쳐보았다. 입술은 연한 핑크빛이 감돌았고, 술인지 주스인지 모를 노란빛 액체를 들이켜며 담배를 피웠다. 무늬는 나미에 언니가 입에 물고 있던 말보로 레드의 갈색 필터까지 낱낱이 관찰하며 침을 삼켰다. 나미에 언니는 스탠드 너머에서 음료를 만들고 있는 종업원과 연신 웃으며 대화를 나눴다. 무늬는 그녀가 왠지 이곳의 단골인 것 같다는 생각을 하며, 친구들이 하는 얘기에는 도통 집중을 하지 못하고 계속해서 그녀에게로 시선을 돌렸다. 그녀가 자리에서 일어나 카페 문 쪽으로 향하는 순간, 무늬도 잽싸게 자리에서 일어났다. 아이들에게는 화장실에 갔다 오겠다고 둘러댄 후 나미에 언니의 뒤를 따라갔다. 나미에 언니는 계단 벽에 비스듬히 기대서 말보로를 피우고 있었다. 무늬는 그녀에게 바짝 다가가, 계단 한 칸 아래에서 그녀를 올려다보며 말했다.

"언니, 나 번호 주면 안 돼요?"

나미에 언니가 소리 내 웃었고, 무늬는 하얀 치아가 환히 드러나도록 웃는 그녀의 미소와 머리를 쓸어넘기는 손짓, 살짝 뒤로 젖혀지는 목의 움직임을 슬로모션으로 느끼며 두려움에 사로잡혔다. 이토록 아름다운 존재에게 내가 감히 무슨 말을 하고 있는 것인가. 나미에 언니가 웃음기 어린 목소리로 물었다.

"너 몇 살이니?"

중학생이라고 하면 상대도 안 해줄 게 뻔했기에, 무늬는 세 살을 올려 고2라고 말했다.

"어, 나랑 동갑이네? 어디 다녀?"

순간 무늬는 당황하고 말았는데, 뻔뻔하게 고2라고 뻥을 치면서도 어떤 학교에 다니는지 생각해놓지 않은 제 안일함에 먼저 놀랐고, 당연히 성인인 줄 알았던 나미에 언니가 고작 고등학생에 불과하다는 사실에 두 번 놀랐다. 무늬가 우물쭈물하는 사이 나미에 언니가 말했다.

"그렇게 당황할 거 없어. 나도 자퇴했으니까."

"아……"

나미에 언니는 주머니에서 핸드폰을 꺼내 무늬에게 건넸다. 무늬는 그걸 받아들고 한동안 멍하니 서 있었다.

"뭐해. 번호 달라며."

그제야 무늬는 폴더를 열어 번호를 찍고 통화 버튼을 눌렀다. 주머니에서 진동이 느껴졌다. 나미에 언니는 피우던 담배를 바닥에 떨어뜨린 후 발로 비벼 껐다. 그리고 갈색빛 생머리를 왼쪽 어깨 앞으로 모으며 자신의 이름을 알려주었다.

"심심할 때 문자해."

무늬는 나미에 언니의 번호를 저장하며, 이 모든 일들이 꿈처럼 비현실적이라고 느꼈다. 나미에 언니의 아우라에 잔뜩 주눅이 들었으면서도 무늬는 잽싸게 다음 주말에 데이트를 하자고 했다.

나미에 언니는 아름답지만 새침하고 다소 자기 본위적으로 보이는 첫인상과는 달리 남의 말을 들어주는 것을 좋아하는 사려 깊은 사람이었다. 그녀는 속눈썹이 긴 눈을 천천히 감았다 뜨며 가만히 무늬의 말을 들어주었는데, 그 눈빛 앞에서 무늬는 자신도 모르게 가정사며 좋아하는 작가(프랑수아즈 사강과 사르트르)와 영화감독(짐 자머시와 쿠엔틴 타란티노) 같은 것들을 시시콜콜 털어놓게 될 수밖에 없다. 나미에 언니는 무늬가 하는 얘기 중 아는 것은 안다고, 모르는 것은 모른다고 말했다. 무늬는 나미에 언니의 그런 투명한 태도가 좋았다. 공작새처럼 잔뜩 몸집을 부풀린 채 살아가는 자신과 달리, 스스로를 있는 그대로 긍정하는 사람만이 가질 수 있는 성숙한 태도라 여겼다.

그렇게 나미에 언니에게 더욱더 빠른 속도로 미끄러져 들어간 무늬는 직진밖에 모르는 저돌적인 성격을 살려 세번째 데이트가 끝날 때쯤 자신이 중학생이라는 사실을 털어놓았다. 사교육에 절여진 수성구의 중학생이라는 사실까지도. 나미에 언니는 무늬가 고2라고 했을 때 그보다 나이가 어릴 거라 짐작은 했지만 학교를 다니고 있을 줄은 몰랐다고 했다. 무늬는 왜 그렇게 생각했는지 물었다.

"뭐, 이쪽 애들이 곧잘 그러니까. 나도 그렇고."

그녀는 부모님에게 성적 정체성이 발각되고 부모님과 심각한 불화를 겪은 뒤 가출(좀더 정확히 말하자면 탈가정)을 한 상태였다. 성적이 좋지 않고 부모님과 불화를 겪는 대부분의 고등학생들이 그렇듯 미련 없이 학교를 떠나, 자기와 비슷한 처지의 언니와 함께 D역 뒷골목의 쪽방에서 자취를 했다. 그리고 여러 종류의 알바를 전전하며 생계를 이어나갔다. 무늬와 처음 만났던 카페 A 역시 나미에 언니의 일자리 중 하나였다. 나이를 속인 게 밝혀져 두 달 만에 잘리기는 했지만. 현재는 로데오 거리의 보세 옷 가게에서 주간 알바를 하고 있었다. 무늬는 그녀가 파는 옷이라면 뭐든지 사 입고 싶다는 욕망에 사로잡혔다.

해가 저물 무렵 무늬는 나미에 언니에게 자신과 사귀어달라고 고백했다. 평소처럼 당찬 태도를 유지하려 했으나 목소리가 사정없이 떨렸다. 나미에 언니는 그런 무늬를 보며 대답 없이 빙긋 웃었다. 무늬는 그것을 승낙의 의미로 받아들이고 들뜬 목소리로 물었다.

"언니, 저 언니 집에 놀러가도 돼요?"

나미에 언니는 긴 속눈썹을 늘어뜨리고 특유의 묘한 눈빛으로 석양을 바라보며 그래, 그러자, 말했다. 그 순간 세상이 총천연색으로 아름답게 빛났다.

시내에서 D역 쪽으로 십오 분 남짓 걷자 인적 드문 골목길이 나타났다. 사람 하나 지나가기도 힘든 좁은 골목에 집들이 다닥다닥 붙어 있었는데, 그중 가장 허름하고 담벼락이 낮은 집이 나미에 언니가 사는 곳이었다. 녹슨 철문을 밀고 들어가니 빛바랜 민트색 나무문 네 개가 보였다. 그녀의 집은 맨 왼쪽이었다. 문을 열자 옷이 잔뜩 걸려 당장이라도 무너져내릴 것 같은 왕자행거, 뚱뚱한 골드스타 텔레비전과 빨간색 전화기, 미니 냉장고, 그리고 그 모두에 짓눌린 노란 장판이 보였다. 그녀는 무늬에게 문 앞에서 잠시 기다리라 하고는, 집 안에 들어가기 무섭게 화장실에서 걸레를 들고 나와 바닥을 닦기 시작했다. 방이 좁아 금세 먼지를 훔칠 수 있었지만 장판 곳곳에 난 담뱃불에 탄 자국까지 닦아낼 수는 없었다. 이 좁고 더러운 곳에서 두 명이 산다고? 까매진 걸레를 손에 든 채 이제 들어와도 된다고 말하는 나미에 언니를 보며 무늬는 알 수 없는 감정에 휩싸였다. 나미에 언니는 손바닥만한 창문을 열고 말보로 레드를 피우기 시작했다. (아마도 카페에서 훔쳐왔을) 철제 재떨이에 피우다 만 담배를 올려놓은 채 갈색 머리를 검은 고무줄로 묶는 뒷모습이 괜히 쓸쓸해 보였다. 무늬는 누군가를 좋아한다는 건 어쩌면 상대를 가엽게 여기는 것일지도 모른다는 생각을 했다.

그날 밤, 무늬는 부모님에게 신세계아파트에 살고 있는 친구 집에서 자고 간다는 허락을 받기 위해 길고 긴 통화를 했다. 나미에 언니가 서랍장에서 트레이닝 반바지와 티셔츠를 꺼내 무늬에게 건넸다.

"이거 언니 옷이에요?"

"아니. 룸메 거."

"그 언니는 언제 와요?"

"안 와. 지금 서울에 가 있어."

그렇다면 그 룸메라는 여자가 언제쯤 돌아오는 것인지 궁금했지만 왠지 물어선 안 될 것 같은 느낌이 들어 아무것도 묻지 않았다. 나미에 언니는 바닥에 이불 두 장을 깔아주었다. 무늬는 그녀와 나란히 누워 천장을 바라보았다. 그러다 천장에 손을 뻗었다.

"가까워 보이는데 엄청 머네요."

"새벽 되면 추워. 손 넣고 자."

무늬는 천장을 향해 뻗었던 손을 슬쩍 나미에 언니의 이불 속에 넣었다. 그리고 이불 안을 더듬어 그녀의 손을 잡았다. 그녀도 무늬의 손을 맞잡았다. 무늬는 심장이 터질 것같이 빠르게 뛴다는 사실이 손을 통해 언니에게 전달되지 않을까 긴장하며 숨죽여 호흡했다. 눈을 감고 애써 잠을 청했다. 언니는 반대쪽 손으로 무늬의 이마를 천천히 어루만지고 머리카락을 쓸어넘겨주었다. 언니의 손은 차가웠고, 무늬의 이마는 점점 더 뜨거워졌다.

무늬는 그렇게 약 두 달 동안 그녀와 신나게 만났다. 무늬는 둘의 관계가 영원할 줄로만 알았다. 그러나 의외의 복병 앞에 모든 것이 무너져내려버렸다. B상고 세무회계과에 재학중이던 십구 세의 여성, 김 때문이었다. 무늬보다 육 개월 먼저 나미에 언니를 좋아해온 김은 그녀와 가까워지기 위해 있는 돈 없는 돈을 다 털어서 뻔질나게 카페 A를 드나들었으며, 그녀가 카페를 그만둔 이후에도 지속적으로 따라다녔다. 그러던 중 그녀와 함께 시내를 거니는 무늬를 목격했고 무늬가 그녀의 집까지 들락날락하는 것을 보게 되었다. 김은 가눌 길 없는 질투심에 휩싸여 무늬의 뒷조사를 하기 시작했다. 좁아터진 D시의 '이쪽 바닥'에서 무늬의 신상을 알아내는 것은 어렵지 않았다. 뒷조사를 끝낸 김은 전화 한 통을 걸었다.

그리고 다음날 무늬가 다니는 S여중이 발칵 뒤집혔다.

미성년자가 출입해서는 안 되는 업소에, 그것도 동성애자들을 위한 업소에 학생들이 드나든다는 제보가 들어온 것이었다. 김이 학교 측에 말한 명단에는 무늬와 함께 카페 A를 드나들었던 '이쪽' 친구들 모두가 포함되어 있었다. 더불어 김은 짧은 머리, 피어싱과 칼빵 등 당시 커뮤니티에서 유행한, 동성애자를 판별할 수 있는 지표까지 낱낱이 고발하여 적발에 도움을 주었다. 무늬를 포함해 카페에 드나들었던 학생들이 모조리 학생부에 소환되었다. 교사들은 마치 범죄 카르텔을 소탕하듯 아이들을 각각 다른 교실에 집어넣어 심문을 하기 시작했다. 그놈의 '동성연애'를 하는 다른 친구들의 이름을 셋 이상 불면 처벌의 수위를 낮춰주겠다고 구슬렸다. 무늬는 끝까지 입을 다물었다. 하지만 모두가 신의를 지키고 사는 것은 아니었으므로, 이틀이 지나지 않아 교내에서 이미 레즈비언으로 소문난 아이들이 전부 학생부에 잡혀갔다. 무늬를 제외한 다른 학생들의 경우 순순히 동지들의 이름을 고백해 정상참작이 된 반면, 무늬는 부모님이 학교에 소환되었다. 대대로 명망 있는 교수 집안으로 잘 알려져 있던 무늬의 부모님이 교사들에게 고개를 조아렸다. 정학이나 강제 전학과 같은 징계가 논의되지 않은 것은 아니었지만, 무늬의 아버지와 학교 이사장의 인연으로 벌점과 봉사활동 선에서 징계 처리가 끝났다. 그날 밤 무늬는 태어나서 처음으로 아버지에게 체벌을 받았다. 오 대째 목관악기를 제작해온 집안의 장인이 만든, 초고가의 단소로.

"집에 왜 그런 게 있어?"

"내가 말 안 했나? 우리 아빠, 동양화과 교수야. 아빠 친구들이 다 그런 거 만드는 아저씨들이고."

아버지는 무늬의 종아리와 허벅지를 열 대씩 힘껏 때리고 난 후, 무늬에게 무엇을 잘못했는지 똑바로 말하라고 호통을 쳤다. 무늬는 자신이 잘못한 게 없다고 생각했으므로 입을 꾹 다물었다. 대답하지 않을 때마다 회초리가 내리쳐졌으나, 무늬는 아무 말도 하지 않았다. 결국 종아리와 허벅지에 온통 보라색 피멍이 든 무늬는 한동안 검은 스타킹을 신고 학교에 가야 했다.

문제는 그뿐만이 아니었다. 무늬에 의해서 이 모든 사태가 촉발되었다는 사실에 S여중의 '이쪽' 사회는 강하게 분노했다. 인생의 모든 것을 나누었다고 생각했던 친구들도 한순간에 무늬에게 등을 돌렸다. 통금 시간마저 생겼다. 학원이 끝나는 시간이면 어김없이 부모님에게서 전화가 걸려왔으며, 주말에는 외출 금지령이 내려졌다 (오늘은 학원 교재를 사러 간다는 명목으로 외출을 허가받았다고 했다). 당연히 나미에 언니의 얼굴도 보기가 힘들어졌다. 나미에 언니에게 자세한 설명은 하지 않았다. 단지 부모님과 트러블이 생겨 외출을 하기 어렵다고, 미안하다고 했다. 나미에 언니는 특유의 다정하면서도 물기 어린 목소리로 "미안하기는 무슨, 나중에 편해지면 그때 보면 되지" 하고 대답해주었다. 무늬는 혼자가 된다는 것이 어떤 의미인지 온몸으로 체감했다. 그러나 사랑을 위해서라면 괜찮다는 생각을 했다. 무늬가 그토록 탐닉해왔던 예술작품 속 주인공들이 그랬듯. 모든 걸 다 잃고 나서야 얻을 수 있는, 그런 종류의 관계도 있는 법이니까.

그리고 마침내, B상고의 김이라는 여자가 지속적으로 나미에 언니에게 껄떡대고 있으며 질투심에 눈이 멀어 S여중에 제보를 했다는 소문이 바람을 타고 무늬의 귀에 들어왔다. 누구보다도 진취적이고 적극적인 성격의 무늬는 정년을 코앞에 둔 교사가 담당해 출석 체크가 느슨한 체육 시간에 교문 밖으로 뛰어나갔다. 자신이 가진 구두 중에서 가장 굽이 높은 워커로 갈아 신고 택시를 탔다.

택시가 멈춰 선 곳은 B상고. 무늬는 세무회계과 교실로 걸어들어 갔다. 마침 쉬는 시간이었는지 교실 문이 활짝 열려 있었고 학생들은 삼삼오오 모여 수다를 떨고 있었다. 무늬는 교단에 서서 김의 이름을 크게 불렀다. 그러자 모두가 무늬를 보고는 이어서 검은 피어싱을 한 김 쪽으로 고개를 돌렸다. 무늬는 시선의 방향을 확인하자마자 그녀에게 다가가 멱살을 잡아채고는 교실 밖으로 끌고 나갔다. 그리고 그녀에게 사과를 하라고 소리를 질렀다. 김은 무늬의 손을 쳐내며 가소롭다는 듯 말했다.

"내가 뭘 사과해야 하는데?"

"네가 더럽고 치사하게 학교에 고발했잖아!"

"미성년자들이 술을 마시는데, 언니 된 도리로 차마 두고 볼 수가 없어서 그랬던 거지."

강렬한 분노에 사로잡힌 무늬는 이성을 잃고 외쳤다. 나미에 언니와 자신의 사이를 질투해서 이 모든 일을 벌였다는 것을 알고 있다고. 언니와 자신의 관계를 망치기 위해 난리를 쳐봤자 아무 소용 없을 것이라고. 당신은 그저 일개 스토커에 불과하다고. 김은 기도 안 찬다는 듯 코웃음을 치더니 말했다.

"내가 스토커라고? 그러는 너는?"

"우리는 특별한 관계야."

특별한 관계, 라고 말하는 순간 무늬는 자신과 나미에 언니의 관계를 명명할 표현을 드디어 찾아냈다고 느꼈다. 그래, 우리는 특별한 관계야. 김은 여유로운 표정으로, 착각하지 말라며 나미에 언니에 대해 말하기 시작했다.

　나미에 언니가 말한 룸메는 실은 그녀의 애인이었다. 언니와 애인은 특유의 인기와 남다른 영향력으로 D시의 이쪽 바닥에서 모르는 사람이 없을 정도로 유명한 커플이었다. 작년에 애인이 대학 진학을 위해 서울로 떠난 이후로 나미에 언니 홀로 방을 지키고 있었다. 나미에 언니는 가끔씩 D시에 내려오는 애인을 기다리며, 그렇게 하루하루를 버티고 있었다. 가련하고 한심한 무늬는 그 사실을 까맣게 모른 채 나미에 언니에게 휘둘렸던 것이고.

　"알겠니? 너나 나나 다를 게 없는 신세라고."

　무늬는 정수리에 번개가 내리친 것 같은 충격에 휩싸였다. 웃기지 말라고 악을 쓰다가 무늬는 눈물을 쏟으며 건물 밖으로 빠져나왔다. B상고의 문패가 달린 교문 앞에 서서, 아니야, 아닐 거야, 생각하며 나미에 언니에게 전화를 걸었다. 한참 동안 연결음이 이어지다 나미에 언니가 전화를 받았다. 막 잠에서 깬 듯한 목소리였다. 무늬는 자꾸만 터져나오는 울음을 참으며, 학생부에 소환된 날부터 지금까지 있었던 일을 모두 털어놓았다. 김이 자신에게 했던 말까지, 전부 다. 그리고 나미에 언니에게 물었다.

　"아니죠? 언니, 그년이 헛소리한 거죠?"

　한동안 정적이 흘렀다. 핸드폰 너머로 입을 다시는 듯한 소리가 났다. 나미에 언니가 천천히 말하기 시작했다. 무늬는 그녀가 하는 모든 말이 비현실적으로 느껴졌다.

　그 아이가 말한 게 모두 사실이라고. 너의 마음을 모르는 건 아니지만, 너는 내가 너무나도 아끼는 동생일 뿐이라고. 나에게는 오래된 애인이 있으며 애인과의 신의를 지키기 위해 노력을 하고 있다고. 행여나 오해를 하게 만들었다면 그건 내 잘못이라고. 자신도 서울에 올라가기 위해 돈을 모으고 있으니 우리는 더이상 만나지 않는 게 좋겠다고. 이 모든 일이 나로 인해 벌어진 것이나 다름없으니 정말 미안하다고. 울고 있는 무늬를 달래며, 나미에 언니는 마지막으로 마침표를 찍듯 말했다.

"무늬 넌 똑똑하니까 조금만 노력하면 서울에 있는 대학에 갈 수 있을 거야. 그때 다시 만나, 우리. 그러면 되지."

무늬는 들고 있던 핸드폰을 놓치고 그대로 주저앉아 소리 내어 울었다.

그때, 그 눈물의 시간을 통해 무늬는 진심이라는 감정이, 사랑이라고 믿었던 어떤 형체가 실은 매우 연약하다는 진리를 배웠다. 나미에 언니는 얼마 지나지 않아 상경했고 무늬는 결심했다. 할 수 있는 한 빨리 서울로 갈 것이라고. 그저 부모님만의 기대에 불과했던 특목고, 그러니까 서울에 있는 외고 진학이 이제는 무늬 본인에게 더 간절한 꿈이 되었다.

살풀이를 하듯 한참 동안 자신의 이야기를 쏟아낸 무늬는 지쳤는지 입을 다물고 그네 의자에 몸을 깊이 기댔다. 나는 식어버린 토스트를 질겅질겅 씹으며, 발을 구르며, 잘 움직이지 않는 그네 의자를 열심히 흔들며 무슨 말을 해야 할지 고민했다. 무늬가 그런 나를 흘 끗 보았다.

"뭘 그렇게 골똘히 생각하냐?"

"빵이 맛있네. 리필해올게."

나는 빈 접시를 들고 얼른 카운터 쪽으로 갔다. 봉지에서 식빵 네 개를 꺼내 토스트기에 넣고 다른 그릇에 생크림을 잔뜩 담았다. 빵이 구워지기를 기다리며 무슨 말을 할지 생각했다.

롤러코스터나 다름없는 무늬의 애정사에 나는 정신을 차릴 수 없을 정도로 몰입했다. 그리고 이내 두려워졌다. 무늬가 친한 친구, 아니 거의 영혼을 나눈 단짝에게나 털어놓을 법한 내밀한 이야기를 나에게 털어놓았으며, 내가 마치 무늬라도 된 듯 그것에 깊이 공감하며 들었기 때문이었다. 하루아침에 외톨이가 된 그녀는 단지 이야기를 들어줄 상대가 필요한 것일지도 몰랐다. 하지만 진실로 두려운 건 그녀가 내 마음속에 점점 자리를 잡아가고 있다는 것, 어느덧 내가 그녀를 정말 친구로 생각하고 있을지도 모른다는 것이었다. 친구라고 하면 당연히 진심을, 마음을 공유해야 할 텐데 나는 태어나서 한 번도 타인과 그런 관계를 맺어본 적이 없었다. 지금의 이 관계에서 내가 어떤 태도를 취해야 할지 알지 못해서 두려웠다. 무늬가 자신의 비밀을 담보로 나에게도 그만큼의 진실을, 진심을 요구하게 될지도 모른다는 것도.

나는 잘 구워진 토스트 네 개를 들고 자리에 돌아왔다. 그리고 분위기를 전환하기 위해 무늬가 가장 열광적으로 대답할 주제에 대해 떠들기 시작했다.

"문득 떠올랐는데, 『파라다이스 키스』 쪽이 아무래도 『나나』보다 더 좋은 작품 같아. 인물의 구도나 캐릭터의 입체성 같은 게……"

"야. 개수작 부리지 마. 누나 눈엔 다 보인다."

"응? 작품에 대해 논해보자는 건데."

"그렇게 애써 말 돌릴 필요 없어. 부담 느끼라고 한 소리는 아니니까. 단지 네가 날 못 믿는 거 같아서 얘기한 거야. 굳이 그럴 필요 없다고. 이미 알아챘겠지만 내가 남의 얘기를 떠벌리고 다닐 만큼 한가한 사람도 아니고."

"그래서 나한테 이런 얘길 한 거야?"

"응. 나 혼자만 네 비밀 같은 걸 알고 있는 게 좀 불공평한 거 같기도 해서 내 비밀도 다 털어놓자 했지. 근데 비밀이라고 하긴 좀 웃기네. 어차피 우리 학교 애들은 다 아는 얘기니까. 더 궁금한 건 없어?"

궁금한 것이라. 왠지 말을 고르기가 힘들었다. 일단 가장 궁금했던 초콜릿의 행방에 대해서 묻기로 했다.

"그…… 저번에…… 네가 말했던 그…… 초콜릿 말이야…… 누가……"

"그래, 그거 윤도가 잘 가져갔어."

"응?"

"자리에 앉기도 전에 얼른 자기 가방에 집어넣더라. 내가 봤어."

"딱히 그게 궁금했던 건 아니었는데……"

"웃기지 마. 네 얼굴에 너무 궁금해 죽겠다고 쓰여 있는데?"

"전혀. 넘겨짚지 마."

"그런데 그거 말고 웃기는 일이 또 있었어."

"뭐?"

"내가 네 상자를 열어보고 실컷 웃고 나서도 시간이 남아돌길래 내 책상에서 엎드려 잤거든? 근데 일어나보니 윤도 책상 위에 상자가 하나 더 올려져 있더라? 너 말고 윤도한테 초콜릿을 준 사람이 한 명 더 있다는 의미인 거지. 윤도는 그 상자도 가방에 집어넣었고."

갑자기 머리를 얻어맞은 것처럼 아무 생각도 들지 않았다. 무늬는 충격적인 사실을 대수롭지 않게 말하고는 통금 시간이 다 돼간다며 얼른 일어나자고 했다. 무늬를 따라 계단을 내려가면서도 한 가지 생각에서 벗어날 수 없었다. 도대체 나 말고 윤도에게 초콜릿을 준 사람이 누구일까.

무늬는 망설임 없이 길가로 걸어가 택시를 잡았다. 나도 얼결에 택시에 올랐다. 무늬는 자연스럽게 신세계아파트 단지에 가달라고 말했다. 버스가 다니는 시간임에도 택시를 타다니. 택시에는 방향제 냄새가 풍겼고 가죽 시트가 차가워 쾌적한 기분이었다.

쾌적.

내게는 꽤나 생소한 감각이었다. 이동에는 언제나 땀냄새와 짜증, 번잡함이 수반되는 것 아니었나? 이토록 편안하게 움직일 수 있는 인생도 있다니. 마지막으로 택시를 타본 게 언제인지 떠오르지도 않았다. 나는 또 괜히 주눅든 티가 날까봐 고개를 빳빳이 든 채 새로울 것도 없는 창밖의 풍경을 바라보았다. 무늬는 정신없이 핸드폰으로 문자를 보내다 말고 혼잣말처럼 중얼댔다.

"아직도 모르겠네. 도대체 윤도를 왜? 걔, 좀 빈티 나는 스타일 아닌가."

아니. 절대로 아닌데.

*

　집으로 돌아왔을 때는 해가 져 있었다. 하루 동안 너무 많은 일을 겪고 또 너무 많은 이야기를 들은 탓에 온몸이 뻣뻣하게 굳어버린 것만 같았다. 온갖 사건들이 내 몸안에서 소용돌이쳤다. 뜨거운 물로 샤워를 하자 비로소 긴장이 누그러들었다.

　나는 머리에 수건을 뒤집어쓴 채 컴퓨터 앞에 앉았다. 그리고 습관처럼 MSN 메신저에 로그인했다. 버디버디와 세이클럽 타키 등의 온라인 메신저 춘추전국시대에 나는 비교적 비주류였던 MSN 메신저를 사용했다. 몇몇 음악 커뮤니티에서 알게 된 사람(즉, 성인)들이 주로 MSN 메신저를 이용했기에 왠지 MSN은 물 건너온(?) 세련된 어른의 매체라는 인식이 있었기 때문이었다. 나와 비슷한 이유로 MSN을 이용하는 반 아이들 몇몇과 음악 커뮤니티의 사람들을 친구 목록에 추가해놓기는 했지만, 매일 밤 대화를 나누는 사람은 오직 한 명뿐이었다. 별표로 갈무리된 그룹 안에 속한 단 한 사람, 윤도. 윤도의 닉네임은 지미 헨드릭스. 요즘 들어 부쩍 죽은 유명인에 천착하고 있는 윤도였다. 뮤지션의 이름과 어록들을 상태 메시지에 써놓는 게 십대다운 유치함처럼 느껴져 퍽 귀여웠다. 윤도는 메신저에 접속하지 않은 상태였고, 나는 역시나 습관처럼 싸이월드의 미니홈피에 접속했다. 그리고 다이어리에 새 글을 썼다.

　감당할 수 없을 정도의 하루.
　혼란으로 가득찬 삶.

나는 어디로.

글을 올린 후 이번에는 '우리 다이어리' 탭으로 들어갔다. 나는 윤도와 우리 다이어리를 쓰고 있었다. 어차피 학교나 학원에서 매일 뻔질나게 만나고, 진짜 비밀은 얘기하지도 않으면서 비밀 다이어리를 쓰는 게 우습기도 했지만, 때때로 둘만의 공간을 꾸리고 있다는 게 괜히 특별하게 느껴지는 날들이 있었다. 그러니까 오늘 같은 날 말이다.

하루종일 연락 없던데, 오늘 뭐함?
나는 오늘 태어나서 처음으로 교동시장 가봄.
거기서 아이스크림 냉장고에 죽은 강아지 있는 거 봄. 놀라 뒤질 뻔함.
넌 개고기 먹어본 적 있어? 나는 너무 싫음.
별로 한 것도 없는데 괜히 피곤하네.
이상하게 아무도 안 궁금해할 비밀 같은 걸 털어놓고 싶은 저녁.
사는 건 때때로 초콜릿처럼 달콤하지만 대부분 쓰고 힘들다.

글을 올릴까 말까 고민을 하다, 업로드 버튼을 눌러버렸다. 평소에 보내는 문자 메시지와 별반 다를 것 없는 문장들. 그러나 명백히, 나에게 비밀을 털어놓지 않은 것에 대한 유치한 원망이 담겨 있었다. 초콜릿을 두 상자나 받았음에도 한 달 동안 아무 말도 하지 않은 윤도. 물론 윤도가 나에게 그런 것을 이야기할 의무 따위 없다는 걸 모르는 것은 아니지만…… 나였으면 어땠을까. 익명의 누군가에게서 초콜릿을 받았다면, 당연히 가장 먼저 윤도를 떠올렸을 테지. 그에게 모든 것을 털어놨겠지. 하지만 윤도는 그러지 않았고 그것이 그때의 내게는 세상 그 어느 문제보다 중요했다.

창 너머 어둑해진 하늘을 바라보았다. 일기까지 쓰고 나니 졸음이 쏟아졌다. 오늘 하루가 정말 길게 느껴졌다. 나는 침대에 누웠다.

……누군가 잡아챈 듯 눈이 떠진 나.

사위는 칠흑같이 어두웠다. 핸드폰을 확인하려고 머리맡을 뒤졌지만 찾을 수가 없었고, 시계도 무엇도 걸려 있지 않은 흰색 벽만이 눈앞에 있었다.

병실이나 감옥처럼 세간이 거의 없는 내 방.

궁전아파트에 처음 이사온 초등학교 3학년 때만 해도 잠시 머물다 갈 집이라고 생각해 별다른 물건을 들이지 않았는데 어느새 육 년이라는 시간이 흘러버렸다. 이렇게 갑자기 눈이 떠지는 밤이면 이 방에, 이 삶에 영영 갇혀버릴 것 같다는 생각에 사로잡히곤 했다. 그럴 때면 천장이, 하늘이, 온 세상이 통째로 날 짓누르고 있는 듯한 느낌이 들었다. 영원히 끝나지 않는 천장과 나의 세계. 점점 더 몸을 움직이기 힘들어진 나는 천천히 심호흡을 시작했다.

오늘 하루는 단지 또다른 하루일 뿐이다. 이대로 조금만 더 버티면, 무사히 학교를 졸업하고 서울로 떠나면 모든 게 괜찮아질 것이다. 이곳에서 벗어나면 비로소 나 자신인 채로 살아갈 수 있을 것이다. 나는, 괜찮다. 정말 괜찮다.

한참 동안 호흡을 가다듬고 나니 간신히 몸을 움직일 수 있게 되었다. 나는 침대 옆의 창문을 열었다. 그리고 산비탈 아래쪽에서 희미하게 빛나는 불빛을 바라보았다.

윤도.

2002년, 윤도를 처음 만난 날 이후로 나는 길을 걸을 때면 계속 고개를 돌려 주위를 살피게 되었다. 혹시나 윤도를 마주칠 수 있지 않을까 하는 마음에 생긴 습관이었다.

그날도 나는 '궁전스포츠센터'라는 글자가 선명히 새겨진 나일론 가방을 든 채, 마치 초행길인 것처럼 주위를 살피며 집 앞 비탈길을 내려갔다. 핸드폰에 저장된 그의 번호로 문자를 보내면 될 일이지만, 딱히 만날 구실도 할말도 떠오르지 않았다. 애초에 그 정도로 용기 있는 성격이었으면 이런 삶을 살지 않았을 것이다. 꼬리에 꼬리를 물고 이어지는 생각의 끝에는 언제나 자기혐오와 자기 연민이 반반씩 섞인 흉한 감정이 자리하고 있었다. 나는 얼른 물에 들어가고 싶다는 생각을 했다.

수영장, 나의 도피처.

대부분의 체육 활동에 젬병인 내가 유일하게 즐기는 스포츠가 바로 수영이었다. 여러 이유가 있었지만, 특히 엄마의 영향이 가장 컸다.

궁전건설은 지역 토착 건설업체로, D시에서 가장 많은 아파트 단지를 보유한 굴지의 중견 기업이었다. 건설 사업으로 재미를 본 대부분의 기업들이 그러하듯 궁전건설은 백화점과 스포츠센터 등의 여가 산업 전반에도 문어발식으로 규모를 확장했다. 때문에 90년대 중반에 궁전스포츠센터가 문을 열었을 때 구민들은 열광했다. 골프 연습장과 스쿼시 코트, 볼링장과 수영장, 푸드 코트와 카페, 심지어는 영어유치원까지 구비된 혁신적인 공간이었기 때문이었다. 수성구 안에서도 교육열이 남달랐던 우리 집안 사람들은 고가의 수강료에도 자녀들을 영어유치원에 보냈고, 엄마 역시 나를 미취학아동 때부터 사교육의 홍수에 빠뜨렸다. 자신을 합리적인(그러니까 자녀의 대입에만 목을 매는 것이 아니라 아이의 행복한 삶과 균형 있는 발달을 동시에 위할 줄 아는) 부모라 생각했던 엄마는 나를 궁전스포츠센터의 영어유치원과 아기스포츠단에 등록시켰다. 내 인생 첫번째 선생의 이름은 텍사스 출신의 대니얼이었다. 나는 일찌감치 미국 남부 악센트로 영어를 읽을 수 있는 능력을 갖추게 되었으나 D시의 남자아이가 원어민처럼 영어를 읽는 것은 부끄러운 일이었다. 그것은 진짜 강남구가 아닌 D시의 강남구였던 우리 학군의 한계라고도 할 수 있을 것이다.

처음 수영 강습에 갔던 날을 기억한다.

일곱 살의 나는 엄마의 강요로 남자 탈의실에 홀로 들어갔다. 꽉 조이는 수영복으로 갈아입고 나와 두려움에 떨며 락스 냄새가 풍기는 풀장 쪽으로 천천히 걸어갔다. 파란색 우레탄이 깔려 있는 바닥을 지나니 엄마를 비롯해 학부모 무리가 맨발로 서 있는 게 보였다. 그 옆에는 내 또래의 아이들이 한 줄로 서 있었다. 나는 엄마에게 달려가 무르팍에 매달렸으나, 엄마는 가차없이 나를 아이들 줄에 밀어넣었다. 몸에 군살이 없고 목소리가 큰 강사가 아이들에게 심장 부분에 물을 묻힌 후 한 명씩 차례대로 물에 들어가라고 했다. 다들 별 어려움을 느끼지 않으며 강사의 지시를 따랐다. 점점 내 차례가 다가왔고 나는 온몸이 바들바들 떨리기 시작했다. 결국 거의 모든 아이들이 물에 들어갔을 땐 공포에 질려 몸이 굳어버렸다. 뺨으로 뜨거운 눈물이 흘러내렸다. 그때 엄마가 내 뒤로 다가와 어깨를 잡았다. 내가 안도감을 느낄 겨를도 없이 그녀는 나를 물속으로 밀어버렸다.

불시에 물에 빠진 나는 발이 바닥에 닿지 않는다는 것을 깨달았다. 그걸 깨닫자마자 손과 발을 움직일 수 없었고 모든 감각이 차단돼버린 듯했다. 엄마가 입이 닳도록 말했던 지옥이 바로 이곳인가? 나는 생의 의지를 순식간에 놓아버렸다. 사지를 늘어뜨린 채 그저 눈을 뜨고 물거품 이는 수면을 바라보았다. 얼마나 지났을까, 강사가 나를 건져올렸다. 올라와보니 수심은 채 일 미터도 되지 않는, 내 어깨 정도의 깊이였다. 시간은 오 초 정도가 지나 있을 뿐이었다.

그 경험은 어린 내게 나름대로 귀한 교훈을 주었는데, 향후 십여 년 동안 펼쳐질, 말 그대로 지옥의 구렁텅이나 다름없는 내 인생을 단 오 초 동안 축약해 보여줬기 때문이었다.

나는 초등학교 4학년 때 고급반까지 수료했으나 타고나기를 형편없는 신체 능력으로 그 언저리에서 강습을 그만두었다. 그러나 이따금 궁전스포츠센터에 와서 자유 수영을 하는, 취미라면 취미를 가지게 되었다. 그건 궁전건설에서 사업 초기작인 궁전아파트에 사는 세대에게 제공하는 거의 유일한 특전 '궁전스포츠센터 정회원권'이 있기에 가능한 일이었다.

더불어 수영장은 태리에게서 벗어날 수 있는 장소이기도 했다. 태리는 시시때때로 나에게 전화를 걸었고, 병아리처럼 내 뒤꽁무니를 졸졸 쫓아다녔다. 궁전스포츠센터 정회원권을 가지고 있는 것은 태리도 마찬가지라, 이따금 자신과 함께 볼링을 치러 가자고 제안을 하기도 했다. 그러나 수영장만큼은 절대 따라오지 않았는데, 다섯 살 때 계곡에 놀러갔다가 물에 빠져 죽을 뻔한 뒤로 병적으로 물을 무서워했기 때문이었다. 물론 사건의 경중은 다르지만, 강제로 물에 던져진 경험을 극복한 나로서는 태리가 한심하게 여겨지고는 했다. 그런 판단이 조금은 야박하다는 것을 알면서도 말이다.

스포츠센터에 도착했을 때 나는 잔뜩 땀에 젖은 채였다. 당장이라도 물에 뛰어들고 싶은 기분이었다. 빛의 속도로 수영복으로 갈아입고 샤워실에서 간단히 물 샤워를 했다. 궁전스포츠센터는 냉탕과 온탕, 건식과 습식 사우나 등 목욕 시설도 갖추고 있어 정규 강습이 없는 주말에도 언제나 사람이 많은 편이었는데, 월드컵 기간이라 그런지 그날은 수영장 안이 휑했다. 몇몇 노인들이 느긋하게 탕에 앉아 있을 따름이었다. 나는 샤워실 밖으로 나와 왼쪽 통로의 일반 수영장이 아닌 오른쪽 통로의 정회원 전용 수영장에 들어갔다. 일반 수영장보다 규모는 작지만 사람이 거의 없어 나처럼 가만히 물에 떠 있기를 좋아하는 사람에게 제격이었다.

역시나 수영장에는 나 말고 아무도 없었다. 나는 수경을 쓴 채 곧장 물에 뛰어들어 이십오 미터짜리 레인을 두어 바퀴 돌았다. 첨벙이는 소리가 사방으로 울려퍼졌다. 숨이 가빠질 만큼 헤엄을 쳐도 답답한 기분은 가시지 않았다. 거대한 밀실에 갇힌 듯했다. 나는 수경을 벗고 물위에 가만히 누웠다. 천장에 빛이 일렁이는 게 보였다. 수영장을 감싼 고요가 나를 무겁게 짓누르는 것만 같아 흥얼흥얼 노래를 부르기 시작했다. 귀가 물속에 잠겨 있어 내 목소리가 낯설게 들렸다.

죽고 싶다.

따지고 보면 윤도를 알게 된 건 고작 닷새 전인데, 그 아이를 생각하면 이상하게 죽고 싶은 마음이 들었다.

매일 밤 청승맞은 노래를 부르던 내 목소리를 그애가 들었다는 생각을 하면, 그때의 내 흘러넘치는 감정이 창 너머로 다 전해졌다는 생각을 하면 자꾸만 마음이 아득해졌다. 나는 매일같이 그의 방을 바라보며 그가 무엇을 하고 있는지 살펴보았다. 그리고 이내 달아올랐다 곧장 허탈한 죄책감에 빠져들었다. 그러다 새벽이 되어서야 침대에 눕고는 했는데, 그럴 때면 어김없이 온몸으로 내 심장박동이 느껴졌다. 나라는 존재가 커다란 진공관이 된 것 같은 그런 기분.

나는 다시 수경을 끼고 물속 깊이 잠수했다. 바닥에 가슴팍이 닿았다. 심해어가 된 것처럼 나는 한참 동안 물속에서 유영했다. 눈앞에는 온통 푸른 타일만이 보였다. 그의 얼굴과 그가 나에게 했던 말들과 그 말을 할 때의 목소리가 자꾸만 나를 휘감았다. 그를, 그의 음성을 떠올리는 것만으로 나 자신이 끔찍하게 느껴졌다. 나는 다리와 팔의 긴장을 풀고 몸을 늘어뜨렸다. 마치 낙엽이라도 된 것처럼 그대로 물위에 떠올라 수영장 바닥을 바라보았다.

이대로 영원히 물속에 있고 싶어.

잠겨 있고 싶어.

아무 소리도 듣지 않고 아무것도 느끼지 않으며 그저 부유하는 상태로 남고 싶어.

나는 견딜 수 있을 만큼 최대한 오랫동안 숨을 참다가 고개를 들었다. 폐가 터져버릴 것 같아서 가쁜 숨을 내쉬었다.

시계를 보니 어느덧 한 시간 넘게 지나 있었다. 나는 물 밖으로 나와 샤워실로 향했다. 너무 오래 물속에 있었던 탓인지 몸이 으슬으슬 떨렸다. 나는 수영복을 벗고 곧장 온탕에 들어갔다. 대리석으로 된 벽에 몸을 기대고 천장을 바라보았다. 일정한 간격으로 커다란 물방울이 맺혀 있었다. 수증기 때문인가. 당장이라도 뚝 떨어질 것처럼 위태로워 보였다. 입을 벌린 채 천장을 보는데 갑자기 누군가 나를 불렀다.

"야, 해리."

고개를 내리니 내 앞에 있는 사람, 윤도. 나는 소스라치게 놀랐다.

"뭘 그렇게 놀라냐. 못 볼 거 봤냐."

"갑자기 부르니까 그렇지…… 수영하러 온 거야?"

"그럼 수영장에서 뭘 하겠냐. 근데 너 언제 왔냐? 계속 탕 안에만 있었던 거야? 나 한 시간 동안 있었는데 너 못 본 것 같은데."

나는 다 기어들어가는 목소리로 정회원 전용 수영장에서 수영을 했다고 말했다.

"정회원? 존나 부잔가보네."

궁전에 사는 것을 뻔히 알면서 무슨 개소리인가 싶었지만, 그보다는 시선을 둘 곳이 없어 윤도가 온탕 가장자리에 올려놓은 작은 바가지에 집중했다. 그 속에 담긴 윤도의 은색 수영 모자와 수경, 그리고 빨간색 스피도 수영복. 윤도가 방금 전까지 입고 있었을 그것. 문득 정신을 차려보니 윤도가 내게 바짝 다가와 있었다. 내 몸을 훑는 윤도의 시선이 느껴졌다. 나는 탕 깊이 들어가 몸을 숨겨보려 했지만, 가능할 리 없었다. 윤도가 웃으며 말했다.

"너 진짜 털 많다. 다 큰 것처럼."

그러고는 손을 뻗어 내 팔이며 가슴팍을 문질렀다. 늑인이라고 불릴 정도로 몸에 털이 많은 것은 내 콤플렉스 중 하나였다.

"부럽다. 어른 같아. 나는 털 하나도 없는데."

윤도의 몸은 나와는 달리 하얗고 매끈했다. 나는 윤도에게 그만 만지라고 퉁명스럽게 말했다.

"느낌 좋은데 왜."

아랫도리가 뻣뻣해지는 것 같아 윤도의 손을 뿌리쳤다. 윤도를 보지 않으려고 애쓰면서 주말에 왜 혼자 수영장에 왔냐고 물었다. 윤도는 주말에 집에 있으면 엄마 가게 일을 도와야 하기 때문에 억지로라도 밖에 나올 구실을 만든다고 했다.

"가게? 엄마 가게 하셔?"

"어. 요 앞에 도원막창. 거기가 우리 엄마 가게야."

그곳이라면 나도 잘 알고 있었다. 도원막창은 지역 주민들에게 예전부터 유명한 브랜드 체인점이었다. 원조 도원막창과 2대, 3대 가게가 D시의 번화가마다 자리해 있었고, 소문에 따르면 전부 한 가족이 경영하고 있다고 했다. 수성못 근처에 위치한 2대 도원막창의 경우, 커다란 건물과 넓은 주차장 덕분에 가족 단위 손님이 많고 장사가 잘되기로 유명했다. 정작 있는 집 자식은 본인이면서 나보고 부자라고 하다니. 짜증이 치솟았지만 동시에 아무렇지 않게 내 반경 안으로 들어오는 윤도의 대범함과 순수함의 배경을 찾은 것 같다는 생각도 들었다. 내 경우에서 보자면, 결핍은 인간을 쪼그라들게 했다. 특히나 생존과 직결된 문제는 사람을 더욱 방어적으로 만들기 마련이었다.

잔뜩 말린 나의 어깨와 상반되는 윤도의 곧게 뻗은 쇄골이 어쩌면 그 증거일지도 모르겠다는 생각을 했다. 태어나서 한 번도 구겨본 적이 없을 것 같은 긴 목과 반듯한 어깨. 윤도는 덥지 않냐며, 괜찮으면 함께 나가자고 했다. 그러고 보니 윤도의 몸이 붉게 달아올라 있었다. 내 얼굴도 왠지 윤도의 피부와 비슷한 색이 되어 있을 것 같아 나는 그러자고 했다. 우리는 나란히 서서 샤워를 했다. 자꾸만 윤도 쪽으로 향하는 시선을 다른 데로 돌리기 위해 노력해야 했다.

탈의실로 나와 각자의 로커에서 옷을 꺼내 입었다. 나는 낡은 가방이 부끄러워 궁전스포츠센터 마크가 보이지 않게 가방을 말아 쥐었다. 윤도는 독서실에도 들고 왔던 검은색 나이키 신발주머니를 등에 멨다. 탈의실 입구에서 키를 반납하고 신발을 신는데 윤도가 말했다.

"아직도 더워? 얼굴이 엄청 빨갛네."

"어. 탕에 너무 오래 있었나봐."

"음료수 마실래? 나 동전 많아."

"그래."

윤도와 나는 엘리베이터 옆에 있는 자판기 쪽으로 갔다. 윤도의 주머니에서 백원짜리 동전이 끝도 없이 나왔다.

"엄마 가게 카운터에서 뽀렸어."

동전 한줌을 훔친 주제에 세상을 다 가진 것처럼 웃는 윤도. 그 미소가 어이없게도 귀여워서 나는 또 잠깐 절망해버리고야 말았다. 윤도는 자판기에 동전을 집어넣고 포카리스웨트를 뽑았다. 나보고도 먹고 싶은 것을 고르라고 해서 나는 평소처럼 데자와를 골랐다.

"너 그거 왜 먹어?"

"난 원래 데자와만 먹는데."

"그거 토 맛 나던데."

"뭐라고? 무슨 말도 안 되는 소리야. 이게 얼마나 맛있는데. 포카리야말로 미지근한 오줌 같아."

말을 내뱉자마자 후회했다. 괜히 사소한 것에 발끈해버린 내가 부끄러웠다. 십오 년에 걸쳐 만들어놓은 견고한 가면이 순식간에 벗겨져버린 것만 같은 기분.

그러거나 말거나 밖으로 나온 윤도는 신경도 쓰지 않고 앞을 보며 걸었다. 한참 동안 별말 없이 나란히 걷던 우리는, 커다란 버드나무 옆에서 트램펄린을 타는 아이들을 발견했다. 윤도가 손가락으로 트램펄린을 가리키며 말했다.

"어, 봉봉이다."

"나 어릴 적에 봉봉 타는 거 진짜 좋아했는데."

"탈래?"

"아니, 수영해서 진 빠졌어(실은 너와 실오라기 하나 걸치지 않은 채 뜨거운 탕에 앉아 있느라 그런 거지만)."

"그래도 한 번만 타보자."

"우리 너무 커서 안 들여보내주지 않을까?"

"괜찮을 거야. 어른들도 타던데 뭐."

"아냐. 덥고 피곤해."

"그래? 나는 같이 타고 싶은데……"

슬픈 방아깨비 같은 윤도의 얼굴을 보니 귀엽고도 애잔한 마음이 들었다. 나는 무슨 말을 할지 고민하다 조심스럽게, 그러나 고심한 것이 티 나지는 않게 대답했다.

"그럼, 뭐 다른 거 하고 놀면 되지(아무리 너라도 축구나 농구 같은 걸 하자고 하면 죽여버릴 것이다)."

"그럼 노래 부르러 갈래?"

"노래방? 나 돈 없어."

"돈 없어도 돼. 노래방 말고 오래방 가자."

"오래방?"

"오락실에 있는 거 있잖아."

"아, 그걸 오래방이라고 해?"

"남들은 뭐라고 하는지 모르겠는데 난 그렇게 불러."

"그래, 그럼 거기 가자. 오래방."

우리는 나란히 서서 오락실을 향해 가기 시작했다. 커다란 횡단보도를 건너 큰길가를 따라 천천히 걸었다. 팔 차선 도로에는 이따금 과속을 하는 차가 굉음을 내며 스쳐갔고, 초여름의 햇볕이 내리쬐었다.

"야, 그쪽 방향 아니야."

나는 당연히 시장 옆에 있는 큰 오락실에 갈 거라고 생각했는데, 윤도는 거긴 사람이 붐빈다며 자기가 따로 봐놓은 곳이 있다고 했다. 그러고는 비탈길을 올라가기 시작했다. 윤도가 멈춰 선 곳은 시장 뒤쪽에 있는 낡은 아파트 단지 앞이었다. 수성구에서 가장 오래된 최고령 아파트였다. 윤도는 아파트 앞의 상가 건물 입구로 들어가더니 곧장 지하로 내려갔다. 아래로 갈수록 쿰쿰한 먼지와 곰팡이 냄새 같은 게 풍겼다. 빛바랜 간판이 달린 세탁소와 문을 닫은 순댓국집을 지나치자 검은색 시트지가 붙어 있는 가게가 나타났다. 내부를 전혀 볼 수 없는 유리문에는 역시나 빛바랜 붉은색으로 '주공 오락실'이라고 적혀 있었다. 뻑뻑한 마찰음이 나는 유리문을 밀고 들어가자 열 평은 될까 싶을 정도로 작은 공간에 오락기가 꽉 차 있었다. 지하여서 그런지 공기가 바깥과 달리 서늘했다. 입구 바로 옆 유리 부스 안에는 노란 장판이 깔려 있었고, 주인인 듯한 노인이 심란한 무늬의 담요를 덮은 채 손바닥만한 텔레비전을 보고 있었다. 노인은 우리에게 눈길조차 주지 않았다. 귀가 안 좋은지 볼륨을 너무 크게 해놔서 유리 부스 너머로 드라마 대사가 다 들렸다. "너를 믿었던 게 실수라면 실수야. 그게 사랑이라고 생각했으니까……" 도무지 과잉되지 않은 게 없는 공간이었다. 꽉 찬 오락기들 너머 구석에 노래방 부스 하나가 놓여 있었다. 윤도와 나는 그 안으로 들어갔다. 작은 화면의 노래방 기계, 먼지가 뽀얗게 쌓인 노래방 책과 리모컨, 때 탄 스툴 두 개가 놓여 있었다. 윤도와 내가 스툴에 나란히 앉자 서로의 무릎은 물론 어깨까지 닿을 것만 같았다. 나는 잔뜩 긴장한 채 윤도의 몸을 건드리지 않기 위해 노력했다. 음료수를 얻어먹은 게 마음에 걸려 이번엔 내가 돈을 내려고 가방을 뒤졌는데, 다행히 천원짜리 한 장이 있어 지폐 투입구에 넣었다. 천원으로 총 다섯 곡을 부를 수 있었다.

"아, 굳이 돈 쓸 필요 없는데."

"아냐. 음료수도 얻어 마셨고."

윤도는 어쩔 수 없다는 듯 어깨를 으쓱하더니 빠른 속도로 예약을 하기 시작했다. 번호를 외우고 있는지 책을 보지도 않고 세 곡을 연거푸 예약했다. 나는 노래방 책의 마지막 장을 펼쳐보았다. 최신곡이라고 있는 게 육 개월도 전에 나온 노래들이었다. 책을 아무리 뒤져도 내가 좋아하는 브릿 팝이나 인디 음악은 보이지 않았다. 그래도 한 곡 정도는 불러야 할 것 같아서 나는 남자 가수의 곡 중에서 그나마 익숙한 노래를 한 곡 예약했다. 시선을 떨어뜨린 채 아래를 보았다. 나의 무릎보다 희고, 작고, 단단한 윤도의 무릎이 보였다. 조금만 움직여도 몸이 닿아서 자꾸만 어깨가 움츠러들었다. 전주가 나오자 사이키 조명이 돌아가기 시작했다.

윤도는 2000년대 초반을 주름잡은 드라마틱한 전개의 록 발라드를 불렀다. 클라이맥스에 다다라 연신 고음을 쥐어짜내는 윤도의 옆모습을 바라보았다. 미성이었지만 결코 잘한다고는 할 수 없는, 간신히 음정과 박자를 맞추는 정도의 실력이었다. 그럼에도 불구하고 그는 목에 핏대를 세워가며 최선을 다해 소리를 질렀다. 날렵한 콧날에는 잔뜩 주름이 지고 얼굴은 질린 것처럼 빨갛게 달아올랐다. 두 곡을 연달아 부르고는 목이 아픈지 기침을 해댔다. 나는 그런 윤도의 모습을 보며 이상하게 감동 같은 것을 받아버렸다. 나도 윤도처럼 못하면 못하는 대로, 별로면 별로인 대로 있는 그대로의 나를 드러내고 싶었다. 별거 아닌 일에도 최선을 다하는 그의 모습이 귀여웠고, 아니, 귀엽다못해 안타까웠고, 안타깝다못해 동경하게 되었다. 부리처럼 가는 윤도의 입술이 벌어질 때마다 입김이 내 얼굴에 닿았다. 부스 안에 어느덧 윤도의 숨결이 가득찼다.

윤도가 세번째 노래를 마치자 내 차례가 왔다. 나는 떨리는 마음을 감추기 위해 마이크를 턱에 붙이고 최대한 담담하게 박효신의 〈동경〉을 부르기 시작했다. 윤도는 노래방 책을 뒤지다 나를 흘끗 보았다. 그리고 빙긋 웃었다. 부끄러운 마음이 들었는데 윤도가 말했다.

"왜 이렇게 땀을 흘려."

그리고 손을 들어 내 땀을 닦아주기 시작했다. 윤도의 손이 내 이마와 아래턱을 쓸고 지나갔다. 나는 떨리는 손을 감추기 위해 마이크를 가슴에 딱 붙이고 최대한 시선을 화면에 고정했다. 정신을 차리자 노래가 끝나 있었다. 점수는 93점.

"야. 너 노래 잘한다?"

"무, 무슨 소리야. 빨리 예약이나 해."

"난 세 곡이나 불렀는데? 너 한 곡 더 해."

"아니야. 부를 줄 아는 노래 이게 전부야. 그리고 너도 알잖아. 내 음악 취향 이상한 거……"

"이상한 게 아니라 특별한 거지."

"특별은 무슨…… 됐어, 목도 아프고."

"그래? 잠깐만 있어봐."

윤도는 가지고 온 신발주머니를 뒤적이더니 작고 납작한 초록빛 케이스를 꺼냈다. 케이스를 뒤집어 손바닥에 엄지손톱만한 검은 직방형의 뭔가를 떨어뜨리고는 내 입안에 넣었다. 무방비한 사이 윤도의 엄지와 검지가 내 입에 쑥 들어왔다. 그리고 입안에 퍼져나가는 알싸한 민트 맛. 목캔디였다. 윤도는 손가락에 내 침이 묻든 말든 신경도 쓰지 않고 목캔디 하나를 더 꺼내 자기 입속에 집어넣었다. 나는 목캔디를 혀로 감쌌다. 혓바닥부터 식도, 위장까지 시원해지는 맛이었다.

"그거 먹고 있어. 내가 노래할게."

이토록 손쉽게 내 영역으로 들어와 장기 속까지(?) 침범하다니.

사람 헷갈리게 왜 저렇게 친절하고 난리인지. 윤도는 지겹지도 않은 지 또 록 발라드를 불렀다. 멜로디가 왠지 익숙했다. 1절 후렴구가 끝나고 간주가 흘러나올 때 나는 윤도의 귀에 대고 외쳤다.

"이거 〈카우보이 비밥〉 OST 아냐?"

"맞아. 너도 좋아해?"

"어. 투니버스에서 할 때 매일 밤새 봤어."

"나도."

이윽고 2절이 시작됐고, 나는 윤도와의 공통점을 하나 더 찾았다는 사실에 환호라도 지르고 싶은 심정이었다. 만화와 음악, 영화에 대한 얘기라면 언제까지고 웃으며 함께 할 수 있을 것 같았다. 윤도의 노래가 끝나자 사이키 조명이 꺼지고 불이 켜졌다. 가방을 챙기는데 윤도가 서너 곡만 더 부르고 가자고 했다.

"안 돼. 나 돈 없어."

돈이 없다는 말을 너무 강조해 궁상맞게 들릴 게 뻔했지만 어쩔 수 없었다.

"가만있어봐."

윤도는 일어서려는 내 팔을 잡으며 씨익 웃었다. 그리고 이번엔 신발주머니에서 길쭉하고 납작한 플라스틱 막대 같은 것을 꺼냈다. 자세히 보니 책받침을 바나나 모양으로 길쭉하게 잘라놓은 것이었다. 윤도는 바닥에 쪼그려앉아 그것을 동전 투입구에 꽂아넣고는 노래방 기계를 흔들어댔다. 화면에 코인이 하나둘 쌓였다. 윤도의 몸이 움직일 때마다 그의 머리에서 땀냄새와 민트 향이 섞인 복잡한 냄새가 났다. 그러자 내 마음까지 복잡해지기 시작했다. 어쨌든 이건 범죄니까…… 아무것도 모른 채 텔레비전을 보고 있을 노인의 얼굴이 아른거렸다.

"됐지."

배시시 웃는 윤도의 얼굴을 보니, 나라를 팔아먹어도 용서해줄 수 있을 것만 같았다. 윤도는 록 발라드를 두어 곡 더 불렀고 나는 내가 아는 가장 무난한 발라드인 머라이어 케리와 보이스 투 맨의 〈One sweet day〉를 불렀다.

밖으로 나오자 어느덧 사위가 저물어 있었다. 거리에는 초여름밤의 선선한 공기가 감돌았다.

궁전아파트 근처에 도착했을 때 윤도가 내게 물었다.

"너 궁전 사는 거 맞지?"

"어."

"근데 왜 신세계 산다고 했어?"

"그냥, 방에서 노래 부르는 거 들킨 게 부끄러워서."

절반만 진실이었다. 밤마다 홀로 청승을 떨며 노래를 불렀다는 사실, 그것만 부끄러운 것은 아니었으니까. 나는 나의 부모와 나의 집, 나의 성향과 취향, 나의 말 못할 비밀과 우울, 내가 혼자임을 버티는 방식, 그러니까 나 자신의 모든 것이 부끄러웠다. 그래서 안간힘을 다해 나 자신을 감추려 해왔던 것이고. 윤도는 별다른 말 없이 내 입에 목캔디를 하나 넣어주었다. 그렇게 나의 비밀 중 하나를 맥없이 들켜버렸다. 그래도 아무 일도 일어나지 않았고, 그것은 내게 작은 위안이 되어주었다.

어느덧 윤도와 나는 아파트 단지 입구에 다다랐다. 윤도는 자신의 집은 이쪽, 이라며 몸을 돌렸다. 나는 아무것도 모르는 것처럼 아, 그 래? 가까운 데 사네, 능청을 떨며 또 보자고 말한 뒤 손을 흔들었다. 윤도가 점점 작아질 때까지 윤도의 뒷모습을 바라보았다. 윤도가 사 라져 아무것도 보이지 않았을 때, 나는 새끼손톱보다 작아져버린 목 캔디를 어금니로 깨물었다.

달았다.

이후 윤도와 나는 주말마다 수영장과 오락방에 함께 가게 되었다. 윤도의 경우 가게 일을 돕기 귀찮다는 이유가 있었다면 내 경우는 성 당의 청소년부 미사를 가지 않겠다는 매우 중요한 목표가 있었다. 엄 마는 학창 시절, 세련되고 신념 있는 학생으로 대접받는 동시에 세례 명을 가질 수 있다는 이유로 성당에 다녔다. 일단 한번 무언가를 시 작하면 무섭게 몰입해 끝장을 내고야 마는 성격이었기 때문에 그녀 의 종교 활동은 수십 년 넘게 이어졌고, 나는 순전히 타의에 의해 모 태 신앙으로 자라나 중학생이 되고 나서도 주말마다 미사를 나가야 만 했다. 그런 면에서 윤도와 나는 이해관계가 잘 맞았다(한없이 윤 도 쪽으로 기울어진 내 마음을 차치하고서라도 말이다).

지긋지긋하고 기이했던 월드컵의 열기가 끝나고 우리는 점점 더 편한 사이가 되어갔다. 윤도가 노래방에서 부르는 노래는 윤도현에 서 박효신으로, 박효신에서 콜드플레이로 바뀌어갔다. 나의 다소 우 울한 노래 취향이 윤도에게 옮아갔듯, 윤도의 티끌 없이 밝은 마음 같은 것도 어느덧 내게 옮아온 듯한 기분이 들기도 했다.

어느 가을밤, 윤도가 나를 불러냈다. 별생각 없이 슬리퍼를 끌며 아파트 단지 입구로 내려가자 윤도가 빨간 스쿠터에 기대서 있는 게 보였다.

"야. 타."

그 모습을 보고 나는 웃음이 터질 수밖에 없었는데, 스쿠터 뒤쪽 배달통에 '2대 도원막창'이라고 쓰여 있었기 때문이었다. 윤도는 요즘 통 배달 주문이 없어서 자신이 스쿠터를 빌려 타고 있다고 했다. 자세히 보니 스쿠터는 당시 배달업계를 꽉 잡고 있던 '대림 시티'였다. 아무리 봐도 엄마 몰래 끌고 나온 게 분명해 보였지만…… 하는 짓이 귀여워 군말 없이 윤도의 뒤에 앉았다. 스쿠터가 출발했고 나는 윤도의 배를 안았다. 살집 없이 마른 윤도의 몸이 내 품안에 들어왔다. 윤도는 스쿠터를 타고 수성못을 한 바퀴 돌았다. 플라타너스 이파리가 도로에 가득 떨어진 완연한 가을이었다. 윤도의 운전 실력이 미숙한 탓에 스쿠터는 이따금 요동쳤지만 무섭다기보다는 설렜고 설레면서 또 불안했다. 이상하게 내 품에 안긴 윤도가 자꾸만 쪼그라들어 당장이라도 사라져버릴 것만 같아서 나는 윤도를 더욱 꽉 안았다.

그날 이후, 주말에 수영장과 오래방에 갈 때마다 나는 뒤에서 윤도를 안은 채 스쿠터를 타게 되었다.

함께 보내는 시간이 쌓일수록 윤도에 대한 내 마음도 깊어갔다. 그저 친구일 뿐이라고 나 자신을 다잡다가도 마음이 무너져내리는 날들이 많았다.

3학년을 앞두고 윤도는 윤도 나름대로 고민이 깊어 보였는데, 초등학생 때 사춘기가 시작된 나와 달리 윤도는 뒤늦게 (혹은 제때에)

몰아닥쳤는지 부쩍 한숨이 늘었다. 시시껄렁한 농담이나 하던 윤도가 우울이나 공허감에 대해서 이야기하는 날이 늘었다. 그 무렵 나는 자의 반 타의 반으로 특목고 입시 학원에 들어갔고, 윤도 역시 시원찮은 성적에도 불구하고 나와 같은 학원에 다니겠다고 했다. 윤도와 더 많은 시간을 보낼 수 있게 돼서 기쁜 마음과 윤도를 향한 진심이 은연중에 드러날지도 모른다는 두려움이 동시에 밀려왔다.

그리고 윤도가 내게 미니홈피의 우리 다이어리를 함께 쓰자고 했다. 서로 재밌었던 영화나 좋았던 음악 같은 것을 공유하자고, 시간이 지나고 나면 그 다이어리가 일종의 역사가 되어 있을 것이라 했다. 윤도가 아무래도 뮤지션들의 평전을 너무 많이 읽은 것 같다는 생각이 들기는 했지만…… 기뻤다. 집에 들어오면 다이어리를 가장 먼저 확인하는 습관이 생겨버릴 만큼.

그리고 밸런타인데이.

이따금 샘물처럼 솟아나, 쓰나미처럼 내 마음을 덮치는 생각들. 나의 마음은 지금 어디에 와 있고, 윤도의 마음은 또 지금 어디까지 와 있는가. 나는 왜 이토록 윤도를 갈망하며, 그의 모든 것을 장악하고 싶어하는가. 갈수록 짙어지고 검어지는 마음 때문에 하루에도 몇 번씩 가라앉았다가 다시 솟아오르는 감정의 요동을 겪던 나는 잊을 수 없는 뜨거운 여름을 맞았다.

우리의 최선

중학교 3학년의 여름방학은 내게 끈적함의 동의어로 기억된다. 비가 자주 왔고, 비가 오지 않는 날에도 언제나 축축한 기운이 감돌았다. 아무리 자주 샤워를 해도 온몸에 들러붙은 습기를 도무지 떨쳐낼 수 없는 그런 나날이었다. 그것이 다만 물리적인 감각이었는지 아니면 내 마음의 상태였는지는 알 수 없지만.

그즈음 나는 백 번을 읽어도 도저히 이해할 수 없는 삼각함수를 익히느라 골머리를 앓고 있었다. 영어 면접을 보는 학교도 있어서 미국 대학생들이 본다는 원서를 하루에 한 페이지씩 읽고 외웠지만 그저 기계적으로 책을 읽어내려가는 수준에 불과했고 당연히 내용은 제대로 이해하지 못했다. 이런 수준으로는 절대 특목고에 진학할 수 없다는 것을 나 자신이 가장 잘 알고 있었다. 주제 파악을 하면 할수록 입시 성공 의지를 점점 더 잃어갔던 나. 무늬는 달랐다. 무늬는 지긋지긋한 부모님에게서 탈출하겠다는 마음과 나미에 언니가 있는 곳으로 가겠다는 열망으로 앞을 향해 나아가고 있었다. 희영도 특유의 무던하고 성실한 성격을 발휘해 착실하게 진도를 따라잡고 있었다.

무늬와 함께 미루나무 상회나 교동시장의 수입 상가에 들르는 일도 그 여름에 끊겨버렸다. 무늬가 음주나 흡연 등 소소한 비행을 멈춘 것은 물론 아니었다. 부모님께 흡연 사실이 발각되는 불상사가 생겼기 때문이었다. 혼자 사는 것도 아니면서 담배를 몇 보루씩이나 집에 쟁여놓는 게 영 불안하다 싶었는데, 아니나 다를까 방을 정리하던 어머니가 숨겨놓은 담배를 발견해 강력한 체벌을 동반한 외출 금지령이 떨어졌다고 했다. 그전까지의 규제가 (약간은 비이성적일 만큼 이른) 통금 시간 정도였다면 이제는 수업이 끝나는 시간에 맞춰 어머니나 일곱 살 터울의 친오빠가 학원에 찾아와 연행을 해가는 지경에 이르렀다. 나로서는 꽤나 충격적인 일이었는데 무늬는 의연히 받아들였다.

"까짓거, 어차피 공부할 생각이었는데 뭐. 이참에 담배도 끊고 빡세게 해서 서울 가면 그만이야."

그후로 밍크북스도 나 홀로 가게 되었다. 이따금 문자를 통해 만화를 추천받거나 감상을 나누기는 했지만, 예전처럼 활발하게 대화가 오가지는 않았다. 때때로 홀로 만화책을 빌리러 갈 때면 무늬와 함께하던 시절은 이제 끝나버린 것인가, 하는 생각이 들었다. 불과 몇 달 전만 해도 치가 떨리게 얄밉던, 혹은 두렵던 아이였는데. 내가 무늬와의 시간을 그리워하는 게 아닌가 하는 생각까지 들었지만, 나는 또 나대로 함께 시간을 보낼 사람이 있기는 했다. 윤도.

그 역시 별다른 가망이 없는 것은 나와 마찬가지였다. 학원 숙제를 빼먹는 경우가 많았고, 영문법 수업 시간에는 졸곤 했다. 윤도와 나는 비가 오지 않는 주말이면 수영장과 오래방에 갔다. 목이 쉴 때까지 놀고 나서는 건물 뒤편에 세워둔 스쿠터를 타고 집에 갔다. 스쿠터에 탈 때면 나는 기껏 익명으로 고백한 내 마음이, 우리의 관계가 순식간에 다 날아가 흩어져버릴 것 같은 불안감에 사로잡혀 더욱 꽉 그의 몸을 움켜잡았다. 가끔은 그의 등에 슬쩍 뺨을 대보기도 했다. 뺨으로 느껴지는 그의 체온과 귀를 통해 들리는 그의 심장 소리에 내 체온과 심장 소리가 겹쳐지는 것만 같았다.

방학이 중반에 접어들 무렵부터, 나는 입시 같은 건 아예 놔버린 채 전에 없이 놀았다. 매섭게 공부하는 무늬를 보며 입시에 대한 불안감이 들기도 했지만 그때뿐이었다. 나는 매일 아홉시부터 오후 두시까지 수업을 듣고, 오후 내내 윤도와 함께 시간을 보냈다.

윤도는 과묵해 보이는 첫인상과는 달리 말이 많았다. 처음에는 윤도가 내게 시시콜콜 자신의 이야기를 늘어놓으며 감정 표현을 하는 것이 어색했다. 학교에서 윤도는 친구가 많은 부류였다. 그의 주변에는 졸업식 날 밀가루를 뿌려주거나 생일마다 케이크를 사들고 와 얼굴에 정신없이 생크림을 발라줄 그런 종류의 아이들이 많이 있었다. 그 친구들과 윤도가 이야기를 나눌 때는 응, 아니, 뭐 씨발, 개새끼야, 정도의 한정된 어휘만으로도 충분히 소통이 가능해 보였다.

내 앞에서는 달랐다. 좀체 욕을 사용하지 않았고 다정하고 부드러운 목소리로 신나게 떠들어댔다. 때때로 윤도 주변에 있는 그 많은 사람들 중 정작 제대로 이야기를 나눌 만한 사람이 없는 건 아닌가 하는 생각이 들기도 했다.

윤도는 틈만 나면 뭔가가 되고 싶다고 말했다. 함께 빵을 먹을 땐 제빵사가 돼 빵집을 차릴 것이라고 했고, 애견센터 앞을 지날 때는 사육사가 될 것이라고 논리적 연관성이 희미한 포부를 밝혔으며, 오래된 배달용 스쿠터가 수상한 기계음을 내며 멈출 때마다 모터사이클 전문점을 차려 죽을 때까지 새 오토바이만 만지고 살 거라고도 했다. 당시에 나는 수학 성적이 나쁘다는 이유로 문과에 진학하기로 계획한 상태였고, 그저 그런 대학을 나와 그저 그런 직장에 들어가는 삶 정도를 꿈꿨으므로 인생의 대부분이 결정되어버린 것 같다는 치기 어린 생각에 젖어 있었다. 때문에 스스럼없이 뭐든 되고 싶다고 말하는 윤도가 귀여운 한편 조금 한심하게도 느껴졌다.

하루는 학원을 마치고 여느 때처럼 윤도와 오래방에 갔다. 윤도의 책받침을 이용해 원 없이 노래를 부르고 밖으로 나왔을 때 우리는 조금 지쳐 있었다. 목이 반쯤 쉰 윤도가 내게 말했다.

"아무래도 안 되겠어. 우리, 가수가 되자."

역시나 유치원생이나 할 법한 지독히 윤도다운 소리였기에 나는 듣는 둥 마는 둥 하며 아무런 대답도 하지 않았다.

"씹지 말고, 진짜로. 우리 이렇게 열심히 노래 부르는데 아깝잖아."

"알겠어. 가수 되자. 그것도 초일류 가수가 되자."

"좋았어. 근데 가수는 어떻게 되는 거야? 시험 같은 거 쳐야 하나?"

"글쎄. 기획사 오디션 보거나 아니면 대학가요제 같은 데 나가야 하겠지, 아마?"

가족들과 함께 텔레비전 앞에 둘러앉아 대학가요제를 챙겨 보던 시절이었다. 윤도가 자못 진지한 표정으로 내게 물었다.

"대학가요제는 어떻게 나가야 해?"

"음, 일단 대학생이어야 하지."

"정말? 꼭 대학 다녀야 하는 거야?"

"당연하지. 대학가요제잖아."

윤도는 뭔가 큰 깨달음을 얻은 것처럼 눈을 동그랗게 뜨고 탄식했다.

"그래서 다들 대학에 가라고 하는 거구나. 기회의 문이 열리네, 정말로."

"꼭 그런 것만은 아닌 거 같은데……"

"나 결심했어. 대학에 가서 대학가요제 나갈 거야."

그럼 지금까지 대학에 안 갈 생각이었다는 걸까? 방학에도 하루에 다섯 시간씩 외고 심화반 수업을 듣는 주제에 도대체 무슨 소리를 하는 건가 싶었다.

"싱어송라이터로 데뷔해야겠어."

싱어송라이터라는 단어를 어디서 주워듣고 저러는 게 분명했다. 윤도는 내 손을 꽉 붙잡고 결연한 표정으로 덧붙였다.

"우리 나중에 같이 대학 가서 꼭 대학가요제에 나가는 거다. 알겠지?"

"그래. 그러자."

우리는 집 쪽으로 내려오며 연신 땀을 닦았다. 무더운 여름날이었다. 노래를 부르기 위해 언덕배기의 지하상가까지 다녀오는 게 조금은 고되게 느껴졌다.

"윤도야, 우리 다음부터는 오래방 말고 수성못 앞에 있는 콘서트 노래방 가자. 거기 여섯시 전까지는 두 시간에 사천원이래."

"싫어."

좀체 싫다는 말을 하지 않는 윤도인데 의외의 반응이었다.

"돈 아까워서 그래? 둘이 나눠 내면 이천원인데……"

"그게 아니라."

윤도는 노래방에 가는 게 싫다고 했다. 방금 전까지 노래를 부르고 나온 주제에 이게 무슨 말도 안 되는 궤변인가 싶었지만 윤도는 짐짓 진지한 표정으로 말을 이어나갔다. 사실 어릴 적에 부모님이 오랫동안 가라오케를 운영했었다고.

"유치원 갔다 오면 혼자서 노래방의 빈방에서 밤늦게까지 있어야 했어."

노래방의 무겁고 우중충한 분위기며 쉴새없이 흘러나오던 시끄러운 반주와 취객들의 고함소리, 언제나 싸우던 사람들이 아직까지도 떠오른다고 했다. 무슨 말을 해야 할지 몰라서 가만히 윤도의 표정을 살폈다. 윤도는 평온한 얼굴로 계속 말을 이어갔다.

윤도의 아버지는 경영난으로 가라오케 사업을 접은 뒤, 항구도시에서 큰아버지의 사업을 돕고 있다고 했다. 그 때문에 윤도는 아버지와 따로 살고 있으며, 한두 달에 한 번씩 만나 함께 밥을 먹거나 호텔 사우나에서 목욕을 하는 게 전부라고 했다.

"지난주에도 아버지 만났어. 같이 소고기 구워먹고 용돈도 받았어."

윤도의 아버지는 짧은 만남의 끝에 늘 현찰을 봉투에 두둑이 넣어준다고 했다. 윤도는 민소매 티며 고가의 나이키 축구화까지도 모두 그 돈으로 산 거라고 했다. 단순히 일 때문만은 아니고 아무래도 부모님이 더이상 함께 살지 않는 듯했으나 그에 대해 말을 하고 싶어하지 않는 것 같아 나는 다른 것을 물었다.

"너랑 너희 아버지 닮았어?"

윤도는 자신이 아버지의 얼굴을 쏙 빼닮았으나 덩치나 성격은 딴판이라고 했다. 내성적이고 왜소한 자신과 달리 아비지는 키가 크고 백 킬로그램에 육박하는 거구이며 친구와 형제라면 죽고 못 사는 의리파에 허풍을 잘 떤다고 했다. 아무리 생각해도 성격까지 닮은 것 같은데…… 나는 윤도와 비슷하게 생긴 이목구비에 큰 목소리로 침을 튀며 말하는 중년 남성을 떠올려보았으나, 윤도의 투명하리만치 흰 피부와 중년이라는 단어는 도무지 어울리지 않게 느껴졌다. 윤도의 말투는 평소와 다름없이 심상했으나 나는 윤도의 얼굴에 비친 긴장된 기색과 목소리의 미세한 떨림을 통해 아버지에 대해 말하는 것이 익숙하지 않다는 걸 짐작할 수 있었다. 윤도는 아버지 이야기를 비밀로 해달라고 했다. 나는 고개를 끄덕였다. 왠지 나도 아무에게도 말하지 않은 비밀을 털어놔야 할 것 같았다. 그렇다고 사실 윤도 너를 좋아해, 라고 말할 수는 없었으므로 나는 한순간에 몰락해버린 우리집의 경제 사정과 광신도가 되어버린 엄마에 대해 늘어놓았다. 망한 주제에 허영을 버리지 못한 아빠 때문에 좁은 집안이 커다란 전축과 수입 음반들로 가득차 있다고도 말했다.

"야, 너희 집 가자."

얘기를 듣던 윤도가 눈을 반짝였다.

"왜?"

"나 큰 스피커로 음악 들어보고 싶어."

윤도와 우리 부모님이 만난다니. 가뜩이나 힘든 삶에 또다른 변수를 더할 필요는 없지 않나 생각하면서 나는 그래, 언제 기회가 되면, 이라고 답했다. 당연히 그런 기회는 절대 만들지 않을 거라고 다짐하며.

*

방학 동안 우리는 단짝이라고 불러도 될 만큼 대부분의 시간을 함께 보냈다. 물론 내가 윤도를 좋아하고 있다는 비밀은 여전히 공유할 수 없었지만 말이다.

그 비밀이 잠깐 새어나갈 뻔한 날이 있었다.

그날도 나는 어김없이 윤도의 등에 매미처럼 매달려 스쿠터를 타고 있었다. 윤도가 함께 갈 곳이 있다며 수성못 쪽으로 방향을 돌렸다. 윤도가 스쿠터를 세운 곳은 도원막창 앞. 윤도는 내게 근사한 것을 보여주겠다고 말하고는 주차장 끄트머리에 있는 컨테이너 쪽으로 걸어갔다. 윤도는 주머니에서 열쇠를 꺼내 컨테이너 문을 열었다. 문바로 옆에 있는 스위치를 누르자, 몸을 떠는 듯이 깜빡거리며 형광등 불빛이 켜졌다. 미니 냉장고와 누렇게 바랜 벽걸이형 에어컨, 오래된 나무 책상이 보였다. 책상 위에는 (한눈에도 몹시 육중해 보이는) TG 삼보 노트북 한 대가 놓여 있었다. 한구석에 이불이 아무렇게나 펼쳐져 있는 걸로 보아 이곳에서 잠까지 해결하는 것 같았다. 도대체 뭐하는 곳이냐고 묻자 윤도가 원래는 직원 휴게실로 사용하던 곳인데,

가게를 확장할 때 내부에 새로 공간을 만들면서 더이상 필요 없어졌다고 했다. 흉물처럼 남겨진 컨테이너를 쓸고 닦아 자신만의 방으로 바꿨다고 윤도는 자랑스럽게 말했다.

"이곳에 누군가를 데려오는 건 처음이야."

선심 쓰듯 말하는 윤도의 꼴이 웃기면서도 또 그 말에 설레고 마는 나 자신이 더 웃겨서 아무 대답도 할 수 없었다.

"근데 어머니께 여기 쓴다고 허락은 받은 거야?"

"미쳤냐, 당연히 모르지."

윤도가 삼선 슬리퍼를 벗어 문 앞에 깔아놓은 신문지 위에 올려놓았다. 아마 그것이 신발장인 것 같았다. 얼른 들어오라는 윤도 앞에서 잠시 주저하다가 나는 이내 나이키 슬리퍼를 벗고 발목 높이의 컨테이너 바닥에 살포시 올라섰다. 그리고 내 슬리퍼를 집어들어 윤도의 슬리퍼 위에 거꾸로 포개놓았다. 하나로 포개진 우리의 슬리퍼를 물끄러미 바라보았다.

윤도는 창문을 열고 한쪽 구석에 세워놓은 쓰레받기와 빗자루를 들더니 급하게 바닥을 쓸기 시작했다. 그런다고 오래된 컨테이너 안의 상태가 나아질 리 없었고 오히려 빗자루에 쓸린 먼지가 부유하는 게 보일 따름이었지만, 그런 윤도의 행동조차 귀여워 보였다. 나를 위해서 바삐 움직이고 있다는 사실에 심지어 감동까지 해버렸고, 그런 내가 구제불능처럼 느껴졌다. 한참 동안 부산을 떨며 바닥을 쓸던 윤도가 자리 한 귀퉁이를 가리키며 내게 앉으라고 했다. 본체만큼이나 누렇게 바랜 리모컨을 들어 에어컨을 켰다. 에어컨은 덜덜거리는 소리를 내며 켜지더니 미지근한 바람을 뿜기 시작했다. 퀴퀴한 냄새가 풍겼다. 윤도가 노트북을 열고 음악을 틀었다. 고요한 가운데 어쿠스틱 기타 음이 울렸다.

"누구 노래야?"

"푸른새벽, 1집."

"언제 이런 밴드를 또 찾았대?"

"그냥, 어쩌다보니까."

윤도가 내가 모르는 것들을 알고 있다는 게, 고유한 취향의 성을 쌓아가고 있다는 사실이 갑자기 생경하게 다가왔다. 윤도가 윤도만의 삶을 살고 있다는 것이, 내 시야 밖에서 자신만의 세계를 일궈가고 있다는 게 싫었다. 그를 내 곁에 묶어두고, 그의 모든 것을 알고 싶었다. 그런 비뚤어진 집착에 사로잡혀 그의 사소한 행동 하나하나에 연연하며 그에게 온통 묶여 있는 것은 정작 나였지만 말이다. 들끓는 마음과는 별개로 나는 조곤조곤한 어쿠스틱 음악이 주는 나른함에 젖어 자꾸만 눕고 싶어졌다. 방 한편에 아무렇게나 널브러져 있는 베개를 가져와 바닥에 누웠다. 윤도도 내가 벤 베개에 머리를 대고 바짝 붙어 누웠다. 나는 살며시 눈을 감았다가 다시 눈을 떴다. 깜빡거리는 형광등 불빛도, 에어컨에서 풍기는 퀴퀴한 냄새도 그대로였으나 귀가 닿을락 말락 가까운 거리에 윤도가 있다는 사실에 모든 것이 그전과 달라진 것 같았다. 그 누구의 시선도 없는 곳에 우리 둘만이 있다는 것을 의식하자 도저히 참을 수 없는 기분이 들었다. 나는 몸을 일으켜 대수롭지 않은 척 말했다.

"덥다. 에어컨 성능이 별론가봐."

"가만히 누워서 기다리고 있으면 괜찮아져."

그 말이 무슨 진리라도 되는 것처럼, 절대 어길 수 없는 정언명령이라도 되는 것처럼 나는 다시 윤도 옆에 머리를 대고 누울 수밖에 없었다. 더위는 도무지 가실 생각을 하지 않았다. 도대체 언제쯤 시원해질까. 이곳에서 윤도와 나란히 누워 있으면, 이 주체할 수 없는 뜨거운 마음도 괜찮아지는 걸까. 눈앞에 보이는 것은 작고 네모난 천장. 윤도와 나를 위한 천장. 평소에는 나를 있는 힘껏 짓누르는 것만 같았던 천장이 이상하게 우리를 살포시 감싸주는 듯한 기분이 들었다.

"있잖아, 나는 어릴 적부터 천장이 무서웠다."

"그게 왜?"

"그냥 막막하잖아. 얼마나 많은 밤이 지나야 이 삶이 끝나게 될지, 자꾸만 아득해질 때면 천장이 천천히 아래로 내려와서 나를 짓눌러버릴 것만 같았거든. 영원히 이 순간이 계속될 것만 같아서 숨도 못 쉴 듯한 공포감이 밀려와. 손가락도 발가락도 움직일 수 없고."

"신기하네. 가위 눌린 거 아냐? 또 일반적인 가위 증세랑은 다르네."

"너는 그런 적 없어?"

"응. 나는 머리만 대면 바로 잠들거든."

"좋겠다."

윤도는 별 대답 없이 골똘히 천장을 바라봤다. 괜히 헛소리를 해서 나를 정신 나간 애로 여기는 게 분명했다. 했던 말을 주워 담을 수 없어서 나는 대충 아무 말이나 둘러댔다.

"그냥 망상이야. 신경쓰지 마."

"그럴 땐 너 스스로를 점이라고 생각해보는 건 어떨까?"

"점?"

"응. 점과 점이 이어지면 선분이고, 선분 네 개가 만난 게 천장이 잖아. 지금 네 눈앞에 있는 건 이 방에 있는 여섯 개의 면 중 하나에 불과하다 생각해버리는 거지."

"그거 수학 시간에 배운 거 아냐?"

"잘 생각해봐. 원래 너무 멀고 너무 큰 걸 생각하면 누구나 다 질리 게 돼 있어. 나도 밤하늘을 보면 그래. 이 넓은 우주 속, 저 많은 별들 중의 하나인 우리가 얼마나 하찮은 존재인지 자꾸만 생각하게 되고. 그럴 때면 그냥 다 하나의 점에 불과하다고 생각해버리는 거지. 저 별 도 지구도, 나도 그냥 다 점이다. 좆도 아니다. 아무것도 아니다."

"그게 뭐냐."

"아니면 천장 말고 창문 너머의 세계를 떠올려봐. 거기에 내가 있 다고 생각하는 거지. 너랑 나를 연결하면 또다른 선이고, 천장 너머 의 또다른 세계가 만들어진다고."

그 말을 듣는 순간 나는 또 바보처럼 『나나』에 나온 운명의 붉은 실에 대해서 생각하게 됐다. 날 때부터 인연이 정해진 두 사람은 보 이지 않는 붉은 실이 서로의 새끼손가락에 묶여 있다고 한다. 그러니 까 내가 새끼손가락을 움찔하기만 하면 윤도에게 떨림이 전해지는 거나 다름없다고……

그런 망상을 이어가며, 나는 아마도 근처 가로수에 붙어 울고 있을 매미 소리와 푸른새벽의 나른한 노래에 취해 깜빡 잠이 들었다.

얼마나 지났을까? 가슴이 답답한 기분이 들어 눈을 떴다. 고개를 돌리니 몹시 가까이에 윤도가 누워 있었다. 스피커에서는 여전히 푸른새벽의 노래가 흘러나오고 있었으며, 윤도의 한쪽 팔이 내 가슴 위에 올라와 있었다. 뭐야, 이것 때문에 가슴이 무거운 거였어? 작게 웃음이 터져나왔다. 나는 윤도의 손을 치울 요량으로 가볍게 잡았다. 윤도의 손이 얼음장처럼 차가워서, 나는 그의 손을 감싸쥔 채 윤도 쪽으로 돌아누웠다. 그때 윤도가 살짝 눈을 떴다. 손을 놓을 틈도 없이 급작스럽게. 윤도는 반쯤 뜬 눈으로 나를 바라보더니 마른 입술을 뗐다.

"춥다."

졸린 듯 속삭이는 윤도의 목소리. 윤도는 내 쪽으로 아예 몸을 돌려 눕더니 팔로 나를 감싸안았다. 내 오른발 위에 자신의 발을 올려놓으며 짧게 덧붙였다.

"따뜻하다."

윤도가 나를 안은 채 눈을 감았다. 꽉 맞잡은 우리의 손이 뜨거워졌다. 내 것인지 윤도의 것인지 모를 심장박동 소리가 느껴졌다. 자꾸만 가빠지는 숨소리를 죽이려 했는데 코에서 뜨거운 숨이 새어 나왔다. 이내 윤도가 숨을 쌕쌕대는 소리가 들렸다. 윤도가 숨을 내쉴 때마다 내 얼굴에 따뜻한 공기가 어렸다. 가만히 그의 얼굴을 바라보다 조금 더 가까이 몸을 밀착했다. 윤도의 아랫도리와 내 것이 맞닿았다. 그것들이 똑같이 부풀어오른 것이 느껴졌다. 윤도가 내 몸을 더 세게 안았다. 우리 사이에 조금의 틈도 남지 않을 만큼. 깼나, 싶었는데 윤도는 여전히 숨을 쌕쌕대고 있었다. 살짝 벌어진 윤도의 입술. 그의 입술에 살짝 나의 입술을 갖다댔다. 그와 나의 입술과 손과 아랫도리와 무릎과 발가락이, 끓는 것처럼 뜨거웠다. 주체할 수 없을 정도로 많은 것들이 내 안에서 터져나오려 하고 있었다.

그때, 윤도의 숨소리가 멎었다. 나는 잽싸게 윤도의 손을 놓고 몸을 돌렸다. 눈을 감고 숨을 죽인 채 그의 기척을 살폈다. 규칙적으로 울리는 그의 숨소리. 다행히 그는 깨지 않은 것 같았다. 그렇게 잠시 가만히 있다가 나도 모르게 또 잠이 들었다. 이번엔 깊은 잠이었다.

꿈을 꿨다.

꿈속에서 나와 윤도는 부둥켜안은 채 함께 가라앉고 있다. 푸르다 못해 검은빛이 도는 물속에서 한도 끝도 없이 깊은 곳으로 천천히 내려가고 있다. 생과 사의 경계가 흐릿해지는 곳을 향해 나아가고 있다. 내려갈수록 수압이 세져 점점 몸이 쪼그라드는 것 같다. 세상의 모든 것들이 우리를 짓누르고 있다. 그것을 온몸으로 감각한다. 그럼에도 불구하고 모든 게 괜찮다. 내 품안에 네가 있고 네 팔 안에 내가 있으니까 괜찮아. 이렇게 하나의 점이 되어도 좋아. 아니 그게 차라리 낫겠어. 그러면 좋겠어. 그것이 우리가 취할 수 있는 최선의 형태. 우리의 최선이야.

눈을 뜨자 윤도의 얼굴이 여전히 내 앞에 있었다. 나는 비스듬하게 누운 윤도의 머리를 바르게 고쳐주었다. 입을 살짝 벌린 무방비한 그의 모습조차도 내게는 각별해 떠나기가 싫었지만 자리에서 일어났다.

슬리퍼를 신고 컨테이너 문을 열었다. 문을 열자 커다란 쓰레기봉투를 들고 있는 한 여성의 뒷모습이 보였다. 놀란 나는 황급히 문을 닫았다. 문틈으로 보이는 여성은 고돼 보였다. 윤도의 어머니일까,

아니면 식당에서 일하는 분인 걸까. 어머니라고 하기에는 젊어 보였는데 왠지 윤도와 퍽 닮은 것 같았다. 여성이 가게로 돌아가고 나는 다시 문을 열었다. 윤도의 말대로 윤도의 어머니는 정말 이 컨테이너의 용도를 모르고 있는 것일까. 아니면 알면서도 눈감아주는 것일까.

집에 도착했을 때는 미라 아줌마와 엄마가 텔레비전을 보며 과일을 먹고 있었다. 나는 미라 아줌마에게 인사를 했다. 엄마가 내게 밥을 먹었냐고 물었고, 나는 학원 앞에서 돈가스를 사 먹었다고 둘러댔다. 엄마는 파는 음식은 다 몸에 좋지 않다며 신나게 잔소리를 했다. 나는 엄마와 미라 아줌마 곁으로 가 사과 하나를 집어먹었다. 텔레비전에서 맛집 소개 프로가 나오고 있었다. 얼굴은 익숙하지만 이름은 알지 못하는 코미디언이 한 막창집을 소개하고 있었다. 미라 아줌마가 포도 한 알을 입에 넣으며 말했다.

"요 앞에 도원막창 있잖아. 요즘 말이 많더라고."

"왜? 장사 잘되잖아."

"아니 글쎄, 거기 주인 여자 남편이 조폭이래. 포항인가 부산에서 밤업소를 크게 하는 양반인데, 자기 애인들한테 가게를 하나씩 차려주나봐."

"뭐?"

"본부인한테 본점 주고 세컨드한테는 2대 막창집 차려준 거래."

"설마, 헛소문이겠지. 그 주인 여자 사람 좋아 보이던데……"

나는 윤도가 내게 했던 말들을 떠올렸다. 가라오케를 운영하다가 지금은 큰아버지의 사업을 돕고 있다는 그의 아버지와 홀로 막창집을 운영하고 있는 어머니에 대해. 왜 윤도의 아버지가 윤도의 어머니, 윤도와 함께 살지 않는지에 대해서도. 꽤 많은 시간을 같이 보냈음에도 윤도의 가정이 어떤지, 또 윤도의 지난 삶이 어떠했는지 잘 알지 못한다는 것을 깨닫게 되었다.

내가 알고 있는 윤도의 세계는 얼마나 단편적이었는지, 내 비밀의 무게에 짓눌려 남들도 자신 몫의 비밀을 짊어지고 살고 있을 거라는 생각을 하지 못했다. 짐작도 하지 못할 만큼 나는 어렸고, 어리석었다.

과거로부터 온 편지 2

나는 미니홈피의 창을 내리고 잠시 눈을 감았다. 심장이 요동쳐 제대로 숨을 쉬기가 힘들었다. 천천히 심호흡을 하며 손을 주물렀다. 그리고 냉장고 앞으로 가 비상약을 넣어둔 케이스를 열었다. 인터뷰를 하기 전에 복용했던 용량을 떠올려보다 그냥 다섯 알을 한꺼번에 삼켰다. 하루 복용량을 초과한 게 분명했지만, 어쩔 수 없었다.

방송 이후 책이 주목받게 되면서 꽤 많은 사람들에게서 메시지를 받았다. 과거의 트라우마를 고백하고 극복하는 심리 에세이를 쓴 터라, 주로 마음의 어려움을 겪는 사람들의 자기 고백이 많았다. 그들은 내가 책에 써놓은 내용들에 깊이 감화된 듯 보였다. 모태 신앙으로 인해 빚어진 도덕적 결벽, 교육열이 남다른 지역에서 자라 체화한 학벌주의와 그로 인한 학업 스트레스, 대학에 들어간 후에 벌어진 심리적 반동형성······ 누구나 한 번쯤 겪지만 쉽게 털어놓을 수 없는 이야기를 솔직하게 기록해놓은 것을 보며 깊은 위안을 받았다고 했다. 내 고백으로 말미암아 자신의 삶을 돌아보게 되었다는 사람들 앞에서, 심지어는 나를 존경한다는 사람들 앞에서 나는 항상 당혹스러운 기분이 들었다.

내가 이런 대우를 받는 게, 합당한 것인가.

나의 죄는 이토록 손쉽게 가려지고, 윤색되어도 되는 것인가.

책을 쓰는 동안 적어도 나는 자유로웠고, 진실했다. 그것은 훼손할 수 없는 백 퍼센트의 사실이다. 그러나 지금 나는 알고 있다. 책에 쓰인 것은 오롯이 내 주관에 의해서 선택된, 순전히 내 마음이 손상된 부분만을 일방적으로 기술한 절반의 진실이라는 것을.

나는 다시 인스타그램 앱에 들어가 다이렉트 메시지함을 눌렀다.

1004에게서 또다른 메시지가 와 있었다. 텔레비전에 나온 이후, 발신자를 알 수 없는 이상한 연락이 부쩍 늘었다. 나의 과거를 알고 있다고 말하는 사람들, 상담중에 나에게 피해를 입었다고 주장하는 사람들. 그때마다 짜증이 나기는 했지만 크게 마음이 쓰이지는 않았다. 그러나 1004라는 아이디를 쓰는 사람이 보내온 메시지는 확연히 달랐다. 실제로 내가 겪은 일, 그중에서도 내가 저지른 일을 정확히 서술하고 있었기 때문이었다. 나는 떨리는 마음으로 1004의 메시지를 읽기 시작했다.

너의 책을 보았어.

과연 소문대로 대단하더라. 그 시절 네가 겪은 일과 네가 느낀 감정들이 세세하게 쓰여 있어서, 기억력이 좋지 않은 나조차도 그때가 생생히 떠오를 정도였어. 사람들의 말대로 참 진실한 고백이었지.

비록 반쪽짜리 고백이지만 말이야.

네 책을 본 사람들은 알까? 네가 누군가에게 씻을 수 없는 죄를 저지르기도 했다는 사실을 말이야.

고백하자면 그때의 기억에서 도망치려 했던 건 너뿐만이 아니었어. 나 역시 안간힘을 다해 그 시절을 잊기 위해 노력했어. 너와 내가 함께했던 시간들을 지우려고 이렇게 달려왔어. 몇 번이고 꿈에 네 얼굴이 나오곤 했어. 악몽이었지. 뜬눈으로 밤을 새우며 너를 떠올렸어. 어쩌면 네가 겪었다던 밤, 그 불면의 밤과 비슷한 것일지도 모르겠네. 많은 시간이 지나고 나서야 겨우 모든 걸 잊게 됐어. 더이상 네 얼굴이 떠오르지도 않았지.

인터넷 기사에서, 유튜브 동영상에서 우연히 네 얼굴을 보지 않았더라면 성공적으로 그 시절을 덮어놓은 채 잊고 살 수 있었을지도 모르겠어.

어쩌면 영원히.

불행히도 나에게 그런 행운이 주어지지는 않더라.

우연일까, 필연일까. 그 무렵 시신이 발견되었다는 소식이 전해졌어. 다시는 찾을 수 없을 거라고 생각했던, 비밀을 품은 채 영원히 같은 자리에 고여 있을 것만 같았던 호수도 재개발이 되기 시작한 거야.

어쩌지, 완전히 잊은 줄 알았던 기억들까지 전부 떠올라버렸

어, 그 시신과 함께. 그것은 행운일까, 불행일까. 재개발. 한때
는 지옥과도 같은 단어였는데, 이제는 조금 다른 의미가 될 것
같아.

안간힘을 다해 막아놓았던 기억이 해일처럼 일어나 내 일상을 쓸
어버렸다. 완전히 끝난 줄 알았던, 칼로 도려내버린 줄로만 알았던
나의 과거가 또다시 내 목을, 내 삶을 조이기 시작했다.
　나는 고개를 뒤로 젖혀 다시 천천히 심호흡을 하기 시작했다. 흰
천장의 네 귀퉁이를 보자 예의 내 귓가에 맴도는 목소리. 안개 낀 새
벽처럼 고요한 목소리. 너의 목소리……

　"너는 살면서 제일 두려운 게 뭐야?"
　나는 매일 밤 침대에 누울 때마다 천장의 네 귀퉁이에 서린 그림자
가 온몸을 짓누르는 듯한 고통에 사로잡히곤 한다고, 얼마나 많은 밤
동안 이 천장의 무게를 견디며 살아야 할지 생각하면 모든 것들이 견
딜 수 없이 막막해진다고 말했다.
　"그럼, 우리 1차원의 세계에 머무르자."
　네 말을 이해할 수 없어 그게 무슨 뜻이냐고 물었다.
　"너와 나라는 점, 그 두 개의 점을 견고하게 잇는 선분만이 존재하
는, 1차원의 세계 말이야."
　지금도 방안에 누워 천장을 바라볼 때면 너를 생각해. 숨막히게 나
를 짓누르던 너의 질량과 그 무게가 주던 위안을 기억해.

나는 전화 숫자판을 누르기 시작했다. 핸드폰에 저장해놓지 않았어도 단 한 순간도 잊어본 적 없는 번호였다.

인생이 한쪽 방향으로만 흘러가고 있다고 믿었던 때가 있었다. 그때는 모든 것들이 좀더 쉽고 간단했다. 나를 옥죄는 것들로부터 벗어나기 위해 안간힘을 다하기만 하면 됐으니까. 그저 앞을 보며 힘껏 달리기만 하면 됐으니까. 십여 년 동안 끝없이 질주한 끝에 내가 다다른 곳은 결국 제자리였다.

때때로 절대 과거가 되지 않는 기억들도 있다.

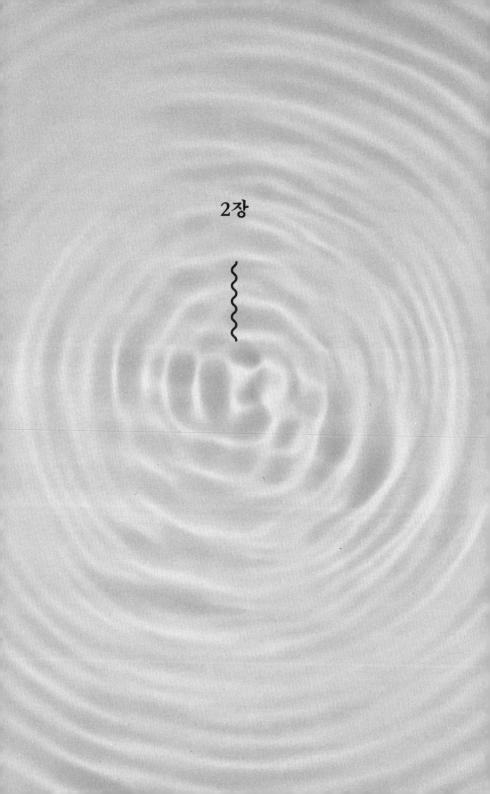

2장

머큐리랜드

그날 이후로도 윤도와 나의 관계는 변하지 않았다.

나는 윤도가 그날 저녁의 일을 기억하고 있는지 확신할 수 없었다. 다만 내가 그날의 그 일을 생생하게 기억하고 있다는 게 중요했다. 바늘구멍만한 틈도 없이 서로의 몸이 하나로 포개져 있던 순간을 끊임없이 복기했다. 안고 있는 동안 우리는 하나였다. 그 사실을 떠올릴 때면 누군가 내 가슴속에 불을 질러놓은 것 같기도 했고, 어떤 날은 물을 잔뜩 머금은 스펀지가 가슴 위에 올려져 있는 것 같기도 했다. 축축하고 무거운 고민이 나를 짓누르는 기분. 어디를 가든 나를 사로잡는 답답함. 그러다가 마음이 뜨겁거나 무거워지면 나는 도리 없이 윤도에게 전화를 걸었다. 그러면 윤도는 아무렇지 않게 전화를 받아 컨테이너에 가서 놀자고 했다. 윤도를 만나면 하고 싶은 말들이 있었지만 막상 윤도의 얼굴을 보면 아무 말도 하지 못했다. 대신에 나는 컨테이너의 창문을 살짝 열어놓고, 바깥에서 안이 보이지 않게 납작하게 누워서 나지막한 천장을 하늘인 것처럼 바라보며 윤도의 이야기를 들었다. 윤도는 옆 학교로 축구 원정 경기를 하러 갔던 일이며 새로 빌린 『배가본드』와 『헌터 X 헌터』, 글래스톤베리 페스티벌의 공연 실황 같은 것에 대한 얘기를 두서없이 늘어놓았다. 나는 윤도의 입에서 모르는 사람의 이름이 튀어나올 때마다 심장이 내려앉는 것 같았으나, 윤도가 바로 내 옆에 누워 있다는 사실에 마음이 들떠서 우리를 감싸는 공기를 깊이 들이마시고는 했다.

우리의 관계에서 달라진 게 아예 없는 건 아니었다. 키스, 때문인지 우리는 서로의 몸이 닿는 것에 별로 거리낌이 없었다. 팔을 스칠 정도로 밀착된 거리에서 나란히 걸어도 윤도는 불편해하지 않았고 컨테이너에 있을 때는 곧잘 손을 내 배 위에 올려놓거나 내 무릎을 베고 누웠는데, 그것은 나 역시 마찬가지였다. 때때로 내 허벅지 위에서 뜨거워지는 윤도의 뒤통수를 느낄 때면 나는 그와 내가 서로 다른 방식으로 접촉하고 있다는 것을 깨닫고는 했다.

매미의 울음소리가 더 커질 무렵, 윤도가 내게 말했다.

"우리 머큐리랜드에 가자."

"머큐리랜드?"

"응. 요 앞 머큐리랜드."

머큐리랜드라니. 이 근처에 그런 이름을 가진 곳은 없었다. 무슨 뚱딴지같은 소리를 하는지 알 수 없었지만, 윤도가 내 팔목을 잡아끌었기에 나는 순순히 슬리퍼를 신고 그의 뒤를 따랐다. 우리는 함께 수성못을 천천히 걸었다. 윤도가 발을 내디딜 때마다 낡은 슬리퍼가 바닥을 치는 소리가 났다. 나는 그 소리를 음악처럼 느끼며 윤도의 옆에서 나란히 걸었다.

수성못은 부모님이 젊을 때만 해도 유명한 유원지였다고 하는데, 지금은 영락없는 도시의 흉물이었다. 호수는 비밀을 잔뜩 품은 것처럼 비리고 수상한 냄새를 풍기며 날벌레가 꼬이고 있었다. 그 모습을 보며 나는 내가 저 호수를 닮았다는 생각에 사로잡혔다. 물이 고인 채 언제든 부패할 수 있는 공간. 시간이 갈수록 색이 짙어져 결국 시꺼멓게 썩어버릴 그런 곳.

이십 분쯤 걷자 녹슨 철조망이 나타났다. 을씨년스럽게 둘러져 있는 철조망 너머로 회전목마와 바이킹, 소형 롤러코스터와 동물 모양의 작은 놀이기구들이 보였다. 황량한 풍경을 바라보며 조금 더 걷자 커다란 문 앞에 다다랐다. 문은 역시나 녹슨 체인이 감겨 있었고, 그 앞에 달린 플라스틱 팻말에는 빛바랜 경고문이 쓰여 있었다.

수성랜드.

절대 출입금지.

가만히 그 팻말을 바라보다 번뜩 무언가를 깨달아버린 나.

"여기가 네가 말한 머큐리랜드는 아니겠지?"

"맞아."

"수성이 영어로…… 머큐리라서?"

"응. 당연하지."

허무 개그와 다를 바 없는 작명이었다. 어이없어하는 나에게 윤도가 말했다.

"너 여기서 사고 났던 거 알아?"

"무슨 사고?"

"예전에 사람이 죽었잖아. 그래서 문 닫은 거야."

"에이, 말도 안 돼."

"진짜야. 기사도 났어. 내가 봤다고."

"난 처음 듣는데?"

윤도는 신이 나서 얘기하기 시작했다.

수성랜드는 유명 건설회사의 소유였다. 여러 개발 사업으로 흥했던 건설회사는 아파트 단지 건축 사업이 시들해지고 엎친 데 덮친 격으로 IMF가 닥쳐 도산해버리고 말았다. 그 난리통에 수성랜드의 운영이 소홀해졌다. 장마철에는 아무 공지 없이 문을 닫기도 했다. 장마가 끝나고도 한참 후에 개장했지만 손님을 찾아보기 힘들었다. 당연한 일이었다. 오리 배는 낡아 물이 샜고, 철 지난 놀이기구들은 삐걱대는 기계음을 내다 곧잘 멈췄다. 며칠 뒤 주말이 되어서야 몇몇 사람들이 찾아왔고, 간만에 롤러코스터가 운행되었다. 속도는 빠르지 않고 높이도 시시했지만 사람들은 레일의 방향이 달라질 때마다 소리를 질렀다. 그리고 코스의 마지막, 롤러코스터가 아래로 떨어질 때 한 아이가 밖으로 튕겨져 나갔다.

"그런데 그거 알아? 그 죽은 아이가 사람들 앞에 나타나곤 한대."

그 정도로 문제적인 사건이 일어났으면 당연히 나도 알고 있어야 하는 것 아닐까? 더군다나 죽은 아이가 나타난다니? 이 무슨 얼토당토않은 얘기인가 싶어 도대체 어디서 읽은 기사냐고 물었다. 윤도는 뭐 그런 쓸데없는 질문을 하느냐는 듯한 어조로 대답했다.

"괴사모. 내가 너한테도 보라고 다이어리에 링크 달아놨잖아."

그제야 윤도가 우리 다이어리에 괴담 커뮤니티 링크를 올려놓은 게 떠올랐다. 사이트에 접속해 게시 글 몇 개를 눌러보는 둥 마는 둥하다가 꺼버리고는 기억에서 지워버렸다. 평소에는 멀쩡해 보이다가도 이럴 때 보면 윤도는 정말 어린애처럼 현실감각이 없는 것 같다는 생각이 들었다. 윤도는 망연한 표정의 나를 뒤로한 채 문 앞에 섰다. 문에 감긴 체인을 양손으로 잡아 비트니 체인이 맥없이 풀렸다.

"뭐야 너, 어떻게 한 거야?"

"게시판에서 봤어. 이렇게 하면 풀린다고 했어. 여기 서울 사는 대학생들도 귀신 보러 오는 곳이래."

문을 살짝 열고 안으로 들어가는 윤도. 녹이 묻은 손을 내밀어 내게도 들어오라고 했다. 나는 조금 망설이다 윤도의 손을 잡고 머큐리랜드 안으로 들어갔다.

내부는 바깥에서 본 것만큼 을씨년스러운 분위기는 아니었다. 오래된 벤치며 칠이 벗겨진 놀이기구에 바래고 깨진 보도블록 사이마다 잡초가 자라 있어 오히려 좀 쓸쓸한 느낌이 들었다. 생각보다 그다지 넓지 않아 고작 십 분 남짓 걸었을 따름인데 금방 끄트머리에 닿아버렸다. 우리는 롤러코스터와 마주해 있는 벤치 앞에 섰다. 나는 윤도의 흰 반바지가 더러워질까봐 손바닥으로 먼지를 닦았다. 윤도는 그런 나를 한 번 쳐다보고는 벤치에 앉았다. 우리는 나란히 앉아 롤러코스터를 바라보았다. 낮고, 작고, 볼품없어 누군가가 죽었다는게 믿기지 않았다.

"저기서 사람이 죽었다고?"

"응. 저기 제일 높은 구간에서 사람이 떨어졌대."

"설마. 이렇게 작은 롤러코스터에서? 별로 빠르지도 않을 거 같은

데."

"진짜래. 그래서 여기 문 닫은 거잖아."

"그냥 사람이 없어서 망한 거 아냐?"

"아냐. 우리 엄마 말로는 옛날에 엄청 사람 많았대. 나름 인기 있는 곳이었대, 여기."

인기라는 말에 꽂힌 나는 입으로 인기, 라고 되뇌었다.

"인기 있는 삶은 어떤 걸까."

"너 인기 많잖아. 주변에 친구도 많고."

"인기는 무슨. 말 트고 지내는 애들이야 많지만 친구라고 부를 만큼 가까운 사람은 거의 없지."

그것은 사실이었다. 나는 사람들 앞에서 이야기하는 데는 나 자신도 놀랄 만큼 탁월한 소질을 보였으나, 누군가와 단둘이 남겨지는 상황을 못 견뎌했다. 누군가와 가까워질수록 내 비밀이 들통날 것만 같았다. 내 진실이, 나라는 인간의 약점과 추악함이 나쁜 냄새처럼 풍길 것만 같았다. 그렇기에 누군가와 일대일의 관계를 맺는 일은 내게 너무 어려웠다. 지난 몇 달간 제대로 이야기를 나눈 사람이라고 해봤자 무늬와 윤도 정도였다. 그중 한 명은 나의 약점을 잡은 사람이고 나머지 한 명은 그 약점의 대상이라는 사실이 서글프지만 말이다. 나는 곰곰이 고민하다 말을 이었다.

"친구라고 할 만한 사람은…… 너, 정도?"

그건 오직 하나뿐인 특별한 사람이라는 뜻이었다. 내 딴에는 큰 용기를 내서 한 말이었는데, 윤도는 대수롭지 않게 반응했다.

"친구가 별거 있나. 같이 떠들고 놀고 축구하고 그게 친구지."

"나 축구 안 하잖아."

"너도 해."

"잘 못하니까."

"나도 잘 못하는데 그냥 재미로 하는 거야. 잘하는 것만 해야 하나
뭐."

"하기 싫다고. 너나 해."

괜히 심통이 나서 나도 모르게 퉁명스럽게 대꾸했다.

"그래. 그럼 할 필요 없지."

"내가 말하는 건, 그런 거 말고 다른 인기."

"여자한테?"

"여자한테, 라기보다는…… 뭐, 밸런타인데이에 초콜릿 많이 받
고 그런 거."

그날에 대해 내 입으로 말을 꺼낸 건 처음이었다. 그러고는 윤도의
눈치를 보고 있는 나. 윤도는 곰곰이 생각하더니 대답했다.

"네가 매력이 없는 건 아니라고 생각해."

"응?"

"너라면 덮어놓고 좋아해주는 사람이 있지 않을까. 어쩌면 이미
있을지도."

이건 또 무슨 의미일까. 급격히 얼굴의 온도가 올라가는 게 느껴
졌다. 좀체 할말이 떠오르지 않았다. 잠시 침묵이 감돌았다. 나는 떨
리는 마음을 누르고, 기왕에 용기를 낸 김에 한 발짝 더 앞으로 나아
갔다.

"너야말로 인기 많지 않아? 초콜릿도 많이 받고."

윤도는 고개를 돌려 내 얼굴을 빤히 바라보더니 천천히 입꼬리를 올리며 웃었다. 나는 얼굴에 뭔가 묻은 것처럼 부끄러운 마음이 들어 얼른 롤러코스터 쪽으로 시선을 돌렸다. 윤도는 내 물음에 별다른 대답을 하지 않고 다만 이렇게 물었다.

"넌 이상형이 어떻게 돼?"

너, 라고 말하고 싶었지만 당연히 그럴 수 없었다.

"글쎄, 생각해본 적이 없네. 윤도 넌?"

"웃는 게 예쁜 사람?"

그렇게 말하며 누구보다 예쁘게 웃는 윤도. 더이상 윤도의 얼굴을 바라볼 수가 없어서 고개를 돌려버렸다. 결국에 윤도는 내게 초콜릿에 대해서 아무런 말도 해주지 않았다. 나의 것과 나의 것이 아닌 두 개의 초콜릿, 어쩌면 그를 향해 있을 더 많은 애정의 시선에 대해서. 그냥 내가 그들 중 하나라고 말해버리는 건 어떨까 생각하다가 아마 죽어도 그러지 못할 거라는 생각이 들었다. 잠결에 키스를 해놓고도 그에 대해서 단 한 마디도 하지 못하고 있는 나니까. 아무것도 묻지 못하고, 그저 그의 표정과 숨소리만 살피며 이렇게 매번 같은 자리를 맴도는 나니까. 윤도는 나의 마음에 대해서, 그리고 그날 저녁에 대해서 어떤 걸 알고 있을까. 나는 윤도의 하얀 손등을 보며 대답했다.

"하얀 사람이 좋아."

"응?"

"내 이상형. 얼굴도, 몸도, 마음도 구김 없이 하얀 사람."

윤도는 그런 사람이 맞았을까? 둘만 있을 때에는 한없이 새하얀 사람처럼 보였지만, 어쩌면 나는 단 한 순간도 그의 진짜 모습을 본 적이 없을지도 모른다는 생각이 들었다.

지평선 너머로 해가 넘어가고 있었다. 나와 윤도는 자리에서 일어났다. 나는 손등을 모기에게 물린 걸 발견했다. 피가 맺힐 때까지 손을 긁는 나를 보다 윤도가 조용히 내 손을 감싸쥐었다.

"긁지 마, 피 나."

나는 마치 유치원생이라도 된 것처럼 윤도의 손에 이끌려 수성랜드 밖으로 천천히 되돌아 나갔다. 뒤에서 누군가 나를 따라오는 것 같아 고개를 돌렸다. 롤러코스터 너머로 어린아이의 모습이 얼핏 보였다. 나는 황급히 윤도의 손을 놓았다. 윤도가 고개를 돌려 내게 물었다.

"왜 그래?"

"저기 애가 있어."

"놀리지 마."

"진짜야. 저기 봐봐."

다시 고개를 돌렸을 때, 아이는 온데간데없었다.

"웃기지 마. 감히 괴담 마니아에게 수작을 부리다니."

"진짜야. 진짜로 저기 서 있었다고……"

집에 들어왔을 때 내 손은 축축하게 젖어 있었다. 샤워를 하고 방으로 들어온 나는 습관처럼 창밖으로 윤도의 집을 내려다보았다. 불이 꺼져 있었다. 하루종일 함께 있었는데도, 불 꺼진 방을 보자 내 마음속의 불빛도 꺼져버린 것 같은 기분이었다.

*

    다음날, 아침 일곱시쯤 눈이 떠졌다. 나는 아빠가 먹다 남긴 아침 밥을 깨작깨작 먹고는 방으로 들어왔다. 방문을 걸어 잠그고 다시 잠을 잤다. 검은 복도를 걷는 것처럼 막막함에 젖어 잠에 빠져들었다. 꿈 없이 길고 지루한 잠.

    시간이 얼마나 지났을까, 엄마가 내 방문을 다급히 두드렸다. 왜 깨웠냐고 짜증을 내는 내게 엄마는 성당에 갈 시간이라고 거듭 소리를 질렀다. 나는 안 가겠다고 악을 썼으나 엄마는 종교에 있어서만큼은 쉬이 포기하는 사람이 아니었다. 여느 때처럼 나의 패배로 끝났다. 나는 꾸벅꾸벅 졸며 성당으로 향했다. 엄마는 이번주의 기도 주제로 아빠의 사업 부흥과 엄마가 최근에 투자를 시작한 장외 주식 종목의 천문학적 수익률 달성, 그리고 내 고등학교 입시 성공을 빌라고 명했다. 엄마가 믿는 예수라는 신은 소원 수리 센터인 걸까. 아빠의 사업이나 주식 따위, 아무리 기도해봤자 성공할 리가 없었다. 기왕에 소원을 빈다면 글쎄, 윤도와의 사랑……을 빌어보는 것은 어떨까. 그것은 성경에서 금하는 종류의 감정이기에 절대로 이뤄지지 않겠지. 엄마의 신은 나를 이렇게 만들어놓고는 왜 내 감정까지 금기시해버린 걸까. 내 존재만으로 죄가 된다니, 이건 뭐 믿으라는 건지 말라는 건지. 한없이 모순적인 신을 믿느니 차라리 끝없이 추락하는 악의 삶을 택하고 싶었다.

    미사를 마치고 나오자 아빠가 성당 앞에 서 있었다. 회사에서 바로 온 것인지, 재킷까지 갖춰 입은 말쑥한 정장 차림이었다. 우리는 수성못 근처의 오래된 대구탕 집으로 가 점심식사를 했다. 정말 오랜만에 하는 외식이었다. 일은 잘 마치고 왔냐는 엄마의 말에 아빠는 아무런 대답도 하지 않고 묵묵히 테이블 위에 수저를 깔았다. 썰렁해진 분위기를 참지 못하고 내가 먼저 말을 꺼냈다.

"얼마 전에 친구가 그러던데, 수성랜드 망한 게 사람이 죽어서래. 웃기지."

"그게 벌써 몇 년 전 일이지? 거기서 사고 당한 애가 네 또래였던 것 같은데……"

"그게 진짜 있었던 일이라고?"

"응. 너는 기억 안 나려나? 그때 온 동네가 시끌시끌했었어."

정말 그런 일이 있었다니. 괜히 이상한 기분이 들었다. 우리는 다시 아무 말도 하지 않은 채 묵묵히 대구탕을 먹었다. 음식점에서 틀어놓은 텔레비전에서 대통령이 연설문을 발표하는 장면이 흘러나왔고, 식당의 사람들이 큰 목소리로 대통령을 욕하기 시작했다. 나는 수성랜드에서 보았던, 정말 본 것인지 의심스러운, 그 아이를 떠올렸다.

오늘의 방문자

특목고 입시 결과가 발표되던 11월의 어느 날, 학원은 소란스러웠다. A반 아이들을 제외한 대부분의 아이들이 원하는 고등학교에 진학하는 데 성공했다. 바꿔 말해 우리 반 아이들 모두는 실패했다는 의미였다. 희영은 나라를 잃은 것처럼 서럽게 울었다. 나는 희영이 그토록 강한 성취욕을 가지고 있는 줄은 몰랐기에 조금 놀랐다. 무늬는 D시에 있는 학교에 원서를 쓰면 능히 합격할 만한 점수였음에도 굳이 서울을 고집해 탈락해버린 케이스였다. 무늬도 많이 상심했는지 아예학원에 나오지 않았다. 외고 입시에 성공한 아이들은 각자 입학한 학교의 레벨에 맞게 하버드, 예일, 프린스턴, 컬럼비아반에 새롭게 배치되었다. 한편 입시에 실패한 아이들(즉, 우리 반 아이들)은 SKY반으로 이름만 바꿔 달고 그대로 수업을 받았다.

무늬가 학원에 안 나온 지 일주일이 지났을 무렵, 나는 낯선 번호로 걸려온 전화를 받게 되었다. 성인 남성이 분명한, 굵은 목소리의 남자가 조심스럽게 내 이름을 대며 이무늬를 아느냐고 물었다. 나는 주저하다 안다고 대답했다. 남자가 내게 말했다. 무늬가 병원에 실려 갔다고.

*

나는 종이봉투를 손에 들고 병원에 도착했다. 병실로 바로 올라가려다가 그래도 병문안인데 뭐라도 사들고 가야겠다는 생각이 들어서 일층 매점에 들렀다. 델몬트 과일주스 세트를 살까 하다 돈이 모자라 결국 박카스 한 박스를 샀다.

병실 앞에 다다르자 얼굴빛이 어두운 남자가 문 앞에 서 있었다. 그 역시 나를 알아봤는지 고압적인 표정으로 내 앞을 가로막았다. 그는 키가 작은 편이었고 때문에 나를 살짝 올려다보는 모양새가 되었다. 그래서 그가 팔짱을 낀 채 온몸으로 적개심을 뿜어내는데도 두렵지 않고 오히려 조금 실없이 느껴졌다. 그가 내게 전화를 건 무늬의 오빠인 듯했다. 그가 무게를 잡으며 물었다.

"너 무늬랑 무슨 사이냐?"

"네?"

"혹시 내 동생이랑 사귀냐?"

나도 모르게 너무 크게 웃음이 터져버렸다.

"그럴 리가요. 같은 학원에 다니는 친구입니다."

"동생이 입원하자마자 가장 먼저 너부터 찾길래 물어본 거다."

"아, 네……(날? 왜?)"

"너 K중학교 다닌다며. 나도 거기 출신이다."

"아, 네……(그래서 뭐 어쩌라는 걸까.)"

"그럼 들어가서 네가 잘 달래봐라. 병문안 온 사람이 네가 처음이다."

도대체 뭘 달래보라는 건지 알 수 없었지만 나는 고개를 끄덕이고 안으로 들어갔다. 6인용 병실 가운데 무늬 자리만이 커튼이 활짝 열려 있었다. 무늬는 나를 보고는 반가운 표정으로 손을 휘휘 저었다. 턱선까지 내려왔던 머리카락이 어느새 많이 자라 중단발 정도가 되어 있었다. 무늬의 다른 손은 두꺼운 깁스로 감싸여 있었다. 가까이 다가가자 무늬는 다소 갈라진 목소리로 잘 지냈냐고 물어보았다. 나는 고개를 끄덕이며 침대 옆의 의자에 앉았다. 그리고 종이봉투와 박카스 박스를 바닥에 내려놓았다.

"너네 오빠는 어딜 저렇게 급하게 가냐?"

"몰라. 여친한테 전화하러 가나? 아니면 담배나 빨러 가는 거겠지. 아, 나도 존나 담배 피우고 싶다."

안 본 사이에 입이 더 걸어진 무늬였다. 어떻게 된 일이냐고 묻자 무늬는 대수롭지 않게 말했다.

"자살 시도를 했거든."

입이 떡 벌어진 내게 무늬는 그게 뭐 별일이냐는 듯 이야기를 이어 나갔다.

애초에 무늬가 그토록 열심히 공부에 매진했던 것은 '서울행'을 위해서였고, 보기 좋게 입시에 실패하고 나서도 무늬는 그 목표를 접을 생각이 없었다. 때문에 무늬는 부모님에게 외고에 갈 수 있는 성적을 냈으므로 서울에 있는 고등학교에 보내달라고 요구했다. 누가 들어도 얼토당토않은 소리였고, 당연히 부모님에게 씨알도 먹히지 않았다. 무늬는 그럼 최소한 지금의 감시와 외출 금지령만이라도 없애달라고 다소 수위를 낮춰 협상을 시도해보았지만 무늬의 아버지는 헛기침을 하며 신문을 넘길 따름이었다. 무늬는 극단을 아는 여자였고, 아버지의 이목을 끌기 위해 퍼포먼스에 가까운 시위를 시작했다. 바로 베란다로 달려가 난간 위에 올라선 것이었다.

"서울에 안 보내주면 뛰어내릴 거야!"

그제야 아버지는 신문에서 눈을 떼더니 무늬를 바라보았다. 그리고 무늬 어머니를 부르고는 마치 훈장님이 훈계를 하는 듯한 어조로 자식 교육을 어떻게 시켰으면 애가 이토록 개차반이 됐냐며 핀잔을 주었다. 어머니는 애는 혼자 키우냐며 피차 출근하는 처지에 아침 댓바람부터 쓸데없이 사람을 불러댄다며 되레 성질을 냈다. 아버지는 끄응 앓는 소리를 내더니 무늬에게 슬쩍 시선을 주며 말했다.

"이무늬 너, 거기서 안 떨어지고 이쪽으로 오면 내가 패 죽일 줄 알아라."

역시나 무늬를 낳은 사람다운 극단적인 태도였다. 그리고 다시 아무렇지 않게 신문으로 고개를 돌린 아버지. 무늬는 자신이 예상한 대로 일이 흘러가지 않자 당황해버리고야 말았다. 약 십 분 정도 팽팽한 신경전이 이어졌다. 신문의 마지막 페이지까지 다 읽은 아버지가 신문을 덮으며 일어서자 무늬는 다급해졌다. 난생처음 목숨을 걸고 (삼층에서 떨어진다고 해도 목숨이 위태로울 것 같지는 않았지만 아무튼) 제대로 반항을 해본 것인데 이대로 아무런 소득 없이 끝낼 수는 없었다. 무늬는 난간에서 내려와 잽싸게 부엌으로 달려갔다. 바삐 아침 준비를 하던 가사도우미를 밀쳐내고 도마 옆에 놓인 커다란 식칼을 들었다. 그것을 손목에 댄 채 온 집안이 쩌렁쩌렁 울리도록 외쳤다.

"더이상 이렇게는 못살아. 그래. 아버지가 원하는 대로 뒤져줄게."

무늬는 호기롭게 손목을 그었다.

"대충 피나 내고 치울 생각이었는데, 나도 모르게 너무 힘이 들어가버린 거지."

깊이 베인 손목에서 피가 쏟아지자 무늬는 자신의 몸속에 그토록 많은 피가 흐르고 있었다는 사실에 놀랐다. 그리고 이내 정신을 잃어버렸다. 구급차를 타고 아버지가 교수로 재직하고 있는 K대학의 부속병원으로 실려가 꽤 긴 시간 동안 봉합 수술을 받았다. 신경이 끊어져 손을 못 쓸 뻔했다고 웃으며 말하는 무늬를 보며 나는 졌다, 는 생각이 들었다. 정말, 무늬는 무늬였다.

"근데 너네 오빠가 병문안 온 사람이 내가 처음이라던데? 왜 하필 날 불렀어? 너 친구 많잖아."

"너도 알다시피 이쪽 친구들은 다 등돌린 지 오래고, 그렇다고 다른 학교 애들 부르자니 좀 쪽팔리기도 하고. 가뜩이나 소문도 안 좋은데 거기다 기름 붓는 거 같기도 하고. 아무리 생각해봐도 네가 제일 만만하더라."

"그래. 얼굴 다 봤지? 그럼 갈게."

"어딜 가. 농담이지. 사실 진짜 보고 싶은 건 언니였는데…… 내 연

150

락 피한 지도 오래됐고 우리 얘기 아는 건 너밖에 없기도 하고……"

뭐야, 결국 나미에 언니의 대체재로 날 선택했다는 거 아냐. 어이없는 기분이 들었지만 무늬의 눈빛이 꿈꾸는 듯 아련해지는 바람에 나는 얼른 말을 돌렸다.

"너네 오빠가 나보고 너랑 사귀냐고도 묻던데."

"미친놈. 걔는 여자랑 남자가 한마디라도 섞으면 무조건 사귀는 줄 알아. 지가 아는 만큼, 딱 그대로 떠드는 거지 뭐. 아빠랑 똑 닮은 꼰대 새끼."

무늬의 오빠는 반사회적인 무늬와 달리 권위와 제도에 순응하는 성격이었다. 어릴 적부터 아버지에게 착실히 한국화와 도예 수업을 받았고 아버지가 있는 대학의 동양화과에 진학했으며, 심지어 얼마 전에는 아버지의 실기 조교로 임명되어 본격적으로 아버지의 뒤를 따르기 시작했다. 아버지의 미니미답게 아버지가 정년퇴임을 하면 그대로 교수직을 이어받을 요량인 것 같다고 무늬는 삐딱한 어조로 말했다.

"교수 자리를 그렇게 대놓고 자식한테 물려줘도 되는 거야?"

무늬의 말에 따르면 워낙에 그런 업계여서 다들 알음알음 인맥으로 자리를 만들어준다고 했다. 무늬는 정확히 그런 점 때문에 가업을 잇지 않겠다는 결심을 했다고 했다(물론 체벌을 해가며 앉혀놓아도 좀이 쑤시는 것을 견디지 못해 붓도 제대로 잡아보지 못하기도 했지만).

"그래서 아버지가 서울은 보내주신대?"

"보내주겠냐."

그래도 목숨을 건 무늬의 기개(?)를 높이 샀기 때문인지, 아니면 천방지축 막내딸을 반쯤은 놓아버린 것인지 어쨌든 외출 금지령은 해제되었고, 통금 시간 역시 새벽 한시로 완화(실질적으로 폐지)되었다. 그러나 무늬는 절반의 성공 앞에서도 착잡해 보였다. 하긴 통금 시간이 늦춰졌다고 한들 여전히 보수적인 부모님의 그늘 아래에서 착실한 딸 노릇을 해야 하는 것은 마찬가지이며, 나미에 언니를 향한 무늬의 감정이 사그라진 것도 아니었으니까.

그때 거짓말처럼 윤도에게서 전화가 왔다. 나는 괜히 눈치가 보여 얼른 핸드폰 폴더를 열었다 닫았다. 무늬는 고양이도 아니면서 동체시력이 남다른 것인지 곧바로 물었다.

"너 도윤도랑 연락까지 하고 지내는 사이야?"

"못할 건 또 뭐야."

"아무 일도 없는 것처럼 얌전하게 입 다물고 있더니 많이 발전했나보다?"

"발전은 무슨 얼어죽을 발전이야. 같은 학원 다니니까 연락도 하고 지내는 거지 뭐."

뭔가 들킨 것처럼, 자꾸만 목소리가 떨렸다.

"아직도 그 소리니? 너도 참 너다."

무늬는 변명 따윈 더 듣기도 싫다는 듯 혀를 차더니 얼른 만화책이나 내놓으라고 했다. 나는 바닥에 내려놨던 종이봉투를 들어 침대 위에 만화책을 쏟아놓았다. 무늬가 부탁한 『내 남자친구 이야기』였다. 무늬는 사막에서 오아시스를 찾은 듯 허겁지겁 만화책을 읽기 시작했다. 우정은 개뿔. 결국은 이게 목적이었구만. 침대 위에 널브러진 만화책 중 하나를 집어들어 훑어보는데 문득 오토바이가 눈에 들어왔다. 남자주인공 츠토무가 몰고 다니는 혼다 커브. 윤도가 타고 다니는 배달 스쿠터와 거의 똑같은 형태였다.

집에 돌아와 나는 정신없이 인터넷을 검색했고, 윤도의 대림 시티가 혼다 커브를 본뜬 모델이라는 사실을 알아냈다. 그리고 윤도와의 대홧거리가 생겼다는 사실에 회심의 미소를 지었다.

그 주 주말, 수영장에 가기 위해 짐을 싸는데 우리집의 샴푸와 화장품이 모두 모르는 브랜드의 제품으로 바뀌어 있었다. 기존에 쓰던 거라고 해봤자 모두 최저가 상품에 불과했지만 그래도 아예 생소한 브랜드는 아니었는데, 하얀 용기에 담긴 샴푸와 화장품은 태어나서 처음 보는 브랜드였다. 이게 뭐냐고 묻자 엄마는 대수롭지 않게 말했다.

"미제고 엄청 좋은 거야. 너도 이제 그거 써."

또래에 비해서 여드름이 잘 나지 않는 대신에 피부가 건조한 편인 나는 엄마가 어디선가 사온 미제 보디 클렌저와 로션을 수영 가방에 챙겨넣었다. 그리고 수영장으로 향했다.

윤도와 만나 수영을 마치고 난 후 함께 샤워를 했다. 아무것도 챙겨 오지 않은 윤도의 얼굴에 내 새 로션을 발라주었다. 바깥 활동으로 햇빛을 오래 쐬어 당장이라도 갈라져버릴 것 같은 윤도의 건조한 피부가 내 손길로 부드러워졌다.

수영장에서 나온 우리는 어김없이 스쿠터를 타고 대로를 달렸다. 젖은 머리카락이 다 마를 때쯤 컨테이너에 도착했다. 우리는 빌려놓은 만화책을 원 없이 읽었다. 윤도는 내가 윤도의 스쿠터와 똑 닮은 오토바이가 나온다며 소개해준 『내 남자친구 이야기』를 몹시 열중해 읽었다. 우리는 나란히 눕거나 서로의 무릎을 벤 채 『원피스』와 『타로 이야기』, 『아름다운 그대에게』와 『나루토』를 함께 읽었다. 분명 두 번 이상 본 만화였음에도 윤도와 같이 읽으니 새삼스러웠다. 내가 읽은 책을 윤도가 이어받아 읽기 시작하는, 그런 사소한 시간이 못내 소중해 자꾸만 시간을 멈추고 싶다는 생각을 했다.

*

태리가 갑자기 우리집에 들이닥친 것은 급작스럽게 추위가 몰려온 어느 밤이었다.

학원이 끝나고 집에 왔을 때 못 보던 신발이 놓여 있어 불길한 예감이 들었는데, 엄마와 태리가 텔레비전 앞에 나란히 앉아 있었다. 함께 일일 드라마를 보며 딸기를 먹고 있는 둘 앞에서 예감이 기우가 아니었다는 사실을 깨달았다. 태리에게 갑자기 무슨 일이냐고 묻자 엄마가 설명했다. 미라 아줌마가 회사 사람들과 발리로 워크숍을 떠나게 되어 엄마에게 태리 밥을 챙겨줄 것을 부탁했다며, 태리가 우리집에서 며칠 지낼 거라고 했다. 끼니가 걱정이면 밥만 먹고 가면 되지, 굳이 자고 가겠다고? 태리의 간곡한 요청이 있었음을 짐작할 수 있었다.

잎새에 이는 바람에도 깨는 예민한 성정을 타고나 웬만하면 혼자 자는 나와는 달리, 태리는 옆에 누가 없으면 잠을 잘 자지 못했다. 분리 불안 증세가 있는 게 아닌가 싶을 정도로 태리는 혼자인 것 자체를 못 견뎠다. 심지어 초등학교 6학년 때까지 미라 아줌마와 같은 침대에서 잤다는 사실을 고백해 네 살 때부터 혼자 잔 나와, 자식에게 애정 표현이 인색한 엄마 모두를 놀라게 한 전력이 있었다. 태란 누나가 서울에 간 뒤로 더욱 증세가 심해져 미라 아줌마가 없을 때마다 같은 아파트 단지에 사는 내가 희생양이 되고는 했다. 그럴 때면 나는 귀찮아 죽겠네, 얘는 사춘기도 안 오나, 같은 생각을 하고는 했다.

일일 드라마가 끝나고 엄마는 작은방으로 들어갔다. 여느 때처럼 전자피아노에 헤드폰을 연결해 멋대로 성가를 치기 위해서일 것이다. 나는 엄마가 차려놓은 밥을 먹는 둥 마는 둥 하고 설거지를 했다. 그러는 사이 태리가 텔레비전을 끄고는 내 방으로 들어갔다. 나는 젖은 손을 바지에 대충 닦고는 얼른 태리를 따라 방으로 들어갔다. 그리고 침대 위에 널브러져 있던 『나나』를 주섬주섬 치웠다.

"그거 뭐야? 만화?"

"그런 게 있어."

"형 순정만화 봐?"

"아니."

"그럼 『나나』? 그건 뭔데?"

"그냥 음악 만화야. 나 밴드 음악 좋아하잖아."

말해놓고는 나조차도 어이없었다. 순정만화를 순정만화라고 하는 게 뭐 어때서 굳이 부정하고 '음악 만화'라고 정정까지 한단 말인가. 궁색한 집안 사정이며 내 신경질적인 성격까지 속속들이 다 알고 있는 태리에게조차 이런 식의 자기 연출을 하는 게 웃긴다는 생각이 들었다. 태리는 뭔가 흥미롭다는 듯한 표정으로 『나나』를 들고 있는 나를 물끄러미 바라보았다.

"맨날 진지한 책만 보는 줄 알았더니 신기하네."

태리가 『나나』를 뺏어 들어 이리저리 훑어보는데 짜증이 나기 시작했다. 태리는 언제나 내가 하는 걸 다 따라 하려고 했다. 내가 레고를 사면 태리도 그걸 따라 샀고, 내가 미니카를 굴리면 태리 역시 미니카를 샀으며, 딱지를 치면 태리도 잘 치지도 못하는 딱지를 함께 치려고 했다. 중학교 1학년 때 영화 커뮤니티에서 활동하는 나를 보고 커뮤니티에 따라 가입하더니 멍청한 소리로 분탕질을 친 적도 있었다. 심지어는 생전 게임에 관심도 없으면서 내가 반 아이들을 따라 디아블로 II를 시작하자 자기도 덩달아 게임을 하겠다고 나섰다. 디아블로 II의 경우 유료 게임이라 피시방에서만 할 수 있어서 학교 애들이랑 피시방에 갈 거라고 으름장을 놓으면, 태리는 미라 아줌마의 신용카드 번호를 외우고 있다며 내 아이디로 결제해 함께 캐릭터를 키우자고 했다. 그 제안만은 충분히 매력적이라 그렇게 몇 차례 함께 게임을 했지만 태리는 보름도 못 돼 질렸는지, 아예 접속조차 하지 않았다. 태리는 호기심은 많지만 여러모로 끈기가 없었다. 역시나 『나나』를 삼 분 정도 넘겨보다가 흥미가 떨어졌는지 책상 위에 책을 획 던졌다. 트레이닝 바지를 입은 채 그대로 침대에 앉으려 하기에 나는 소리를 빽 질렀다.

"씻기 전에 침대 올라올 생각도 하지 마!"

태리는 아무렇지도 않게 옷을 훌렁 벗어던지고 방밖으로 나갔다. 나는 태리가 벗어놓은 옷을 주워다가 의자 위에 반듯하게 걸어놓았다. 욕실에서 물 떨어지는 소리가 났다. 나도 외출복을 벗고 잠옷 대용으로 입는 민소매 티와 드로즈 팬티를 걸쳤다. 시디플레이어에 얼마 전 발매된 뮤즈의 새 앨범을 집어넣었다. 귀에 이어폰을 꽂고 침대에 앉으니 조금 살 것 같았다. 여느 때처럼 창문을 열고 노랫말을 흥얼거리기 시작했다. 노래 한 곡이 다 끝나기도 전에 태리가 방문을 열었다. 태리는 팬티만 입은 채 젖은 머리카락을 수건으로 정신없이 털었다.

"야, 물 떨어져."

그러거나 말거나 태리는 내 침대 앞에 서서 수건으로 머리를 말리고 몸을 닦았다. 태리의 몸은 평면처럼 마르고 털이 거의 없어 마치 종이 인형 같아 보였다. 태리는 젖은 몸으로 내 옆에 앉았다.

"어딜 기어올라와. 당장 바닥에 이불 깔아라."

태리는 바닥은 등이 배긴다며 침대에서 잘 거라고 대꾸하고는 내 왼쪽 팔에 자신의 어깨를 비벼댔다. 한바탕 신경질을 내려다 나만 손해인 것 같아서 참았다. 어차피 퀸 사이즈 침대라 둘이 자기에 많이 비좁지는 않았다. 일 년 전, 아빠가 홈쇼핑 채널을 보다 충동적으로 구매한 뒤 아무래도 영 허리가 배긴다며 두 달 만에 내게 물려준 물건이었다. 태리는 내 옆에 앉아 한참 동안 교회 누나와 문자를 주고받았다. 문자 내용을 훔쳐보니 잠시라도 떨어져 있기가 힘들다느니, 밤이 너무 길어서 못 견디겠다느니 아주 가관이었다. 엄마라도 된 것처럼 나도 모르게 잔소리를 했다.

"이렇게 맨날천날 핸드폰만 붙들고 있으니 알이 모자라지."

태리도 지지 않고 말대답을 했다.

"형은 만나는 사람도 없고 문자도 별로 안 하면서 남아도는 알 한 번 보내주는 법이 없냐. 나 같으면 불쌍해서라도 보내주기도 하고 그러겠다."

꽂아놓고 만나는 사람은 없지만 문자를 하는 사람은 여럿 있단다. 너처럼 칠렐레팔렐레 티내지 않을 뿐이지, 요 맹추야. 목구멍까지 말이 차올랐지만 참았다.

태리와 대화를 나누다보니 머리가 어지러워지는 것 같아 나는 다시 귓가에 흐르는 음악소리에 집중하며, 책상 위에 던져놓았던 '음악만화' 『니니』를 재독하기 시작했다. 한참 열중해서 책을 읽는데 작게 코고는 소리가 들렸다. 태리가 양쪽 팔을 쭉 뻗은 채 만세 자세로 잠들어 있었다. 핵전쟁이 일어나도 곤히 잘 애라고 생각하며 나는 잠든 태리의 얼굴을 가만히 바라보았다. 태리의 속눈썹은 참 길었다. 모래와 먼지가 많은 나라에서 사는 애들이 속눈썹이 길다던데. 10동에 살아서 산모래가 많이 날아오나? 쓸데없는 생각을 하며 속눈썹을 슬쩍 건드려보았다. 잘생겼다고 치면 잘생겼다고도 할 수 있겠지만, 차라리 예쁘다고 하는 편이 어울리는 그런 얼굴.

나는 불을 끄고 태리 옆에 나란히 누웠다. 잠버릇이 나쁜 태리가 몸을 뒤척이며 자꾸만 내 자리를 비집고 들어왔다. 태리를 살짝 밀자 태리가 아예 내 쪽으로 돌아누워 내 어깨를 베고 누웠다. 한쪽 팔과 다리를 내 몸에 걸쳐놓기까지 했다. 태리의 숨결이 귀에 와닿았다. 꿈을 꾸고 있는 것일까. 태리는 이따금 몸을 움찔댔다. 태리의 호흡과 체온이 내게 전달됐다. 가슴팍이 답답했지만 태리가 깰까봐 가만히 있었다.

그때 내 왼쪽 가슴께에 올려져 있던 태리의 손이 아래쪽으로 옮겨갔다. 속옷만 입고 있는 태리의 아랫도리가 점점 묵직해지는 게 느껴졌다. 덩달아 내 아랫도리도 뜨거워지는 듯한 기분이 들었다. 나는 아랫입술을 꽉 깨물었다. 태리의 팔을 치우고 살짝 몸을 빼냈다. 침대에서 몸을 일으켰다. 창문으로 비쳐 들어오는 달빛을 통해 태리의 얇고 긴 속눈썹과 쌍꺼풀진 눈이 보였다. 그 너머의 투명하고 악의 없는 눈동자가 나를 응시하고 있는 것만 같았다.

그애를 보고 있으면 마음이 자꾸만 복잡해졌다. 말끝에 콧소리를 내고 소매를 손가락 끝까지 내리고 다니며, 자그마한 체구에 얼굴이 뽀얀 태리. 누나에게 물려받은 미미 인형을 나와 함께 가지고 놀고, 또래의 남자아이들이 스타크래프트를 할 때 꿋꿋이 프린세스 메이커를 하던 태리. 또래의 남자아이들과는 확실히 다른 온도를 가지고 있는 태리. 태리가 혹시, 하는 생각이 들 때마다 그의 화려한 연애사를 떠올리며 고개를 저었다. 다만 그애가 나에게 유달리 의지하고 치대는 것이 신경 쓰이기는 했다. 어렸을 때부터 자신보다 큰 나를 아버지의 대리물 정도로 여기는 게 아닌가 하는 생각도 들었다. 어찌됐건 태리는 나와는 달랐다. 안간힘을 다해 어떤 것을 숨기고 감추는 나와 달리 그는 아무렇지 않게 자신의 모든 것을 받아들이고 내비치는 종류의 사람이었다. 그는 위장전입 같은 것을 하지 않았고 기꺼이 시 외곽의 중학교에 다녔으며, 친구들을 자신의 집(그러니까 궁전 아파트 10동)에 데리고 왔다. 길에서도 내게 팔짱을 끼려 들었고, 아버지가 없다는 사실도, CCM을 즐겨 듣는다는 사실도 곧잘 털어놓고는 했다. 그러니까 정말로, 자신과 타인 모두에게 솔직했다. 학교라는 사회가 야생이나 다름없으며 다층적인 권력관계에 의해 유지되고 있다는 것에 대한 이해가 없다는 점. 삶이라는 게 한 발짝만 잘못 내

디뎌도 낭떠러지로 떨어질 수 있다는 자각이 없다는 점. 순수의 시절에나 간직할 수 있는 맑은 얼굴을 그대로 유지하고 있다는 점. 태리의 그런 투명함이 나는 언제나 불편했다. 그 맑은 얼굴에 보기 흉하게 구겨진 나의 내면이 자꾸만 비쳐 보이는 것 같아서.

나는 새우처럼 웅크리고 잠든 태리의 몸 위에 이불을 덮어주고는 책상 앞에 앉아 노트북을 열었다. 싸이월드에 들어가 다이어리에 두 문장을 직었다.

나의 불행에는 이유가 있다.
그러나 출구는 없다.

일촌 공개로 업로드를 하고 나자 울적했던 기분이 조금은 나아진 것 같았다. 미니홈피 상단을 보니 오늘의 방문자는 한 명. 어쩌면 윤도, 아마도 윤도. 나는 이상하게 나를 이해해줄 수 있는 유일한 사람이 그일 것만 같다는 생각을 해버렸다. 허나 그런 생각을 해봤자 달라질 건 없었다. 나는 다시 잠을 청하기로 했다.

스포일드 차일드

해가 바뀌고 대망의 일반계 고등학교 배정 발표 날, 학교에서는 한 바탕 소동이 일어났다. 구에서 가장 입시 실적이 좋은 K고와 S고 대신 후지다고 소문난 T고에 많은 학생들이 배정되었기 때문이었다. 나 역시 1지망으로 쓴 K고 대신 T고에 가게 되었다. T고로 말하자면, 구내 유일한 남녀공학 고등학교로 면학 분위기가 좋지 않다는 소문이 파다했다. 또한 시의 경계선에 위치해 있어 실질적으로 수성구가 아니라는 말까지 나올 정도로 학군상 이점이 없는 학교였다. 학원에 가는데 마음이 울적했다. D시를 탈출하고 싶은 마음이 절실했건만, 이대로 가다가는 영원히 이곳에 묻혀버릴 것만 같았다. 그때 엄마에게서 전화가 왔다. 위장전입까지 해가면서 나를 K고에 보내고자 애를 썼던 엄마는 내가 T고에 가게 되었다는 소식을 듣고 충격에 빠진 듯했다. 그러나 이내 마음을 다잡았는지, 대통령이 하나만 잘하면 대학에 가는 시대가 온다고 했다며, 오히려 내신성적을 잘 받는 게 대학 진학에 유리할 수 있다는, 어디서 주워들은 게 분명한 말로 나를 위로했다. 나는 알겠다고 대답한 뒤 전화를 끊었다.

학원에 도착한 나는 SKY반으로 들어가 내 자리에 가방을 내려놓았다. 반 아이들 모두가 자리에 앉아 있었는데 어쩐지 다들 우울한 표정이었다. 나는 슬쩍 윤도의 옆구리를 찔렀다.

"다들 왜 이래?"

윤도는 우리 반 모두가 거짓말처럼 T고에 배정받았다고 했다. 희영의 말에 따르면 올해부터 학군을 나누는 기준이 변경되어, 이 지역에 사는 애들 중 1지망으로 쓴 학교에 배정받지 못한 아이들은 모조리 T고에 가게 되었다고 했다. 그 말이 정말 사실인지는 알 수 없었지만 어쨌든 나는 윤도와 또 같은 학교에 다니게 되었다는 것에 안도했다. 이게 안도할 만한 일인지 알 수는 없었지만.

수업이 끝나고 집에 가는 길, 태리에게서 전화가 왔다.

"형 어디 배정받았어?"

"나 T고. 망했어."

"나도 거기 됐는데, 잘됐다."

"뭐가 잘돼. 우리 둘 다 똥통에 빠진 거야."

"그래도 혼자 빠지는 것보단 낫잖아."

과연 똥통에 함께 빠지는 게 혼자 빠지는 것보다 더 낫다고 할 수 있을까? 문득 나도 모르게 이런 질문을 하게 되었다.

"태리야, 너는 무슨 일이든 다 털어놓을 수 있는 사람이 있어?"

"왜? 내가 형한테 비밀 있는 것 같아?"

"아니, 그런 의미는 아니고."

"비밀이라. 글쎄. 굳이 말하자면…… 예수님?"

"아……"

더이상 대화의 의지가 생기지 않아 나는 대충 얼버무리고 전화를 끊어버렸다. 보통의 중학생 남자애라면 도저히 할 수 없을, 그야말로 태리다운 대답이었다. 태리와 나는 모태 신앙이라는 공통점이 있었으나 조금은 다른 방식으로 종교를 받아들이게 되었다. 우리가 초등학교에 들어갈 무렵, 미라 아줌마가 알로에 판매 실적을 쌓아야 한다는 이유로 천주교에서 개신교로 개종하는 일이 벌어졌다. 성당보다 교회에 다니는 사람이 많고, 개인주의가 만연한(?) 성당과는 달리 교회의 경우 결속력이 남달라 영업하는 게 더 유리하다고 했다. 자연히 태란 누나와 태리 역시 교회로 옮겨가게 되었다. 머리가 굵어지고 나서부터 암암리에 부모와 종교 전쟁을 벌인 나와 태란 누나와는 달리 태리는 미라 아줌마의 뜻에 따라, 어쩌면 미라 아줌마보다도 더 성실히 교회에 다녔다.

태리에게 있어서 종교란 도대체 무엇일까 생각하는데 누군가 내 어깨를 쳤다. 고개를 돌려보니 거짓말처럼 태란 누나가 있었다.

"누나!"

태란 누나는 대학을 가기 전과 별반 다르지 않은 모습이었다. 화장기 없는 얼굴에 약간은 공격적으로 보이는 큰 눈까지. 꼭 지난주에 만난 것처럼 친숙하게 느껴졌다. 달라진 점이라면 어깨에 닿을 듯 말 듯 했던 단발머리가 허리까지 내려올 정도로 길었다는 것과 부담스러울 만큼 빨간 목도리를 하고 있다는 점 정도.

"나 방금 태리랑 전화했는데."

"그래? 신기하네."

"오늘 내려온 거야?"

"아니, 어젯밤에 왔어. 지금은 잠깐 나가는 길."

"어디 가?"

"시내 가려고. 그나저나 오랜만이다. 너는 똑같네. 태리는 많이 컸던데."

"그래? 나는 잘 모르겠는데."

"너야 당연히 모르지. 나야 가끔 보니까 아는 거고."

"그러고 보니 우리 진짜 간만에 보는 거기는 하다."

"응. 내가 여기 내려온 게 일 년도 더 됐으니까."

"벌써? 시간 빠르다. 근데 왜 이렇게 간만에 왔어?"

"어쩌다보니 그렇게 됐네."

"서울 살 만한가보다?"

"여기보다는 훨씬 낫지."

당연히 그럴 것 같다는 생각이 들었다. 가까이서 보니 누나의 빨간 목도리는 손으로 뜬 듯 매듭이 헐거워 보였다. 직접 뜬 것일까? 그런 아기자기한 성격은 아니었는데.

"누나 안 더워? 오늘 목도리 할 만큼 추운 날씨인가?"

뭔가 말하려는 듯 입을 달싹이다 이내 입을 굳게 다무는 누나. 나는 잠깐의 침묵을 견디다 말을 돌렸다.

"태리랑 나, 같은 학교 가게 됐어."

"어디?"

"T고."

"아, 결국 거기로 가는구나. 우리 아파트 단지 애들이 거기 많이 가긴 하더라고."

"개망한 거지?"

"망하긴 뭘 망해. 어딜 가든 잘하면 되지. 오히려 다른 데보다 내신 유리할 수도 있고. 너보다는 내 동생이 걱정이네."

"나도 나보단 걔가 더 걱정이긴 해."

우리는 한동안 웃었다. 웃다보니 목소리가 낮은 편인 태란 누나와 내 웃음소리가 썩 닮았다는 생각이 들었다. 정작 혈육인 아빠 엄마와는 공통점이라고는 찾아볼 수 없는데 말이다. 태란 누나는 웃다 말고 갑자기 진지한 표정이 되어서는 조용히 내게 물었다.

"너 요즘 뭐 이상한 거 못 느꼈어?"

"이상한 거? 태리?"

"뭐, 태리도 그렇고 우리 엄마도 그렇고⋯⋯"

"글쎄, 태리야 워낙 예측이 가능한 애잖아. 미라 아줌마는 딱히 모르겠는데 엄마한테 물어봐줄까?"

"아니. 그럴 만한 일은 아니고."

"응. 별일 없는 듯해. 아마도."

"그럼 다행이네."

태란 누나 역시 나처럼 혈육과 별다른 교류가 없는 건 마찬가지인 듯했다. 태란 누나는 이제 가봐야 할 것 같다며 몸을 돌렸다. 태란 누나의 빨간 목도리가 한 박자 늦게 팔랑댔다. 나는 멀어져가는 태란 누나의 뒷모습과 발걸음에 맞춰 흔들리는 목도리를 바라보았다.

집에 왔을 때 엄마는 분주하게 저녁을 차리고 있었다. 아빠는 퇴근이 늦어진다고 했다. 일은 죽자사자 하는데 벌어오는 건 없다면서 엄마는 투덜거렸다. 나는 밥공기 두 개를 꺼내 밥을 펐다.

"내 건 반만 담아."

엄마가 외쳤다. 나는 식탁에 수저 두 벌을 놓고 앉아 태란 누나가 내려왔다고 말해주었다. 마침 생각났다는 듯 미라 아줌마의 근황을 물었다. 혹시 안 좋은 일은 없느냐는 것도.

"안 좋은 일은 무슨. 미라 요즘 돈을 자루에 쓸어 담고 있단다."

"그래?"

"응. 장사가 엄청 잘되나봐. 동사무소 앞에 대리점도 차린다고 하던데."

"알로에로 대리점까지 낸다고?"

"아, 너는 잘 모르겠구나. 미라가 알로에 말고 여러 가지 하고 있어. 건강 보조 식품도 팔고 생필품도 팔고. 우리집 로션이며 샴푸도 다 미라네서 사온 거잖니."

"그래? 별걸 다 파네. 되게 정신없으시겠다."

"그렇겠지. 엄마도 얼마 전에 미라한테 단백질 파우더 하나 샀어. 밥 양 줄이고 대신에 파우더 타 먹으면 한 달에 오 킬로그램은 그냥 빠진다더라. 근데 미라는 갑자기 왜? 태리가 뭐라 그러던?"

"아니. 그냥 궁금해서."

엄마는 미라 아줌마네 가족이 마음을 다해 기도를 해서 일이 잘 풀리는 게 분명하다고 덧붙였다.

미라 아줌마의 대리점이 개업을 하는 날, 나는 엄마와 함께 서양란을 사들고 가게로 향했다. 원래는 우유 배급소가 있던 자리였는데 간판만 바꿔 단 것 같았다. 간판에는 '미라 체형미'라는 상호가 적혀 있었다. 쇼윈도에는 다이어트 식품 브랜드 로고가 붙어 있었는데, 그 아래에 '고객들의 라이프 스타일을 개선합니다'라고 쓰여 있었다. 라이프 스타일, 이라는 단어가 괜히 멋들어지게 느껴져 입으로 거듭 발음해보았다.

가게 안은 아직 어수선했다. 철제 선반에 다이어트 파우더와 치약, 칫솔, 화장품 같은 것들이 대중없이 진열되어 있었다. 미라 아줌마는 서양란 화분을 받아들며 환히 웃었다.

"뭐 이런 걸 사왔어."

"미라야, 살아생전에 네가 성공하는 걸 보니 내가 죽어도 여한이 없다."

"성공은 무슨. 다 네 덕인 거 알지?"

"말도 안 되는 소리. 네가 노력해서 이룬 거지."

왜 엄마의 덕이라는 걸까. 집에 돌아가는 길에 묻자 엄마는 미라 아줌마의 상가 인수 자금이 모자라 조금 투자를 했다고 했다. 아빠가 여러 번 사업을 벌였다 망하는 걸 지켜본 나로서는 '투자'라는 말에 본능적으로 마음이 철렁했다.

집에 오자마자 미라 아줌마가 취급하는 브랜드를 검색해보았다. 블로그에 다이어트 파우더를 파는 광고 글이 잔뜩 올라와 있었다. 또 다른 글들을 찾아보니, 몇몇이 그 브랜드 제품의 효능을 부정적으로 평가하고 있었지만 그것 외에 별달리 이상한 점은 없어 보였다. 나는 크게 신경쓰지 않기로 마음먹었다.

　얼마 안 돼 반 배치고사를 치는 날이 되었다. 나는 태리와 함께 버스를 타고 T고로 향했다. 집에서 학교까지 버스로 사십 분 정도 걸렸다. 대단히 멀지도, 그렇다고 아주 가깝지도 않은 애매한 거리였다. 학교에 도착하자 모두들 사복을 입고 있었는데, 저마다 다채롭게 못생겼다는 생각이 들었다. 수험번호가 적힌 안내문을 받아 시험 장소를 확인했더니 나는 일층, 태리는 삼층이었다. 안내문대로 1학년 3반에 들어갔는데 맨 앞자리에 윤도가 앉아 있는 게 보였다. 나는 조용히 눈인사를 했고, 윤도는 손을 척 들었다. 제대로 대화를 나눌 틈도 없이 시험이 시작됐다. 1교시 국어와 2교시 수학 시간에는 천장에 달린 히터의 뜨거운 바람을 맞으며 문제를 풀어야 했고, 3교시 영어 시간에는 영어 듣기를 위해 모든 난방 기기를 꺼버려서 추위를 잘 타지 않는 나조차도 무릎이 시렸다. 막판에는 지문을 읽을 시간이 부족해 몇 개는 대충 찍어버렸다. 시험이 끝나자마자 태리에게서 전화가 왔지만 받지 않았다. 따로 갈 곳이 있으니 먼저 집에 가라고 짧게 문자를 보냈다. 핸드폰을 주머니에 넣자마자 거짓말처럼 윤도가 내 자리로 왔다.
　"너 어디 갈 데 있냐?"
　"나? 아니. 그냥 집 가지."
　"그럼 나랑 같이 가자. 요 앞에 스쿠터 세워놨어."
　"좋아."
　나는 자꾸만 씰룩대는 입가에 힘을 준 채 윤도와 나란히 걸었다.

건물 밖으로 나가자 아이들이 개미떼처럼 정문으로 걸어가고 있는 모습이 보였다. 윤도는 후문 쪽에 스쿠터가 있다고 했다. 윤도와 함께 체육관을 지나 후문으로 갔는데 빗장이 걸린 채 굳게 잠겨 있었다.

"닫혀 있는데?"

"아냐. 방법이 있어."

윤도를 따라 문 가까이 가보니, 상체를 숙여야 지나갈 수 있는 개구멍처럼 생긴 쪽문 하나가 보였다. 그 문은 잠겨 있지 않았다. 쪽문을 밀고 나가자 작은 골목이 나왔다. 골목에는 문방구며 분식집 등이 보였고, 멀리 윤도의 빨간 스쿠터가 세워져 있었다. 누가 봐도 중국집이나 분식집의 배달 오토바이처럼 보이는 그것. 그런데 이상하게 내게는 그 스쿠터가 『내 남자친구 이야기』 속 츠토무의 혼다 커브처럼 그럴듯해 보였다. 결국엔 해피 엔딩으로 끝나는 츠토무와 미카코의 연애담을 우리가 이어서 써 내려가는 것 같은 기분이 들었다. 윤도와 함께 스쿠터에 앉자 윤도가 답답하다며 자기 헬멧을 내 머리에 씌워줬고 별 의미가 없는 행동이라는 것을 알면서도 나는 그게, 설렜다.

*

중학교 졸업식에는 가족 중 아무도 오지 않았다. 부모님은 모두 일을 하느라 바빴다. 집에는 코끼리 모양의 삼성 필름 카메라밖에 없어서 나는 태리의 올림푸스 디지털카메라를 빌려 홀로 학교로 향했다. 학교는 학부모와 아이들로 정신이 없었다. 혼자 온 아이는 나뿐인 것 같았다. 나는 태리의 카메라로 별로 친하지 않은 반 친구들과 사진

몇 장을 찍었다. 운동장으로 나오자 저멀리 윤도가 보였다. 함께 사진을 찍고 싶었지만 쑥스러워 그 말을 할 수가 없었다. 대신 먼발치에서 줌을 당겨 꽃다발을 든 채 친구들과 웃고 있는 윤도의 얼굴을 카메라에 담았다.

그리고 이변이 일어났다.

내가 반 배치고사에서 수석을 해버린 것이었다. 심지어 마치 짜기라도 한 것처럼, 무늬와 함께 공동 수석이었다. 용의 꼬리가 될 수 있었던 무늬가 뱀의 머리가 된 것은 자연스러운 일이라 볼 수 있지만, 내가 1등을 하다니. 상상조차 해본 적이 없는 일이었다. 소식을 듣자마자 나는 무늬에게 문자를 보냈다.

ㅡ한쪽 팔로 잘도 전교 1등을 하셨다?

ㅡ다 나은 지가 언젠데. 그러는 너야말로 다 찍은 척 내숭을 떨더니 1등을 하셨더라?

입학식 날에는 부탁하지도 않았는데 엄마와 아빠 모두 학교에 왔다. 고등학교 입학식에 부모가 오는 경우가 많지는 않아 좀 거추장스러운 기분이었다. 남들 다 오는 졸업식에나 좀 올 것이지. 아니면 아예 일관성 있게 입학식에도 오지 말든가. 하긴 언제 부모님이 내 뜻대로 움직여준 적이 있기는 했나. 무늬와 내가 나란히 단상에 올라가 교장에게 학업우수상을 받는 장면을 아빠가 필름 카메라로 찍는 게 보였다. 대낮에 눈치 없이 터지는 플래시가 부끄러워 고개를 푹 숙인 채 얼른 단상에서 내려왔다.

입학식이 끝나고 나는 1반으로 향했다. 교실 뒷자리에 윤도가 앉아 있었는데, 특유의 나른하고 넉살 좋은 성격 덕분인지 벌써 여러 명과 이야기를 나누고 있었다. 나는 그런 그를 보며 혼자 쾌재를 불렀다.

드디어, 윤도와 한 반이 된 것이다.

윤도 근처에 남는 자리가 없어 교탁 바로 앞에 앉아야 했지만, 같은 반이 되었다는 것만으로도 한 걸음 나아간 기분이 들었다.

키가 크고 호리호리한 남자가 교실 문을 열고 들어왔다. 우리 반 담임이라고 했다. 깐깐해 보이는 인상에 삼십대 중반 정도 되어 보였는데, 수학을 담당한다고 했다. 경험상 수학 선생님들은 성격이 좋지 않고 체벌에 의존하는 경우가 많았으므로 나는 잔뜩 긴장했다. 첫날이어서 수업을 진행하지 않는 대신 담임은 A4 용지 두 장을 나눠줬다. 첫 장에는 한 면 가득 부교재 목록이 적혀 있었다. 도대체 얼마나 많은 양을 소화해내야 할지 벌써부터 아득한 기분이 들었다. 다음 페이지를 넘기자 오후 여섯시까지 진행되는 보충수업과 밤 아홉시까지 열리는 야간자습에 참석할 것인지 묻는 학부모 동의서가 인쇄돼 있었다.

"동의서는 형식적인 거다. 보충수업 시간에도 정규수업 시간이랑 똑같이 진도를 나갈 거니까 우리 반 모두 필수로 참석해야 한다. 특별한 사유가 없는 한 야자도 의무니까 부모님께 잘 말씀드려서 동의서에 사인 받아오도록."

담임은 뒤이어 학급 임원을 뽑겠다며 반장 자리에 자원할 사람이 있는지 물었지만 당연히 아무도 손을 들지 않았다. 혹시 중학교 때

임원을 했던 사람이 있냐는 질문에 같은 중학교를 나온 아이가 내가 중학교 삼 년 내내 반장이었다고 시키지도 않은 얘기를 했다. 아이들 몇몇이 나를 바라보는 게 느껴졌다. 나는 당혹스러웠다. 고등학교에서는 아무런 감투도 쓰지 않고 그 어떤 존재감도 가지지 않은 채 공기같이 지내고 싶었던 내 계획이 수포로 돌아갈 것 같았다. 담임은 그런 나의 감정 따위는 물론 신경도 쓰지 않은 채 "그럼 우리 반 반장은 정해졌다"라고 가볍게 말했다. 연이어 "부반장 할 사람" 하고 묻자 네댓 명의 아이들이 손을 들었다. 책임은 지기 싫지만 감투는 쓰고 싶다는, 학생부에 한 줄이라도 더 넣고 싶다는 교활한 속내가 보여 얄미웠다. 부반장은 반장 선거와는 달리 민주적이고(?) 공평하게 가위바위보로 정해졌는데, 우연인지 뭔지 반 석차 2등인 정동훈이 부반장이 되었다. 호리호리하고 작은 체구에 안경을 낀 정동훈은 누가 봐도 반에서 딱 2등을 하게 생겼다. 전달 사항을 다 전한 담임이 '반장'을 호명했고 나는 반사적으로 일어나 차렷, 경례를 외쳤다.

나는 윤도와 함께 집으로 갈 생각이었다. 먼저 교실 밖으로 나간 윤도를 따라 복도로 나갔는데 부모님이 서 있었다. 너무 크고 화려해 촌스럽게 느껴지는 꽃다발을 손에 들고서. 아빠가 내게 꽃다발을 안기며 말했다.

"가자. 어른들 기다리고 계신다."

부모님은 근처 식당에서 가족 모임이 열린다고 했다. 가족 모임이라니, 금시초문이었다. 나는 멀리 사라져가는 윤도의 뒷모습을 바라보다가 부모님과 함께 주차장 쪽으로 내려갔다.

아빠의 차가 멈춰 선 곳은 시내의 P호텔이었다. D시에서 몇 안 되는 특급 호텔이었고, 최고층에 스카이라운지 겸 한식당이 위치해 있어 중요한 행사가 있을 때마다 오는 곳이었다. 한식당으로 들어서서 아빠가 이름을 말하자 직원이 우리를 룸으로 안내했다. 문을 여니 기다란 식탁에 친가 친척들이 앉아 있는 게 보였다. 할머니부터 고모와 고모부들, 삼촌 내외까지. 모두들 정장 차림에 창문을 등지고 앉아 있었다. 우리 가족은 그 맞은편에 앉았다. D시의 전경을 등에 업고 있는 그들의 모습이 곧 D시 그 자체인 것만 같았다. 친척들을 만날 때면 언제나 그렇듯 나는 숨이 막힐 것 같은 분위기에 압도되어 몸을 움츠러뜨렸다. 그러고 보니 엄마는 평소에 입지 않는 상아색 투피스 정장에 진주 목걸이까지 하고 있었고, 아빠도 깨끗하게 다린 버버리 셔츠에 롤렉스 시계를 차고 있었다.

곧 음식들이 코스별로 나오기 시작했다. 고작 나의 고등학교 입학식 때문에 이렇게나 많은 친척들이 모였을까 싶었는데, 아니나 다를까 모임의 주제는 할머니의 예순일곱번째 생일이었다. 도미조림과 갈비찜이 곁들여진 식사가 끝나고 난 후 후식으로 백설기 떡케이크가 나왔다. 가족들이 촛불을 켜고 모두 밝게 웃으며 생일 축하 노래를 부르자 할머니는 여느 때처럼 입꼬리만 살짝 올리며 웃었다. 케이크를 잘라 나눠 먹는데 불쑥 삼촌이 내게 말했다.

"니 외고 입시는 어떻게 됐노?"

내가 대답하려고 하자 아빠가 잽싸게 껴들었다.

"아무래도 일반고가 내신 받기에는 더 좋으니까. 우리 아들이 서울에 있는 대학에 가고 싶다고 했거든."

얼마 전 삼촌의 맏딸(즉, 나의 사촌누나)이 과학고를 조기 졸업한 후 아이비리그에 진학했다는 사실이 떠올랐고, 어쩔 수 없이 주눅이 들었다. 아빠는 마치 항변이라도 하는 것처럼 말을 이어갔다.

"이 자식이 그래도 이번 입학시험에서 전교 1등을 했다고 하데."

삼촌이 의아하다는 듯 말했다.

"요새도 입학시험이 있나?"

나는 그저 반 배치고사일 뿐이며 내신에 반영도 되지 않는 시험이라고 손사래를 쳤다. 옆에 있던 큰고모가 무심히 물었다.

"무슨 학교에 배정됐노?"

나는 다 기어들어가는 목소리로 T고라고 말했다.

그 말에 할머니가 놀란 듯 먹던 케이크를 내려놓고는 물었다.

"거는 여고 아이가?"

"몇 년 전에 남녀공학으로 바뀌었어요."

"그렇나. 아이고 내 정신 좀 봐라. 내도 모르게 니가 당연히 K고 갔다고 착각했다. 니네 할아비도 애비도 삼촌도 다 거 나왔으니……"

할머니는 아무렇지 않은 척 케이크를 다시 먹기 시작했으나 실망한 기색이 역력했다. 고등학교가 평준화되기 전 친가 친척들이 모두 K고와 K여고를 나왔다는 사실은 내가 젖먹이 시절부터 마르고 닳도록 들어왔으니, 놀랍지는 않았다. 시에서 가장 역사가 오래되었고, 장관과 국회의원, 의사와 법조인을 가장 많이 배출한 명문 K고. 곰살맞은 성격에 국어 교사인 둘째 고모가 요즘은 평준화 시대라 수성구의 학교는 어딜 가나 비슷하다고 말했다. 그리고 덧붙였다.

"차석도 아니고 수석인데, 일어나서 소감 한마디라도 해야지."

소감은 무슨 소감, 대통령도 아니고, 라는 생각을 했지만 어른들이 박수를 치며 나를 바라보는 바람에 나는 평소의 연기력을 십분 발휘해 자리에서 일어나 웃으며 말했다.

"앞으로 열심히 하겠습니다."

다시 자리에 앉을 때는 뿌듯함이나 기쁨보다는 수치심이 일었다. 타의에 의해 여기저기 움직여지는 장기짝이 된 것만 같은 기분이었다. 후식까지 다 먹었을 때쯤 할머니가 갑자기 훌쩍이기 시작했다.

"우리 영애님 불쌍해서 우짜노."

다들 차를 갖고 온지라 할머니 혼자만 술을 마신 것이 문제였다. 할머니는 대선이 끝난 지 일 년이나 지났음에도 술만 마시면 전 대통령의 딸이자 보수정당의 유력 후보였던 한 여성 의원에 대해서 이야기했다. 할머니 댁에는 할아버지와 할머니가 '영애님'과 함께 찍은 사진이 걸려 있었다.

"어린 나이에 조실부모하시고 평생 얼마나 고생이 많으셨을꼬……"

할머니는 뒤이어 현정권의 실책에 대해 논평하기 시작했다. 세금과 부동산과 교육정책 등을 예로 들면서 여러모로 나라에 망조가 든 게 분명하다고 말했다. 위태로웠던 그날의 생일 모임은 결국 할머니가 대성통곡을 하면서 엉망진창으로 막을 내리게 되었다.

할머니와 가장 가까이에 사는 막내 고모가 할머니를 태워가기로 했고, 삼촌과 다른 고모들도 저마다 차를 타고 뿔뿔이 흩어졌다. 차에 탔을 때 아빠는 분노를 감추지 못했다.

"다들 나 무시하는 거 봤잖아."

엄마는 아무도 당신을 무시하지 않았고 여느 때와 다를 바 없는 평범한 식사 자리였다며 흥분한 아빠를 달랬다. 나는 문득 의아한 기분이 들었다. 할머니 생일은 보름도 더 남았는데 왜 하필 오늘, 그것도 평일 점심에 온 가족이 만사를 제쳐놓고 이 자리에 모인 것일까? 흥분한 아빠 대신 엄마에게 진상을 묻자 엄마가 아무렇지 않은 듯 대답했다.

"너 1등 했다고 아빠가 동네방네 소문을 내서 이렇게 됐지."

그랬다. 오늘 모임의 주최자는 바로 아빠였다. 아빠는 내가 배치고사에서 수석을 했다는 말이 끝나기가 무섭게 호텔 식당을 예약했다. 그리고 자신의 어머니와 동생들에게 생일 기념 오찬 소식과 더불어 나의 전교 1등 사실을 알렸다. 아빠의 연락을 받은 삼촌과 고모들 모두 참석 의사를 밝혔다. 사이가 나쁘지는 않았으나 딱히 단합력이 좋지도 우애가 깊지도 않은 친가 친척들이 아빠의 말에 순순히 따른 것에는 다른 이유가 있었다. 할머니가 얼마 전 경미한 심근경색 증상을 보인 것을 기점으로 할머니의 명의로 되어 있는 아파트 두 채와 상가 건물을 둘러싸고 자식들 간의 눈치 싸움이 치열했기 때문이었다. 아빠는 이러한 상황을 너무나도 잘 이용했다. 할머니의 생일과 하나밖에 없는 아들이 전교 1등을 했다는 호재를 엮어내 오늘의 식사 자리를 완성했다. 나는 거기에 꿔다놓은 보릿자루처럼 앉아 있을 수밖에 없는 처지였고.

그야말로 아빠다운 행태였다.

아빠는 전형적인 스포일드 차일드였다. 1950년대 중반, 고위 관료 집안의 장남으로 태어나 그 세대가 흔히 겪는 경제적인 어려움을 알지 못했고 때문에 바닥에서부터 뭔가를 이뤄냈다는 *끈끈한* 자긍심 같은 것도 없었다. 대신 그 빈자리에는 명문대를 나온 형제자매들에 대한 열등감과 실망한 부모님에 대한 죄책감이 가득차 있었다. 일제강점기에 전형적인 엘리트 교육을 받은 할아버지와 할머니는 누가 봐도 집안의 명백한 하자이자 수치인 장남을 노골적으로 무시하는 대신 손쉽게 무관심을 감출 수 있는 방법인 돈으로 아빠의 문제를 해결해왔다. 그 덕에 아빠는 방종에 가까운 자유를 누리며 누구보다 한량 같은 생활을 즐겨왔다.

아빠의 인생은 실패로 점철되어 있었다. 고입 시험에서도, 대입 시험에서도 번번이 미끄러졌다. 그것을 비웃기라도 하듯 동생들은 한 번에 모든 입시에 성공했다. 아빠는 그 시대에는 흔치 않게 삼수까지 해 지방의 한 사립대에 (그것도 할아버지의 연줄로) 간신히 입학했고 저조한 성적으로 졸업했다. 대학을 나온 사람은 앞다퉈 모셔가는 경제 부흥기였음에도 보란듯이 취업에 실패한 아빠는 결국 할아버지의 재산을 털어 여러 사업에 손을 댔다. 그런 방식의 사업이 잘 굴러갈 리가 없었으므로 부모의 원조를 받으며 구멍을 메워나갔다.

그러다 할아버지가 이른 나이인 오십대 중반을 막 넘긴 무렵에 돌아가시면서 친가는 이전만큼 권세를 누릴 수 없게 되었다. 막 서른이 된 아빠는 비로소 자신이 얼마나 방종하게 살아왔는지 뼈저리게 느끼게 되었으며 철들……기는커녕 또다른 의존의 대상을 찾게 되었다.

바로, 엄마였다.

엄마 역시 대규모로 복숭아 농장을 경영하는 지역 유지의 이남 사

녀 중 막내딸로 태어나 비교적 윤택한 삶을 누리며 살았다. 교육의
기회도 (오빠들에 비해서는 확실히 지원이 적었으나) 주어졌다. 언
니와 오빠들은 모두 대학 교육을 받았고 그중에 반 이상은 의사와 간
호사, 약사로 일하고 있었다(당시의 대학 진학률, 특히나 여성의 대
학 진학률을 고려할 때 그건 거의 기적에 가까웠다). 하지만 엄마가
태어난 해에 할아버지가 급사하는 바람에 유년기 내내 '애비 잡아먹
은 년'이라는 수식어를 달고 자랐으며, 때문에 얼마간의 애정 결핍과
언제나 자기 검열을 하는 습관을 갖게 되었다. 엄마는 언니들이 졸업
한 명문 여고에 입학해 D시에서 모여 살고 있던 언니, 오빠들의 다세
대주택에서 함께 살며 살림을 도맡았다. 그렇게 살림과 학업을 병행
하며 사력을 다해 학교를 다녔으나 국립대에 입학하는 것에는 결국
실패했고, 재수를 시켜달라거나 사립대를 다니게 해달라고 요구할
만큼 배짱은 없어서 졸업 후 큰오빠(즉, 큰삼촌)의 병원에서 수납 보
는 일을 하게 되었다. 이대로는 안 되겠다 싶었던 엄마는 이듬해 방
통대 초등교육과에 입학해 낮에는 일을 하고 밤에는 공부하는 삶을
이어나갔으며 마침내 준교사 자격증을 취득했다. 교사 수급이 시급
한 곳에 주로 투입되는 '준'교사의 특성상 엄마는 시내가 아닌 K군의
작은 학교에 부임하게 되었다. 시외버스로 왕복 세 시간이 넘는 거리
를 오가고, 퇴근 후에는 언니와 오빠들의 밥을 차리느라 엄마는 나날
이 지쳐갔다.
　　엄마의 단짝이었던 미라 아줌마는 시내에 위치한 무역회사에 경리
로 취직한 상태였다. 엄마는 샌님처럼 남들만을 위해서 헌신하는 자
신과 달리 욕망에 충실하고 제대로 놀 줄 아는 미라 아줌마를 동경해

주말마다 그녀와 함께했다. 장발과 미니스커트를 법적으로 단속하던 서슬 퍼런 시절이었음에도 엄마는 언니 오빠들의 눈을 피해 미니스커트에 가죽 부츠를 신고 미라 아줌마와 함께 다방과 영화관, 음악 감상실을 쏘다녔다. 그렇게 일탈을 즐기던 어느 날 미라 아줌마가 충격 고백을 했다.

"나 결혼하고 싶은 남자가 있어."

"누구?"

"그게…… 문제가 조금 있어."

"왜? 데모꾼이야? 지금 감옥에 있니?"

"아니, 어디 안 갔히고 멀쩡히 돌아다니기는 하는데…… 남자가 하나가 아니라 둘이야."

사연을 들어보니 미라 아줌마는 시청에 다니는 공무원 김과 소규모 건설업체를 경영하는 강 사이에서 저울질을 하고 있었다. 엄마는 인생에서 안정만큼 중요한 가치는 없다며 공무원 김을 선택할 것을 권유했다. 하지만 애초에 그런 결정을 할 사람이었으면 두 남자를 오가며 고민하지도 않았을 터였다. 모험을 즐길 줄 아는 미라 아줌마는 김보다 키가 십 센티미터는 크고 눈썹이 짙으며 자유분방한 성격을 가진 강과의 사이에서 아이를 덜컥 임신하고 말았고, 이듬해 강을 꼭 닮은 딸(그러니까 강태란)을 낳았다. 단짝 친구가 강 건너 기혼의 세계로 떠나버리고 난 후 온전히 혼자 남겨진 엄마는 큰오빠의 소개로 몇몇 의사와 선을 보기는 하였으나 하나같이 지 잘난 맛에 사는 밥통들이라 큰 매력을 느끼지 못했다.

그렇게 몇 번의 혼담이 어그러지고 난 후 엄마는 결혼에 대한 의지를 잃게 되었다. 오빠도 언니들도 모두 결혼을 해서 집을 떠난 어느 날, 지금처럼 주중에는 K군에 있는 학교에 가서 아이들을 가르치고, 주말이면 집에서 홀로 수박이나 잘라 먹으며 사는 것도 괜찮겠다는 생각이 들었다. 영화 속에 나오는 서양 여자들처럼 여름이나 겨울에 훌쩍 해외여행을 떠나는 삶을 꿈꾸기도 했다.

그러나 여름방학을 맞아 보름이 넘는 휴일을 가지게 되었음에도 엄마는 선풍기를 켜놓은 채 방안에 누워 있을 수밖에 없었다. 우선 당시에는 해외여행이 자유롭지 않았고, 더구나 젊은 여성 홀로 해외여행을 가는 것은 상상도 할 수 없었을뿐더러, 국내 여행이라고 한들 대중교통으로 가기에는 한계가 있는데다, 차는커녕 면허도 없었기 때문이었다. 엄마는 적금이 만기되면 기필코 면허를 따고 차를 사고 말리라는 다짐을 했다. 그렇게 답답한 가슴을 안고 선풍기 바람을 맞으며 라디오를 들었다. 나미의 〈슬픈 인연〉이 흘러나왔을 때 엄마는 문득 이국의 음악을, 그것도 클래식을 듣고 싶다는 생각이 들었다. 엄마는 부랴부랴 원피스를 입고, 서랍 한구석에 처박아둔 커피색 스타킹을 신고, 큰언니가 사다놓은 향수를 뿌리고, 몇 달간 신발장에 처박아놓았던 진한 자줏빛 하이힐에 발을 구겨 넣으며 밖으로 나섰다.

미라 아줌마와 함께 들르곤 했던 르네상스 음악 감상실에 간 엄마는 혼자인 게 마음에 걸려 괜히 문 앞에서 몇 분을 서성였다. 그러다 큰마음을 먹고 문을 열었다. 다행히 감상실에는 자신처럼 혼자 온 젊은 남녀들이 많았다. 긴장됐던 마음이 누그러진 엄마는 냉커피를 시켜놓고 앉아 쇼팽의 피아노곡을 감상하기 시작했다. 고요한 가운데 어디선가 훌쩍이는 소리가 들렸다. 누가 개도 안 걸린다는 여름 감기에 걸렸나. 음악에 몰입하려 할 때마다 어김없이 훌쩍이는 소리가 났다. 엄마는 소리의 진원지를 찾기 위해 고개를 이리저리 돌렸고 거의 단발에 가까운 머리를 한 남자가 꽃 한 송이를 테이블에 올려놓은 채 계속해서 눈물인지 콧물인지를 훌쩍이고 있는 모습을 보게 됐다. 무시하려고 해도 자꾸만 들리는 그 소리에 결국 엄마는 커피를 다 마시기도 전에 자리에서 일어나 감상실 밖으로 나왔다. 옷매무새를 가다듬으며 역시나 제대로 되는 일이 없다고 생각하고 있는데 누군가 엄마의 어깨를 톡톡 두드렸다. 방금 전까지 훌쩍이던 그 남자였다. 그는 비 맞은 유기견 같은 슬픈 표정을 짓고서는 들고 있던 꽃을 건네며 묻지도 않은 말을 했다.

"죄송합니다. 저 때문에 음악 못 들으셨죠? 사죄의 의미로 이거 드릴게요."

"아뇨, 괜찮습니다."

"받을 사람이 없어져서요."

그게, 엄마와 아빠의 첫 만남이었다.

나름 낭만적이라면 낭만적이고 어이없다면 어이없다고도 할 수 있는 둘의 만남은 아빠의 일방적이고도 끈질긴 구애로 결혼으로 이어졌다. 결혼 후 엄마는 운전면허를 따고 차를 가지게 되었으나 그토록 원하던 휴가를 떠나지는 못했다. 출산 후 미련 없이 학교 일을 그만둔 엄마는 밖으로 나돌며 끊임없이 일을 벌이고 대차게 말아먹기를 반복하는 아빠 때문에 독박 육아를 해야만 했고, 내가 초등학교에 들어간 뒤에는 한숨 돌리나 싶었지만 IMF가 터져 결국 가세가 완전히 기울어버리면서 동네 공부방의 보조 교사로 다시 일해야 했다.

아빠는 돈을 벌어오지도 못하면서 매일 뭐가 그리 바쁜지 자정이 다 되어서야 퇴근하기 일쑤였다. 아빠는 친구들에게는 누구보다도 호쾌하고 의리 있는 사람이었으나 가족들에게는 최악인, 그야말로 한국의 전형적인 중년 남성이었다. 게다가 어릴 적 누리고 살던 때의 습관이 온몸에 배어 있어 국이 없으면 밥을 먹지 않았고 생선이나 돼지고기에서 조금이라도 냄새가 나면 일절 입에 대지 않았다. 아무도 먹지 않는 양과자를 잔뜩 사다놓기도 했으며, (잘 붙어 있지도 않는) 좁아터진 집구석에 음악 감상실에나 있을 법한 으리으리한 스피커 시스템을 차려놓아 엄마와 나를 골고루 미치게 했다.

후에 엄마는 그 시절을 떠올릴 때마다 이런 말을 하고는 했다.

"그때 미라가 공무원하고만 결혼했어도 그렇게는 안 됐을 텐데."

그런 말을 할 때면 본인의 선택 역시 그다지 성공적이지 못했다는 사실은 까맣게 잊은 것만 같았고, 나는 어김없이 그 사실을 주지시켜주었다.

"엄마도 최악의 선택을 한 건 마찬가지인걸."

엄마는 내가 아빠를 흉볼 때면 누구보다 신나게 웃으며 맞다, 네 말이 맞다, 맞장구를 치고는 했다. 나는 어이가 없어져서 되물었다.

"근데 도대체 왜 아빠야? 집에서 아예 내놓은 부잣집 도련님이라니. 누가 봐도 최악의 상대잖아."

"그땐 내가 너네 아빠를 구원해줄 수 있을 것만 같았지."

엄마가 유년기에 겪었던 언어폭력과 부모의 방치로 체화한 착한 사람 콤플렉스가 결국에는 이 모든 일의 시초인 것이었다. 사람은 고쳐 쓰는 게 아니랬는데, 엄마는 결정적인 순간에 조상들의 말씀을 새겨들을 줄 모르는 사람이었다. 엄마는 우리가 지금 바닥에 있으니 이제 나아질 일만 남았다며 긍정의 말을 건넸지만 아빠는 본연의 씀씀이며, 열등감에 기초한 자기중심적인 삶의 가치관을 바꾸지 않았다. 그리고 지긋지긋한 가난이 이어지면서 엄마의 긍정적인 마음가짐도 점차 사그라들었다.

우리 가족은 살아오며 서로가 서로를 멀리하는 법을 배웠다. 저마다 세상을 향해 잔뜩 날을 세우고 있어 서로에게 가까이 다가갈수록 생채기가 날 수밖에 없다는 것을 알고 있었으니까. 때문에 나는 오늘의 식사 자리를 겪으며 다시금 다짐하게 되었다. 기필코 이 지긋지긋한 집구석을 떠나고 말 것이라고. 그것은 이십대의 여름날, 영화 속의 여자들처럼 홀로 여행을 떠나고 싶어했던 엄마의 마음과도 조금은 닮아 있는 욕망이었다.

화이트데이

　입학 후 일주일 정도가 지나자 새 학기의 신열이 가시고 슬슬 고등
학교 생활에 적응하게 되었다. 중학교에 비해 하교시간을 늦춰놓은
것에 불과할 것이라는 예상과는 달리, 고등학교 생활은 아예 차원이
달랐다. 일단은 공부에 임하는 아이들의 태도가 이전과는 사뭇 차이
가 났다. 수업시간에 눈치 없이 떠들거나 노골적으로 반항을 하는 아
이들도 부쩍 줄었다.

　각 학급으로 급식차가 배달되어 오던 중학생 때와는 달리, 점심과
저녁 모두 급식실에서 먹게 된 것도 달라진 점이었다. 누구와 함께
밥을 먹느냐가 아이들 사이에서 가장 중요한 일이 되었다. 나는 부반
장 정동훈과 함께하는 경우가 많았는데 자의였다기보다는 내가 혼자
자리에 앉아 밥을 먹고 있으면 어느새 그가 내 앞에 앉아 있는 식이
었다. 정동훈은 내가 무슨 참고서로 공부하고 있으며, 어디까지 선행
학습을 했는지 등과 같은 것들을 꼬치꼬치 캐물어 사람을 질리게 했

다. 나는 입이 터지도록 밥을 욱여넣어 정동훈의 질문 공세를 무마시키고는 했다.

가끔 태리가 내 앞에 와 앉는 경우도 있었다. 태리가 속한 4반과 우리 반은 배식을 받는 시간이 달랐는데, 어쩌다 한 번 마주칠 때마다 태리는 내 앞자리에 앉아 별로 중요하지 않은 얘기를 늘어놓았다.

태리는 고등학생이 되면서 약간 변했다. 더이상 자신의 치정사에 대해 떠들어대지 않았다. 대신에 그다지 생기 없는 표정으로 요즘 보는 텔레비전 프로그램이며 좋아하는 가수에 대해 얘기했다. 무슨 얘기를 하든 그것을 진심으로 좋아하는 것처럼 보이지는 않았다. 그리고 나는 그 미지근해져버린 온도가 꼭 내가 가진 삶의 태도와 비슷한 것 같아 드디어 태리에게 (남들에 비해 한참이나 늦은 시기에) 사춘기가 온 것일까, 여기게 되었다. 때와 장소를 가리지 않고 분별없이 아무 얘기나 하는 버릇도 조금은 고쳐진 것 같았다. 물론 입학하기 전 태리에게 나를 '형'이라고 부르지 말 것과, 우리가 같은 아파트 단지에 산다는 사실을 얘기하지 말 것을 단단히 일러놓기는 했지만 말이다. 이전과 달라진 태리의 모습에 문득 얼마 전 태란 누나가 한 질문이 떠올라 태리에게 무슨 일이 있는 걸까, 생각하기는 했지만 당연히 길게 관심을 두지는 않았다.

윤도만이 중학교 때와 전혀 달라지지 않은 것 같았다. 윤도는 4교시 종이 치기 무섭게 미친듯이 급식실로 달려갔다. 내가 배식을 받을 때쯤 윤도는 이미 밥을 다 먹은 뒤 운동장으로 뛰어나가고 있었다. 다들 성큼성큼 앞으로 나아가는데 윤도만이 제자리에 서서 같은 표정을 짓고 있는 것만 같았다. 나는 그게 이유 없이 좋았다.

딱 한 번, 윤도와 태리와 함께 한 테이블에서 점심을 먹은 적이 있었다. 태리는 어쩐지 초조한 얼굴로 뭔가를 계속 이야기했고 나는 여느 때처럼 입안에 잔뜩 음식물을 욱여넣은 채 고개만 계속 끄덕였다. 윤도는 테이블의 끝자리에 앉아 (아마도 흡입에 가까운 식사를 한 후 함께 축구를 하러 달려나갈) 자신의 무리와 함께 밥을 우적대고 있었다. 기운이 넘치는 윤도의 세상과 심야의 라디오 같은 내 세상이 정확히 반으로 나뉜 것만 같은 기분이었다.

"뭘 그렇게 넋을 놓고 봐?"

태리가 퉁명스럽게 물었다. 나도 모르는 새 윤도 쪽을 너무 빤히 바라보았나.

"그냥, 우리 반 애들. 밥을 참 잘 먹길래."

누가 봐도 궁색한 변명이었다. 나는 다시 고개를 돌리고 묵묵히 밥알을 씹었다. 그러고 보니 윤도와 태리는 닮은 구석이 많았다. 천진한 성격에 새하얀 얼굴, 나보다 작은 키까지. 하지만 그것뿐이었다. 내게 윤도와 태리는 완전히 다른 차원의 사람이었다. 집안의 수저 개수부터 선호하는 속옷 색깔까지도 훤히 알고 있는 태리와는 달리 윤도는 하얀 도화지의 뒷면에 무엇이 그려져 있는지 도무지 종잡을 수가 없는 존재였다. 나는 그 종잡을 수 없음에 깊이 심취해 있었고, 미지에서 오는 설렘 혹은 긴장까지도 사랑이라는 감정의 일부라고 믿었다. 윤도라는 도화지의 뒷면에 아무리 추악한 그림이 그려져 있더라도 나는 그것을 사랑할 자신이 있었다.

윤도의 마음은 분명 나와는 다른 것 같았다. 함께 있을 때 우리 사이의 거리가 0에 가까운 것과는 달리, 타인과 함께 있을 때 윤도는 내게 곁을 내어주지 않았다. 그 간극이 나를 안달나게 만들었다. 어쩌면 그조차 내 과잉된 자의식이 빚어낸 오해일 수도 있지만.

*

3월 둘째 주, 처음으로 학생회 월례 회의가 열렸다. 1학년과 2학년 학급 임원들은 모두 본관 이층의 소강당으로 모이라고 했다. 나는 신관 일층에서 무늬와 만나 함께 본관으로 향했다. 무늬 역시 배치고사에서 선전한 탓에 담임선생에게 낙점돼 10반 반장으로 뽑혔다. 소강당에 도착하자 희영이 한구석에 서 있는 게 보였다. 무늬와 나는 손을 흔들었다. 희영은 학생부 가산점을 노리고 자원해 반장이 되었다고 했다. 희영의 머리가 중학교 때에 비해 많이 자라 있었다. 오랜만에 만난 우리는 웃으며 안부를 나눴다. 그런데 주변의 공기가 좀 이상했다. 정신을 차려보니 모두가 우리를 노려보고 있었다. 소강당은 시청각실로 사용되는 터라 계단형으로 의자가 마련되어 있음에도 오십 명 가까이 되는 임원들 모두가 무대 근처에 서 있었다. 가까이 다가가보니 2학년들은 무대 위에 자유롭게 서 있는 반면 1학년들은 아침 조회 때처럼 반별로 오와 열을 맞춰 서 있었다. 얼른 제자리에 서라는 2학년 학생회장의 불호령을 듣고 우리도 부랴부랴 각자의 반 위치에 섰다.

"중학교 학생회랑 고등학교 학생회는 전혀 다르다고 보면 된다."

교복 재킷과 조끼의 단추를 하나도 빠짐없이 채워놓은 학생회 부회장이 말했다. 그러곤 그녀는 노란색 명찰을 단 사람들은 모두 학생회

선배이므로 학교 안에서든 밖에서든 마주치면 무조건 구십 도로 인사를 하라고 했다. 오빠와 언니, 형과 누나 같은 호칭은 엄격히 금지되며 모두 선배님으로 통일해야 한다는 말과 함께. 그리고 다음주부터 학생회 임원들이 돌아가며 아침 선도를 맡아야 한다고 했다. 일곱시까지 등교해 복장이 불량한 학생들을 잡아 벌점을 주는 일을 한다고, 복장 규정 조항이 인쇄된 갱지를 우리에게 나눠줬다. 동복의 경우 재킷과 조끼 반드시 착용, 목걸이 형태로 된 학생증 패용, 실외에서 실내화 착용 금지, 펌이나 염색 금지. 더불어 바지는 절대 통을 줄여서는 안 되며, 교복 치마는 무릎을 덮어야 하고, 속이 비치지 않는 검은 스타킹을 신어야만 한다. 또한 실외화는 무채색 운동화 또는 굽이 낮은 단화만 신을 수 있으며 가방은……

한 번에 외울 수 없을 정도로 많고 복잡한 복장 규정들을 보며 나는 숨이 턱 막히는 것만 같았다. 읽다보니 나 역시 복장 규정을 위반한 상태였다. 나는 조금 긴장이 되었다.

"모범을 보여야 하는 학생회 임원인데, 이곳에도 복장 규정을 어기고 있는 새끼들이 많네? 어!"

학생회장이 갑자기 발작적으로 소리를 질렀고 1학년 아이들은 모두 굳은 채 무대 중앙에 서 있는 그를 바라보았다.

"눈 안 까나?"

이번에는 부회장이 날카로운 목소리로 소리쳤다. 우리는 일제히 고개를 내렸다. 그녀가 이어서 말했다.

"여자애들은 커튼 젖히고."

애초에 소강당엔 창도 나 있지 않은데 무슨 커튼을 치라는 걸까.

흘끔 옆을 돌아보니 여자아이들이 앞으로 흘러내린 머리카락을 귀 뒤로 넘기고 있었다. 당황한 나와는 달리 여자아이들은 이런 일에 익숙한 것 같았다.

2학년들이 웃으며 뭔가 속삭였는데 우리를 뜯어보고 있다는 것을 느낄 수 있었다. 문득 학생회장이 무늬의 이름을 불렀다. 무늬는 당황하지 않고 평온한 목소리로 대답을 했다. 학생회장은 무늬에게 무대 위로 올라오라고 했다. 무늬는 느긋한 발걸음으로 무대에 올라가 학생회장 앞에 섰다. 부회장이 무늬에게 바짝 다가가 어깨까지 내려오는 무늬의 머리카락을 만졌다.

"너 파마했냐?"

"아니요. 원래 곱슬머리인데요."

"이거 자연 아닌데? 너 염색도 한 거지?"

"아뇨. 원래 눈이랑 머리카락이 밝은 편이라서요. 선배님도 제 머리색이랑 비슷하신 거 같은데요."

무늬는 평소처럼 한마디도 지지 않고 대답했고 분위기가 순식간에 차갑게 얼어붙었다. 학생회장이 또다시 발작적으로 소리를 질렀다.

"고개 든 새끼 누구냐?"

우리는 무늬를 바라보던 시선을 거두고 얼른 고개를 내렸다. 부회장이 다시 무늬에게 말했다.

"너, 내일까지 검은색으로 염색하고 와."

"일주일이면 또 갈색 뿌리가 자랄 텐데요?"

"너 지금 나한테 개기냐?"

"그럴 리가요. 사실을 말한 건데. 안 믿기시면 저희 집에 와보세요. 엄마도 오빠도 다 갈색 곱슬머리인데."

부회장이 "이 미친년은 뭐야"라고 역정을 내며 뭔가를 집어던졌
다. 내 발치로 보라색 가죽 지갑 하나가 떨어졌다. 슬쩍 고개를 드니
무늬는 코웃음조차 치지 않고 또렷이 부회장을 쏘아보고 있었다. 애
초에 중학생 때부터 성인인 언니들과 시내의 술집들을 쏘다니며 지
낸 무늬에게 일개 고등학교 학생회 따위가 적수가 될 리가 없었다.
아무래도 선배님들께서 시범 케이스를 잘못 뽑은 것 같았다. 나는 자
꾸만 터져나오려는 웃음을 참기 위해 아랫입술을 꽉 깨물었다.

월례 회의가 끝난 후 2학년들이 먼저 소강당을 빠져나갔다. 남은
1학년 여학생들이 무늬를 에워싸고 걱정스럽게 물었다.

"너 괜찮아?"

아이들의 걱정이 무색할 정도로 무늬는 아무렇지 않게 웃으며 대
답했다.

"오늘 날 잡고 닦으려고 불렀나보네. 고등학교도 생각보다 별거
없다 야."

나는 진지해서 오히려 우스꽝스러운 의식을 겪고는 고등학교 생활
의 만만찮음과 하찮음을 동시에 느꼈다.

*

3월 14일, 학교에서는 크다면 크고 작다면 작은 소동이 벌어졌다.
밸런타인데이가 봄방학 때 있는지라, 학기중에 있는 화이트데이 때
조금 더 성대하게 선물 교환 의식이 치러졌다. 특히 우리 학교는 구

내 유일의 남녀공학이라는 특성상, 거의 국가기념일 수준으로 성대하게(?) 선물 교환식이 열린다고 했다.

내 책상 서랍 속에도 작은 상자 하나가 들어 있었다. 상자 위에 엽서가 붙어 있었다.

나를 꿈꾸게 해주고 언제나 함께 있어줘서, 내 삶에 함께해줘서 고마워. 생일 축하해, 화이트데이도.

T

이니셜만 봐도 태리라는 것을 알 수 있었다. 엽서에서 미묘하게 딸기 향이 풍기는 걸 보면 향기 나는 펜으로 꾹꾹 눌러쓴 것 같았다. 이런 걸 언제 서랍 속에 넣고 간 거야? 누가 보면 어쩌려고?

그때였다. 정동훈이 내 손에 들린 상자를 빼앗았다.

"야 반장, 뭐냐 이거. 누구 주려고 산 거냐. 너 연애하냐?"

다행히 정동훈은 내가 다른 손에 들고 있던 엽서는 보지 못한 듯했다. 나는 신경질을 내며 정동훈의 손에서 상자를 다시 빼앗아왔다. 정동훈은 반이 떠나가라 고래고래 소리를 질렀다.

"와, 반장 공부만 하는 줄 알았는데 할 건 다 하고 사네. 부럽다 야."

나는 내가 선물의 발신인이 아니라 수신인이라는 사실을 들키지 않았음에 안도의 한숨을 내쉬었다. 고개를 돌리자 윤도가 나를 빤히 바라보고 있는 게 느껴졌다. 나는 죄지은 사람처럼 얼른 고개를 돌리고 상자를 가방에 집어넣었다.

*

3월 말, 전국 학력 평가가 치러졌다. 배치고사 이후로 치는 첫 시험이라 퍽 긴장이 됐다. 선생들은 고등학교 첫번째 모의고사 점수가 수능까지 그대로 이어지는 경우가 대부분이라고, 고등교육의 가치 없음을 증명하는 것으로밖에는 들리지 않는 말을 하며 아이들을 겁주기 바빴다. 나는 곧 찾아올 나의 몰락을 예견하며, 그럼에도 불구하고 매일 책상 앞에 앉아 초조하게 시간을 보냈다. 윤도는 중학교 때와 다르지 않게 시험 따위 별로 신경쓰지 않고 여전히 까불거리며 놀기만 했다. 우리의 관계 역시도 중학교 때와 같았다. 전교 1등이자 반장인 나와 애매한 성적을 가진 윤도는 다른 부류에 속한 채서로 다른 아이들과 어울렸다. 하지만 때때로 우리가 한 점에서 마주하는 순간들이 있었다. 우연히 급식실에서 앞뒤로 서게 됐을 때 윤도는 내 어깨에 손을 살짝 올려놓았다. 찰나의 순간, 그러나 분명히 윤도의 무게를 느낄 수 있는, 그런 순간. 그 짧은 순간이 하루의 전부인 것 같았다.

그렇게 윤도가 남긴 잔열을 느끼며 식판을 테이블에 올려놓고 앉았다. 정동훈이 여느 때처럼 내 앞에 앉아 속삭이듯 말했다.

"너 도윤도랑 친해?"

"아니. 잘 몰라. 그냥 같은 중학교 나와서 알고 지내는 정도지."

반사적으로 거짓말이 술술 나왔다. 정동훈은 목소리를 더 작게 줄인 채 속삭였다.

"쟤네 아빠 조폭인 거 알지? 거리 두는 게 좋을 거야. 반장이랑은 안 어울리니까."

엄마와 미라 아줌마가 나누었던 대화를 떠올리며 불현듯 나는 불길하면서도 불쾌한 기분에 사로잡혔다.

학력 평가가 끝나고 보름 뒤 중앙 현관에 전교생의 성적표가 붙었다. 1등부터 523등까지 모두의 성적. 개인 성적표를 배부받기도 전이었다. 북적대는 아이들 사이를 비집고 들어가 나도 성적을 확인했다. 맨 첫 줄에 무늬가 굳건히 자리하고 있었다. 첫 끗발이 개끗발인지 내 등수는 떨어졌지만 생각보다는 선전해 10위권에 안착하게 되었다.

점심시간이 끝나기가 무섭게 누군가가 그 성적표를 발기발기 찢어놓았다. 그다음날에는 중앙 현관에 코팅된 성적표가 다시 붙었고 그 앞에 CCTV가 설치되었다. 그리고 커다란 붉은 글씨로 경고문까지 붙었다.

훼손시 엄벌에 처함.

이무늬와 은형욱. 1등과 523등의 이름을 전교생 모두가 기억하게 되었고, 그것은 내 마음에 어떤 지워질 수 없는 자국을 남겼다.

그후로 나는 학교와 학원을 오가는 단조로운 삶을 이어나갔다. 야간자습이 끝나면 무늬와 희영, 윤도와 함께 교문 앞에 서 있는 학원 버스를 타고 곧장 학원으로 가 다시 SKY반의 수업을 들었다. 학원은 자정이 넘어서 끝났다. 수업이 끝나면 우리는 가방을 싸고 자리에서 일어나 집으로 향했다. 살아 있는 건지 아닌지 알 수 없을 만큼 멍한 정신으로. 어울려 놀기는커녕 제대로 대화를 나눌 시간도 없었다.

해가 부쩍 길어지고 바람이 따뜻해진 어느 금요일 밤, 나는 윤도를 만나고 싶은 마음을 참을 수 없었다. 그래서 문자를 보냈다.

—ㅁㅎ.

답은 오지 않았다. 나는 용기 내 한번 더 문자를 보냈다.

—내일 학원 자습 끝나고 볼래?

조금 늦더라도 언제나 내 문자에 답신을 보냈던 윤도였는데, 어떻게 된 일일까. 나는 이불을 뒤집어쓰고 애써 잠을 청했다.

다음날에도 답은 오지 않았다. 나는 실망한 마음을 안고 학원 자습실로 향했다.

자습실에는 아이들이 드문드문 앉아 있었다. 무늬와 희영의 낯익은 뒷모습도 보였다. 둘은 간격을 두고 나란히 앉아 귀에 이어폰을 꽂은 채 뭔가를 열심히 풀고 있었다. 나도 그들 뒤편에 앉아 책을 폈다. 수시로 핸드폰을 확인했지만 윤도에게서는 아무 답도 오지 않았고, 결국 나는 핸드폰에서 배터리를 빼버렸다.

어수선한 마음을 다잡으며 공부를 하고 있는데 누군가 내 어깨를 툭툭 쳤다. 올려다보니 무늬였다. 무늬는 허락도 없이 내 참고서 귀퉁이에 뭔가를 썼다.

—밥 먹자.

—둘이서?

—ㅇ.

—희영이는?

—안 먹는대.

—ㅇㅋ.

희영은 여전히 이어폰을 귀에 꽂은 채 공부를 하고 있었다. 무늬는 요 앞 장우동에 가자고 했다. 가난한 주머니 사정 때문에 주저하는 찰나, 무늬가 자신이 쏘겠다고 말했다. 그럴 필요 없다고 답하면서도 나는 내심 안심이 됐다.

우리는 장우동에 도착해 장우동 정식을 시켜 먹었다. 무늬에게 언제 자습실에 와 있었냐고 묻자 무늬는 개학하고부터 쭉 주말 아침이면 희영과 함께 와서 공부를 한다고 대답했다.

"너네 그 정도로 친했어?"

"응. 중학교 때부터 꽤 친했는데? 같은 학교에 같은 학원이니까."

"의외네."

"의외일 게 뭐 있냐. 희영이 애 괜찮잖아. 중학교 때부터 선생들도 엄청 좋아했어."

"그래?"

"응, 상장도 많이 받고. 중학교 때는 전액 장학생이었을 거야. 학교장 추천으로."

"중학교에 전액 장학생 같은 게 있었어? 공부 잘하면 되는 건가?"

"나도 잘 모르겠는데 가족이 국가유공자였나, 기초생활수급자였나 뭐 그럴걸?"

둘의 차이를 별다르게 여기지 않는 무늬의 무신경함이 부러웠다. 그저 평범한 모범생인 줄로만 알았던 희영이 괜히 조금은 가깝게 느껴졌다. 물론 찰나에 불과한 마음이었지만.

"근데 그러는 너는 니 짝꿍 도윤도는 얻다 두고 혼자 왔냐?"

내가 어떻게 알아, 하고 내가 듣기에도 신경질적인 어조로 답했다.

무늬는 그런 나를 보고 소리 내 웃었다. 뭔가 무늬에게 말린 것 같은 기분이 들어 나는 얼른 화제를 바꾸었다.

"주중 주말 가릴 것 없이 이렇게 열심이라니. 전교 1등은 달라도 확실히 다르네."

무늬는 이내 진지한 표정이 돼서는 아직 멀었다고 했다. 교내 성적은 좋지만 전국 백분위로 따지면 형편없는 수준이라고, 안심하기엔 이르다고 덧붙였다.

"무슨 소리야. 너 정도 성적이면 서울권은 무난하잖아."

무늬는 우동 면을 껌처럼 씹으며 아버지가 서울대나 이대 사범대에 합격하지 않는 이상 절대 서울에 보내주지 않겠다 공표했다고 말했다. 서울대 혹은 이화여대. 참으로 D시의 중년다운 선택지였다. 심지어 사범대라니. 무늬가 누구를 가르치는 모습은 상상조차 되지 않았다. 무늬는 세상의 규칙과 규율의 반대편에 놓인 존재라고 봐도 무방했다. 나는 새우튀김을 먹다 말고 물었다.

"근데 희영이는 왜 밥 안 먹어?"

희영은 정말 목숨을 걸고 공부를 한다며, 집에서 도시락을 싸와 끼니를 때운다고 했다. 수학이 약하고 암기 과목에 강한 희영의 경우 수능에 올인하는 대신 내신 위주로 공부를 하는 전략을 짰다고 덧붙였다.

"희영이는 목표가 어디래?"

"교대. 선생님 하고 싶대."

"그렇구나. 벌써 다 정해놨네. 너네 대단하다. 그렇게 확실한 목표가 있다니."

"지망 대학 정하는 게 뭐 대수라고. 목표는 목표일 뿐이잖아. 합격이 중요하지."

"난 가고 싶은 데가 하나도 없는걸. 의지도 없고."

"웃기시네. 남들이 들으면 욕해. 그러는 너도 이 황금 같은 주말에 공부하러 온 건 똑같잖아?"

실은 윤도가 나와 놀아주지 않아 어쩔 수 없이 왔다는 말을 하지는 못했다.

밥을 다 먹고 난 뒤에 무늬와 나는 콜라를 두 번이나 무료로 리필해 마시며 수다를 떨었다. 그리고 장우동에서 나와 다시 학원을 향해 걸었다. 뭔가 어색하다 싶었는데 문득 무늬가 식후땡, 이라는 거룩한 의식을 치르지 않았다는 것을 깨달았다.

"그러고 보니 너 진짜 담배 끊었어?"

"이 누나 요즘 담배도 끊고 술도 끊고 얼마나 착실하게 사는지 모른다. 폐도 간도 완전 새것 됐잖아."

"인간 너무 한 번에 변하면 죽는다던데……"

자습실로 돌아왔을 때 희영은 여전히 같은 자세로 앉아 공부를 하고 있었다. 나는 소리가 나지 않게 조심히 의자를 꺼내 자리에 앉아 참고서를 펼쳤다. 그리고 곧 피로가 몰려와 책상 위에 엎드렸다.

다시 고개를 들었을 때는 해가 완전히 져 있었고 자습실은 텅 비어 있었다. 무늬도 희영도 사람들의 짐도 모두 자리에 없었다. 나도 서둘러 짐을 챙겼다. 가방에 손을 넣자, 배터리를 분리해놓은 핸드폰이 손에 잡혔다. 나는 핸드폰을 꺼내 배터리를 꽂았고, 긴장하며 전원 버튼을 눌렀다. 메시지가 하나 와 있었다. 윤도였다.

─오늘 축구하느라 바빴네.

윤도는 근처의 중학교에서 함께 축구를 하는 새로운 축구 팸이 생겼다고 했다. 앞으로 주말마다 축구를 할 거라는 얘기도. 아디다스 트레이닝복에 축구화를 신고 운동장을 누비는 윤도, 축구가 끝난 후 나이키 신발주머니를 등에 멘 채 왁자지껄 떠드는 윤도의 모습을 떠올리니 상실감과 분노가 차올랐다.

빌어먹을 축구.

빌어먹을 도윤도.

집으로 돌아온 나는 옷도 벗지 않고 곧장 컴퓨터 앞에 앉았다. 습관처럼 싸이월드에 로그인한 뒤 우리 다이어리를 확인했다. 새 글이 올라오지 않은 지도 한 달 가까이 되었다. 아예 접속을 하지 않는지 윤도의 미니홈피도 업데이트된 글 없이 파리만 날리고 있었다. 절로 한숨이 나왔다. 나는 내 미니홈피의 배경음악을 바꿨다. 푸른새벽의 〈스무 살〉, 자우림의 〈연인 2/3〉, 애브릴 라빈의 〈Complicated〉. 뒤이어 스킨을 군청색으로 교체한 후 사진첩에 들어갔다. 아무것도 없는, 검은 사진을 첨부한 뒤 그 아래 글을 쓰기 시작했다.

때때로 애정은 그 무엇보다도 폭력적이고 직설적인 감정으로 돌변하곤 한다.

나는 그 사실을 그를 통해서 배웠다……

스크롤을 한참 동안 내려야 할 만큼 긴 글을 쓴 뒤 나는 그것을 주저 없이, 보란듯이 업로드했다.

*

윤도에게서 이전과 다른 냄새가 나기 시작한 것은 언제부터였을까. 그의 몸이 이전과 다른 형태를 가지게 된 것은 언제부터였을까.

윤도는 점점 키가 크기 시작했고 팔과 허벅지에도 근육이 붙었다. 이전까지 내 몸처럼 익숙했던 윤도의 몸이 내가 모르는 낯선 세계로 진입하고 있다는 것을 나는 느낄 수 있었다.

달라진 건 윤도의 몸만이 아니었다. 윤도는 새로 사귄 친구들과 부쩍 가까워진 것 같았다. 쉬는 시간이면 친구들과 교실이 떠나가라 떠들고는 했는데 대부분 내가 알아들을 수 없는 말이었다. 하긴 애초부터 윤도와 나 사이에는 도저히 좁혀지지 않는 어떤 거리가 있었으니까. 단둘이 보낸 시간들과 상관없이.

학원에서도 낯선 기분을 느낀 것은 마찬가지였다. 여느 때처럼 내 자리에 앉았는데 어디선가 은은하게 담배 냄새가 풍겨왔다. 갈수록 진해지는 누릿한 향기. 냄새의 출처는 내 오른쪽 대각선 앞자리, 윤도였다. 고등학생이 담배를 피우는 게 대단히 놀라운 사실도 아닌데, 그게 윤도라는 점이 나를 충격에 빠뜨렸다. 윤도는 도대체 언제부터 담배를 피우기 시작한 걸까. 도대체 어디서 어떤 방식으로 변하기 시작한 걸까.

윤도는 수업이 끝나고 내가 말을 걸 새도 없이 홀연히 사라졌다. 나는 윤도의 뒷모습을 멍하니 바라보았다.

우리의 거리가 멀어졌다는 게 그제야 실감이 났다. 그건 당연한 일이었을까. 우린 애초에 너무 다른 사람이었으니, 서로 다른 곳을 바라보던 두 개의 선이 우연히 한 점에서 만난 것에 지나지 않았으니, 시간이 지날수록 점점 멀어지는 게 당연한 일이었을까. 누군가는 그게 성장이라고, 아니면 자연스러운 이별이라고 할지도 모른다. 그러나 나는 혼란스럽고 고통스러웠다. 이 혼란을 누군가와 나누고 싶었지만 그럴 사람은 없었다. 그래서 더할 나위 없이 나는 혼자였다.

나는 마치 미라처럼, 혹은 소금 기둥처럼 형태를 그대로 유지한 채 말라붙어가는 기분이었는데, 아이들은 저마다의 속도에 맞게 커가고 있었다. 나만 빼고 모두가 자신의 속도로 뻗어나가고 있었다.

베스트 프렌드

　중간고사가 다가오면서 반 분위기는 점점 더 어수선해졌다. 내신 성적에 반영되는 영어 듣기 평가 시험이 있던 날, 시험이 끝나자 아이들이 분주하게 서로의 답안지를 맞춰보았다. 나는 시험지를 그냥 책상 서랍에 넣어버렸다. 그때 태리가 우리 반으로 들어왔다. 태리는 이따금 우리 반에 찾아와 내게 교과서나 체육복을 빌려가고는 했는데, 지난주에 빌려간 체육복을 돌려주는 걸 까먹었다며 일찍 주지 못해 미안하다고 했다. 나는 괜찮다고 말하고 체육복을 건네받았다. 다행히 땀냄새 같은 건 나지 않았다. 자기 반으로 돌아가는 태리를 보며 태리가 운동을 그닥 즐기지 않는 애라서 다행이라는 생각을 했다. 체육복을 정리해 사물함에 넣으려고 하는데 등판에 뭔가 그려져 있는 게 보였다. 손바닥만한 크기의 남자의 성기 그림이었다. 형태는 물론 털까지 자세히 묘사된, 장난치고는 적의가 서려 있는 낙서였다. 그때 정동훈이 시험지를 들고 내게 다가왔다.

"반장, 7번 문제 답이 뭐냐."

"아마 3번일걸?"

"진짜? 아 씨, 나 틀렸나. 확실해?"

"내가 듣기엔 그랬는데, 확실하진 않아."

말은 그렇게 했지만, 확실히 3번이 정답이었다. 여기저기 설치고 다니는 놈치고 뭐 하나 똑바로 하는 법이 없다는 걸 정동훈이 몸소 증명해주고 있었다. 그는 잔뜩 실망한 표정을 짓다 내가 들고 있는 체육복을 보고는 물었다.

"근데 너 강태리랑 어떻게 아는 사이야?"

"그냥…… 어릴 적부터 같은 동네에서 살았어."

"웃긴다."

"뭐가?"

"너랑 걔랑 뭔가 안 어울려서. 다른 애들은 다 피하는데 비위도 좋네."

"어? 그게 무슨 소리야?"

"나 재랑 같은 학교 나왔잖아. 중학교 때부터 유명했어. 쟤네 집 결손가정에 다단계 하잖아."

결손가정에 다단계라니. 정동훈의 입에서 튀어나온 말 때문에 정신을 못 차릴 지경이었다. 나는 평정을 유지하려 애쓰며 답했다.

"설마."

"진짜야. 아빠는 없고, 엄마가 다단계 해서 먹고살고, 그것도 모자라 전교에서 제일 유명한 호모 새끼였어. 우리 학교 애들은 다 알아."

호모, 라니. 순간 발 디디고 선 땅이 흔들리기 시작했다. 평소와 똑

같은 교실에 똑같은 내 자리인데 금방이라도 바닥이 둘로 쪼개져 한 없이 아래로 추락할 것만 같았다. 지금껏 내가 알고 있던 태리와 정동 훈이 묘사하는 태리의 모습이 너무도 달라 아득한 기분이 들었다.

"이건 비밀인데, 쟤 때문에 강제 전학 당한 애도 있어."

"강태리가 누굴 전학 보냈다고? 무슨 힘으로?"

"최성진이라고, 아빠가 변호사인 새끼가 있었는데, 걔가 강태리를 좀 집요하게 괴롭혔어. 호모 새끼 게이 새끼라고 욕하고, 침 뱉고, 그 러다 굴리기까지 한 거지."

"계단에서 굴렸다고?"

"아니, 그럼 죽지. 쓰레기통에 넣고 교실 뒤편에서 굴렸어. 우리 학교에선 그게 유행이었거든."

그런 걸 유행이라고 할 수 있는 걸까. 감히 그런 종류의 행위에 유 행이라는 당위를 부여해도 되는 것일까. 내가 다닌 중학교에서도 왜 소하거나 유달리 튀는 아이들이 폭력이나 따돌림의 타깃이 되기는 했다. 그러나 중학교 2학년 때 인근의 몇몇 학교에서 연달아 자살 사 건이 벌어진 이후로 학폭위가 결성되고 교내 곳곳에 신고함이 설치 되면서 빈도수가 줄어들었다. 그러나 자기네 학교는 달랐다고 정동 훈은 말했다. 최성진을 중심으로 결집한 일진들이 크고 작은 폭력 사 건을 일으킬 때마다 교육청과 경찰청에 고르게 연줄이 닿아 있는 최 성진의 부모가 일을 무마해줬다고 했다. 그런 그들의 마지막 타깃이 바로 태리였다. 그들은 태리에게 박테리아라는 멸칭을 붙이고 병균 에게 어울리는 집을 찾아냈다며 태리를 쓰레기통에 집어넣었다. 호 모 새끼에게 딱 맞는 집이라며 신나게, 그야말로 신나게 발로 차며

굴렸다. 수차례에 걸쳐 벌어진 그 행각을 몇몇 아이들이 핸드폰 카메라로 찍어 교사에게 제보를 했고, 학교에서는 이미 죄가 많은 최성진을 강제 전학시키는 결정을 내렸다. 최성진의 부모가 노발대발하며 교무실을 엎어버렸고, 이후 최성진이 시 외곽의 학교에 전학을 가는 대신 미국의 보딩 스쿨로 도피성 유학을 떠나며 일은 일단락되었다.

"워낙에 쓰레기들이었지만 애들은 웃겼는데."

정동훈은 아쉽다는 듯 입을 다셨다. 언제나 조금은 주눅들어 있는 태리의 자세며, 지난번 태란 누나가 내게 했던 질문들이 퍼즐처럼 제자리를 찾기 시작했다. 한꺼번에 너무 많은 정보들이 쏟아져 들어와 관자놀이가 욱신거렸다. 나는 마음을 가다듬으며 그에게 물었다.

"근데 왜 호모라고 하는 거야? 강태리, 여자친구도 있다고 들었는데……"

"그런 얘긴 또 처음 듣네. 너 진짜 태리 베프 아니야?"

"아니라고…… 그냥 건너건너 들었어."

"너 걔 베프 아닌 거 알아. 그냥 해본 말이니 너무 신경쓰지 마."

정동훈은 아무 일도 없었다는 듯 자신의 자리로 돌아갔다. 신경쓰지 말라고 하면 정말 신경 쓰이지 않을 줄 아나. 오히려 제발 신경을 써달라는 것처럼 들렸다.

나는 체육복을 들고 곧장 화장실로 가 그림이 그려진 부분을 비누로 벅벅 문질렀다. 까맣게 번져나가는 잉크 자국이 흉측했다. 얼룩이 깨끗하게 지워질 때까지 계속해서 빨았다.

돌이켜보면 학교에서 태리가 누군가와 함께 있는 모습을 본 적이

단 한 번도 없었다. 나와 있을 때 밝았던 태리의 표정은 안간힘을 다해 쥐어짜낸 것이었을까. 그간 태리를 귀찮게 생각해온 것은 사실이었으나, 그가 내 삶을 구성하는 중요한 요소 중 하나임을 부정할 수는 없었다.

언제부터였을까. 그가 내 삶에 흘러들어온 것은.

내가 기억하고 있는 태리의 첫 모습은 여섯 살 때이다.

유치원에 갔다 온 나는 침대 위에 한 아이가 누워 있는 것을 발견한다. 내가 목숨처럼 아끼는 악어 인형을 안고 잠든 아이. 그를 보자마자 울음이 터져버린 나. 내 울음소리를 듣고 엄마가 달려온다. 나는 엄마를 향해 소리지른다. 저 아이가 내가 가장 아끼는 것을 빼앗았어. 절대, 절대로 용서하지 않을 거야. 엄마는 엉덩이를 때리며 나를 혼낸다. 그렇게 이기적이어서 어떻게 형 노릇을 하겠냐고. 동생한테 그거 하나 양보를 못하냐고.

동생.

그날부터 내가 태리를 동생으로, 그러니까 일종의 가족으로 여겨왔음을 깨달았다. 그러자 분노와 원망이 동시에 피어올랐다. 그러니까 내가 뭐랬어. 똑바로 숨기라고 했잖아. 아무도 네 치부를 눈치챌수 없게 두꺼운 갑옷을 입으라고 했잖아. 그게 힘들면 누구의 눈에도 띄지 않게 그늘로 숨어들라고 했잖아. 그렇게 칠렐레팔렐레 티를 내고 다니니까 이런 일이 벌어지는 것 아냐. 보잘것없는 조건을 가진 주제에. 당장 물어뜯겨도 이상하지 않을 정도로 많은 약점을 가진 주제에. 뭘 믿고 그렇게 부주의한 건데? 도대체 뭘 믿고 그토록 무방비한 건데. 무엇보다, 태리 너는 그토록 처참한 짓을 당하면서도 어떻게 그렇게 멀쩡한 얼굴을 하고 있는 건데. 어째서, 어떻게 그럴 수 있는 건데.

앞으로 태리를 어떻게 대해야 할까. 앞으로 내 삶에서 태리를 어떻게 해야 하는 걸까. 그러면 안 된다는 걸 알면서도 할 수만 있다면 조각칼로 태리라는 존재를 파내버리고 싶었다. 멀어져야 한다고, 절대 엮여선 안 된다고, 누구에게도 태리와의 관계를 들켜선 안 된다고. 나를 위해서. 오직 나 자신의 안위를 위해서. 생각이 거기에 미치자 태리가 나의 엄청난 치부, 나를 나락으로 끌고 들어갈 덫처럼 느껴졌다.

그날 저녁, 나는 야간자습을 하지 않고 곧장 집으로 와버렸다. 될대로 돼버리라지. 나는 교복을 벗지 않은 채 이불을 뒤집어썼다. 몸살을 앓는 것처럼 짧게 잠들었다 깼다. 일어나보니 저녁이 지나 있었다. 학원에 갈지 말지 백 번도 넘게 고민했다. 컴퓨터로 미국 시트콤을 보며 아이스크림 한 통을 다 퍼먹고 싶었다.

그럼에도 불구하고 나는 자리를 박차고 일어나 가방을 멨다. 나 자신을 유폐하고 싶다는 욕망보다 윤도가 보고 싶다는 마음이 더 컸기 때문이었다.

학원에 도착해 강의실 문을 열었을 때 나는 당황했다. 다른 아이들은 평소처럼 재잘대고 있었는데, 이빨이 빠진 것처럼 빈자리 하나가 덩그러니 있었다. 윤도의 자리였다.

"윤도 어디 갔어."

혼잣말하듯 중얼거렸는데 희영이 고개를 돌려 말했다.

"그만뒀대."

뒤이어 무늬가 별것도 아니라는 듯한 어조로 덧붙였다. 모의고사 성적이 잘 나오지 않아 학원을 때려치우고 대학생에게 과외를 받는다고 했다고.

거짓말.

그런 얘기, 들은 적도 없다고. 어째서 모두가 아는 것을 나만 모르는데.

나는 곧장 학원 밖으로 나와 윤도에게 전화를 걸었다. 연결음만 계속 이어지고 윤도는 전화를 받지 않았다. 속상하다는 말로는 부족한, 어떤 허무함이 나를 사로잡았다. 나는 계속해서 윤도에게 전화를 했다.

윤도는 지금 어디서 뭘 하고 있는 걸까. 가슴에 먹구름이 낀 것처럼 답답한 기분이 들었다. 잠시도 가만히 있을 수 없을 듯한 조급함이 목구멍까지 올라왔다. 나는 통화를 포기하고 학원 뒷골목으로 향했다. 언덕을, 몇 번이고 걸어 익숙해진 그 길을 올라가기 시작했다.

내 발길이 닿은 곳은 미루나무 상회였다. 오래된 철제 미닫이문을 열고 가게 안으로 들어갔다. 주저하지 않고 냉장고를 열어 소주 두 병을 꺼냈다. 왠지 안주도 있어야 할 것 같아 노래방 새우깡 한 봉지도 집었다. 노인에게 만원짜리 한 장을 내밀자 노인은 여느 때처럼 느릿느릿한 동작으로 돈을 거슬러주었다. 나는 거스름돈을 낚아채듯 받아들고 밖으로 나왔다. 달리 갈 데가 떠오르지 않아 그냥 상회 앞 평상에 앉았다. 소주와 새우깡을 평상에 내려놓고 나니 그제야 내가 교복을 입고 있었다는 사실을 깨달았다. 나는 서둘러 교복 셔츠를 벗어 허리에 감았다. 그리고 소주병에 입을 대고 한 모금 들이켰다. 쓰

고 들척지근한 맛이었다. 제사 후의 음복을 제외하면 난생처음 마셔
보는 술이었다. 책이나 영화를 보면 술에 취했을 때 인간은 평소보다
더 느슨해지고, 소란스러워지고, 아무튼 제정신이 아니게 되는 것 같
던데 나는 그런 변화가 전혀 없었다. 아무래도 한 모금 가지고는 턱
도 없는 것 같아 생수 마시듯 술을 들이켰다. 액체가 목구멍을 타고
폭포처럼 쏟아져내렸다. 식도와 위장이 뭉근하게 뜨거워지는 게 느
껴졌다. 손바닥과 얼굴이 간질거리는 듯해 자꾸만 손으로 얼굴을 비
볐다. 가슴에 돌덩이 하나가 놓인 것 같은 무거운 마음은 여전했다.
몇 모금 더 홀짝여보아도 기분은 나아지지 않았다. 이따금 핸드폰을
확인해보았지만 전화도 문자도 오지 않았다. 나는 술 마시기를 포기
하고 소주병의 뚜껑을 닫았다. 그리고 나머지 소주 한 병과 새우깡을
가방에 넣고 자리에서 일어났다. 바람이 쌀쌀해 다시 교복 셔츠를 입
었다.

걸을수록 점점 더 술기운이 올라오는 것 같았다. 평소 같았으면 한
달음에 갈 수 있는 거리인데 발걸음이 무거워 자꾸만 멈춰 서게 됐
다. 익숙했던 길을 낯선 마음으로 되짚으며 도착한 곳은 도원막창.
늦은 시간임에도 꽤 많은 차들이 주차되어 있었다. 나는 큰 죄라도
지은 것처럼 몸을 숙인 채 자동차들 사이로 걸어들어갔다. 주차장 끝
에 도착했을 때 컨테이너 앞에 세워진 스쿠터가 보였으나 컨테이너
안은 불이 꺼진 채였다. 실망한 나는 한숨을 내쉬었다. 기껏 여기까
지 왔건만 윤도는 없었다. 고개를 돌리려는 찰나, 창밖으로 실낱같은
불빛이 새어 나오는 게 보였다. 문에 바짝 다가서자 희미하게 음악소
리가 들렸다. 잘못 들었나 싶어 문에 바짝 귀를 붙였다. 어쿠스틱 기

타의 선율이 분명했다. 나는 조심스럽게 문을 열었다. 의외의 풍경이 눈앞에 펼쳐졌다.

내가 본 불빛은 책상 위의 스탠드에서 나오는 빛이었다. 그 옆의 노트북에서 음악이 흘러나오고 있었다. 윤도는 베개도 베지 않고 맨바닥에 대자로 누워 자고 있었다. 나이키 민소매 티를 입은 채로. 나는 처음 만났을 때와 별반 다르지 않은 윤도의 하얀 얼굴을 바라보았다. 그리고 또 예전에 비해 넓어지고 부피감이 생긴 가슴팍이며 길쭉해진 팔을 보았다. 이상하게 마음이 더 가라앉았다. 지금 내 앞에 누워 있는 사람은 내가 알고 있던 윤도인 동시에, 내가 잘 모르는 남자였다. 그의 머리맡엔 허물처럼 나이키 점퍼가 벗어져 있었고, 그 위에 핸드폰이 놓여 있었다. 핸드폰 외부 액정에 '부재중 전화 13통'이라는 글자가 떠 있었다. 자느라 받지 못한 것일까. 아니면 전화가 오는 걸 알면서 무시한 걸까. 그나저나 얘는 죽었나? 사람이 들어와 이렇게 부스럭거려도 미동조차 않는 윤도. 윤도에게 바짝 다가가보았다. 다행히 들숨과 날숨이 느껴졌다. 순간 내 것인지 윤도 것인지 모를 술냄새가 났다. 나는 속이 역해서 헛구역질을 했다. 윤도는 단순히 잠든 게 아니라 술을 마시고 뻗은 거였다. 현기증이 일어서 나는 책상 앞 의자에 앉았다. 토하지 않기 위해 가슴팍을 두드리며 머리를 젖히니 왠지 울음을 참고 있는 기분이 들었다. 눈앞에 천장이 보였다. 누렇게 바랜 채, 젖었다 마른 자국이 가득차 있는 천장.

두려워 말자. 지금 나는 혼자가 아니라 윤도와 같이 있다는 것을 생각하자.

나는 조심스럽게 노트북의 전원 버튼을 눌렀다. 노트북이 반짝 켜지면서 화면에 나의 미니홈피 창이 떠올랐다. 자세히 보니 윤도는 우리 다이어리에 글을 쓰던 중인 듯했다. 자음과 모음이 이상하게 쳐져 알아볼 수 없는 글자 몇 개. 의미를 알 수 없는 글자의 나열이 눈물나게 반가웠다. 그 감정을 통해 나는 내가 다시는 윤도와 마주할 수 없는 최악의 상황을 떠올리고 있었다는 사실을 알게 되었다. 비록 술김에 아무렇게나 타자를 친 것이더라도, 그가 나에게 뭔가를 쓰려고 했다는 것만으로도, 찰나의 순간이나마 나를 생각했다는 것만으로도 괜찮았다. 지금 우리 사이에 놓인 벽이 영원한 단절을 의미하지 않는다는 것, 그것을 확인했다는 사실이 내게 중요했다.

하지만 그것도 잠시, 윤도가 다른 사람과 함께 술을 마신 건 아닌지, 요즘 누구와 가깝게 지내는지 참을 수 없이 궁금해졌다. 나는 터치패드에 손을 올리고 마우스 커서를 옮겼다. 그리고 비공개로 설정돼 있는 그의 싸이월드 일촌 목록을 훑기 시작했다. 대부분은 이름이 익숙한 반 아이들이었는데 모르는 이름들이 몇몇 있었다. 나는 김민준과 최하늘, 조윤권과 천다민, 방철진의 미니홈피를 차례대로 들어갔다. 짜기라도 한 듯 모두 바짓단이나 치맛단을 잔뜩 줄여 가로 주름이 백 개쯤 져 있는 듯한 타이트한 교복을 입고 있었고 남자아이들은 일자 앞머리에 울프컷, 여자아이들은 서클렌즈를 끼고 입에 하트 스티커를 붙여놓았다. 하나같이 수학여행 때 관광버스의 맨 뒷자리에 모여 앉을 것 같은 애들이었다. 마지막으로 민혜린이라는 아이의 미니홈피에 들어갔을 때 나는 잠시 호흡을 멈추어야 했다. 사진첩에 남녀가 어깨동무를 하고 있는 사진들이 올라와 있었다. 두 사람의 코와 입술에 낙서처럼 분홍색 선이 찍찍 그어져 있었으나, 나는 그 남자애가 윤도라는 것을 알 수 있었다. 윤도는 트레이닝복에 야구 모자를 쓰고 있었으며, 민혜린은 J상고의 교복을 입고 있었다. 나는 마치 참고서를 읽는 것처럼 그녀의 미니홈피를 샅샅이 훑었다. 프로필에 적힌 생년월일을 보니, 그녀는 우리보다 두 살 많았다. 사진첩에는 예닐곱씩 패거리로 몰려다니며 노상에서 술을 마시거나 담배를 피우고 있는 사진들이 가득했다. 개중에는 윤도가 함께인 사진도 있었다. 어떻게 해야 할지 고민하다 나는 인터넷 창을 하나 더 켰다. 그리고 내가 모르는 윤도의 일촌 목록과 미니홈피 주소들을 내 메일로 보냈다. 로그아웃을 한 뒤 인터넷 방문 기록을 모두 지우고 처음과 똑같이 화면을 돌려놓았다.

나는 의자에서 일어나 윤도 옆에 쪼그려앉았다. 나 자신이 너무나도 초라하게 느껴졌다. 이대로 도망쳐버릴까, 생각하다 윤도와 무슨 말이라도 해보고 싶다는 마음이 앞섰다. 윤도는 여전히 깊이 잠들어 있었다. 나는 창문을 살짝 열었다. 바깥에는 여전히 자동차가 많이 주차돼 있었고, 가게는 북적였다. 당장이라도 누군가에게 들킬 것만 같아 나는 다시 창문을 꽉 닫았다. 순식간에 내부의 공기가 더 뜨거워지는 것 같았다. 커다란 어항에 갇힌 채 천천히 썩어가는 물고기가 된 것만 같은 기분.

나는 윤도의 옆에 나란히 누웠다. 자꾸만 눈물이 날 것 같아 아랫입술을 깨물었다. 아무렇지 않게 그의 사적 공간을 침해하고, 그를 지배하려 들며, 또 그걸 알면서도 그의 옆에 있는 내 모습이 견딜 수 없이 혐오스러웠다. 눈물을 참느라 입에서 짐승 소리 같은 울먹임이 새어 나왔다.

윤도가 뒤척이며 내 쪽으로 몸을 돌렸다. 잔뜩 찡그린 채 반쯤 눈을 뜬 윤도는 내 모습을 보고도 놀라지 않았다. 엉망진창인 내 얼굴을 보고도 그저 느릿느릿하게 하품을 하고는 팔과 다리 한쪽을 내 몸 위로 걸칠 따름이었다. 예전처럼. 여느 때처럼. 나는 가만히 누운 채 생각했다.

왜지. 왜 이렇게 좋은 거지. 왜 이렇게나 안도가 되는 거지. 나는 왜 이렇게 생겨먹은 거지. 도대체 왜 이렇게 태어난 거지. 아무리 생각해도 답을 찾을 수 없었다. 기어이 눈물이 흐르기 시작했다. 윤도는 그런 나를 보고는 내 목 뒤로 손을 집어넣어 팔베개를 해주었다. 그리고 바짝 붙어 누워서는 더 세게 나를 안고 어린아이를 달래듯 등을 두드리기 시작했다.

"왜 울어. 무슨 일 있었어?"

오늘 하루 동안 벌어진 일들을 어떻게 설명하면 좋을까. 나는 간신히 울음을 멈추고 한 문장을 내뱉었다.

"왜 자꾸 나 피하는데."

"내가 언제?"

"학원은 왜 그만뒀어?"

"돈은 잡아먹는데 성적이 바닥이라고 엄마가 그만두래. 사촌누나한테 과외받기로 했어."

"나한테는 왜 말 안 했어? 전화는 또 왜 안 받고."

윤도가 한 손으로 바닥을 더듬었다. 핸드폰을 확인한 윤도의 눈이 커졌다.

"전화했었네. 그것도 엄청 많이?"

"안 받으니까 그랬지. 술은 누구랑 마신 건데."

"형들."

"씨발, 그놈의 형들. 씨발놈의 형들."

"어울리지 않게 갑자기 욕을 하고 그러시나. 우리 해리는 미친놈인가. 아예 미친 놈인가."

나를 지구에서 유일하게 해리라고 부르는 사람. 윤도의 나른한 목소리에 나도 모르게 웃음이 터져나왔다. 방금 전까지 느꼈던 절망감과 분노는 어디로 가고, 윤도 말대로 미친놈처럼 자꾸만 웃음이 났다. 이런 게 술기운인가. 윤도는 그제야 자리에서 일어나 기지개를 켰다.

"얼마나 잔 건지 모르겠네."

"뭘 그리도 술을 많이 마셨어?"

"그러는 해리 너는 어디서 술 먹었냐? 냄새나는데. 모범생인 줄 알았더니 학원은 또 어쩌고."

너 때문에 난생처음 술을 마셨다고 할 수는 없어서 너는 알 필요 없다고 답했다. 윤도는 그냥 해본 소리였는지 그래, 하며 다시 하품을 늘어지게 할 따름이었다. 우리는 서로의 발음이 어눌한 것을 지적하며, 누가 더 술이 센지 잠시 실랑이를 했다. 한참을 떠들다보니 내 이마 위로 땀방울이 흘러내렸다. 윤도가 그런 나를 보고 말했다.

"덥지? 우리 나가자."

"어디로?"

"글쎄. 시원한 데로? 나 스쿠터 몰고 싶어."

핸드폰을 꺼내 시간을 보니 벌써 열두시가 가까워오고 있었다. 학원이 끝나는 시간에 맞추려면 지금쯤 집으로 향해야 했다. 함께 어디에 가기에는 너무 늦은 시간이었다. 나는 하는 수 없이 태리에게 문자를 했다.

　—우리 새벽까지 같이 독서실에 있는 거다.

　전송 버튼을 누르고 나니, 낮에 학교에서 들었던 이야기들이 떠올라 유릿조각을 삼킨 것처럼 가슴이 싸르르 아파왔다. 그러나 나는 죄책감을 떨쳐내기로 마음먹고, 곧바로 엄마에게도 문자를 보냈다. 독서실에서 공부를 하느라 늦을 것 같다고. 취한 와중에도 백 가지 천가지 감정을 느끼며 청산유수처럼 거짓말이 흘러나오고, 오타도 없이 문자가 쳐지는 게 신기했다. 윤도는 나이키 점퍼를 입고 스쿠터 키를 챙겼다.

　"어디 갈지 정했어?"

　"어디긴 어디야, 머큐리지."

　모르는 사람이 들으면 우주여행이라도 가자는 건 줄 알겠네. 말이 좋아 머큐리지 넘어지면 코 닿을 만한 거리잖아. 그럼에도 굳이 저렇게 표현하는 게 내가 알던 윤도의 모습 그대로여서 안심이 됐다. 그래서 나도 모르게 머큐리까지 달리자, 갈 수 있는 한 가장 멀리까지 가보자, 덩달아 외치게 되었다.

　우리는 바람을 맞으며 수성못을 따라 달렸다. 평일 자정 무렵의 수성못에는 차가 별로 없어 마치 도로를 전세 낸 것 같은 느낌이 들었다. 윤도가 속도를 내기 시작했다. 떨어진 벚꽃 잎이 바람에 흩날렸다. 낮에 봤을 때는 썩어가는 것만 같았던 호수도 별빛이 비쳐 반짝거렸다. 윤도가 고개를 돌려 내게 소리질렀다.

"기분좋지 않냐."

"어. 너무 좋아서 눈물이 다 날 것 같네."

"그럼 조깅을 해. 조깅을 하면 몸속의 수분이 빠져나가서 눈물이 나지 않는데."

그 옛날, 우리가 처음 만났을 때 봤던 〈중경삼림〉의 대사였다. 유치하다는 생각을 하면서도 괜히 감동적인 마음이 들어 대사를 곱씹었다.

우리는 스쿠터를 세우고 수성못 주변을 산책했다. 윤도가 자신의 겨드랑이에 손을 껴넣고 춥다고 호들갑을 떨었다. 나는 팔로 윤도의 어깨를 감싸안았다. 다행이라는 생각이 들었다. 그의 몸이 내 품에 들어왔다. 우리는 잠시 그렇게 하나가 된 채 근처의 벤치에 앉았다.

"얼어죽을 것 같아."

아닌 게 아니라 가뜩이나 하얀 윤도의 얼굴이 조금 더 창백해져 있었다. 나는 뭔가 덮을 게 없나 가방을 뒤지다 노래방 새우깡과 소주를 발견했다. 나는 소주병을 꺼내 흔들며 말했다.

"추울 땐 이게 제격 아닐까."

우리는 새우깡을 펼쳐놓고 소주를 나눠 마셨다. 주둥이에 입을 대고 주거니 받거니 했다. 윤도의 얼굴에 혈색이 돌기 시작했다. 콧잔등이 간질간질한 느낌이 들었고 지금 이 순간을 말로 표현하고 싶어졌다.

"참 좋다. 그치?"

"응. 엄청 좋네."

윤도가 맞장구를 치며 호수 중간에 조성된 작은 인공섬을 가리켰다.

"근데 너 저기에 시체 묻혀 있는 거 알아?"

또 어디 괴담 사이트 같은 데서 헛소문을 주워들은 게 분명했다. 별다른 대답을 하지 않았더니 윤도는 내 어깨를 잡고 진지하게 말했다.

"정말이야. 정말로 누군가가 저기 죽어 있어. 그래서 아무도 저기 못 들어가게 하잖아."

나는 윤도의 손을 치우며 말했다.

"정신 차려라, 윤도야. 도윤도. 어? 도윤도?"

"쓸데없이 왜 자꾸 불러."

"네 이름, 앞으로 읽어도 거꾸로 읽어도 똑같네."

"그걸 이제 알았냐."

"『해리 포터』에 나오는 애너그램 생각나네."

"그게 뭔데?"

"단어의 글자 순서를 바꿔서 새로운 이름 만드는 거. 볼드모트도 본명인 톰 마볼로 리들의 알파벳 순서를 바꿔서 만든 이름이잖아."

"누가 해리 아니랄까봐 별 희한한 걸 다 기억하고 있네."

"도윤도, 도윤도, 도윤도…… 네 이름 세 글자는 거꾸로 말해도 윤도가 되네."

"그걸 회문이라고 한대."

"회문?"

"응. 내 이름처럼, 앞으로 읽어도 뒤로 읽어도 똑같은 말을 회문이라고 한다더라. 만화에서 봤어."

"웬일로 그런 어려운 단어를 알고 있나 했더니, 역시. 그렇다면 도

216

윤도, 아무리 벗어나려 발버둥쳐도 너는 내게 다시 돌아오게 되어 있
어. 네 이름처럼 말이야."

"아 씨, 돌았냐? 소름 돋아."

윤도는 과장되게 몸을 부르르 떨고는 얼마 안 남은 소주를 들이켰
다. 나도 소주병을 빼앗아 바닥까지 탈탈 털어 마셨다. 나는 고개를
뒤로 젖힌 채 밤하늘을 바라보며 말했다.

"예쁘다. 밤인데도 하늘에 색깔이 있네. 마냥 까만 게 아니네. 짙
은 파란색 같기도 하고, 보랏빛도 있고."

"모든 하늘은 유리색이야. 마음의 색깔을 그대로 보여주거든."

"너 요즘 시 쓰니?"

안 그러던 애가 계속 간질간질한 소리를 하니 괜히 정색하고 말하
게 됐다. 그래도 기분이 좋은 것만큼은 어쩔 수 없어 자꾸만 비실비
실 웃음이 새어 나왔다. 윤도가 그런 나를 보았다. 그의 작고 깊은 눈
에 내가 비쳤다. 세상 그 누구보다도 행복해 보이는 표정의 남자애가
아무런 주저함도 거리낌도 없이 사랑을 하고 사랑을 받는 사람의 얼
굴을 하고 있었다. 그렇다면 윤도는 유리색 눈빛을 가진 걸까. 그 눈
빛을 더 자세히 보고 싶어져서 나는 윤도에게 바짝 다가갔다. 윤도의
얼굴이 점점 더 가까워졌다. 정신을 차려보니 그의 부드러운 입술이
내 입술에 포개졌다. 내 입속에 들어온 윤도의 혀에서 소주의 들큼한
맛이 났다. 내 입에서도 같은 맛이 날 것 같았지만 상관없었다. 다만
우리의 체온이 섞이고 있다는 것, 마치 한몸인 것처럼 서로 엉켜 있
다는 것, 말 그대로 온 힘을 다해 서로를 안고 있다는 것, 그 사실이
중요했다. 우리는 할 수 있는 한 가장 절박한 방식으로 서로를 끌어

안았다.

그 순간 세상이, 우리가 속한 차원의 세상이 멈춰버렸다.

그 순간 우리는 하나였고, 우리였으며, 우리인 채로 고유했다. 나에게 있어서 그 순간은 무엇보다도 중요한, 심지어 나머지 인생 전부와도 바꿀 수 있는 어떤 것이 되어버렸다.

*

그후로도 나는 그 순간을 아주 오랫동안 기억해왔다.

내 안에 가득찬 믿음과 확신.

윤도와 함께라면 무엇이든지 할 수 있을 거라는.

*

나는 새벽 세시가 넘어서야 집 앞에 도착했다. 혹시나 술냄새가 날까봐 손을 입에 대고 몇 번이나 냄새를 맡아보았다. 불과 몇 분 전까지 이 입으로 윤도와 키스를 했다는 게 믿기지 않았다. 나는 윤도가 알려준 방법대로 주머니에서 자일리톨 껌 두 개를 꺼내 씹었다. 침이 잘 나오지 않아 입안이 텁텁했다. 몇 번 숨을 몰아쉰 뒤 용기를 내서, 최대한 소리가 나지 않도록 조용히 열쇠를 구멍에 밀어넣었다.

발소리를 죽여 안으로 들어가는데, 거실에 어슴푸레하게 주황색 불빛이 깔려 있었다. 엄마가 촛불이 켜진 성모상 앞에 무릎을 꿇고 앉아 기도를 하고 있었다. 도대체 얼마나 오래 저 자세로 기도를 하

고 있던 걸까. 그건 익숙한 풍경이기도 했다. IMF 때 아빠의 사업체
가 부도났을 때도, 아빠가 엄마 몰래 집을 담보로 대출을 받아 장외
주식을 사들였을 때도, 내가 성당에 나가지 않겠다고 선언했을 때도
엄마는 언제나 저곳에 저런 모습으로 앉아 기도를 했었다. 엄마가 고
개를 돌리지 않고 내게 말했다.

"왜 이제 오니?"

나는 술냄새가 날까봐 최대한 입을 작게 오므리고 말했다.

"엄마 안 잤어? 아까 문자 보낸 거 봤지?"

"너, 엄마한테 할 얘기 있지 않니?"

왜 엄마는 자신이 하고 싶은 얘기가 있을 때마다 나에게 이런 질문
을 할까? 할 얘기 같은 건 없었다. 2차 성징이 시작된 이후로, 타인을
성적 대상으로 느낄 수 있게 된 이후로, 또 기꺼이 스스로 종교를 버
리고자 마음먹었던 이후로 부모님과는 하고 싶은 얘기가 단 한 마디
도 없었다. 엄마의 표정이 심상치 않았다. 혹시 윤도와 나 사이에 벌
어진 일을 눈치챈 걸까? 새벽에 수성못을 산책하던 누군가가 우리를
봤을 수도 있으니까. 그들 중 하나가 나를 알아보고는 엄마에게 연락
해 음주와 키스 사실을 낱낱이 고했다면…… 빠른 속도로 망상에 빠
져들었지만, 그럴 리 없다고 믿기로 했다. 나는 누구보다도 태연한
표정으로 말했다.

"나 너무 늦어서 걱정했구나. 미안. 태리랑 같이 독서실에서 공부
했어."

"공부를 했다고?"

"응."

엄마가 갑자기 일어나 내 뺨을 후려쳤다. 벼락과도 같은 통증이 일었다. 그것은 물리적인 고통이라기보다는 진심이 느껴지는 분노를 맨몸으로 맞닥뜨린 충격에 가까웠다. 아랫입술이 떨리기 시작했다.

"태리한테 이미 전화했다. 걔도 너 어딨는지 모른다더라. 너 독서실 간 거 아니잖아."

강태리. 거짓말 하나 못하는 쓸모없는 새끼. 죄 없는 태리에게 괜히 화가 일었다. 나는 원망을 담아 엄마에게 말했다.

"내가 가출했어? 아니면 사람을 죽였어? 이렇게까지 할 일이야?"

"뭐라고? 엄마 앞에서 거짓말을 해놓고, 뻔뻔한 줄도 모르고. 지금 우리집 상황이 어떤지 아니? 알면서 이러는 거니?"

"몰라. 내가 어떻게 알아?"

"당장 거리에 나앉아도 이상하지 않은 상황이야. 여기 이사올 때부터 하루하루가 고난이었다는 걸 너도 알잖아. 순전히 너 교육시킨다고, 사람답게 키워보겠다고 간신히 버티고 있는데, 네가 이럴 수 있니? 아직도 정신을 못 차리고 있어? 도대체 이 새벽까지 뭐하고 다니는 거니? 너희 아빠가 평생 동안 날 어떻게 괴롭혀왔는지 뻔히 알면서, 네가 이러는 게 말이 되니?"

그건 내가 아니라 아빠에게 물어봐야 할 문제가 아닐까. 엄마, 그리고 안방에서 이 모든 이야기를 듣고 있을 아빠에게 나와 윤도 사이에서 일어난 일들을 낱낱이 떠들어대고 싶었다. 엄마가 끔찍해하는 아빠의 시디와 커다란 스피커를 깨부수며, 이 집구석이 지긋지긋한 건 나 역시 마찬가지라고 소리지르고 싶었다. 허나 그럴 수는 없었기에 나는 마음을 고쳐먹고 가련한 표정과 주눅든 자세로 엄마에게 말했다.

"가슴이 답답해서 수성못 좀 걸었어. 걸으면서 기도하느라 시간이 늦은 걸 몰랐네. 엄마 걱정할까봐 태리한테 둘러대달라고 한 거야. 잘못했어요."

미리 생각해놓은 것도 아닌데 거짓말이 술술 나왔다. 선량한 표정으로 아무렇지도 않게 거짓말을 하는 내 이중성이 지겨워 미칠 것만 같았다. 엄마는 자신의 가슴팍을 두드리며 안방에 다 들리도록 큰 목소리로 말했다. 내가 제 아비를 똑 닮아 주님이 보시기에 아름답지 않은 삶을 살고 있다고. 그것이 우리 가정에 닥친 모든 불행의 원인이라고.

"회개하고 용서받아라. 주님 앞에서 거짓을 말한 죄, 모조리 고하고 회개해야 한다."

"알겠어. 나 아빠처럼 되지 않을게요. 주말에 꼭 고해성사 받을게."

나는 엄마가 가장 듣고 싶어하는 말을 한 후 방으로 들어왔다. 엄마는 울음 섞인 목소리로 기도를 하기 시작했다. 엄마의 기도는 원망의 곡소리나 살풀이와 다름없었다. 나는 소리가 나지 않게 문을 잠그고, 이어폰을 귀에 꽂았다. 윤도와 함께 듣던 인디 밴드의 노래가 흘러나왔다. 어쿠스틱 기타 소리를 들으며 나는 오늘 내게 찾아온 진부하기 짝이 없는 고통을 잊기로 했다. 태리와 부모님, 세상과 나 사이에 실타래처럼 얽혀 있는 문제들에 대해. 지금껏 나는 내가 자력으로 선택할 수 없는 일들 때문에 고통을 받아왔다. 불행은 참 진부하지만 행복은 특별하다. 나는 내가 어찌할 수 없는 불행 대신, 윤도와의 키스에 관해, 그 특별함에 대해서 계속 생각하기로 마음먹었다. 그리고 결심했다. 나는 반드시 이곳을, D시를 떠날 것이다. 윤도와 함께, 이곳을 떠나 서울에 있는 대학에 가리라. 그래서 그 누구의 감시도 없이 삶의 중심에 윤도와 나를 놓고 살아가리라.

*

밤새 잠을 뒤척이는 바람에 다음날 나는 수업시간 내내 꾸벅꾸벅 졸았다. 체육 시간에는 몸이 아프다는 핑계를 대고 양호실에 갔다. 성적이 좋다는 것, 겉보기에 얌전한 것이 일종의 특권이 될 수 있다는 것을 나는 너무나도 잘 알고 있었다. 양호실 침상에 누웠는데 가슴이 묵직하고 심장이 울렁거려 잠들기가 어려웠다. 간밤에 윤도에게 잘 들어갔냐고 문자를 보냈지만 답장은 오지 않았다. 아침에 마주쳤을 때 윤도는 여느 때처럼 다른 아이들에게 건네는 것과 조금의 차이도 없는 인사를 한 뒤 교실 뒤편에서 말뚝박기를 하며 놀기 시작했다. 평소와 다를 바 없는 상황이었음에도 이전과는 다르게 다가왔다. 나는 윤도가 지난밤 나와의 입맞춤을 기억하고 있는지, 그 행위가 취중이라는 상황에서 빚어진 우연인지, 아니면 철저한 자의였는지 알아내기 위해 윤도의 표정과 몸짓 하나하나에 온 힘을 다해 집중했다. 그리고 그럴수록 어제 있었던 일이 파노라마처럼 생생하게 머릿속에 펼쳐졌다.

잠들지 못한 채 양호실의 하얀 천장을 바라보는데 누군가 커튼을 확 열어젖혔다.

"너 여기서 뭐하냐."

커튼을 연 사람은 무늬였다. 나는 몸살감기에 걸려 쉬고 있다고 말했다. 무늬는 옆 침대에 눕더니 내 얼굴을 뚫어져라 쳐다보다가 웃으며 말했다.

"몸살은 개뿔, 이거 숙취인데?"

"뭔 소리야."

"얼굴이 누르뎅뎅하니 푸석푸석하고, 눈 밑은 연탄처럼 시꺼멓고. 이건 둘 중 하나야. 급성간염이거나 밤새 진탕 술을 마셨거나."

한복만 차려입으면 무당이 따로 없었다. 나는 당황한 티를 내지 않기 위해 노력하며, 그러는 너는 뭐 때문에 양호실에 왔냐고 물었다.

"이 누나는 자연의 법칙 때문에 쉬러 왔지."

무늬는 이불 안으로 발을 집어넣고 꼼지락댔다. 가뜩이나 속 시끄러운데 혼자만의 시간을 방해받고 싶지 않았던 나는 잘 쉬다 가라고 말한 후 등을 돌렸다. 무늬가 내 등에다 대고 말했다.

"나 얼마 전에 나미에 언니 만났다?"

도무지 무시할 수 없는 폭탄 발언이라 나도 모르게 획 고개를 돌렸다.

"미쳤어? 네가 먼저 만나자고 연락한 거야?"

"아니, 언니가 서울 가고 난 뒤에 폰 번호도 바꿔버려서 그간 연락도 못 했어."

"그럼 어떻게 만났는데?"

연정의 상대와 동거하기 위해 상경했던 나미에 언니가 다시 D시에 내려온다고 커뮤니티에 소문이 돌기 시작했다고 했다. 그 소문을 들은 무늬는 혹시나 그녀를 만날 수 있을까 하는 실낱같은 확률의 끄트머리를 붙잡고, 그녀와 함께 다니던 로데오 거리 주변을 주말 내내 배회했고 그러다 정말로 우연히 마주쳤다고 했다.

"만나니 어땠어?"

"어, 여전히 예쁘고 그렇지 뭐."

정작 만나고 나니 아무 말도 떠오르지 않아서 그냥 얼굴을 붉힌 채 가만히 서 있을 수밖에 없었다고, 그렇지만 그 짧은 시간 동안에도 어전히 나미에 언니를 사랑하고 있음을 확인하게 되었다고 했다. 뭐 거창하게 사랑씩이나, 하는 생각이 들었다가 윤도를 향한 내 마음을 떠올리며 무늬 역시 그것과 비슷한 강렬한 감정에 휩싸였겠구나 짐작했다. 무늬는 나미에 언니에게 서울 생활이며 함께 살고 있는 애인에 대해서도 묻고 싶었는데 결국 한마디도 물어보지 못했다고도 덧붙였다. 기껏 마주쳐놓고 결국 궁금한 거 하나 제대로 못 물어본 거 아냐. 의외의 부분에서 부끄러움이 많은 무늬였다.

"대체 얼마나 잘났는지 그년 얼굴이라도 보고 싶어."

봐서 뭐 어쩔 건데, 싶었는데 무늬가 이상한 점이 하나 있다고 했다. 나미에 언니가 헤어지기 전에 앞으로 종종 보자고 말했다는 것이었다.

"아예 내려온 게 아니고서야 그런 식으로 말할 리가 없잖아? 혹시 동거 생활이 아예 끝난 건가……"

거기까지 말했을 때 양호 선생님이 양호실에서 떠들지 말라고 소리를 질렀다. 무늬는 황급히 몸을 돌린 뒤 담요를 정수리까지 끌어올렸다. 십 초도 지나지 않아 규칙적인 숨소리를 내기 시작했다. 콩순이 인형처럼 순식간에 잠들어버린 것 같았다. 그것도 재주라면 재주였다. 불편한 상황에서도 편히 잠들 수 있는 무늬가 부러웠다. 나도 잠이나 자야지 싶어서 베개에 머리를 묻고 눈을 감았다.

막 잠이 들려고 할 때쯤 황급히 양호실 문이 열리는 소리가 들리더니 커튼 너머로 낯익은 목소리가 들렸다.

"선생님, 저 여기 소독 좀 해주세요."

양호 선생님이 호들갑스럽게 도대체 어떻게 된 거냐고 물었다. 그 애가 복도에서 넘어졌다고 담담하게 말했다.

"넘어진 거 맞아? 그런데 이렇게 심하게 다쳤어? 누구랑 싸운 거 아니고?"

아이는 아니라고 답했고, 이후 철제 선반이 떨그럭거리는 소리, 솜 봉지를 뜯는 소리, 아이의 신음소리가 차례대로 들렸다. 처치를 끝낸 뒤 양호 선생님이 말했다.

"넌 남자애가 눈이 뭐 그렇게 예쁘게 생겼니."

"감사합니다."

다시 문이 열리는 소리가 들리고 양호실은 이내 정적에 잠겼다. 아무리 생각해봐도 그건 태리의 목소리였다. 나는 더욱 눈을 꽉 감은 채 아예 손등으로 눈을 가렸다.

*

태리는 그후로도 때때로 쉬는 시간에 우리 반으로 찾아왔다. 나는 언제나 그래왔듯 대충 말 상대를 해주다 읽고 있던 책으로 시선을 돌리거나 아니면 다른 아이들 무리에 끼곤 했다. 그럼 태리는 말없이 자신의 반으로 돌아갔다. 그의 뒷모습이 다소 쓸쓸해 보이기는 했으나 나도 어쩔 수 없었다. 나는 그와 철저하게 구별된, 독립적인 존재여야만 했다. 태리 반과 우리 반의 배식 시간이 겹칠 때면 태리는 어김없이 내 앞에 앉아 조잘조잘 떠들고는 했다. 나는 주위 눈치를 보며 그의 말에 대답하는 둥 마는 둥 얼른 밥을 먹고 자리를 떴다.

강태리씨, 나는 나 자신의 문제를 해결하는 것만으로도 충분히 고달픕니다. 미안하지만 내 삶에서 사라져주세요. 부탁입니다.

아마 태리에게도 이런 내 마음이 전달됐을 것이다.

며칠 뒤 나는 조금 이상한 장면을 목격하게 되었다.

선생님의 호출을 받아 교무실에 들렀다가 4반 담임선생님이 자기네 반 반장을 불러와달라고 했다. 나는 4반으로 가 반장인 황우익을 불렀다. 반 아이들 모두가 놀란 듯한 얼굴로 나를 바라보았다. 무슨 일이라도 벌어진 걸까, 생각하는 순간 교실 뒤편에 커다란 쓰레기통이 쓰러져 있는 게 보였다. 쏟아진 쓰레기들로 인해 난장판이 되어 있는 와중에 쓰레기통 속에서 뭔가가 꿈틀댔다. 자세히 보니 누군가의 정수리였다. 보지 말아야 할 것을 본 것 같은 기분이 들어 나는 시선을 돌리고, "황우익, 너네 담임이 교무실로 오래" 고함을 치고 잽싸게 교실 밖으로 나섰다. 혹시 내가 아는 정수리일까봐, 나는 자꾸만 심장이 뛰었다. 더이상, 그 무엇도 알고 싶지 않았다.

*

중간고사가 끝난 이후 두 번의 모의고사와 내신성적을 합산한 '종합 성적표'가 중앙 현관에 나붙었다. 여전히 무늬가 1등을 차지하고 있었고, 나 역시 10위권 안 성적을 유지했다. 윤도는 간신히 100등 언저리의 등수를 기록했는데, 서울권 대학은 가기 위태로운 성적이었다. 함께 서울에 있는 대학에 진학해 대학가요제에 나가겠다는 (나의 일방적인) 꿈은 어떻게 되는 걸까. 태리의 성적은 300위권을 맴돌았다. 그 성적으로는 D시에 있는 사년제 대학도 간당간당했다. 자기 누나는 서울대에 갔는데 쟤가 도대체 어쩌려고 저러나, 생각하다 내 앞가림이나 잘하자는 결론을 내렸다.

성적표가 붙고 난 후 정동훈이 부산스럽게 내 자리를 찾았다. 학교의 소식통답게 또 어디선가 새 소식을 물고 온 게 뻔했다. 정동훈은 이번에 나온 종합 성적을 기준으로 1등부터 20등까지 모아 청운반을, 20등부터 50등까지 모아 심화반을 만든다고 했다. 청운반과 심화반 학생들은 따로 보충수업을 받게 되며, 청운반 아이들의 경우 지정석이 있는 야간자습실에서 공부하게 될 거라고 했다. 자신은 62등을 해 아쉽게 심화반에서 떨어졌다고 탄식했다. 그럴 때 아쉽다는 말을 해도 되는 걸까, 하는 생각이 들었지만 티내지 않았다. 정동훈은 우리 학교의 경우 여자아이들 때문에 내신성적을 받기 불리해 이런 일이 발생했다며 남고인 K고에 갔어야 했다, 고 늦은 후회를 했다. 다음으로 내게 연락을 한 사람은 의외로 희영이었다. 희영은 내게 축하한다고 문자를 했다. 덧붙여 자신은 심화반에 가게 되었다고, 모의

고사 수학 성적 때문에 당연히 청운반에 들지 못할 줄 알았다고 했다. 문장 속에 실망과 체념의 어조가 깃들어 있는 것만 같았다.

성적 발표가 나고 바로 그다음 주부터 수준별 학습이 시작됐다. 청운반 교실은 새로 지어진 별관에 있었는데 책상도 걸상도 모두 새것이었다. 교실 옆 자습실에는 칸막이가 달린 독서실 책상이 구비되어 있었고, 자리마다 각자의 이름이 붙어 있었다. 청운반을 담당하는 학생주임은 분기별 성적을 합산해 새로 반이 구성된다며 현재의 자리에 안주하지 말고 치열하게 경쟁해 청운의 꿈을 이루라고 했다.

푸른 빛깔의 구름. 계단의 가장 높은 곳까지 올라가면 푸른 하늘에 닿을 수 있을 거라는 메시지가 담겨 있는, 명백히 SKY라는 키워드를 의식해 만들어진 이름. 학교측에서 인근의 다른 학교들에 비해 저조한 입시 실적을 극복하기 위해 만든 구식 엘리트 시스템이었다. 그런 청운반에 들어가니 내가 특별해진 것 같은 기분이 들기보다는 오히려 사는 게 초라하게만 느껴졌다. 게다가 별도의 교실에서 보충수업에 야간자습까지 따로 받아야 했으므로 윤도를 볼 시간은 더욱 줄어들 게 뻔했다.

그날 밤 입을 맞춘 이후 우리의 관계는 미묘하게 변해버렸다.

나는 그날의 키스가 일종의 감정적 확인이라고 여겼다. 그래서 뜸했던 우리 다이어리에 신나게 글을 쓰고, 사소한 일상도 다시 공유하기 시작했다. 윤도는, 달랐다. 이전에 비해 연락이 눈에 띄게 늘거나 하지 않았다. 내가 공유하는 일상에 대해서도, 보고 싶다는 노골적인 표현에도 (모두가 으레 그러는 것처럼) 나도 보고 싶다, 는 종류의 대답을 하는 대신 그저 하트나 엄지손가락 모양의 스티커를 하나 붙여놓을 따름이었다. 그것이 완곡한 거절 혹은 무관심의 표현으로 여겨져 나는 자꾸만 마음이 무거워졌다.

내가 넌지시 그날 일에 대해서 이야기하려고 하면, 윤도는 노골적으로 화제를 돌렸다. 못 알아들은 것처럼 딴소리를 하거나, 아예 내 말에 답을 하지 않았다.

어느새 그때의 일은 우리에게 일종의 외딴섬이 되었다. 명백히 우리 관계의 한중간에 놓여 있지만 아무도 그곳에 들어갈 수 없고, 들어가려 하지도 않으며 심지어는 말조차 꺼낼 수 없는 그런 종류의 것.

이후로 나는 윤도의 컨테이너에 가지 못했다. 몇 번이고 놀러가고 싶다는 의향을 내비쳤지만, 그때마다 윤도는 딴소리를 했다. 나는 뭔가 잘못되어가고 있다는 것을 느낄 수 있었다. 그날 밤 내 입술과 혀에 닿았던 윤도의 체온이 아직도 생생한데, 더 세게 움켜쥐려 하면 할수록 윤도는 자꾸만 손가락 사이로 빠져나가버렸다. 애초에 닿은 적도 없는 사람처럼.

하복의 계절

여름방학을 앞두고 1학기 말 성적표가 중앙 현관에 붙었다. 윤도는 성적이 조금 더 떨어졌으며, 태리는 아래에서 찾는 게 더 빠른 등수였다. 나와 무늬는 2학기에도 청운반 신분을 유지하게 되었다. 희영은 간발의 차로 청운반 입성에 실패했다.

며칠 뒤, 뜻밖의 일이 벌어졌다. 청운반 소속의 이석형과 조윤주가 동시에 학교를 떠나게 된 것이었다. 의대 진학을 목표로 하는 이석형은 내신성적이 잘 나오지 않는다는 이유로 시 외곽에 있는 학교로 전학을 갔으며, 조윤주는 뉴질랜드로 유학을 간다고 했다. 덕분에 희영이 청운반에 들어오게 되었다. 무늬는 잘됐다고 말했다. 누구보다 성실하고 또 누구보다 오고 싶어했던 희영이야말로 청운반에 걸맞은 사람이라고.

나는 박스에 문제집을 잔뜩 싸들고 자습실에 들어오는 희영에게 축하 인사를 건넸다. 희영은 고마워, 라고 말하며 박스에서 문제집을 꺼내 자신의 사물함에 차곡차곡 집어넣었다. 가지런히 꽂혀 있는 문제집의 책등에 하나같이 '증정용'이라고 쓰여 있었다. 학원이나 학교 선생용으로 배포되는 교재들이었다. 순간 희영의 가족 중에 교사가 있나, 하는 생각이 들었다가 얼마 전 무늬가 말한 이야기가 떠올라 나는 문제집을 오래 바라보았다.

흰색 반팔 셔츠를 입은 윤도를 볼 때마다 그의 차가운 팔이며 부드러운 입술의 감촉 같은 게 떠올랐다. 하복을 입은 윤도는 평소보다 더 하얗게 보여 어떤 날은 아예 하얗게 부서져 사라져버릴 것만 같았다.
윤도를 바라볼 때마다 아주 뾰족한 바늘로 심장이 찔리는 것 같은 통증이 일었다. 그를 향한 육체적인 갈망이 구체적인 색깔을 띨수록 통증의 강도는 더 세졌다. 그래서 나는 윤도를 보지 않기 위해 애썼다. 점심을 굶는 날도 많아졌다. 윤도가 내가 아닌 누군가와 웃고 떠드는 모습을 보는 것이 괴로워서였다. 나는 밥을 굶고 책상 위에 엎드려 있거나, 아니면 청운반 자습실로 가 책을 읽고는 했다.
그날도 급식을 먹지 않고 매점에서 사과 하나와 초코우유를 사서 자습실로 갔다. 구석에 있는 내 자리에서 사과를 한입 베어 물고는 내려놓았다. 입이 썼다. 나는 주머니에서 엠피스리를 꺼내 이어폰을 귀에 꽂았다. 셔플로 아무 노래나 틀었는데 공교롭게도 〈중경삼림〉의 주제곡인 〈California Dreaming〉이 흘러나왔다. 떠올리지 않으려고 해도 윤도를 처음 만난 그날이 생각났다. 나는 책상 위에 엎드렸다.
시간이 얼마나 지났을까, 소란스러운 소리 때문에 잠에서 깨어났다. 주위를 둘러보니 자습실 문 앞에서 성인 남자와 여자애가 싸우고 있는 듯했다. 나는 숨을 죽인 채 그들이 하는 말을 들었다. 여자애의 목소리가 퍽 익숙했다.

"학교까지 찾아오시면 어떡해요. 이건 또 뭐고요."

"저도 이렇게까지 하고 싶지는 않았습니다. 아버지 어디 계시나요?"

"몰라요. 연락 끊고 산 지 오래됐어요. 저번에도 말씀드렸잖아요."

"아버지께 전해주세요. 이런 일 다시 겪고 싶지 않으면 얼른 돈 갚으시라고."

"연락이 안 된다고요. 저한테 이래봤자 나올 건 하나도 없어요. 가세요."

"꼭 전해주십시오."

"가시라고요!"

절규에 가까운 여자애의 목소리에 이어 비닐 같은 게 부스럭대는 소리가 들렸다. 그리고 구둣발 소리. 이내 여자애가 훌쩍이는 소리가 들려왔다. 그렇게 한참을 울던 여자애가 어디론가 가는지 발소리가 멀어져갔다. 나는 자리에 가만히 앉은 채로 잠시 그대로 있다가 천천히 몸을 일으켜 앞문 쪽으로 갔다. 앞문 옆의 쓰레기통에 뭔가가 삐죽 고개를 내밀고 있는 게 보였다. 끄집어내보니, 셀로판지로 포장된 장미꽃 한 송이였다. 나는 그것을 든 채 앞문 근처의 자리를 찬찬히 훑어보았다. 다른 반 여학생들의 지정석이었다. 교과서며 참고서가 책상 위에 마구잡이로 쌓여 있는 자리도 있었고, 보라색 담요가 올려져 있는 자리도 있었다. 그러다 내 눈길이 멈춘 곳은 얼마 전 새 이름표를 단, 희영의 지정석이었다. 깔끔하게 정리된 책상 위에 물방울이 점점이 떨어져 있는 게 보였다. 소란의 주인공이 정말 희영일까. 나는 잠시 물자국을 바라보다, 문득 희영의 사물함에 정갈하게 꽂혀 있던 문제집이 떠올랐다. 책등에 '증정용'이라 적혀 있던 그것들이. 희영에게 말 못할 사정이 있는 걸까. 그렇게까지 곤궁해 보이는 인상은 아니었는데. 하긴 그러는 나야말로 번번이 길거리에 나앉을 위기에 처해 있으면서도 말짱한 얼굴로 학교를 다니고 있었다.

나는 들고 있던 장미를 다시 쓰레기통에 넣고 자습실 바깥으로 나왔다. 유리창 너머로 어두운 자습실이 눈에 들어왔다. 팻말에 푸른 글씨로 적혀 있는 '청운반'이라는 말이 어쩐지 어색하게 느껴졌다.

*

고등학교의 여름방학은 중학교 때와는 조금 빛깔이 달랐다.

아무리 외고 입시를 준비하고 있었다고 한들, 어디까지나 휴식이 최우선이었던 중학교 방학 때와는 달리, 고등학교의 방학은 학기를 길게 연장한 것이나 다름없었다. 다들 학기중에는 시간이 모자라 제대로 살펴보지 못했던 과목들을 공부하느라 열심이었다.

나 역시도 학교에서 보충수업을 듣고 오후에는 곧장 학원으로 가 선행학습반 수업을 들었다. 수업을 마치면 무늬와 희영과 간단히 끼니를 때우고 자습실에 남아 밤늦게까지 공부했다. 언제나 무늬나 내가 먼저 집으로 돌아갔고 희영은 거의 학원 문을 닫을 때까지 남아 있었다. 무엇이 희영을 그토록 열정적으로 만드는지 궁금했지만, 실은 다수의 고등학생들이 별다른 목표 없이 대학 진학을 위해 달리고 있으니 우리는 그저 눈을 가리고 달리는 경주마와 다를 바 없는지도 몰랐다.

여름의 열기가 더 짙어져가던 무렵 여느 때처럼 학교 보충수업을 마친 나는 학원 버스에 몸을 실었다. 손바닥보다 작은 에어컨 구멍을 향해 얼굴을 갖다대고 땀을 말리고 있는데 핸드폰 진동이 울렸다. 태란 누나에게서 온 문자였다. 계절학기가 끝나서 D시로 내려왔다며, 나를 한번 보고 싶다고 했다.

―내가 학원 끝나고 누나네 집으로 갈까?

―아니, 집 말고.

―그럼 동네에서 볼래? 놀이터나.

―시내에서 보는 건 어때?

―시내? 오늘?

―안 되면 다른 날도 괜찮고. 어차피 며칠 있다 갈 거니까.

잠시 고민하다 대답했다.

―오늘은 일곱시는 넘어야 되는데.

―그럼 그때 보자. 같이 밥 먹고 커피나 한잔해. 누나가 사줄게.

갑자기 시내라니. 태란 누나와 나는 언제 어디서 만나도 이상할 게 없는 편한 사이이긴 했지만 동네에도 만날 곳이 수두룩한데 굳이 시내를 고집하는 게 좀 의아하게 느껴졌다. 아무래도 서울에서 생활을 하다보니 취향이 좀 달라진 것 같다고 생각하며 핸드폰을 닫았다.

학원 수업을 마치고 난 후 나는 곧장 시내로 가는 버스를 탔다. 퇴근 시간이라 차가 조금 막혀서 아슬아슬하게 약속 시간에 맞춰 시내에 도착했다. 한일극장 앞에 태란 누나가 서 있는 게 보였다. 오랜만에 만난 누나는 많이 야위어 있었고, 오랫동안 햇빛을 못 본 듯 얼굴이 누렇게 떠 있었다. 입고 있는 원피스에 그려진 화사한 꽃무늬가 누나의 낯빛과 더 대비되어 보였다. 나를 향해 손을 흔드는 누나의 모습을 보며 아찔한 불안감 같은 게 밀려왔다. 서울 생활이 고된 걸까. 아니면 다른 일이 있는 걸까.

태란 누나가 나를 데리고 간 곳은 공교롭게도 무늬와 함께 갔던 경양식 집 소호였다. 대학생인 누나도 올 정도라니 확실히 인기가 많은 곳이구나 하는 생각이 들었다. 한 번 와봤던 곳임에도 불구하고 정원이 딸린 고급스러운 외관을 보자 움츠러드는 건 여전했다. 나는 어색함을 감추며 까르보나라를 시켰고 누나는 내가 한 번도 들어보지 못한 메뉴를 시키고 내 메뉴를 세트로 바꿔주었다. 가격이 너무 비싼 거 같다고 걱정하는 내게 누나가 말했다.

"세트로 시키는 게 오히려 더 싸."

"여기 온 적 있어?"

"어, 자주는 아니고 몇 번."

"신기하다. 왠지 누나가 다닐 거 같지 않은 곳인데. 대학생들은 맨날 이런 거 사 먹는 거야?"

"나도 양식 취향은 아닌데 가까운 사람 때문에 알게 됐네."

자세히 보니 태란 누나의 왼쪽 약지손가락에 아무런 무늬가 없는 반지가 끼워져 있었다. 나는 최대한 무심하게 태란 누나에게 물었다.

"누나 남자친구 생겼나보네?"

"아니 뭐, 남자친구 같은 건 아니고⋯⋯"

궁금했지만 누나가 더 얘기하고 싶어하지 않는 것 같아 묻지 않았다. 대화를 나누는 사이 음식이 나왔다. 배가 고파 허겁지겁 파스타를 먹느라 우리 사이에 침묵이 흘렀다. 파스타 면을 반쯤 흡입한 나는 뒤늦게 미라 아줌마는 잘 계시는지 물었다. 누나는 잠시 가만히 있더니 마시던 커피잔을 내려놓고 비장한 목소리로 말했다.

"요즘 엄마가 돈을 너무 많이 줘."

"자랑을⋯⋯ 뭐 그리 심각하게 해."

"그게, 너무 이상하리만치 많이 줘. 줘놓고서는 얼마 안 돼서 또 주고, 주고 나서도 까먹고. 어디에 썼는지 묻지도 않고. 평소의 우리 엄마답지 않은 행동이지. 이상해."

"원래 곳간에서 인심 난다잖아. 장사가 너무 잘돼서 그런가봐."

"너 최근에 우리집 온 적 있어? 온 집안이 다 박스야."

동네 아줌마들 사이에서 미라 아줌마가 판매하는 다이어트 파우더가 선풍적인 인기를 끌고 있다는 얘기는 전해들었다. 미라 아줌마의 가게가 일종의 사랑방이 됐다는 말과 함께. 엄마 역시 퇴근한 후에 종종 미라 아줌마네 가게에서 밤늦게까지 놀다 오고는 했다. 우리집 찬장이며 베란다에도 파우더 박스가 잔뜩 놓여 있었는데, 딱히 엄마가 그걸 먹는 것 같지는 않았다. 아마 친구에 대한 의리로 구매한 것 같았다. 정동훈에게서 들은 얘기가 떠올랐다. 미라 아줌마가 정말 다단계를 하는 것일까. 하지만 나로서는 자세한 사정을 모르기도 하고, 어딘가 힘들어 보이는 얼굴의 태란 누나를 위해서라도 일단은 하얀 거짓말을 하는 게 좋을 것 같다는 생각이 들었다.

"물건이 워낙 잘 팔리니까 미리 물건을 많이 주문해놨나봐. 가게만으로는 공간이 부족한가보지 뭐."

"과연 그럴까? 너 그 회사가 어떤 데인지 알지."

"대충. 잘은 모르지만……"

"우리 엄마 같은 일개 개인이 절대 잘될 수가 없는 구조야."

"아줌마가 워낙 성실하시잖아. 동네에서 평판도 좋고. 그러니 매출이 잘 나오는 거겠지……"

누나는 끄응 앓는 소리를 내더니 다시 말없이 커피를 마셨다. 스스로 납득되지 않으면 절대로 의견을 굽히지 않는 성격은 여전했다. 미라 아줌마는 그런 누나의 성격을 가리켜 '날아드는 벌레도 태워 죽일 만큼 독하다'거나 '쇠심줄 같은 똥고집'이라는 표현을 쓰고는 했다.

"그리고 나 요즘 준비하는 시험이 있어."

"응? 갑자기 뭔 시험?"

"사법시험."

"사시? 변호사 되고 판사 되는 그 사법고시?"

"응."

"누나 경제학과 아니었어?"

"전공은 상관없어. 토익 점수만 있으면 칠 수 있어."

"정말? 그게 아무나 도전할 수 있는 거였구나. 근데 갑자기 사시는 왜?"

태란 누나는 대학을 다녀보니 우리처럼 백 없고 믿을 것 없는 애들한테는 전문직 자격증만한 게 없다고, 약간은 체념한 듯한 어조로 말했다.

"그래도 그거 엄청 힘든 시험이잖아."

"힘들지. 공부만 힘든 게 아니라 여러모로. 너 사시 준비하는 데 돈이 얼마나 많이 드는지 아니? 엄마한테 수시로 용돈 타는데도, 법전 사고 고시 학원비 내면 남는 게 하나도 없어."

"대단하다. 그거 천재들도 열 번 스무 번 떨어지는 시험이라며. 우리 아파트 상가에 있는 서울떡집 아저씨 있잖아. 그 아저씨도 서울대 법대 나왔는데 사십 넘도록 계속 떨어져서 떡집 물려받은 거래. 그래서 가게 이름이 서울떡집이라더라. 벽에 서울대 졸업장도 붙어 있고……"

"이미 1차는 붙었어. 얼마 전에 2차 시험도 쳤고."

"뭐?"

입이 떡 벌어지는 소식이었다. 태란 누나가 보통이 아니라는 건 진작 알고 있었지만, 이토록 비범한 사람이었을 줄이야. 뭘 그렇게 놀라냐는 듯 무심한 태란 누나의 표정을 보며 이내 정신을 차리고 반쯤 남은 파스타를 먹기 시작했다.

"아줌마가 좋아하시겠다."

"아무도 몰라. 엄마도, 태리도. 아직 합격한 것도 아니니까 너도 어디 가서 말하지 마."

그 말을 듣자 음식이 얹히는 것 같은 기분이었다. 누나가 만나자고 한 게 이것 때문이었나. 하지만 나는 나 자신의 비밀만으로 충분히 벅찼다.

"굳이 비밀로 해야 돼? 죄도 아니고."

"엄마 성격에 내가 고시 공부 한다고 하면 가만히 있겠니. 얼마나 옆에서 달달 볶겠어. 우리 학교 애들은 죄다 고시 준비하니까, 그게 뭐 대수도 아니고. 그냥 티내기 싫더라고."

"그래도 누나, 한 번에 1차 된 거 보면 바로 합격할 수도 있는 거 아냐?"

"아냐. 1차 합격한 것도 순전히 운이야. 올해부터 영어 점수 본다고 해서 지원자 수가 많이 줄었거든. 학원에서 예상하는 1차 합격 커트라인에 내 점수가 딱 걸려 있었는데, 실제 합격선은 그보다 좀더 높았어. 나 정말 간발의 차로 된 거야."

"그렇구나. 누나 같은 천재도 그렇게 간신히 붙을 정도면 진짜 어려운 시험이긴 한가보다. 그래도 2차 시험까지 친 거면 이제 한숨 돌릴 수 있겠네."

"이제 시작이지. 이번에 2차까지 붙을 확률은 없으니까, 내년 시험 준비해야 돼. 올해 1차 시험 통과한 사람은 내년까지 1차 면제해주거든. 그 안에 못 붙으면 가망이 없다고 보면 되고."

나로서는 상상조차 할 수 없을 정도로 피 말리는 경쟁이 벌어지는 세상. 얘기를 듣는 것만으로도 뭔가 질린 기분이 들었다. 태란 누나도 입맛이 없는지 밥을 반이나 남긴 채 숟가락을 내려놓았다. 그리고 특유의 날카로운 시선으로 내 얼굴을 빤히 보았다. 지은 죄가 없어도 (실은 지은 죄야 많았지만) 괜히 움츠러들게 하는 눈빛이었다. 눈빛과 달리 태란 누나는 심상한 말투로 물었다.

"태리 요즘 많이 안 좋지?"

"아니? 태리가 뭔 말 했어?"

심장이 철렁 내려앉았다. 반사적으로 아니라고 했지만, 누나는 딱히 내 말을 믿는 것 같지 않았다. 미심쩍은 표정으로 아무래도 낌새가 좋지 않다고 답했다.

"난 잘 모르겠어. 평소랑 비슷한 거 같은데? 워낙에 명랑하고 긍정적인 애니까."

성적은 시원치 않지만 다른 문제는 없는 것처럼 보인다고, 새 친구도 생기고 고등학교 생활에 비교적 잘 적응한 것 같다고 거짓말을 술술 쏟아냈다. 말하면서도 자꾸만 목소리가 떨리는 것 같았지만 그럴수록 더 확신에 찬 어조로 얘기하기 위해 애썼다.

"걔가 단순하고 밝지만은 않다는 거…… 너는 알고 있잖아?"

"그런가?"

"태리가 어떤 부류의 애인지, 또 지금 어떤 상태인지, 너는 알잖아. 다 알고 있잖아."

나는 태란 누나의 말이 무엇을 의미하는지 정확히 알았다. 너무나도 정확하게 알고 있었기 때문에 되레 아무런 대답도 할 수 없었다. 태란 누나는 그런 나를 빤히 보기만 했다. 태란 누나의 담담하지만 냉정한 표정이 마치 내 모든 잘못을 낱낱이 털어놓으라는 취조처럼 느껴져 입술이 바짝바짝 말랐다. 할 수만 있다면 당장이라도 모든 것을 이야기하고 싶었다. 모조리 쏟아내 죄책감을 떨쳐내버리고 싶었다. 하지만 그럴 수 없었다. 해결할 수 없는 문제 앞에서 나는 언제나 침묵해버리는 사람이니까. 모든 것을 덮어버리고, 상처를 썩혀버리는 종류의 사람이니까. 그것이 내 삶을 좀먹고 있다는 사실을 알고 있었지만, 내 유일한 삶의 방식을 바꿀 수는 없었다.

내가 아무런 말을 않자, 태란 누나는 한숨을 한 번 쉬더니 조금은 가벼운 말투로 물었다.

"공부는 할 만해? 아줌마가 너 1등 했다고 좋아하시더라."

"그냥 배치고사 때 운좋아서 딱 한 번 한 거야. 지금은 원래 실력 다 뽀록났지 뭐."

"내신 관리 잘해. 이제부터는 수시로 애들 많이 뽑는대."

"응. 안 그래도 나 반장도 하고 있어. 학생부도 준비해놓게."

"그래, 그럼 다행이네. 진짜 너는 걱정 없다. 내 동생이 문제지."

음료도 음식도 다 떨어지고 더 할말이 없어진 우리는 잠시 멍하니 앉아 있었다. 시간은 저녁 아홉시. 오래 있었던 것도 아닌데 진이 빠졌다. 그때 태란 누나의 핸드폰이 울렸다. 태란 누나는 작은 목소리로 전화를 받고 나서는 그만 일어나자고 했다. 나는 다행이라는 생각을 하며 자리에서 일어났다.

우리는 별말 없이 함께 대로변을 걸었다. 버스 정류장에 다다랐을 때 태란 누나가 자신은 약속이 있다며, 나에게 먼저 집으로 가라고 했다. 나는 알겠다고 대답했다. 태란 누나가 돌아서자 꽃무늬가 그려진 원피스가 펄럭였다. 가는 나뭇가지가 휘청이는 듯했다. 그 모습이 어쩐지 추워 보여서 나까지 으슬으슬한 기분이 들었다.

과거로부터 온 편지 3

"지금 거신 번호는 없는 번호이오니 확인하시고 다시 걸어주시기 바랍니다……"

더이상 존재하지 않는 번호인 게 당연했다. 십 년도 넘게 지났는데 번호가 아직까지 살아 있을 리가 없지. 윤도의 전화번호를 아직도 생생히 기억하고 있는 내가 한심하게 느껴졌다.

떠나간 것은 떠나보내야 한다, 기억도 사람도.

기억의 주인은 나다.

그것은 내담자들에게 숱하게 강조하던 말이기도 했다. 그러나 정작 내 삶의 문제에 있어서 나는 단 한 순간도 기억의 주인이 되지 못했다. 그저 나 자신의 상처에 의해 이리저리 끌려다니는 부표나 다름없었다.

거짓말처럼 핸드폰 진동이 울렸다. 반짝하고 떠오른 화면, 엄마였다. 나는 몇 번 숨을 고르고 전화를 받았다. 엄마는 이번주에만 부동산에서 세 통이나 매도 문의 전화가 걸려왔다고 말했다.

"시가에 일억오천을 더 얹어주겠단다. 정말 할렐루야지 않니?"

집 앞에 전국에서 가장 큰 규모의 아트 센터가 완공을 앞두고 있으며, 개관 공연으로 얼마 전 국제 콩쿠르에서 우승한 피아니스트의 단독 연주회가 예정되어 있다고도 덧붙였다. 나는 기계적으로 잘됐네, 정말 고생 많았어 엄마, 하고 대답을 했다. 엄마의 지루한 자랑이 끝날 때쯤 잠시 뜸을 들였다가 아무렇지도 않은 척 물었다.

"엄마, 미라 아줌마한테서 연락 온 거 없지?"

엄마는 좀전까지와는 다른, 날이 선 말투로 내게 물었다.

"갑자기 미라 얘기가 왜 나와? 너 뭐 소식 들은 거 있니?"

"아니, 그냥. 궁전 얘기하니까 갑자기 생각나서."

"내가 그때 생각만 하면 정말 자다가도 벌떡 깬다……"

다시 또 이어지는 엄마의 넋두리를 듣다 상담 시간이 다 됐다고 대충 얼버무리며 전화를 끊었다. 나는 한숨을 내쉬며 마른세수를 했다.

그리고 열쇠를 꺼내 책상 서랍 맨 아래 칸을 열었다. 종이 박스가 보였다. 박스를 책상 위에 올려놓고 뚜껑을 열자 편지와 스티커 사진, 엠피스리와 전자사전, 그리고 내가 사용했던 핸드폰들이 보였다. 그간 강박에 가까우리만치 이 모든 물건들을 이고 지고 다니며 살아왔다. 나는 총 일곱 개의 핸드폰들 중 가장 오래된 것을 꺼내들었다. 귀퉁이가 다 벗어진 핸드폰. 내 인생 첫번째 핸드폰. 폴더를 열어 전원 버튼을 꾹 눌러보았지만 당연히 핸드폰은 켜지지 않았다. 핸드폰은 죽은 사람의 손처럼 싸늘하게 느껴졌다.

지금 이 순간, 누구에게 무슨 연락을 해야 할지, 무엇을 어떻게 하면 좋을지 뾰족한 수가 떠오르지 않았다. 나는 자리에 앉아 손톱을 잘근잘근 씹었다. 1004라는 아이디를 사용하는 사람에게 하고 싶은 말도, 할 수 있는 말도 하나도 없었다. 할 수만 있다면 그로 인해 파생된 모든 것들을 내 일상에서 깨끗하게 도려내고 싶었다. 1004에게서, 아니 내 과거로부터 찾아든 날벼락과도 같은 소식을 외면하고 싶었다. 그저, 모든 것을 무시해버리고 싶었다. 그러나 더이상 그럴 수 없다는 걸 알고 있었다. 지금껏 완벽히 결별했다고 믿었던 과거의 다리가 내가 모르는 새 현재와 이어져버렸다는 사실을 받아들여야 했다. 나는 과거를 향해 기꺼이 한발 더 나아가기로 마음먹었다. 한 걸음만, 딱 한 걸음만 더 그때로 다가가보자.

이 모든 일들을 털어놓을 수 있고, 또 이 모든 일들을 해결할 수 있을 듯한 사람이 떠올랐다.

나는 인터넷 검색창에 강태란 판사, 라고 검색했다. 사 년 전 수원지법에 발령이 났다는 기사를 마지막으로 그녀의 소식은 더 나와 있는 게 없었다.

내가 제대했을 무렵, 그녀가 판사로 임관됐다는 소식을 들었다. 그녀가 나온 K여고 앞에 '사법시험 합격' '판사 임용'이라고 적힌 현수막이 차례대로 나붙었다고 엄마가 전해주었다. 나는 이번에는 검색창에 강태란 변호사를 검색했다. 유명 로펌 사이트가 떴고 거기에서 어렵지 않게 그녀의 사진을 찾을 수 있었다. 사진 속 태란 누나는 예전과 별반 다르지 않은 얼굴이었다. 대표 변호사, 라는 직책 또한 너무나도 태란 누나에게 어울린다는 생각을 했다. 다만 다문 입가의 주름이 지난 세월을 짐작하게 할 따름이었다. 나는 잠시 주저하다 홈페이지 하단에 나와 있는 번호로 전화를 걸었다.

3장

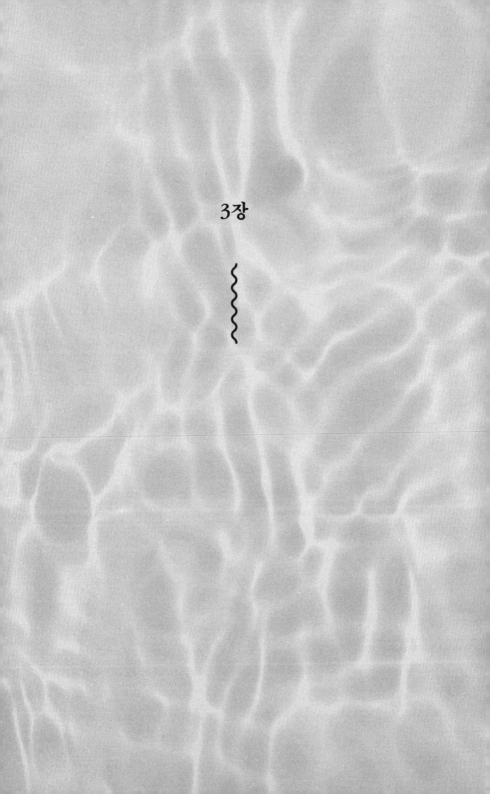

해피 투게더

2학기가 시작된 후 학교의 분위기가 더욱 가라앉았다. 우리 학교가 지난 6월 모의고사에서 동부 교육청에 소속된 고등학교 중 가장 낮은 성적을 받았다고 했다. 가뜩이나 구내 유일의 남녀공학 고등학교라는 이유로 (학군 내 임신율이 최고라는 둥 사실관계가 불분명한) 온갖 오명을 뒤집어쓰고 있었는데 대학 진학률과 직결된 성적 지표까지 좋지 않게 나오니 학교측에서도 특단의 조치를 취할 필요성을 느낀 것 같았다.

그 가운데 하나로 학칙이 더욱 엄격하게 개정되었다. 특히나 두발 규제가 매우 강력해졌는데 (상대적으로 성적이 더 낮은) 남학생들에게 더 엄격하게 적용되었다. 앞머리는 눈썹을 덮어서는 안 되었고, 옆머리는 귀에 닿지 않도록 짧아야만 했다. 형식적으로만 존재했던 교내 핸드폰 사용 금지 조항도 수업시간을 포함해 쉬는 시간과 점심시간으로까지 확대 적용되었다.

삶이 한층 더 무겁고 답답해진 기분이었다. 당연히 나만 느끼는 감정이 아니었다. 아이들 사이에서 묘한 전운이 감돌았다. 개정된 교칙이 시행된 지 보름 만에 곳곳에서 사건이 벌어지기 시작했다.

7반 학생이 핸드폰을 압수하려는 영어 교사에게 항의하다 따귀를 맞았다. 교사에게 뺨을 맞는 일이야 이전에도 비일비재했지만 이번 건은 경우가 좋지 않았다. 학생의 고막이 파열돼 응급실에 실려갔기 때문이었다. 아이의 부모가 학교에 찾아와 영어 교사의 책상을 뒤엎었다. 13반 담임은 과도하게 볼륨을 넣은 아이의 뒷머리를 문구용 가위로 잘라버렸다. 쥐가 파먹은 듯한 아이의 뒤통수를 찍은 사진이 아이들 사이에 괴담처럼 퍼졌다.

9월 모의고사 성적이 나온 날 5반 아이들은 모두 책상 위에 올라가 무릎을 꿇었다. 1학년 전 학급 중 평균 점수가 가장 낮았기 때문이었다. 5반 담임은 자주 이성을 잃고 학생들을 구타해왔는데 그날도 마찬가지였다. 평균 점수에서 모자란 만큼 아이들의 엉덩이를 때렸다. 5반 반장은 아이들의 엉덩이와 허벅지에 든 보랏빛 멍을 자신의 핸드폰으로 촬영했다. 그는 그 증거를 가지고 경찰에 고발할 계획이라고 했다. 실제로 경찰차가 학교에 출동해 5반 담임과 반장이 교장실로 불려가는 일이 있기는 했으나, 사건의 경과가 어떻게 됐는지 아는 사람은 없었다.

우리 반 담임도 마찬가지였다. 교무 회의에서 1반 아이들의 두발 상태가 유달리 좋지 않다는 학년 부장의 핀잔을 들은 그는 회의가 끝나기 무섭게 문을 거칠게 열며 교실로 들어왔다. 그의 손에는 전기바리캉이 들려 있었다. 아이들은 일순간 긴장했다. 담임은 우리에게 모두 열중쉬어를 하라고 호령한 뒤 1분단부터 차례대로 아이들의 머리를 만지고 당기며 기장과 헤어 제품 사용 여부를 점검했다. 검사 결과 규정을 어긴 사람은 총 두 명이었다.

정동훈과 도윤도.

둘은 구레나룻과 앞머리를 기른 것도 모자라 왁스까지 바른 상태였다.

담임은 반장인 내게 교실 뒤쪽의 쓰레기통을 가져오라고 했다. 나는 쓰레기통을 들고 앞으로 나갔다. 담임은 내게 쓰레기통을 들고 있으라 했고, 정동훈과 도윤도에게는 쓰레기통 쪽으로 고개를 숙이라고 했다. 그는 바리캉을 켜고 주저 없이 그들의 머리 중간을 밀었다. 머리카락이 쓰레기통 안으로 후두두 떨어져내렸다. 마치 그들의 목이 잘려나가는 것을 보는 기분이라 나는 눈을 질끈 감았다. 아이들 몇몇이 탄식하고 몇몇은 키득대는 소리가 났다. 담임은 평소처럼 안온한 음성으로 말했다.

"다들 지금 앞에 서 있는 반장의 머리를 주목하도록. 이게 학교에서 권장하는 표준이다. 나머지도 전부 이 머리 길이에 맞춰서 잘라라."

아이들의 시선이 일제히 나를 향하는 게 느껴졌다. 나는 슬쩍 눈을 떴다. 고개를 숙이고 있던 윤도가 나를 힐끔 바라보았다. 붉게 충혈된 그의 눈에 원망의 기색이 서려 있었다. 설마 운 것일까. 정동훈은 담임의 눈을 피해 입 모양으로 씨발, 이라고 중얼댔다. 그리고 다음날 정동훈과 도윤도는 나란히 반삭을 하고 나타났다.

태리가 당한 데 비하면 저 둘은 양반인지도 몰랐다. 영어 교사 김완수는 진한 경상도 사투리를 쓰며 철 지난 잠자리 안경에 언제나 분신처럼 지휘봉을 가지고 다니는 사람이었다. 별다른 이유나 기준이 없는 체벌과 폭언으로 유명한 그가 불러낸 사람이 태리였다.

"니는 화장하고 다니나? 얼굴이 와 이리 하얗노."

몇몇 아이들이 참지 못하고 웃음을 터뜨렸다.

"아니면 튀기가? 조상 중에 소런 사람이 있나본데."

아이들의 웃음소리가 더 커졌고 태리는 아무 말도 하지 못한 채 우두커니 서 있었다. 이 사실을 전해들은 나는 아무렇지 않은 척 평온한 표정을 지었지만 속에서는 참을 수 없이 강렬한 분노가 끓어올랐다. 당장이라도 달려가 김완수를 후려치고 싶었지만, 나의 분노가 주제넘은 것이라는 사실을 알고 있었다. 태리를 대하는 내 태도가 훨씬 더 잔인하고 비인간적이었으니까. 나는 태리가 겪는 모든 종류의 폭력과 그가 내미는 손길을 철저히 외면하며, 아무것도 모르는 척 말간 얼굴로 일상을 살아가고 있었다. 그런 나야말로 누구보다도 추악했다. 그렇게 나 자신에 대한 환멸을 차곡차곡 쌓아가며 매일을 보냈다.

학교에서는 규제를 강화한 데 이어 이 주에 한 번씩 돌아오던 '놀토'를 없앴다. 우리는 격주로 쉬던 토요일에도 보충수업을 받기 위해 학교에 나와야만 했다.

매주 토요일 열두시 반, 4교시를 마치는 종이 울리면 담임이 들어왔다. 나는 발을 동동 구르며 최대한 빠른 속도로 차렷, 경례를 외쳤다. 종례 시간이 끝나자마자 모두가 발에 모터를 단 것처럼, 약속이라도 한 것처럼 교실 밖으로 달려나갔다. 나 역시도 반 아이들 몇몇과 함께 밖으로 뛰쳐나갔다. 그러고는 피시방으로 향했다. 육체적인 게임의 장(이를테면 구기 종목)에 참여할 수 없으니, 대신 정신적인 게임의 장이라도 가야 한다는 강박이 들어서였다. 아이들과 함께 걸어가는데 어느새 나 혼자 뒤처진 적이 있었다. 그때 태리가 내 옆으로 오더니 함께 버스를 타고 집에 가자고 했다.

"나 집에 안 가."

"어디 가는데?"

"우리 반 애들이랑 피시방."

"나도 갈래."

"안 돼. 짝 맞춰서 하는 게임이라 너 낄 자리가 없어."

"그럼 옆에서 다른 거 하고 있을게."

이토록 완강하게 거절 의사를 밝혔음에도 태리는 도무지 포기할 줄 몰랐다. 넌 친구도 자존심도 없냐, 라는 말이 목구멍까지 올라왔지만 참았다. 거절할 말이 좀체 떠오르지 않아서 나는 잠시 태리 눈치를 보다 "미안"이라 외치고 냅다 달리기 시작했다. 내 달리기 솜씨야 뒤에서 세는 게 빠를 만큼 형편없었지만, 태리는 나보다 더 심했다. 나는 뒤도 돌아보지 않고 달렸고, 땀을 뻘뻘 흘리며 학교 앞 피시방에 도착했다. 땀을 닦으며 자리에 앉자 아이들이 웃으며 말했다.

"혹 떼고 왔냐?"

"응. 간신히."

나는 아무 일도 없었다는 듯 미소를 지었고, 아이들과 함께 게임을 했다. 모니터 속에 존재하는 모든 존재를 때리고 죽였다. 혼자서 집으로 향하고 있을 태리를 생각하면 마음 한구석이 모래를 들이부은 것처럼 껄끄러웠지만 어쩔 수 없었다.

나는 달려야만 했다.

그와 가까워질수록 다른 아이들의 표적이 될 것이라는 사실을 본능적으로 알 수 있었다. 오랫동안 방어적인 태도로 살아온 탓에 가슴 속 깊이 새겨진 육감으로 감지할 수 있었다. 그와 가까워지는 순간 나는 그와 함께 미끄러져 내려갈 것이다. 혼자일 때보다 더욱더 가파르게 미끄러져 내려갈 것이다.

*

원래부터 가을을 좋아하던 나였지만, 가을이 더욱 특별해진 것은 윤도의 생일이 있기 때문이었다. 예전처럼 가깝게 지내지는 못하는 처지였지만, 적어도 아무것도 아닌 것처럼 생일을 지나치고 싶지는 않았다.

윤도의 생일을 앞둔 주말, 나는 시내에 있는 레코드 가게에 갔다. 윤도와 나에게 의미 있을 만한 게 뭐가 있을까 고민했다. 신보 코너를 뒤져보았지만 딱히 마음에 드는 게 없었다. 한쪽 벽면의 중고 음반 코너를 마구 뒤적이는데, 낡은 앨범들 사이에 비닐로 꼼꼼하게 포장되어 있는 앨범이 눈에 띄었다. '박효신 데뷔 앨범 초판.' 그의 열일곱번째 생일에 줄 선물로 가장 어울리는 것이었다. 몇천원에 불과한 다른 중고들과는 달리 프리미엄이 붙어 오만원 가까이 되었지만 나는 기꺼이 가진 돈을 모두 털어 그 앨범을 샀다.

그리고 윤도를 만나기 위해 몇 번이고 문자를 보냈다.

—오늘 놀래?

윤도에게서는 아무런 대답이 오지 않았지만 나는 포기하지 않고 계속 문자를 보냈다.

—머큐리랜드 갈래?

—아니면 술 마실래? 내가 소주랑 맥주 사갈게.

그 문자들에도 윤도는 답을 보내지 않았다.

결국 윤도의 생일날이 되었고, 나는 가방에 박효신 앨범을 담았다. 그럴듯하게 포장할까 하다가 여러모로 거추장스러울 것 같아서 포스 트잇에 짧게 메시지만 쓰기로 했다. 뭐라고 쓸까 고민하다 박효신 1집 의 타이틀곡 〈해줄 수 없는 일〉을 떠올리며 적었다.

너에게 해줄 수 없는 일이 많아. 해줄 수 있는 건 이것뿐이야. 그 자리에 그대로 있어주는 것. 나로서.

해리

학교에 가서 윤도에게 직접 건넬 생각이었는데 도무지 용기가 나 지 않았다. 아침 조회 시간이 끝나고 몰래 윤도의 책상 서랍에 앨범 을 집어넣었다. 수업시간과 쉬는 시간에 몇 번이고 윤도 쪽을 힐끔댔 으나 선물을 확인한 건지, 메시지를 읽은 건지 알 수 없었다.

5교시가 끝났을 때 교실 뒤쪽이 소란스러워졌다. 윤도와 함께 노 는 대여섯 명의 양아치 무리가 일제히 뒷문으로 들어왔다. 그들의 손 에는 초가 켜진 파리바게트 생크림케이크가 들려 있었다. 윤도는 쑥 스러운 듯 엉거주춤하게 자리에서 일어나 책상에 걸터앉았다. 아이 들이 생일 축하 노래를 부르고는 윤도의 얼굴에 케이크를 뒤집어씌웠다. 윤도가 균형을 잃고 그만 책상 옆으로 넘어졌고, 그 반동으로 책상 서랍에 들어 있던 교과서와 앨범이 바닥에 떨어졌다. 넘어진 채 고개를 든 윤도의 얼굴에 오물처럼 케이크가 엉겨붙어 있었다. 윤도는 웃으며 씨발 새끼야, 라고 소리쳤다. 무리 중 하나가 바닥에 떨어진 앨범을 집어들었다.

"도윤도, 이거 뭐냐?"

그 아이는 가래 낀 목소리로 포스트잇에 적힌 글자 하나하나를 또박또박 읽었다.

"미친 새끼, 연애하냐? 해리? 해리가 누구냐?"

윤도의 당혹스러운 시선이 황급히 내 얼굴을 향했다. 생크림이 잔뜩 묻은 채, 정확히 나를 쏘아보는 그 차가운 눈빛.

그 찰나의 순간 나는 그가 나를 원망하고 있음을, 나의 애정이 담긴 선물과 나의 부주의함, 나아가 나라는 존재 자체에 강력한 적의를 품고 있음을 감지할 수 있었다. 아이들이 앨범을 돌려보며 낄낄댔고 윤도가 신경질적인 표정으로 그것을 빼앗았다. 나는 이 모든 일과 무관한 척 고개를 돌렸다. 목덜미에서 식은땀이 흐르고 있었다.

수업이 끝나고 나는 학원에 가지 않고 곧장 집으로 향했다. 침대에 눕자 나를 쏘아보던 윤도의 신경질적인 눈빛이 자꾸만 어른거렸다. 천장이 무겁게 나를 짓누르는 듯한 압박감이 느껴졌다. 얼마나 시달렸을까, 핸드폰 진동이 울렸다. 윤도였다. 윤도의 메시지가 이토록 달갑지 않게 여겨졌던 적은 없었다. 윤도는 내게 잠깐 컨테이너에서 만나자고 했다. 나는 잠시 고민하다 옷을 챙겨 입었다.

컨테이너 문을 열자 윤도가 이불을 두르고 쪼그려앉아 있는 게 보였다. 윤도는 피우고 있던 담배를 이미 담배꽁초로 가득찬 페트병 안에 집어넣었다. 윤도는 아무 말이 없었다. 나는 조심스럽게 입을 열었다.

"미안해."

"뭐가 미안한데?"

그러고 보니 무엇이 미안한 건지 나도 알 수 없었다.

"내가 고마워해야 할 일 아냐? 네가 왜 미안한 건데."

그렇지. 그것이 잘못은 아니지. 선물을 준 게 사과해야 할 일은 아니지. 하지만 윤도의 말투와 표정은 분명히 나를 추궁하고 있었다.

"이딴 식으로 굴면 안 되는 건 알고 있지?"

평소 나와 함께 있을 때의 말투와는 사뭇 달랐다. 운동장이나 교실 뒤편에서 내가 잘 모르는 아이들과 어울릴 때 툭툭 내뱉는 공격적인 어조였다. 그 말에 미안했던 마음은 온데간데없이 사라지고, 강렬한 분노가 끓어올랐다. 나는 양쪽 주먹을 꽉 쥔 채 당장이라도 윤도를 후려칠 것 같은 적의에 사로잡혔다.

"넌 나를 뭐라고 생각하냐?"

윤도가 나를 바라보며 계속 물었다. 그것이야말로 내가 한 번도 풀어내지 못한 숙제 같은 질문이었다. 윤도에게 가장 묻고 싶었던 질문이기도 했다. 최대한 아무렇지 않게 대답하려 했으나 목소리가 떨렸다.

"친구."

"그냥 친구?"

나는 굳은 채 아무 대답도 하지 못했다. 그냥 친구에게 이런 감정을 품을 수는 없지. 그냥 친구와 입술을 맞추고 방안에 다정히 누워 체온을 나눌 수는 없지. 그건 나도 너도 모두 알고 있잖아. 그러니까 그냥 친구가 아닌 관계에서는 그 무엇도 우리의 영역 밖으로는 새어나가지 못하도록 했어야 했는데, 내가 그러지 못했지. 우리의 관계를 위태롭게 만들었지.

나도 모르게 뺨으로 뜨거운 액체가 흘러내렸다. 땀인지 눈물인지 알 수 없는 액체가. 윤도는 그런 나를 한동안 바라보다 어쩔 수 없다는 듯 한숨을 쉬었다.

"그런 표정으로 울면 싸우자는 건지 위로해달라는 건지 알 수가 없잖아."

평소와 같이 다정하고 느릿느릿한 말투. 따뜻하고 나른한 표정. 숨 막히게 의지하고 싶은 나의 윤도. 윤도가 이불 밖으로 나와 나를 안았다. 따뜻하게 데워진 윤도의 얼굴이 목과 어깨에 닿았다. 윤도의 손가락이 내 머리카락 사이에 들어왔다. 나도 윤도의 머리를 쓰다듬었고, 짧게 잘린 머리카락의 감촉이 이상하게 위안이 됐다.

윤도를 마주 안은 채 나는 윤도가 차라리 나에게 화를 내줬으면 좋겠다고 생각했다. 그러면 나는 윤도의 얼굴을 흠씬 때리고, 곤죽이 되도록 얻어맞고, 있는 힘껏 소리를 치며 쌍욕을 하고, 우리가 나누었던 모든 것들을 깨부술 것이다. 그렇게 우리 둘을 잇고 있다고 믿었던 인연의 끈이 뜯겨져나가버렸으면 좋겠다. 아예 아무것도 아닌 사이가 되어 그저 서로에게 사물 같은 존재가 되어버렸으면 좋겠다. 그럼 이토록 가파른 감정의 기복을, 차라리 통각에 가까운 이런 감각을 느끼지 않을 수 있었을 텐데.

나는 윤도를 더 세게 안았다.

*

윤도에게 생일 선물을 준 사람의 정체를 두고 묘한 소문이 돌았
다. 쪽지의 주인공이 해리가 아니라 태리라는 내용이었다. 윤도를 향
한 태리의 일방적인 짝사랑이다, 어쩌면 둘만의 애칭 같은 것일 수도
있다, 는 말이 떠돌았다. 나는 이 소문을 듣고 먼저 안도감을 느꼈다.
선물을 준 사람이 나이며 윤도와 내가 어떤 관계인지 숨길 수 있었
으니까. 하지만 이내 죄책감에 사로잡혔고 태리의 사정 따위는 안중
에도 없는 나 자신에 대한 혐오를 외면하기 위해 노력했다. 윤도 역
시 자신이 휘말린 추문 때문인지 티나게 공격적인 모습을 보이기 시
작했다. 복도나 교실 뒤에서 이 사이로 침을 뱉고, 쉬는 시간이면 누
구보다 큰 목소리로 욕설을 내뱉으며 아이들과 떠들었다. 이따금 자
신을 이상한 눈으로 쳐다봤다며 아이들에게 느닷없이 시비를 걸기도
했다. 나는 그런 윤도와 최대한 거리를 뒀다. 학교에서 윤도를 쳐다
보지 않기 위해 안간힘을 썼다. 오직 주말만을 기다리며 한 주를 버
텼다.
　이윽고 토요일이 되었다. 나는 가슴이 터질 것 같은 답답함에 눈을
떴다. 침대에서 몸을 일으키지도 세수하지도 않은 채 윤도에게 문자
를 보냈다.
　—너네 방에서 에어컨 켜놓고 영화 볼까?
　오지 않는 답을 기다리며 나는 한없이 초라한 존재가 된 것 같은

기분에 사로잡혔다. 더없이 섭섭한 감정이 일었다. 섭섭함이 원망으로 바뀌려고 할 때쯤 윤도에게서 문자가 왔다.

—〈해피 투게더〉 어때?

나는 황급히 몸을 일으키고 다시 한번 문자를 또박또박 읽었다. 해.피.투.게.더.어.때. 뒤이어 오후에 컨테이너 박스로 오라는 문자가 왔다. 맨틀까지 내려앉았던 마음이 성층권까지 치솟았다. 나는 얼른 욕실로 들어가 그 어느 때보다도 열심히 씻었다. 샤워를 마치고 깨끗한 트레이닝복을 골라 입은 뒤 향수를 뿌렸다.

컨테이너에 도착했을 때는 오후 한시 반쯤이었다. 나는 문 앞으로 가 조용히 문을 두드렸다. 문을 열며 나온 윤도를 보고 나는 웃음을 터뜨렸다. 아무런 손질도 하지 않아 사방팔방으로 뻗은 머리가 귀엽게 느껴졌다. 나는 손을 뻗어 윤도의 머리를 쓰다듬었다. 윤도는 심통이 난 표정으로 내게 물었다.

"웃기냐?"

"응. 엄청."

"이거 때문에 아무데도 못 나가고 있어. 담임 죽여버려."

윤도의 모습이 너무 웃겨서 나는 입꼬리에 힘을 주며 간신히 웃음을 참았다.

윤도는 노트북에 미리 영화를 다운로드받아 세팅해놓았다며 영화를 재생시켰다. 나는 노트북 앞에 엎드려 손으로 턱을 받쳤다. 윤도도 내 옆에 바짝 붙었다.

남자 둘이 주인공인 왕가위의 영화 정도로 알고 있었는데 〈해피 투게더〉는 그 두 남자의 연애물이었다. 보영과 아휘. 첫 장면부터 둘은 속옷만 입은 채 뒤엉켜 있는 모습으로 등장했다. 나는 괜히 뭔가를 들킨 것처럼 몸이 움츠러들었는데 윤도가 평온한 목소리로 말했다.

"원래 제목은 춘광사설이래."

"그래, 그래야 말이 되지. 왕가위 영화 제목은 다 네 글자잖아."

"그래?"

"내가 본 건 다 그랬던 거 같은데. 아비정전, 중경삼림, 타락천사, 화양연화⋯⋯ 근데 춘광사설은 뭔 뜻이래?"

"구름 사이로 잠깐 비치는 봄 햇살."

"되게 멋있다."

"그러게."

윤도는 〈춘광사설〉이 이런⋯⋯ 영화라는 것을 알고 있었던 걸까? 다 알면서 나에게 같이 보자고 한 걸까. 그렇다면 그건 도대체 어떤 의미일까. 온갖 생각이 들면서 머릿속이 복잡해졌다. 아무 미동 없이 영화를 보는 윤도의 얼굴을 보고 나도 아무렇지 않은 척 다시 화면에 집중했다.

우리 처음부터 다시 시작하자.

그가 다시 시작하자고 하면 난 늘 그와 함께했다.

우린 잠시 동안 함께했고 자주 헤어지기를 반복했다.

우린 스탠드에 그려진 폭포에 가보고 싶었다.

그곳이 이과수폭포란 것을 알아냈다. 거기만 들렀다가 홍콩으로 돌아가려 했는데 길을 잃은 것이다.

보영과 아휘는 부에노스아이레스에서 서로를 파멸로 이끄는 미친 사랑을 계속해나갔다. 둘은 싸우고 때리고 서로 미워하고 다시 한 침대에서 뒹굴며 키스를 했다. 둘은 결국 원하던 곳에 닿지도, 그토록 원하던 사랑을 이루지도 못했다. 다만 끝없이 싸우고 때리고 심지어는 피까지 흘리고 다시 몸을 섞었다. 윤도가 내게 말했다.

"쟤네 왜 저렇게 싸워대냐."

"진짜 사랑하나보지 뭐."

"진짜 사랑하면 싸우는 거야?"

"어. 그렇다던데."

"그래서…… 우리도 매일 싸우나?"

"우리가…… 자주 싸웠나?"

"그러게."

아무렇지 않은 척했지만, 영화를 보는 내내 자꾸만 아랫도리가 빳빳해졌던 나는 윤도의 그 말에 호흡곤란이 올 것 같았다. 노트북 화면을 뚫어져라 보는 윤도의 목에 슬쩍 손을 얹어보았는데 델 것처럼 뜨거웠다. 달아오른 내 손보다도 훨씬 더. 윤도가 이대로 불타올라 재가 되어버릴 것 같았다. 윤도가 내 손을 잡아 바닥으로 내렸다. 우리는 손을 맞잡은 채로 잠시 그대로 있었다. 윤도가 내게 말했다.

"너랑 장이라는 남자, 닮은 거 같애."

장은 아휘에게 다가온 또다른 남자였다.

"응? 별로. 저 사람은 쌍꺼풀 되게 진한데? 그리고 잘생겼잖아."

"아냐. 피부 까만 거며 눈썹뼈나 광대 같은 게 되게 비슷한 거 같

아. 음침해 보이는 것도."

"욕하는 거 맞지?"

"아닌데, 얼굴에 그늘이 좀 있어야 분위기가 있지. 칭찬이야, 장."

"해리 아니었어? 이젠 또 장이야?"

"해리고 장이야."

윤도는 앞으로 나를 장, 이라고 부르겠다고 했다. 나는 웃으며 윤도에게도 별명을 붙여주었다.

"넌 보영."

"보영? 장국영이야말로 나랑 하나도 안 닮았는데."

"얼굴 말고 성격이 똑같아. 제멋대로 왔다가 가버리고, 문자도 씹고, 근데 잊을라치면 또 연락 오잖아."

윤도는 쑥스러운지, 아니면 정곡이 찔려 기분이 상한 건지 별다른 대답을 하지 않고 묵묵히 화면을 바라보았다. 영화가 다 끝날 때쯤 윤도가 내게 말했다.

"우리도 같이 이과수폭포에 가자."

윤도야, 그게 무슨 뜻인지 알고 하는 말인 거니. 윤도는 나를 목마른 사람처럼 만든다. 자꾸만 기대를 하게 만든다. 보고 있어도 다시는 보지 못할 것처럼 느끼게 한다. 그렇다면 윤도는 내게 좋은 사람일까. 내가 그를 좋아하는 게 마땅할까. 믿지 않는 게 좋다는 걸 알지만 나는 자꾸만 그의 말을 있는 그대로 믿고 싶어진다. 번번이 실망하게 될 걸 알면서도 바보같이 또 기대를 하고 마는 나를 더 미워하게 된다.

다시, 캔모아

학교의 교목인 플라타너스 잎들이 떨어져 운동장을 지저분하게 할 무렵, 학교가 발칵 뒤집히는 사건이 벌어졌다.

청운반 수업은 남녀 합반으로 진행되었는데, 영어 수업을 하던 어느 날 김완수는 하품을 하는 11반 신유미를 발견했다. 그리고 아무렇지 않게 이렇게 말했다.

"유미는 입이 작아서 남편이 좋아하겠어요."

내 옆에 앉아 있던 무늬가 작지만 또렷하게 중얼댔다.

"미친 새끼."

그 말을 알아들은 것은 나뿐만이 아니었는지 반 아이들 모두가 무늬를 쳐다보았다. 김완수의 미간이 구겨졌다. 김완수는 방금 한 말을 다시 한번 해보라고 무늬를 다그쳤다. 무늬는 굴하지 않고 대답했다.

"선생님. 그거 성희롱인 거 아시죠?"

김완수는 무늬 쪽으로 천천히 걸어왔다. 그리고 예의 그 지휘봉으로 무늬의 책상을 툭툭 치면서 말했다.

"이무늬는 공부 좀 한다고 온 천지가 떠받들어주니 무서울 게 없는갑네. 내가 니 같은 애들을 좀 알아요. 1학년 때까지 공부 좀 한다고 깝치다가 똥차처럼 중간에 퍼져서 결국엔 K대 갑니다."

얼굴 가득히 미소를 띤 채 이죽거리는 김완수. 무늬는 아무런 말도 하지 못하고 얼굴이 붉어졌다. K대로 말할 것 같으면 D시의 중심부에 위치한 국립대학으로, 전교생의 반 정도는 그곳에 진학하는 것을 목표로 하고 있었다. 또한 무늬의 아버지가 교수로 재직하는 학교이기도 했다. 김완수는 그 한마디로 서울권 대학에 진학하기 위해 전력질주하는 무늬와 K대를 목표로 하는 아이들 모두를 입다물게 했다. (그가 그토록 으스대는) 지난 이십 년간의 교직생활을 통해, 그는 인품이나 교수법을 가꾸는 대신 타인에게 가장 효율적으로 모욕감을 안길 수 있는 방법을 터득한 것 같았다.

그렇게 사태는 무늬의 일방적인 패배로 일단락되는 듯 보였다.

문제는 다른 데서 터졌다. 하품을 한 당사자이자 김완수에게 모욕을 당한 신유미는 그 무렵 한 학년 위의 황태훈과 일 년여의 연애에 종지부를 찍은 상태였고, 동시에 아버지의 불륜으로 인해 가정이 깨질 위기에 처해 있었다. 그 여파로 보름도 넘게 만성적인 불면에 시달리고 있는데다가 황태훈의 질 나쁜 친구들이 자신을 헤픈 여자로 낙인찍고 소문을 내고 다닐 것 같다는 불안감에 시달리고 있었다. 그러던 와중에 듣게 된 김완수의 발언은 신유미에게 일종의 도화선이 되었다. 신유미는 그날 밤 모친이 복용하던 우울증 약과 심혈관 질환약을 과다 복용한 뒤 중태에 빠져 병원에 실려갔다.

다음날, 애꿎은 무늬가 교무실에 불려가 자신과 아무 관련 없는 일에 대해 설명해야 했다. 아이들 사이에서는 신유미와 이무늬, 황태훈을 둘러싼 근거 없는 소문들이 떠돌았다. 이무늬가 중학교 때부터 레즈로 유명했다는 소문까지 덧대어져, 애정의 화살이 여러 방향으로 꼬인 채 이야기는 왜곡되어갔다. 그 와중에도 무늬는 멀쩡한 얼굴로 보란듯이 매점에 가 딸기우유를 사 먹고 점심시간에는 교실 뒤쪽 거울 앞에서 고데기로 머리를 말았으며, 야간자습 시간에는 죽을 듯이 공부를 했다. 평소와 정확히 똑같은 모습으로. 황태훈은 자신이 치정사의 중심에 있음을 은근히 즐기는 눈치였다. 싸이월드에 이별을 암시하는 글을 올리는 등의 행태를 부리면서 소문을 더욱 부풀려갔다. 정작 이 모든 일의 원인을 제공한 김완수에게는 아무런 일도 일어나지 않았다. 늘 그래왔듯 그는 능글맞은 표정으로 히죽대며 아이들에게 폭언을 할 따름이었다.

무늬는 스스로 옳다고 믿는 것을 밀고 나가는 당당함과 자신감, 타인의 일도 자신의 일처럼 발 벗고 나서는 의협심을 가지고 있었고, 나는 무늬의 그런 점을 쭉 동경하기도 했으나 한편으로 그런 그녀가 위태롭게 느껴질 때도 있었다. 그리고 그 판단은 어느 정도 맞았다. 신유미는 끝내 학교에 돌아오지 못했다.

*

기말고사가 끝났고 보충수업이 없는 한 달간의 겨울방학이 주어졌다. 크리스마스 주간까지 학원도 방학에 들어간다고 했다. 아이들은

266

가족 여행을 가거나 단과 학원에 등록하는 등 저마다의 계획을 세워놓은 것 같았다. 내 경우에는 하고 싶은 것도, 만날 사람도 없었기에 그저 집에 콕 박혀 잠만 자기로 마음먹었다.

함께 〈해피 투게더〉를 본 뒤로 윤도와 따로 만난 적은 없었다. 몇 번이고 연락을 해보았지만 연결이 되지 않았다. 혹시나 크리스마스에 같이 시간을 보낼 수 있을까 싶어 보낸 문자에도 역시나 답장은 오지 않았다. 사서함에 일방적으로 메시지를 남겨놓는 아이돌 팬이 된 것 같은 기분이었다. 나는 이 소리 없는 이별의 신호를 내 업보로 받아들이기로 했다. 그렇게 마음먹었다고 해서 쓸쓸한 기분까지 없어지는 것은 아니었지만.

반면에 무늬와는 중학교 때보다 겹치는 수업과 활동들이 많아서 더 많은 시간을 보내게 되었다. 그러다보니 학교에서 심심치 않게 우리 둘의 염문설이 퍼지곤 했다. 나와 무늬는 남녀가 함께 있기만 하면 일단 커플로 엮고 보는 한국인들의 후진 고정관념을 비웃으며, 서로의 이익(?)을 위해 소문을 방관하기로 합의했다.

그런 무늬에게서 크리스마스이브 전날에 연락이 왔다. 나는 공기처럼 나를 감싸는 우울감을 느끼며 침대에 누워 있었다.

—영화 볼래? 〈하울의 움직이는 성〉, 한시에 한일극장.

—돈 없어.

—내가 이미 예매해놨어.

—지금 딴사람한테 까이고 땜빵할 사람 필요해서 급히 연락한 거 맞지?

—볼 건지 말 건지 대답이나 해.

〈하울의 움직이는 성〉이라면, 〈센과 치히로의 행방불명〉으로 최고의 주가를 올렸던 미야자키 하야오 감독의 신작이었고 장안의 화제라 보고 싶은 영화였다. 게다가 공짜이니 나로서는 땡큐였다. 나는 십오 초 정도 고민하는 척하다 답장을 보냈다.

— ㅇㅋ.

＊

영화의 엔딩 크레디트가 다 올라갈 때까지 무늬와 나는 자리에서 일어나지 못했다. 나라를 잃은 것처럼 구슬피 울기 시작한 무늬 때문이라고 표현하는 게 정확할 것이다. 극장 출구로 내려가던 사람들이 자꾸만 우리를 쳐다봐서 나는 손에 들고 있던 콜라 컵으로 얼굴을 가렸다. 제대로 가려질 리가 없었다.

"야, 너 왜 그래. 정신 차려."

사람들의 눈치를 보며 복화술로 핀잔을 줬으나 무늬는 눈물을 그칠 생각이 없어 보였다. 결국 사람들이 모두 빠져나갈 때까지 우리는 그대로 앉아 있었다. 영화관이 텅 비고 나서야 나는 무늬에게 물었다.

"영화가 괜찮기는 한데…… 그렇게 울 정도야?"

"영화 때문이 아냐."

"그럼 뭔데."

"사실 오늘 나미에 언니랑 같이 영화 보기로 한 거였어."

"뭐라고?"

무려 보름 전부터 준비해온 데이트였다고. 실은 그보다 훨씬 전부터, 거의 몇 년 전부터 꿈꿔왔는데, 언니랑 함께였으면 얼마나 좋았을까 하는 마음에 눈물이 난다고 했다. 무늬는 울음 섞인 목소리로 이야기를 이어갔다.

나미에 언니가 D시에 잠시 내려온 게 아니라 아예 낙향한 것이라는 항간의 소문은 사실이었다. 서울에서 애인과의 동거생활이 잘 풀리지 않았다고 했다. D시에 왔지만 갈 곳이 없었던 나미에 언니는 결국 이전에 살던 남루한 달방에 다시 들어가게 됐으며, 역시나 십대 때와 다를 바 없이 카페에서 알바를 하며 하루하루 연명하고 있다고 했다.

그 사실을 들은 무늬는 안타까움과 동시에 설레는 마음이 이는 것을 느꼈다. 이번에는 진짜 내 차례가 오겠구나, 하는 마음을 먹고 무늬는 호기롭게 나미에 언니에게 데이트 신청을 했다. 크리스마스이브에 함께 영화를 보고 그럴듯한 곳에서 밥도 먹자고. 나미에 언니는 특유의 사연 많은 듯한 표정을 지으며 고개를 저었다. 그날이 금요일이라 일찍 카페에 나가 일을 도와야 한다고 했다. 고작 그 정도 사유에 굴복할 무늬가 아니었다. 그렇다면 목요일은 어떻냐고, 마침 그날이 〈하울의 움직이는 성〉의 개봉일이기도 하다며 거듭 졸랐고 나미에 언니는 결국 승낙했다. 무늬는 신바람이 나서 영화를 예매하고 데이트 코스를 짰다. 그런데 오늘 오전, 나미에 언니에게서 갑작스러운 연락을 받게 된 것이었다.

—무늬야, 나 집안에 급한 일이 생겼어. 우리 다음에 보자. 정말 미안해.

약속 당일에 취소를 하는 것도 모자라, 집안일이 생겼다니. 변명

중에서도 최하급에 달하는, 그럴듯한 거짓말을 꾸며낼 의지조차 없는 변명 아닌가. 무늬의 말을 듣는데 오히려 내가 화가 났다.

"그만 울어. 얼른 앞장서."

"어디 가는데?"

"어디긴 어디야, 그 누나네지. 너 집주소 알지?"

"싫어. 거기 가서 뭐해. 언니 일 있다고 했어. 집에 없을 거야."

"일? 일 같은 소리 하네. 방구석에 드러누워 있다에 내 목숨을 건다. 이건 둘 중 하나야. 그 여자가 너를 개똥만도 못하게 여기고 있거나 아니면 다른 누구랑 있거나."

"아무리 그래도 거길 어떻게 가, 왜 가."

"왜긴, 따지러 가야지. 따지지 못하더라도 알기라도 해야지. 이게 무슨 경우인지, 네가 어떤 일을 당하고 있는지. 그게 도리지."

다른 사안에 있어서는 누구보다도 논리적이고 당당하면서, 자기 앞가림은 제대로 못하는 무늬가 가련한 한편 분통이 치밀었다. 윤도를 일방적으로 좋아하며, 정신없이 끌려다니는 내 모습을 거울로 비춰보는 것 같기도 했다. 나는 주저하는 무늬를 일으켜세웠다. 그리고 그녀와 함께 나미에 언니의 집으로 향했다.

나미에 언니의 집으로 가는 동안 무늬는 연신 괜찮을까, 이러면 안 되는데, 혼잣말인지 아니면 내게 하는지 모를 말을 했다. 나 역시도 잘하는 짓인지 확신할 수 없었지만 무늬의 주저함을 연료 삼아 더욱 발걸음을 재촉했다.

D역 뒷골목 쪽으로 들어서자 건물들의 높이가 점점 낮아지고, 거

리의 폭이 좁아지기 시작했다. 좁은 골목들을 서너 번쯤 지나오자 쪽
방촌이 나타났다. 무늬가 비슷비슷하게 생긴 네 개의 문들 가운데 맨
왼쪽 문을 가리켰다.

"저기야."

우리는 문 앞으로 다가갔다. 단층 건물이었음에도 특이하게 대문
에 102, 202, 302, 402와 같이 호수가 붙어 있었다. 그래서 나도 모르
게 고개를 가로로 돌려 비스듬하게 집을 바라보게 되었다. 왜 호수를
저렇게 붙여놓은 걸까. 단 한 층도 올라갈 수 없으면서, 그것도 2호
돌림으로. 옹색한 방안에 두 사람이 웅크리고 있는 모습이 떠올랐다.
한 명도 세 명도 아니고 오직 두 사람이 몸을 포갠 채 누워 있을 것만
같은 방. 저 방문을 열어젖히면, 그래서 나미에라는 여자를 마주하면
무슨 말을 해야 하지? 불안한 마음을 잠재우기 위해 나는 주먹을 꽉
쥐고 한 걸음 더 앞으로 다가갔다.

그때 거짓말처럼 102호의 문이 살짝 열렸다. 문틈으로 운동화를
든 하얀 손이 불쑥 나왔다. 흰 양말을 신은 발이 나이키 운동화를 꿰
어 신었다. 곧 문이 활짝 열리고 여자의 정수리가 나타났다. 검고 긴
머리에다가 목에는 빨간 목도리가 칭칭 감겨 있었고 물 빠진 청바지
를 입고 있었는데, 여자의 모습이 어딘지 익숙했다. 뒤이어 옅은 갈색
머리의 여자가 단화 구두를 바닥에 내려놓았다. 그녀 역시 빨간 목도
리를 하고 있었다. 검은 머리의 여자가 몸을 일으켰을 때 나는 충격에
휩싸였다. 내가 아는 얼굴, 내가 오래 봐온 사람의 모습이었다.

"태란 누나."

가뜩이나 큰 누나의 눈이 더 커지면서 당장이라도 눈알이 쏟아질

것만 같았다.

"네가 왜 여기에 있어?"

"그러는 누나는 왜 여기에 있어?"

갈색 머리의 여자가 태란 누나에게 무슨 일이냐고 물었다. 비슷한 옷차림에 같은 빨간 목도리를 한 두 사람은 머리 색깔만 다른 쌍둥이처럼 보였다. 무늬가 갈색 머리의 여자에게 언니, 라고 말하며 울먹였다. 나는 내 눈앞에 펼쳐진 상황을 도무지 이해할 수 없어 몇 번이고 고개를 가로저었다.

태란 누나가 특유의 차분한 어조로 달래듯 말했다. 여기 서서 이렇게 아니라 어디 앉아서 찬찬히 얘기를 하자고. 우리는 다시 번화가 쪽으로 걸어갔다. 무늬가 이따금 멈춰 서서 울었고, 나미에 언니가 그 옆에서 무늬의 어깨를 두드려주었다. 결국 태란 누나와 내가 나란히 앞서 걷게 되었고, 도대체 누가 누구의 일행인지 알 수 없게 돼버렸다.

평일 오후임에도 불구하고 가는 곳마다 만석이었다. 크리스마스 시즌이라 다들 시내로 쏟아져나온 것 같았다. 결국 우리가 간 곳은 캔모아였다. 당연히 자리가 없을 줄 알았는데 들어가기 무섭게 중심부 그네 좌석에 자리가 났다. 나는 뒤도 보지 않고 곧장 그쪽으로 달려갔다. 자리 배치를 어떻게 해야 하나 고민하는데 무늬가 눈치껏 내 옆에 앉았고 뒤이어 태란 누나와 나미에 언니가 우리 맞은편에 앉았다.

"이쪽은 엄마 친구 아들. 친동생 같은 애야. 그리고 이쪽은 나민혜야."

나미에 언니의 이름을 듣는 순간 그 별칭이 단순히 외양에서 따온 게 아니라는 사실을 알게 되었고 나도 모르게 웃어버리고 말았다. 몹시 치명적이고 아찔하다는 무늬의 묘사와는 달리 나미에 언니는 수수하고 귀여운 얼굴이었다. 아무로 나미에는 별로 닮지 않았으며, 오히려 옆에 앉은 태란 누나와 비슷한 구석이 있었다. 조금은 차가운 인상의 태란 누나의 얼굴에 십 도쯤 온도를 높인 것 같은 모습이랄까. 테이블에 감도는 어색한 정적을 참을 수 없었던 나는 존댓말인지 반말인지 모를 말투로 자기소개를 했다.

"저는 T고등학교 다니고 있고요, 여기는 나랑 같은 학교 다니는 이무늬."

나미에 언니가 어쩐 일로 둘이 우리집에 오게 됐냐고 물었다.

"나미에, 아니 나민혜님께서 무늬랑 보기로 약속을 해놓고 당일에 취소했다고 하니…… 친구로서 자초지종을 확인해봐야겠다 싶어서 왔어요."

내 대답에 태란 누나가 대신 대꾸했다.

"미안, 그건 나 때문이야. 오늘 갑자기 내려오게 됐거든. 무늬씨한 텐 미안하게 됐어요."

"누나랑 만나는 게 집안일은 아니잖아. 야 이무늬, 너 말 좀 해 봐……"

호기롭게 무늬를 끌고 온 건 난데 연상의 두 여자들 앞에 있으니 자꾸만 목소리가 작아졌다.

"민혜가 집안일이라고 말했나보네. 아예 틀린 말은 아니야. 우리 같은 집에서 꽤 오래 살았거든."

"뭐라고?"

나는 놀라서 소리를 질렀다.

"바보야. 이 여자가 그 사람이야. 나미에 언니랑 예전부터 사귄다
는 사람."

순간 세상의 소리가 모두 사라져버렸다. 대학 진학을 위해 서울
에 올라가버린 나미에의 애인, 태란 누나의 약지에 끼워진 반지, 지
금 내 앞에 똑같이 생긴 빨간 목도리를 맨 두 여자. 흩어져 있던 퍼즐
들이 맞춰졌다. 나미에 언니의 그녀가, 무늬를 낙동강 오리알 신세로
만들어버렸던 그녀가 바로 강태란인 것이었다.

지금껏 내가 알던 태란 누나는 사회가 정해놓은 트랙에서 한 번도
벗어난 적 없이 오로지 빨리 달리는 것만을 목표로 하는 사람이었다.
검증되지 않은 상품을 팔고 종교를 맹신하는 미라 아줌마의 무지를
경멸하면서도, 고생하는 어머니를 위해 최선을 다해 성공을 향해 달
려온 사람, 십이 년 동안 한 번도 전교 1등을 놓쳐본 적이 없는 사람.
그런 사람이 실은 누구보다 비밀스러운 사랑을 해왔다는 의미였다.

"응. 우리 만나고 있어. 오래전, 그러니까 나 고등학생 때부터."

"그럼 누나랑 이분이랑 같이 살았던 거야? 서울에서?"

"응. 1차 시험 치기 전까지 쭉 같이 살았어."

2003년 봄, 나미에 언니는 태란 누나를 따라 상경해 신림동의 작
은 방에서 함께 살기 시작했다. 오랫동안 간절히 바라던 꿈을 드디어
이뤘다는 것에 둘은 진심으로 감격했다. 거저 얻어진 삶이었으면 그
렇게까지 절절하지는 않았을 텐데, 일 년이 넘는 단절의 시간을 견디
고 얻은 결실이었기에 기쁨 역시 컸다.

그러나 행복은 오래가지 못했다. 태란 누나가 올봄, 운좋게 사법시험 1차에 합격해버렸기 때문이었다. 나에게는 대수롭지 않은 듯 말했지만 당시 태란 누나는 시험에 합격해야 한다는 절박함에 사로잡혔다. 때문에 자신 말고는 서울에 아는 사람이 한 명도 없고 알바를 하는 시간을 제외하고는 일곱 평짜리 좁은 원룸에서 자신을 기다리고 있는 나미에 언니의 존재가 버겁게 느껴지기 시작했다. 그것은 애인의 상황을 이해하면서도 외로움을 달랠 길이 없었던 나미에 언니 역시 마찬가지였다. 스물두 살의 태란 누나와 스무 살의 나미에 언니는 서로의 미래를 위해 다시 한번 쉼표를 찍기로 결정했다. 기울어진 가세를 일으켜세우고, 앞으로 남은 삶을 안정적으로 꾸려나가겠다는 태란 누나의 열망은 나미에 언니 역시도 공감할 수 있는 것이었다. 그렇게 태란 누나는 밤낮없는 고시 생활에 돌입했다. 홀로 D시로 내려온 나미에 언니는 이전처럼 카페에서 일을 하기 시작했고, 그러던 중 시내에서 잠복하던 무늬와 마주치게 된 것이었다.

상상도 못한 그들의 인생 여정을 들으며 나는 도대체 어떻게 반응해야 할지 알 수 없었다. 겨우 떠올린 말은 이거였다.

"근데 누나, 공부해야 하는 거 아냐? 여기는 갑자기 왜 왔어."

"사실 오늘이 최종 발표 날이야."

"진짜? 합격했어?"

"음, 합격했는데, 떨어졌지."

"그게 무슨 말도 안 되는 소리야?"

그 말도 안 되는 일이 실제로 일어났다고 했다.

사법시험의 경우 총 3차에 걸쳐 치러지는데 마지막 면접 고사는 형식적일 뿐이며 심각한 결격사유가 없는 한 거의 모두가 합격을 하기에 실질적으로는 2차 논술고사까지 합격하면 최종 합격으로 간주되었다.

2차 합격 소식을 들은 태란 누나는 드디어 지긋지긋한 고시 지옥에서 탈출할 수 있다는 사실에 뛸 듯이 기뻐하며 가장 먼저 나미에 언니에게 전화를 걸었다. 목소리를 들으면 의지가 흔들릴지도 모른다는 이유로 전화조차 하지 않았기에 둘은 눈물의 통화를 했다. 전화를 끊은 후 태란 누나는 핸드폰을 쥐고 가족들에게도 알릴지 말지 고민했다. 소를 잡아다가 교회 사람들과 함께 동네잔치를 벌이는 모친과 그 옆에 쭈그리처럼 앉아 있을 동생의 모습이 환영처럼 떠올랐고, 만에 하나라는 마음에 최종 합격자가 발표되는 날까지 소식을 전하지 않기로 결정했다.

그리고 오늘 오전, 태란 누나는 최종 합격자 명단에 자신의 이름이 없는 것을, 심지어는 자신을 제외하고 2차 합격자 모두가 합격했다는 것을 알게 되었다.

"내가 왜 떨어졌는지 알아?"

"글쎄?"

"복장 불량 때문이야."

면접관 중 유난히 표정이 사나운 남자 하나가 태란 누나에게 왜 티셔츠에 면바지 차림으로 왔냐고 물었다.

"면접에는 정장 같은 거 입고 가야 하는 거 아냐?"

"그래, 면접관도 똑같이 말하더라. 없으니까 못 입었지. 학원비 내고 책 사고 월세 내느라 돈을 써댔는데 정장 살 돈이 남았겠냐. 아무리 면접이라고 해도 어쨌든 시험인데 대답만 잘하면 되지 복장이 뭐가 중요할까 싶은 안일한 마음도 있었고. 그래서 있는 옷 중에 그나마 단정해 보이는 옷을 입고 갔지 뭐."

"정장 안 입고 갔다고 떨어졌다는 거야?"

"꼭 그렇다기보다는 뭐 여러 사정이 있었는데……"

면접관은 성의 없는 복장에 더해 화장도 하지 않고 머리조차 묶지 않은 태란 누나의 용모를 지적하며 최소한의 예의도 없는 게 아니냐며 힐난조의 질문을 이어나갔다. 그리고 불행히도 태란 누나는 옳지 못하다고 생각하는 일 앞에서 누구보다 거세게 저항할 줄 아는 다혈질 성격이었다(내 주위 여자들은 다 왜 그럴까?). 결국 태란 누나는 자리에서 벌떡 일어나 여기 시험 보러 온 남자들 누구도 화장을 하지 않았다고, 그 남자들에게도 같은 질문을 했냐고 소리쳤다. 태란 누나의 돌발 행동에 놀라 말을 잇지 못하는 면접관에게 당신도 화장을 하지 않았으니 예의가 없는 건 피차 마찬가지라고 따지기까지 했다. 면접장은 순식간에 아수라장으로 변했다.

그리고 오늘 아침 보기 좋게 불합격 통지를 받은 태란 누나는 오히려 후련한 기분이라고 했다.

"21세기에 화장 안 하고 티 입고 왔다고 뭐라고 하는 게 말이 되냐."

어차피 내년에 한번 더 기회가 있다며, 3차 시험만 보면 합격할 수 있으니 괜찮다고 했다. 그것은 나에게 하는 말이라기보다는 자기 자신에게 하는 말처럼 느껴졌다. 태란 누나는 불합격 소식을 듣자마자 나미에 언니가 보고 싶어져서 충동적으로 D시에 내려왔다. 그러니

나미에 언니가 갑자기 약속을 취소하게 된 것은 순전히 자기 때문이라며 태란 누나는 무늬에게 다시 한번 진심으로 미안하다고 말했다. 나미에 언니도 누구보다 자애로운 표정으로, 나 보여주려고 영화도 예매해놨는데 미안해, 라고 거듭 사과했다.

"태란 언니한테도 네 얘기 자주 했어. 공부도 잘하고 엄청 귀여운 동생이 있다고."

누가 들어도 '동생'이라는 두 글자에 방점이 찍혀 있었다. 무늬는 눈이 빨개진 채로 괜찮다고, 말씀 잘 들었다고, 평소답지 않게 깍듯한 말투로 대답했다. 그리고 주섬주섬 가방을 챙기더니 먼저 일어나 보겠다고 했다. 쫓기듯 급하게 가게를 나가버린 무늬. 나는 태란 누나에게 연락하겠다고 말한 뒤 무늬의 뒤를 따랐다.

내가 소리쳐 불러도 무늬는 큰길가를 향해 빠르게 걸었다. 나는 잽싸게 달려가 택시를 잡는 무늬의 뒤에 섰다. 곧 택시 한 대가 멈춰 섰고 우리는 별말 없이 함께 택시를 탔다. 무늬를 혼자 보내기가 불안했기 때문이었다. 아무래도 전적이 있는지라 무늬가 극단적인 선택이라도 하지 않을지 걱정이 됐다. 한동안 아무 말 없이 창밖만 보던 무늬가 혼잣말하듯 말했다.

"그 여자랑 너, 어떻게 아는 사이야?"

"아까 누나가 말했잖아. 엄마 친구 딸이야. 너 우리 학교에 강태리라고 알아?"

"얼굴 하얗고 키 작은 애? 나랑 친하잖아."

"그다지 친하지는 않은데…… 엄마 친구 아들이라서 예전부터 알고 지냈지. 아무튼 걔 친누나야."

"그렇구나…… 그 여자 이제 변호사 되는 거야?"

"큰 이변이 없는 한 아마도? 판사나 검사가 될 수도 있고."

무늬는 한숨을 깊게 내쉬더니 창문에 입김을 불어 손가락으로 죽고 싶다, 라고 썼다. 그 모습이 좀 웃겼는데 웃지는 않았다.

"예쁘더라, 그 여자. 예뻐……"

글씨가 사라지자 무늬가 중얼거렸다.

"그 집안이 원래 인물이 좋아. 태리도 얼굴은 멀쩡하잖아."

말해놓고 나니 아차 싶었는데 아니나 다를까 무늬가 나를 흘겨보았다.

"놀리냐?"

평소와 다를 바 없는 억양의 말을 들으니 무늬가 죽지는 않겠다는 생각이 들었다. 그제야 조금 안심이 됐다.

*

그날 이후 무늬는 다른 의미로 조금 이상해져버렸다.

술을 먹고 자음과 모음의 순서가 뒤바뀐 문자를 보내지를 않나, 갑자기 사랑한다고 하지를 않나(하필 나를?), 미니홈피에 변호사의 연봉을 다룬 기사를 스크랩해 올리기도 했다. 뜬금없이 내게 전화해 태란 누나에 대해, 그녀의 성격과 성장 배경, 취향과 성적 같은 것에 대해 집요하게 묻기도 했다. 한없이 분노에 가까운 그 지독한 상실의 마음을 모르는 것은 아닌지라, 나는 성실하게 무늬의 질문에 답해주었다.

태란 누나에게서도 전화가 걸려왔다. 의연하게, 어른스럽게 자신의 얘기를 들어줘서 고맙다고 말했다. 나는 사실 의연하지도 어른스럽지도 않았던지라 조금 양심에 찔렸다. 너도 내 마음을 잘 알 거라 믿어, 라던 태란 누나의 말. 그 말이 의미심장하게 들렸다. 태란 누나는 나미에 언니와 함께 서울로 다시 올라갈 계획이며, 사법시험과 관련된 이야기는 일 년 동안만 비밀로 해달라고 했다.

"완벽히 합격하기 전까지는 가족들에게 알리고 싶지 않아. 우리 가족한테는 너무 큰일이잖아. 하긴 어떤 가족인들 안 그렇겠냐마는……"

나는 걱정 말라고 답했다.

방학이 끝나고 학원에서 무늬를 만났을 때 무늬는 전보다 조금 야위었지만 크게 달라지지는 않은 모습이었다. 무늬는 긴 머리를 질끈 묶은 채 결연한 표정으로 말했다.

"나 의사가 될 거야."

여러모로 따져보니까 변호사에 비벼볼 만한 직업은 의사뿐이라며, 기왕에 이렇게 된 김에 서울대 의대에 진학할 생각이라고 했다. 서울대 의대에 가서 그녀들에게 뭔가를 보여줄 거라고. 어떤 의미에서 무늬는 참 건설적인 사람이었다. 의지만으로 쉽게 다루기 어려운 감정이라는 괴물조차 능숙하게 다뤄, 미래를 위한 재료로 삼을 줄 아는 것, 십대에게서는 좀체 찾기 힘든 덕목이었다. 그것은 의지보다는 지능의 문제라고도 볼 수 있었다. 역시 전교 1등은 아무나 하는 게 아니었다. 물론 그녀가 목표하는 바를 이루기 위해서는 전교가 아니라 전국에서 1등을 할 정도가 되어야 하긴 했지만.

열여덟의 우울

좀처럼 영하로 떨어지지 않는 D시에도 한파가 몰아닥쳤다. 폭설이 내려 호수가 얼기도 했다. 이전까지는 삶의 유일한 축복 같았던 방학도 윤도를 볼 수 없어 저주처럼 느껴졌다. 참을 수 없이 윤도가 보고 싶어져 나는 번번이 윤도가 사는 빌라며 도원막창 쪽으로 향하고는 했다. 혹시나 그를 마주칠 수 있을까 싶어 가게 근처에 다다르면 걷는 속도를 최대한 늦췄으며, 컨테이너 주변을 기웃거렸다. 그런데도 윤도를 만나지 못하고 집에 돌아온 날이면 도저히, 참을 수 없었다. 곧장 내 방 창가로 가 문을 활짝 열었다. 그리고 고개를 쭉 내밀고 윤도의 방을 바라보았다. 반쯤 젖힌 커튼 사이로 책상 앞에 앉아 있는 윤도가 보였다. 겨울임에도 여느 때처럼 민소매 티를 입고 있었다. 나는 윤도에게 문자를 보냈다.

─뭐해?

그리고 다시 창 너머로 윤도를 바라보았다. 윤도가 핸드폰을 열었다. 잠깐 화면을 바라보던 윤도는 다시 폴더를 닫고 핸드폰을 책상 위에 올려두었다. 알지 않았으면 좋았을 일을 알게 되었을 때의 고독감.

그제야 나는 내가 무슨 일을 벌이고 있는지 생생히 깨달았다. 나를 거부하는 한 남자를 좋아하며, 고개를 내민 채 그를 몰래 쳐다보는 일. 누가 봐도 소름 끼치는 일. 윤도가 아닌 누구라도 이런 나를 좋아하지 않을 것이 당연했다. 나는 창문을 닫았다.

책상에 앉아 컴퓨터를 켰다. 곧장 싸이월드에 접속했다. 최신 글이 올라온 지 벌써 몇 달이나 돼버린 우리 다이어리. 나는 글쓰기 버튼을 누르고 하얀 공백에 떠 있는 커서를 바라보았다. 무슨 말을 어떻게 하면 좋을지 도무지 알 수가 없었는데, 키보드에 손을 대는 순간 거짓말처럼 말들이 쏟아져나왔다.

잘 지내? 가끔 내 생각 해? 나는 아직도 그때의 그 봄밤, 너와 입술을 맞댔던 그날, 그 순간이 자꾸 떠올라. 그것은 영원히 내 삶에 남을 내 인생 첫번째 키스이기도 했어. 너는 어때? 너는 몇번째야?

그런데, 너 정말 아무것도 기억 못하는 거야? 아니면 모든 걸 다 기억하면서 날 피하는 거야?

유치한 말들로 가득한 글을 끝도 없이 써 내려갔다. 하지만 차마 업로드 버튼을 누르지는 못했고 대신에 내 다이어리에 그것들을 잘라 붙여 비공개로 올렸다. 붉은색 펜으로 쓴, 부치지 못하는 편지가 서랍 속에 잔뜩 쌓이는 기분이었다.

*

　새 학년 새 학기가 시작되었음에도 나는 설렘보다는 피로에 가까운 감정을 느끼고 있었다. 그도 그럴 것이 별반 새로워진 것은 없었기 때문이었다.

　1학년 말, 대다수의 남학생들이 이과를 선택했다. 여섯 개인 남자반 중에 문과반은 고작 두 반에 불과했고, 그나마 나와 말을 트고 지냈던 친구들이 모두 이과반으로 가버렸다. 촉새 같은 정동훈과 또 같은 반이 되었으며, 그와 내가 각각 부반장과 반장으로 선출된 것도 똑같았다. 좋은 점을 하나 꼽자면 윤도와 내가 또 같은 반이 되었다는 것뿐이었다.

　2학년이 되고 나서 윤도는 이전과는 다른 분위기를 풍겼다. 머리에 무슨 짓을 한 건지, 모자를 썼다 벗은 것처럼 착 달라붙은 헤어스타일을 하고 있었다. 낙타가 막 핥고 간 것 같기도 했다. 그나마도 수업시간을 제외하고는 언제나 후드 티에 달린 큰 모자를 쓰고 다녔다. 좋아하던 축구도 더이상 하지 않았다. 그리고 그의 몸에서 이전과 다른 냄새가 날 때가 있었다. 빨래를 오래 하지 않은 듯 퀴퀴한 냄새 혹은 남자의 땀냄새, 그리고 담배 냄새, 어쩌면 그 모든 것이 한데 섞인 어떤 낯선 냄새.

　학기가 시작된 지 얼마 되지 않아 내 생일날이 되었다. 나는 생일을 별로 좋아하지 않았다. 모두와 고만고만하게 지낼 뿐 딱히 어울리는 무리가 있는 것은 아니어서 생일을 거하게 치러본 적이 없었다.

생일이 학년 초와 맞물려 있어 교실에서 반 아이들끼리 모여 촛불을 불어본 적도 거의 없었다. 학부모들이 재력을 자랑하기 위해 경쟁적으로 대규모 생일 파티를 벌였던 초등학교 때를 제외하면, 생일 파티에 초대받아본 경험도 별로 없었다. 학교나 학원 애들이 삼삼오오 모여서 케이크를 나눠 먹고 얼굴에 생크림을 바르는 모습을 보면, 내가 나 자신을 숨기느라 잃어버린 것들이 무엇인지 아득한 마음이 들고는 했다.

공교롭게도 내 열여덟번째 생일날 학생회 월례 회의가 열렸다. 고3 임원들의 경우 입시 때문에 학생회 업무를 거의 담당하지 않게 되어서 고2 임원들이 실질적인 '왕고'라고 할 수 있었다. 무늬와 희영도 1학년 때와 마찬가지로 반장으로 선출되었다. 의외인 점을 하나 꼽자면, 희영이 자진해 학생회장을 하겠다고 나섰다는 것이었다. 그렇게까지 나서는 성격은 아니라고 생각했는데, 학생회장이라니. 특히 고등학교 2학년 학생회장의 경우 거추장스럽고 귀찮은 일이 많아 모두가 꺼리는 직책이었다. 결국 희영만이 단일 후보로 출마해서 찬반을 가리는 약식 투표가 치러졌고, 무난하게 학생회장으로 선출되었다. 새로 들어온 신입생 임원들 모두 앳되고 귀여워 보였다. 희영의 역량인지 아니면 우리 때 (좀더 정확히는 무늬가) 겪은 일이 있어서 그런지, 쓸데없는 군기 잡기나 기 싸움이 줄었다. 대신 강화된 학칙으로 더욱 힘겨워진 선도부 활동과 춘계 축제 준비로 인해 학생회 활동은 더 바빠졌다. 월례 회의가 끝나고 무늬가 내게 다가와 뭔가를 내밀었다.

"생축."

3구짜리 페레로로쉐 초콜릿이었다. 작고 사소하지만 이상하게 감동적이었다. 생일인 걸 어떻게 알았냐고 물어보니 네이트온 메신저에 알림이 떴다고 했다. 싸이월드와 연동되어 있고 학교 애들 대부분이 사용하는지라 나도 네이트온을 깔아놓긴 했지만 무늬와 대화를 한 적은 한 번도 없었다. 무늬는 여러모로 귀여운 구석이 있었다. 문득, 나의 또다른 일촌 도윤도에게도 내 생일 알림이 떴을 거라는 생각이 들었고, 멀쩡했던 마음에 미꾸라지를 풀어놓은 것처럼 흙탕물이 일기 시작했다.

회의가 끝나고 그렇게 조금은 울적해진 채로 교실에 돌아왔을 때 뭔가 심상치 않은 기운을 느꼈다. 아이들이 나를 보고 당장이라도 웃음을 터뜨릴 것 같은 얼굴을 하고 있었다. 몇몇은 야유하는 듯한 소리를 내기도 했다. 그중 하나가 웃음기 가득한 얼굴로 내게 말했다.

"반장, 아까 누가 왔다 갔어. 얼른 책상 서랍 봐봐."

내 자리로 가자 책상 서랍 안에 비닐로 포장된 책 하나가 들어 있었다. 얼핏 표지의 일러스트를 보고 만화책인 줄 알았는데 자세히 보니 라이트 노벨이었다.

『涼宮ハルヒの憂鬱』.

포장을 뜯자 비닐로 패킹된 책 하나와 책 표지의 귀여운 캐릭터가 그려진 작은 엽서가 나왔다.

형, 나야. 태리. 형이 자주 보는 『뉴타입』에서 이 책이 소개된 걸 보고 사봤어. 하나는 소장용, 하나는 독서용, 또하나는 선물용

으로 샀는데 한 권을 형한테 줄게.『스즈미야 하루히의 우울』이
라는 책인데 이 책 때문에 일본이 난리가 났대. 나도 인터넷에 누
가 줄거리를 소개해놓은 걸 보고 가번역본을 읽기 시작했는데,
순식간에 내 인생의 책이 됐어. 한국에도 곧 정발본이 나온다고
하니까 이건 기념용으로 갖고 있으면 좋겠어. 아마 형도 엄청 좋
아할 거야. 참, 생일 축하해.

언제부터 라이트 노벨을, 심지어 미발매본까지 챙겨 보는 애가 되
었나, 의아한 마음이 들었다. 엽서를 다 읽고 나서야 나는 반 아이들
모두가 웃으며 나를 바라보고 있다는 것을 알게 되었다. 다들 태리 베
프가 태리에게 선물을 받았다며 우스워 죽으려고 했다. 누군가 내게
태리 남친, 이라고 외쳤고 아이들이 폭소를 했다. 나는 반사적으로 엽
서를 갈기갈기 찢었다. '형'이라는 글자가 보이지 않을 만큼 낱낱이.
그리고 엽서 조각들과 라이트 노벨을 쓰레기통 안에 처넣었다. 보란
듯 아주 당당한 자세로. 숨을 수만 있다면 어디로든 숨고 싶었지만
아무렇지 않은 척 자리로 돌아왔다.
　그즈음 태리를 향한 아이들의 평가는 땅에 떨어져 있었다. 나와 대
화를 하던 아이들의 눈빛이 갑자기 싸늘해질 때가 있었는데, 고개를
돌리면 어김없이 태리가 나를 향해 걸어오고 있었다. 남학생들 사이
에서 '태리'라는 두 글자는 멸칭이 된 지 오래였다. 누군가 나를 반장
이 아닌 '태리 베프'라고 부르면, 아이들은 웃음을 터뜨리기 일쑤였
다. 나 역시 아이들과 함께 웃었다. 그 누구보다도 큰 소리로. 그렇게
하면 마치 강태리라는 존재를 내 인생에서 완벽히 밀어내버릴 수 있

는 것처럼.

다시 교실은 평소와 같은 공기로 돌아왔다. 나는 태연한 척 핸드폰을 만졌다. 누가 원한다고 이딴 걸 선물이랍시고 준 거야. 정말 주고 싶었으면 따로 불러내거나 집으로 오면 됐잖아. 아무도 안 보는 데서 줘도 됐잖아. 어째서 모두가 보는 앞에서 이런 위험한 짓거리를 한 거야, 강태리.

일부러 이러는 걸까? 복수심으로?

생각이 거기에 미쳐서야 실은 내가 꽤 오래전부터 태리의 연락을 무시해왔으며, 그는 그저 나에게 생일 선물을 준 것에 불과하다는 사실을 깨달아버렸다. 내 생일을 축하하고 싶었던 사람을 밀쳐낸 것도 모자라 진심을 다해 원망하고 있는 나. 그런 내가 견딜 수 없이 혐오스럽게 느껴졌다. 그래도 별수없었다. 태리를 원망하는 게 가당치 않음을 알았지만, 그런 마음을 제어할 수 없을 정도로 나는 두려웠다.

두려워 견딜 수 없었다.

하굣길에 나는 청운반 자습실로 가는 척하다가 곧장 쓰레기 소각장으로 향했다. 종례를 하기 직전에 주번이 쓰레기통을 비웠으니 운이 좋다면 태리가 준 책만이라도 다시 주워올 수 있을 것 같았다. 미발매본이라고 했으니 책만이라도 살려야 할 것 같다는 생각이 들었다. 태리를 위해서? 아니, 나를 위해서. 내가 그 정도로 최악의 사람은 아니라는 믿음을 위해서. 소각장 입구의 철문에는 헐겁게 쇠사슬이 걸려 있었다. 그것을 풀고 문을 열려고 하는데 소각장 안쪽에서 한 여자애가 소리를 지르는 게 들렸다.

"도대체 언제까지 찾아올 건데요? 누구 죽는 꼴 보고 싶어서 이래요?"

조심스럽게 문틈으로 안쪽을 바라보자 꽃다발을 들고 서 있는 검은 양복 차림의 남자와 희영이 보였다. 이내 남자가 이쪽으로 몸을 돌려서 나는 황급히 문 뒤에 숨었다. 끼익, 하고 문 열리는 소리가 들렸다. 잔뜩 긴장한 채 몸을 움츠리고 있는데 남자는 나를 못 봤는지, 아니면 내 존재 따위 신경조차 쓰지 않는지, 운동장을 가로질러 걸어갔다. 그가 떠나고 난 후 나는 잠시 숨을 고르며 문 뒤에 서 있었다. 이어서 희영이 소각장 밖으로 나왔다.

"거기서 뭐해?"

그렇게 묻는 희영의 눈이며 코가 방금까지 운 사람처럼 빨겠다.

"어? 쓰레기…… 문제집 버리려고."

"다 들었나보네."

"훔쳐 들으려 한 건 아니었는데, 미안."

"괜찮아. 나한텐 일상이니까."

희영의 손에는 투명 셀로판지로 싸인 꽃다발이 들려 있었다. 장미보다 안개꽃의 지분이 더 많은 꽃다발은 조금 시들어 궁색해 보였다.

"이런다고 사라진 사람이 돌아오는 것도 아니고 없던 돈이 솟아나는 것도 아닌데, 저 남자도 참 안됐어. 그치?"

심드렁한 희영의 목소리. 무슨 말을 해야 할지 몰라 머뭇대는 내게 희영이 말했다.

"사실 나, 너를 좀 부러워해왔다?"

"왜…… 나를?"

"너의 의연함이랄까 평정심 같은 게 부러웠어. 너는 힘든 일이 있어도 티내지 않고 잘 이겨내는 것 같더라고. 사람들한테 친절하고 언제나 잘 웃고. 난 그러지 못하거든."

희영이 말하는 '힘든 일'이 무엇을 가리키는지 알 수 없었다. 내 삶에는 셀 수 없을 정도로 많은 고난이 있었으니까. 적어도 경제적인 상황에 있어서는 희영과 내 처지가 별반 다르지 않은 것 같은데…… 그런 말을 할 수는 없어, 결국 나는 이런 맥빠지는 대답밖에 하지 못했다.

"오늘 본 거…… 아무한테도 말 안 할 테니까, 걱정 마."

희영이 고개를 살짝 끄덕였다. 그리고 들고 있던 꽃다발을 내 손에 쥐여주고 별관 쪽으로 걸어갔다. 얼마나 세게 쥐고 있었는지 꽃다발의 손잡이 부분이 잔뜩 구겨져 있었다. 엉겁결에 받아든 꽃다발을 잠시 바라보다 멀어져가는 희영의 뒷모습을 쳐다보았다. 문득 작년에 자습실에서 울부짖던 여자애의 목소리와 쓰레기통에 버려진 장미꽃 한 송이가 떠올랐다. 아버지에게 돈을 갚으라고 전하라던 남자의 목소리도. 대체 희영에게 무슨 일이 벌어지고 있는 걸까. 나는 소각장 안으로 들어가 소각로에 꽃다발을 던져 넣었다. 그리고 이내 정신을 차리고 쓰레깃더미를 뒤지기 시작했다. 과자 봉지와 휴짓조각과 침과 가래가 엉겨붙은 쓰레기들을 다 뒤져보았지만 태리의 선물을 찾을 수 없었다. 이미 늦은 일이었다. 나를 향한 태리의 마음은 이 쓰레깃더미와 함께 태워질 터였다. 나는 결국 책을 찾는 것을 포기하고 소각장 밖으로 나왔다. 몸에서 코를 찌르는 쓰레기 냄새가 났다.

*

　토요일 밤, 나는 여느 때처럼 시디플레이어에 걸어놓은 인디 음악들을 들으며 자기 연민에 빠진 채 처절한 외로움 속을 허우적거리고 있었다. 그때 핸드폰 진동이 울렸다. 나는 자리에서 벌떡 일어났다. 윤도의 메시지였다.

　─볼래?

　─언제?

　─지금. 컨테이너에서.

　그토록 매정하게 연락을 무시해놓고, 천년 만에 보내는 문자면서 별다른 안부도 묻지 않고, 다짜고짜 자기가 있는 곳으로 오라고? 그것도 이 밤에? 내가 가라면 가고 오라면 오는 개인 줄 아나.

　나는 개가 맞았다.

　십오 분 뒤, 나는 도원막창 주차장으로 들어섰다.

　컨테이너 안에서 실낱같이 새어 나오는 불빛을 보며 심장이 터질 것 같은 기분에 사로잡혔다. 나는 길고양이처럼 잽싸게 컨테이너 앞으로 뛰어갔다. 그리고 긴장한 채 컨테이너 문을 두드렸다. 안에서 흘러나오던 음악이 멎었다. 나는 아주 조심스럽게 문을 열었다. 집에서 들고 온 건지, 어디서 구해온 것인지 모를 두터운 비단 이불을 덮고 있는 윤도가 보였다. 양갓집 규수의 신혼방에나 어울릴 법한, 원앙이 그려진 파란색 이불이었다. 부랴부랴 담배를 껐는지 방안에 연기가 자욱했다. 나는 반가운 마음을 꽁꽁 숨긴 채 덤덤한 표정으로 안으로 들어갔다. 외투를 벗어 책상 위에 올려놓고 마치 애초에 내

자리였던 것처럼 이불 안으로 파고들었다. 윤도도 아무렇지 않게 이불을 들어 내가 누울 공간을 마련해주었다. 그간 교실에서 티나지 않게 흘끔댔던 게 전부라, 윤도를 이렇게 가까이에서 본 건 무척 오랜만이었다. 눈에 담아놔야지. 언제 다시 또 이렇게 볼 수 있을지 모르니까.

윤도가 이불 속에서 작은 종이 상자를 꺼내더니 나에게 건넸다.

"뭔데?"

"뭐긴, 생일 선물이지."

나는 놀란 마음으로 상자를 열었다. 거기엔 은반지가 들어 있었다. 반지를 집어 훑어보니 안쪽에 음각으로 'LOVE YOU N ME'라는 글자가 새겨져 있었다. 숨기려 해도 자꾸만 입꼬리가 올라갔다. 나는 최대한 담담한 표정으로 반지를 네번째 손가락에 꼈다. 사이즈가 작았다. 여성용인가? 괜히 퉁명스럽게 뭐야, 사이즈 안 맞아, 라고 투덜댔다. 윤도는 쑥스러운 듯 머리를 긁으며 말했다.

"새끼에 끼는 반지래."

과연 새끼손가락에 반지를 끼니 꼭 맞았다.

"어디서 났어?"

"샀지. 선물 가게에서."

선물 가게에서 'LOVE YOU N ME'라는 유치한 글자가 새겨진 반지를 고르는 윤도의 모습을 떠올리니 가슴이 간질거렸다. 러브 윤, 이라고 내 멋대로 의미 부여까지 했다.

"우냐?"

윤도가 말하지 않았으면 정말로 울 뻔했는데, 나는 미친놈, 이라고 대답하며 웃었다. 윤도는 아무렇지 않게 귤을 까먹으며 『몬스터』를 보기 시작했다. 그의 등을 꽉 안았다. 그의 체온을 느끼며 나도 모르게 싫은 소리를 했다.

"돈이 썩어나냐."

윤도는 은반지라 얼마 하지도 않는다고 가볍게 말했다. 그리고 추위로 빨개진 내 뺨을 만지며 말했다.

"아직 차갑다."

심장이 또 바보같이 쿵쾅거렸다. 나는 삐걱거리던 우리 관계가 다시 제자리로 돌아온 것 같은 기분에 사로잡혔다. 윤도는 『몬스터』에 시선을 돌리고 무심하게 말했다. 얼마 전에 아버지가 만나기로 해놓고는 약속을 갑자기 취소했다고. 수성 관광호텔 앞에서 보기로 해놓고, 약속 시간 십 분 전에 못 만날 것 같다고 문자를 했다고.

"급한 일이 생기셨나?"

윤도는 아무래도 아버지의 친구들 중 누군가에게 큰일이 일어난 것 같다고 했다. 친구들의 부탁을 거절하지 못해 예전에도 몇 번, 위험한 일에 휘말린 적이 있었다고 덧붙였다.

"그래도 만나기로 약속하고 안 나온 적은 없었는데. 좀 이상하긴 했어. 전화도 안 받고."

"걱정되겠다."

"그냥, 용돈 못 받아서 짜증났지 뭐."

나는 윤도의 차가운 손을 고양이처럼 꾹꾹 눌러주었다. 다시 온기가 돌 때까지.

컨테이너 안에서 윤도는 아무에게도 얘기하지 않을 것 같은 비밀들을 내게 털어놓고는 했다. 그럴 때면 나는 세상과 우리가 있는 공간이 완전히 분리되는 듯 느껴졌다. 마치 이 네모난 컨테이너 안이 오직 우리 둘만을 위한 공간이 된 것처럼.

윤도는 나와 두런두런 이야기를 나누다 문득 물끄러미 내 얼굴을 바라보며 말했다.

"너랑 사귀는 애는 되게 좋겠다."

"뭐?"

"자기랑 별 상관 없는 얘기도 열심히 듣고, 했던 얘기를 또 해도 처음 듣는 것처럼 재밌게 들어주잖아. 잘 모르는 것까지 열심히 이해해주려고 하고. 그래서 너한테는 무슨 얘기든 다 할 수 있어."

"그래?"

"응. 상대한테 그런 마음이 들게 하는 건 어려운 일이니까."

너이기 때문에, 그 어려운 일이 가능한 것 아닐까. 네 목소리로 들으면 무슨 얘기든 재밌고, 너를 보고 있으면 네가 아주 나쁜 일을 저질러도 이해해줄 수 있을 것만 같거든. 나는 언제든 너라는 세계를 이해할 준비가 되어 있는 것 같은데, 너는 어떨까. 너를 향해 쏟아져버릴 듯 차오른 내 마음을 이해해줄 준비가 되어 있을까.

역시나, 무리겠지. 너에게 난 영영 이해할 수 없는 세계일 테니까.

나는 내 새끼손가락에 끼워진 은반지를 만졌다. 그리고 그 반지가 우리 둘의 손에 끼워진 것이 아니라, 오롯이 내 손에만 끼워져 있다는 사실이 못내 섭섭하게 느껴졌다. 안 돼, 여기서 더 바라면 안 돼.

윤도의 연한 부분을 알게 될 때마다 손가락 한 마디씩 그 아이와 더 가까워지는 기분을 느끼고는 했다. 그래서 더 많은 것들을, 수도 없이 많은 것들을 묻고 싶어졌다. 이를테면 미니홈피에 이따금 올리는 사진 속 사람들은 누구이며, 그들과 무슨 일을 하는지에 대해. 그러나 윤도는 그것들에 대해 대답해주지 않을 터였다. 나는 그게 못내 서운하면서도 결코 그가 보여주고 싶어하지 않는 선 너머의 세계를 보여달라고 요구하지는 못했다. 그것이 지금 우리가 맺고 있는 이 관계마저 파괴할 수도 있다는 것을 잘 알고 있기 때문이었다.

*

집으로 돌아와 나는 윤도가 준 반지를 책상 서랍 가장 깊숙한 곳에 넣어두었다.

아무도 발견할 수 없게.

그래서 오롯이 나의 것으로 남을 수 있게.

축제의 날

4월에 들어서자 다행인지 불행인지 눈코 뜰 새 없이 바빠졌다. 중간고사와 춘계 축제가 연달아 있기 때문이었다. 2학년 학생회가 축제 운영의 주체라 시험공부를 하는 틈틈이 축제 준비 회의를 해야만 했다. 학교 수업이 끝나면 곧바로 학원에 갔으며, 학생회 활동을 이어갔다. 의지가 아니라 어떤 관성이 나를 움직이게 하는 것 같았다. 피곤한 날의 연속이었지만 다른 일에 집중하는 동안은 별다른 생각을 하지 않을 수 있어 좋았다.

사흘간의 중간고사 기간 동안 잠을 거의 자지 못했다. 중간고사를 어떻게 봤는지도 모르겠다. 시험을 마치고 나면 정동훈이 여느 때처럼 잽싸게 내 자리로 와 나의 예상 점수를 캐물었다. 시험의 마지막 날, 정동훈이 내게 외쳤다.

"반장, 너 평균 97점이야. 미쳤다."

이전보다 성적이 많이 올랐다. 마음의 침잠과 성적이 반비례할 수도 있다는 게 신기했는데, 생각해보니 윤도와 태리를 신경쓰지 않기 위해 공부로 도피한 결과 같았다. 어쩌면 나는 그런 종류의 인간일지도 몰랐다. 커다란 고민에 맞닥뜨렸을 때 충실히 고민하는 대신, 일상의 과업들로 도망쳐버리는 사람. 그렇게 함으로써 무너져내리는 마음을 다잡고 기어이 모든 감정을 무감각하게 만들어버리는 사람. 바꿔 말하자면, 한국의 시험이라는 것은 무감각한 기계가 될수록 유리하다는 의미이기도 했다. 그제야 나는 실연의 아픔을 겪은 뒤 전교 1등을 계속 유지하는 무늬의 마음을 조금은 이해할 수 있을 것 같기도 했다.

시험이 끝나자 한 달에 한 번이었던 학생회 회의가 일주일에 두 번으로 늘어났다. 학생회장인 희영을 주축으로 임원들이 저마다 축제의 한 섹션을 맡았다. 무늬는 대강당에서 사흘 내내 개최되는 전시회 팀장, 나는 축제의 마지막날에 열리는 방송제 팀장이 되었다. 대강당에 미술부와 사진부, 문예부 등의 전시물들이 알맞게 배치되었다. 무늬는 가장 눈에 띄는 대강당의 입구 쪽에 학생회 부스도 만들어 그곳에서 사일런트 옥션을 여는 게 어떻겠냐고 제안했다. 다들 듣도 보도 못한 프로그램 이름에 어리둥절해하는데, 무늬는 미드에서 본 것이라며 사일런트 옥션이 무엇인지 설명해주었다. 벽면에 학생회 임원들의 사진과 소개글을 쭉 걸어놓고 그 아래에 해당 임원의 이름이 적힌 봉투를 한 묶음씩 놓는다. 봉투 겉면에 이름과 전화번호, 소원을 적는 칸이 있으며, 옥션에 참가하는 사람들이 원하는 만큼 돈을 담아 봉투를 개표함에 넣는다. 축제의 마지막날에 임원별로 가장 높은 금액을 모금한 사람이 적은 소원을 들어준다. 축제 운영비를 제외한 수

익금은 모두 사회단체에 기부한다는 그럴듯한 명분도 있었다. 나는 아무도 내 봉투를 집어들지 않을 거라고 확신에 찬 예상을 하며 강력히 반대했다. 나 말고 다른 아이들도 공식 행사로 진행하기에는 부적절하다고 말했다. 그러나 축제 예산이 턱없이 부족해 먹거리 장터 외에도 수익을 낼 수 있는 수단이 필요하다는 가장 현실적이고도 강력한 이유 때문에, 결국 무늬의 안건이 통과되었다.

나는 방송제 무대에 '네 마음을 외쳐봐'라는 코너를 올리자는 아이디어를 냈다. 십대들이 옥상에서 소리를 지르거나 링 위에서 토크 배틀을 하는 텔레비전 프로그램이 각광을 받은 것에서 착안했다. 많은 사람들 앞에서 속시원히 마음을 고백하고 싶은 욕망을 가진 사람이 나 말고도 얼마든지 있을 것 같다는 생각이 들었다. 실제로 예상보다 많은 사람들이 사연을 보내왔고, 회의를 통해 열세 명을 추렸다.

5월의 마지막 주 수요일, 피 말리는 준비 끝에 축제가 시작되었다.

무늬의 예상이 적중해 사일런트 옥션이 가장 큰 관심을 받았다. 임원당 열 개씩 마련해놓은 봉투가 금방 동나서 추가로 봉투를 채워놓아야 했다. 심지어는 몇몇 학생들이 자신이 좋아하는 임원 사진 옆에 꽃이나 사탕, 초콜릿 따위를 붙이기도 했다. 아이돌 지망생인 이상민과 청초한 미인 계열에 속해 전교에서 유명한 편민채가 가장 많은 꽃과 선물을 받았다. 무늬의 경우도 은밀하게 추종하는 여성 팬덤이 있어 그런지 꽤 많은 관심을 받았다.

축제 마지막날인 금요일, 점심시간이 끝난 후 임원들이 대강당 개표함 앞에 모였다. 희영이 개표함의 자물쇠를 열었다. 개표함은 많은 봉투로 가득차 있었고, 더러는 과자 봉지나 코 푼 휴지, 사탕 같은 것들이 발견되기도 했다. 우리는 분주하게 봉투에 적힌 이름대로 분류를 한 뒤 임원당 모금액을 계산해 장부를 적어 내려갔다. 봉투를 가장 많이 받은 사람은 예상대로 이상민이었다. 이상민의 봉투에는 죄다 사랑을 고백하는 편지와 전화번호를 알려달라는 메모가 가득했다. 내 앞으로 들어온 봉투는 일곱 개. 많지도 적지도 않은 어중간한 숫자라 내심 안심이 됐다. 나는 봉투에 적힌 소원과 금액을 빠르게 검토하기 시작했다. 그중에 무려 삼십만원이라는 거금이 든 봉투가 있었다. 당황한 나는 봉투 겉면을 살폈다. 이름과 전화번호를 적는 칸에 1004라는 숫자만 적혀 있었다. 소원을 쓰는 칸에는 오직 한 줄의 문장이 적혀 있었다.

나는 네가 지난날에 그와 호수에서 저지른 일을 알고 있다.

나는 봉투를 얼른 구겨 쥐었다. 그리고 봉투를 나머지 여섯 개의 봉투 사이에 끼워 넣었다. 무늬가 다가와 얼마나 큰 돈이 들어 있길래 그렇게 놀라냐고 물었다. 나는 다 기어들어가는 목소리로 삼십만원, 이라고 대답했다.

"뭐? 삼십만원? 최고 금액 아냐?"

무늬의 말에 아이들이 일제히 나에게 몰려들었다. 그중 하나가 채근하듯 말했다.

"얼마나 대단한 소원을 적었길래 그렇게 큰 돈이 든 거야? 빨리 읽어봐."

나는 맨 위에 있던 봉투에 적힌 글자를 또박또박 읽었다.

"반장, 어떡하면 언어 1등급 맞을 수 있는지 비결 좀 알려줘. 하다 못해 다니는 학원이라도 공유 바람."

아이들이 강당이 떠나가라 웃기 시작했다. 도대체 얼마나 절박했으면 삼십만원씩이나 써서 물어봤겠냐며, 공부 비법을 전수해주라고 난리였다. 나는 쑥스러운 듯 웃어 보였고, 아이들의 관심은 이내 이상민에게 고백한 여자애들이 누구인지 찾아내는 것으로 넘어갔다. 나는 손이 떨리는 것을 숨기며 최대한 자연스럽게 구겨진 봉투를 내 주머니에 집어넣었다.

봉투를 보낸 사람은 도대체 누구일까. 1004라는 아이는 정말 내가 저지른 일을 알고 있을까? 설마 그 밤 수성못에서 우리를 보기라도 한 걸까? 아무리 여러 가능성을 떠올려봐도 어떻게 된 일인지 알 수 없어 혼란스러웠다. 진정하자. 주어도 목적어도 불분명한 한 줄짜리 문장을 가지고 예단하지 말자. 이건 내가 아니라 누구라도 마음에 걸릴 법한 내용이니까. 나는 강당 밖으로 나와 봉투를 갈가리 찢어 쓰레기통에 버렸다.

오후 세시부터 방송제가 열렸다. 방송부장의 진행으로 '네 마음을 외쳐봐' 코너가 시작되었다. 회의를 통해 뽑힌 아이들이 한 명씩 무대 위로 올라가 저마다 품어왔던 말들을 커다랗게 외쳤다. 대부분은 좋아하는 애에게 고백을 하는 내용이었다. 마지막으로 무대에 올라간 사람은 류희영이었다. 희영은 늘 질끈 묶어놓는 머리카락을 풀고 안경도 벗고 있었다. 그리고 커다란 장미꽃다발을 품에 안고 있었다.

누가 봐도 사랑 고백을 하러 무대에 오른 것이었다. 희영이 마이크를 잡고 외쳤다.

"도윤도, 나와!"

열화와 같은 함성이 쏟아졌다. 근처의 아이들이 윤도를 무대 쪽으로 떠밀었다. 윤도는 엉거주춤 무대 위로 올라갔다. 희영이 윤도에게 꽃을 건넸고, 윤도는 역시나 어색해하며 그것을 받아들었다. 희영이 마이크를 잡은 채 말을 하기 시작했다.

"학원에서 처음 봤을 때부터 너를 좋아해왔어. 그때부터 내가 매년 너한테 초콜릿 준 것, 너도 알고 있었지?"

윤도는 바닥에 시선을 둔 채 보일 듯 말 듯 고개를 끄덕였다. 허리를 곧게 편 희영은 당당하고 호기로워 보였으나 목소리만큼은 사정없이 떨리고 있었다.

"지금까지 용기가 안 나서 차마 말로 하지는 못했어. 그런데 지금이 아니면 영영 못할 거 같아서 내 마음을 말하려고 여기 올라온 거야. 당장 대답해달라고는 하지 않을게. 그냥 사람들 앞에서 말하고 싶었을 뿐이야. 내가 널 쭉 좋아해왔다는 걸. 우리, 사귀자."

학생회장 희영의 솔직하고도 도발적인 고백에 좌중이 뒤집어졌다. 강당이 떠나가라 우렁찬 환호성이 터져나왔다. 몇몇 여자아이들은 거의 비명에 가까울 만큼 소리를 질러댔다. 희영은 할말을 다 했는지 한결 가벼워진 얼굴이었다. 윤도는 한마디 말도 하지 않고 한 손에 꽃다발을 든 채 가만히 서 있기만 했다. 결국 제대로 된 대답 없이 무대는 흐지부지 막을 내렸다.

무대에서 내려온 윤도를 아이들이 에워쌌다. 둘이 어쩌기로 했냐고, 데이트 약속은 잡았냐고, 오늘 보니 학생회장이 예쁜 얼굴이라며, 얼른 사귀지 않고 뭐하냐고 설레발을 쳐댔다. 윤도는 아이들에게 씨발 닥치라고, 꺼지라고, 연신 욕을 내뱉었지만 싫지 않은 표정이었다. 두 발짝쯤 뒤에 서 있던 나에게는 당연히 아무 관심도 주지 않았다. 나는 도대체 무슨 일이 일어난 건지 실감나지 않아 그저 멍한 기분이었다. 그러다 문득 이 모든 일들이 한꺼번에 실감이 나면서 처참한 기분이 들었다. 희영은 수백 명의 학생 앞에서 당당히 자기 감정을 고백했다. 나는 죽었다 깨어나도 할 수 없을, 악몽보다 더 두려운 일을 희영은 기꺼이 해내고야 말았다.

비로소 나는 이 년 전 밸런타인데이 때 내 초콜릿과 함께 윤도의 책상에 올려져 있었던 초콜릿의 주인을 알게 되었다: 윤도를 향한 내 마음이 이 년이라는 시간 동안 이토록 걷잡을 수 없이 불어난 것처럼, 희영 역시 나와 비슷한 방식으로 감정을 키워온 것일지도 몰랐다. 나처럼 (성별이라는 엄청난) 장벽이 없는 희영은 어쩌면 훨씬 더 쉽게 윤도의 마음속에 진입하게 될 수도 있다. 이런 생각을 하며 강당을 빠져나와 걷고 있노라니 내가 걷는 이 길이 지옥으로 향하는 에스컬레이터 같았다. 나는 계속해서 아래로, 더 깊은 곳으로 내려가고 있었다.

무거운 걸음으로 교실에 도착했을 때, 핸드폰 진동이 울렸다. 1004라는 번호로 문자가 왔다.

—난 너의 수호천사야. 언제나 네 곁에 있고, 너에게 위험을 알려주지.

사일런트 옥션에 참여한 미친놈이 내 번호까지 알고 있다는 의미였다. 나와 가까운 사람일 수도 있다는 생각이 들었다. 도대체 누가 이런 짓을 하는 걸까. 누구인지 알아낼 방도가 없었다. 기분이 꺼림칙해 문자를 삭제하려는데 같은 번호로 문자 한 통이 더 도착했다.

　—오늘 무대에서 윤도에게 고백할 사람이 너였어야 한다고 생각하는 거 다 알아. 억울하지? 그애가 미워 죽을 것 같지? 걱정 마. 곧너에게도 차례가 올 테니까. 모두의 앞에서 진실을 고백해야만 하는때가.

　나는 우뚝 멈춰 섰다. 순식간에 주변 공기가 차갑게 얼어붙었고 온몸이 딱딱하게 굳어버렸다. 협박을 위해 넘겨짚어 말한다고 하기에는지금의 내 상황과 마음을 너무나도 정확하게 꿰뚫고 있는 문자였다.마치 내 속을 들여다본 것처럼. 나는 천천히 주위를 둘러보았다. 복도와 교실에는 수많은 아이들이 지나다니고 있었다. 이들 중 누군가가나의 비밀을 알고 있다는 것이었다. 그건 내 목숨줄을 쥐고 있다는 것과 마찬가지였다. 비밀이 전염병처럼 퍼지는 날, 이 모든 아이들은 순식간에 나에게 등을 돌릴 것이다. 나는 완벽한 혼자가 될 것이다. 쓰레기통에 처박힌 채 아래로 더 아래로 굴러떨어질 것이다. 나는 창밖으로 뛰어내리고 싶은 충동을 느꼈다.

*

　교실에 들어온 윤도는 꽃다발을 가방 안에 욱여넣었다. 아이들은윤도를 빙 둘러싸고 놀리기 바빴다. 희영과 어떤 사이냐며, 어디까지간 거냐며 한참 앞서간 질문을 하는 애들도 있었다. 아니, 어쩌면 앞서간 질문이 아닐 수도 있다. 희영의 발언과 태도는 분명히 둘 사이에 뭔가가 있음을 암시하고 있었으니까. 내가 전혀 알지 못했던 윤도의 조각 하나가 더 나타난 것이었다. 바로 내 옆에서 아무 일 없다는 듯이 지내던 윤도. 그렇게 생각하니 나야말로 윤도의 멱살이라도 잡고 도대체 무슨 일이냐고, 왜 내게는 한마디 말도 하지 않은 거냐고 묻고 싶어졌다.

종례가 끝난 후 윤도는 빛의 속도로 뒷문으로 달려나갔다. 나도 잽싸게 가방을 둘러메고 윤도의 뒤를 따랐다. 오늘 우리에게 일어난 일들에 대해 얘기를 나누고 싶었다. 그러나 빠르게 달리는 윤도를 따라잡을 수는 없었다. 운동장을 가로질러 쪽문을 넘어간 윤도는 순식간에 스쿠터를 몰고 사라져버렸다. 윤도의 이름을 크게 외치려다 누군가 손으로 막기라도 한 것처럼 입을 다물어버렸다. 담장 너머라 해도 학교나 다름없었으니까. 다른 사람들에게 함께 있는 모습을 보여서는 안 됐다. 우리는 타인에게 들켜서는 안 되는 비밀스러운 관계이니까. 그제야 나는 나 자신이 윤도에게는 그저 수많은 비밀 중 하나일 수도 있다는 사실을 깨닫게 되었다. 내 앞에서만 보여준다고 믿었던 윤도의 모습이 실은 그를 구성하는 수없이 많은 조각들 중 하나에 불과할 수도 있다는 사실도.

갑자기 숨을 쉬기가 힘들어졌다. 나는 골목으로 들어가 담벼락에 기대섰다. 울고 싶었는데 눈물은 나지 않았다. 자리에 주저앉아 양무릎을 끌어안았다. 주머니 속에서 진동이 느껴져 핸드폰을 꺼내자 액정에 강태리, 라는 글자가 떠 있었다. 또 함께 집에 가자고 하는 거겠지. 나는 여느 때처럼 통화 거절 버튼을 눌렀다. 그 순간 익숙한 모습이 스쳐지나갔다. 힘없이 느릿느릿한 걸음걸이, 구부정하고 왜소한 체구. 태리의 뒷모습이 분명했다. 다행히 태리는 나를 발견하지 못하고 계속 앞으로 걷고 있었다. 어깨를 잔뜩 움츠러뜨린 채 걷는 태리는 꼭 주인을 잃은 강아지 같았다. 나는 아예 골목 깊숙이 몸을 숨겼다.

학원 버스를 놓쳐버린 나는 가방끈을 양손으로 잡은 채 정처 없이 걷기 시작했다. 어차피 수업을 듣고 싶은 기분도 아니었다. 눈물이 차올라 세상이 점점 흐려졌다. 사람들이 보지 못하게 구석으로 걸었다.

정신을 차려보니 나는 수성못 앞에 도착해 있었다. 그제야 운동화를 신은 발이 화끈거렸고 갈증이 났다. 근처 편의점에 들러 생수를 집어드는데, 포카리스웨트가 눈에 들어왔다. 주말에 함께 수영을 하고 윤도가 마셨던 음료, 데자와와 포카리 중에서 무엇이 더 최악인지를 가지고 다투던 그 시절이 아득하게만 느껴졌다. 무엇을 떠올리든 내 생각의 끝은 언제나 윤도였다. 나는 윤도에게 전화를 걸었다. 전화기가 꺼져 있다는 안내음이 흘러나왔다.

나는 도원막창 앞으로 갔다. 금요일 저녁 시간이라 주차장에는 차가 빼곡했다. 눈을 가늘게 뜨고 주차장 끝을 바라보니 컨테이너 옆에 윤도의 스쿠터가 세워져 있는 게 보였다. 저 문 너머에 윤도가 있다고 생각하니 무작정 안도감이 들었다. 그러나 막상 그를 만나 무슨 얘기를 해야 할지 막막해졌다. 너는 초콜릿의 주인이 누군지 알고 있었던 거야? 희영과 둘만의 관계를 지속해온 거야? 그럼 왜 지금껏 나에게 아무 말도 하지 않은 건데? 그런데 그거 알아? 너와 나 사이의 비밀을 아는 사람이 있어. 우리 둘 다 위험해질 수 있어. 너에게 초콜릿을 준 사람은 희영뿐만이 아니야. 나야. 꾸준히 나야. 내가 여기 있다고……

윤도가 내게 숨기고 있는 다른 것들이 또 있는지, 도대체 왜 나에게 말해주지 않는 건지 얼굴을 보고 따져 묻고 싶었다. 하지만 나는 늘 그래왔듯 컨테이너에 들어가 바닥에 드러누워 음악을 듣고 있을 윤도의 옆구리를 발로 간지럽히며, 마치 되게 즐거운 일이라도 있는 것처럼 웃으며 대화나 걸고 말겠지. 내 분노와 의구심은 숨긴 채 말이다. 그럼에도, 그렇게라도 윤도의 얼굴을 보면 모든 것들이, 이 혼란과 괴로움이 씻은듯 사라질 것만 같았다. 자동차들 사이로 난 길을 걸어 컨테이너 앞에 다다랐을 때, 나는 이전과는 다른 뭔가를 발견했다.

문 앞에 급하게 벗은 듯 앞코가 서로 다른 방향을 향해 있는 메리 제인 슈즈 한 켤레가 나이키 운동화와 나란히 놓여 있었다. 메리 제인 슈즈는 최신 유행을 따르면서도 교칙에 위반되지 않는 디자인이라 우리 학교 여자애들이 많이 신는 신발이었다.

오직 나에게만 허락된 공간이라고 믿었던, 유일하게 나를 나로서 숨쉬게 해주었던 공간에, 나 아닌 누군가가 윤도와 함께 있다. 메리 제인 슈즈를 신고 온 사람이 지금 윤도와 함께 저 안에 있다. 그때 거짓말처럼 컨테이너의 문이 조금 열렸다. 하얀 손이 불쑥 문틈으로 나왔다. 하얀 손은 운동화와 메리 제인 슈즈를 차례대로 안으로 들여놓았다. 문이 닫혔다. 순식간에 벌어진 일이었다. 창문 틈으로는 작은 빛줄기도 새어 나오지 않았다. 애초에 아무것도 들어갈 수 없는 것처럼. 텅 빈 폐허처럼. 영영 잠겨 다시는 열리지 않을 것처럼.

윤도에게 모든 것을 털어놓고 싶었던 내 마음이 참을 수 없이 한심하게 느껴졌다. 나는 걸음을 돌려 집으로 향했다. 눈물이 날 것 같았지만 울지 않았다. 이따금 스스로의 뺨을 후려칠 뿐이었다.

정신 차려.

정신 똑바로 차려.

나는 윤도에 대해 아무것도 몰랐다. 내 삶에 대해서도, 내가 거의 완벽히 통제하고 있다고 믿었던 내 삶에 대해서도 아무것도 모르고 있었다. 정말 아무것도 모르고 있었다.

*

집에 돌아온 나는 윤도에게서 받은 예전 메시지를 훑다 내 새끼손가락을 바라보았다. 서로의 새끼손가락에 묶여 있던 붉은 실이 어느새 끊어져버린 것 같았다. 나는 윤도의 미니홈피에 들어갔다. 고약해진 마음으로 윤도의 사진첩을 살펴보았다. 며칠 전 새 사진이 올라와 있었다. 윤도는 한눈에 보기에도 담배 연기가 자욱한 술집에서 아이들과 어깨동무를 하고 있었다. 내가 모르는 빨간 후드 티를 입은 채, 내가 모르는 사람들과 술을 마시고 있는 윤도의 모습. 저 사이에 희영이 껴 있는 그림은 도통 상상되지 않았다. 그렇다고 내가 들어가 있는 그림도 그려지지 않는 건 마찬가지였다. 심장이 요동쳤고 얼굴이 발갛게 달아오르는 게 느껴졌다. 나는 질투라는 감정을 체온으로 이해했다. 질투의 힘으로, 그 격렬한 감정으로 말미암아 나는 우리 다이어리에다가 글을 올렸다.

잘 지내? 요즘 통 연락이 없네. 연애하느라 바쁜 건가?

    나는 윤도가 댓글을 달지 않을 것임을 직감했다. 아무렇지 않아 보이기 위해 최대한 가볍게 쓰려고 노력했지만 누가 봐도 미련과 집착이 서려 있는 세 문장. 거울을 보는 것처럼 부끄러웠지만 지우지 않기로 했다. 창을 닫으며 비로소 나는 깨달았다.

    나는 윤도에게 아무것도 아니다.

개교기념일

    지금껏 내가 읽어온 책 속 고난과 불행들은 언제나 극복되기 위해 존재했다. 손오공과 해리 포터, 나나와 루피에게는 견딜 수 있을 만큼의 시련이 주어졌고, 그것은 곧 다가올 행복을 더욱 아름답게 빛나게 해주는 장치에 불과했다.

    그러나 일상의 불행은 결코 쉽게 극복되지 않으며, 아주 길게, 어쩌면 평생 동안 비슷한 방식으로 반복되기도 한다. 나는 그 사실을 비교적 이른 나이에 부모님을 통해 배웠다.

    개교기념일이 있던 6월의 어느 수요일, 나는 늦게까지 늘어지게 잠을 잘 요량으로 전날 밤 알람을 맞추지 않고 잠들었다. 이런 결정이 안일했다는 것은 엄마가 아침부터 나를 깨운 것에서 판명 났다. 나는 일어나 눈을 비비며 식탁에 앉았다. 아빠는 출근했느냐고 묻자 엄마가 입에 밥을 급하게 욱여넣으며 말했다. 아빠는 어제 부산에 출장을 가서 오늘 밤에야 돌아온다고 했다. 딱히 돈을 잘 벌어오는 것도 아니면서 일하는 티는 혼자 다 내고 다닌다고 엄마는 평소처럼 아빠를 흉봤다. 나 역시 평소처럼 엄마의 말을 듣는 둥 마는 둥 하며 입에 밥을 욱여넣었다. 서둘러 먹으라는 엄마의 핀잔에 오늘이 개교기념일이라는 사실을 기억해낸 나. 개교기념일이라고 말하자마자 엄마는 자리에서 일어났다. 밥 다 먹으면 반찬을 냉장고에 넣고 설거지도 해놓으라 명한 뒤 뒤도 돌아보지 않고 출근을 했다. 나는 곧장 숟가락을 내려놓고 거실 소파에 가 누웠다. 딱 한숨만 더 자고 일어날 생각이었다.

눈을 떴을 땐, 누군가 공격적으로 초인종을 누르고 있었다. 지금 시간에 누구지? 나는 천천히 현관문으로 다가가 문을 열었다.

검은 양복을 입은 사람 여럿이 서 있었다. 그중 한 남자가 아빠의 이름을 말하며 그의 집이 맞느냐고 물었다. 나도 모르게 그렇다고 대답한 순간 그들은 구두도 벗지 않은 채 집안으로 우르르 들어왔다. 그러고는 상황을 파악할 새도 없이 우리집 세간에 빨간딱지를 붙이기 시작했다. 내가 누워 있던 소파에도 딱지를 붙이더니 방문을 함부로 열고 딱지를 붙여나갔다. 드라마에서나 보던 일이 우리집에서 벌어지다니. 너무 전형적이라 오히려 현실감이 없었다. 그들에게 나란 존재는 투명 인간인 양 전혀 눈에 보이지 않는 것 같았다. 정신없이 딱지를 붙여대는 검은 양복의 남자들은 마치 파도처럼 보였다. 검은 파도가 휩쓸고 지나간 자리에는 핏물 같은 딱지와 지저분한 발자국만 남아 있었다. 거실 한구석에 아무렇게나 놓여 있던, 초등학교 때 산 연습용 바이올린에도 딱지가 붙었다. 저거 오만원짜린데. 나는 혼자 중얼댔다. 마지막으로 때 탄 카펫에까지 딱지를 붙이고 난 후 남자들 중 하나가 내게 종이 한 장을 내밀었다. 아버지가 오면 이것을 전달해주면 된다고 했다. 정중하고 깍듯한 그의 어조에 나는 순간 음료라도 권해야 하나 고민까지 했다. 그런 고민이 무색하게 그들은 집에 들이닥쳤을 때와 마찬가지로 순식간에 사라져버렸다.

나는 다시 소파에 벌렁 드러누웠다. 팔걸이를 베고 누웠는데 거기에 붙은 딱지 때문에 머리가 따끔거렸다. 떼어내려고 보니 경고문이 적혀 있었다.

'이 압류물을 처분하거나 이 표목을 파괴하는 자는 형벌을 받을 것이다.'

받을 것이다, 라는 서술어가 너무 비장해 오히려 귀엽고 우습게 느껴졌다. 초등학생이 쓴 경고문 같기도 했다. 지난주에 가져간 따조를 내놓아라, 아니면 형벌을 받을 것이다. 슬러시를 사 먹게 오백원을 내놓아라, 아니면 변을 당할 것이다. 나를 배신할 생각도 하지 마라, 아니면 지독한 처벌을 받을 것이다……

남자가 건네준 종이를 읽어보니 아빠가 어딘가에서 빌린 돈을 갚지 않았으며, 원금과 이자를 체납하여 집안의 물건들과 부동산을 압류한다는 내용이었다. 하나도 새로운 내용은 없었다.

IMF가 터지고 궁전아파트로 이사한 후, 부채는 우리 가족의 네번째 식구와도 같았다. 그것은 속썩이는 막냇동생인 양, 한참 눈에 띄지 않다가도 집 나간 탕아처럼 다시 돌아와 집안을 박살내놨다.

그날 밤 집에 온 엄마는 집안 꼴을 보고 비명을 질렀다. 그리고 재빠르게 성호를 긋고, 눈물을 뚝뚝 흘리며 딱지를 하나하나 떼어냈다. 그 모습이 딱하면서도 지긋지긋했다. 밤늦게 아빠가 돌아왔고, 나는 얼른 내 방으로 들어갔다. 예상대로 두 사람이 내지르는 고성이 문

을 넘어 들려왔다. 나는 때때로 내 부모를 네덜란드의 댐 구멍을 막
는 소년으로 이해했다. 여기서 구멍이 뚫리면 여기를 막고 또 저기서
구멍이 뚫리면 정신없이 저기를 막고. 결국엔 두 손 두 발을 다 동원
하고도 어찌할 수 없는 상황에 당도한 것 같았다. 이래저래 돈을 굴
리고 막다가 결국 이 지경이 된 거겠지. 이제, 정말 끝에 다다른 거구
나. 하지만 그 사실이 충격적으로 느껴지진 않았다. 다만 돌림노래처
럼 끝도 없이 닥치는 불행과 가난이 지겨워 숨이 막힐 지경이었다.

그후로 며칠 동안 야간자습과 학원 수업을 마치고 집에 가면, 자정
이 넘은 시간임에도 전화를 하는 엄마를 볼 수 있었다. 대개는 이모들
에게 전화를 해 신세한탄을 했고 가끔은 돈을 빌리느라 아쉬운 소리
를 했다. 아빠는 할아버지가 살아 계셨을 때 집안을 드나들었던 '어르
신'들을 찾아뵙느라(정확히는 돈을 꾸느라) 전국 팔도를 다녔다. 나
는 눈치도 없이, 아니 일부러 눈치가 없는 것처럼 굴었다. 가계의 몰
락이나 부모님의 마음 상태가 내게 어떤 영향도 주지 않는다는 걸 증
명하려고 애쓰듯 시트콤을 보며 깔깔댔다. 시트콤 속 뱀파이어들은
수백 년 넘게 지구에 살면서 집 한 채는커녕 월세조차 내지 못해 포장
마차에서 고기를 굽고 옷가게에서 핀잔을 들으며 일했다. 신나게 웃
으면서도 남의 일 같지만은 않아 자꾸만 가슴이 저릿해졌다.
하루는 엄마가 내게 물었다.
"요즘 태리 어떻게 지낸다니?"
혹시 미라 아줌마에게 뭔가를 들은 건가 싶어 심장이 덜컥 내려앉
았다. 나는 아무것도 모르는 척 세상에서 가장 선량한 얼굴로 대답

했다.

"글쎄? 요즘 딱히 연락을 안 해봤네. 학교에서는 멀쩡해 보이던데."

"잘 있는지 전화 좀 해볼래? 미라가 며칠째 전화를 안 받네."

나는 할 수 없이 태리에게 전화를 했다. 전화기가 꺼져 있다는 안내음이 들려왔다. 전화를 받으면 무슨 말을 해야 하나 걱정했는데, 다행이라는 생각이 들었다.

"얘 자나봐. 전화 안 받네."

"그래? 무슨 일 있는 거 아니니? 걱정되네."

"설마. 바빠서 그런 거겠지 뭐. 내일 학교 가서 물어볼게. 걱정 마."

"그래, 꼭 물어보고 와."

다음날 5교시가 끝난 후 나는 태리네 반에 찾아갔다. 대충 훑어봐도 태리가 보이지 않아 나는 그나마 안면이 있는 반장을 불러 혹시 강태리가 어디 있는지 아냐고 물었다. 그가 한숨을 쉬며 태리가 무단결석을 한 지 사흘이 넘었다고 했다. 수업시간마다 선생들이 물어대서 하루에도 몇 번씩 똑같은 얘기를 하느라 지겨워 죽겠다고 덧붙였다.

"근데 너랑 강태리 친한 거 아니었어?"

나는 완강히 고개를 젓고는 곧장 우리 반으로 돌아왔다. 아무래도 사태가 심상치 않아 보였다. 혹여 나의 지난 행동들 때문에 이렇게 된 건 아닌지 죄책감이 일었고 곧바로 태리에게 문자를 보냈다.

—너 뭐야? 왜 학교 안 와. 전화도 꺼져 있고. 무슨 일 있는 건 아니지? 우리 엄마도 걱정해. 이거 보면 연락 좀 해.

혹시나 하는 마음에 태란 누나에게도 전화를 걸었지만 "고객의 요청으로 당분간 전화를 받을 수 없습니다……"라는 안내음이 나왔다. 도대체 무슨 일인 걸까. 나는 무늬의 반으로 찾아가 자초지종을 설명한 뒤 나미에 언니의 연락처를 알려줄 수 있냐고 물었다. 무늬는 착가라앉은 목소리로 언니의 전화번호가 바뀌었다고 했다. 일이 잘못되어가고 있는 게 분명했다.

밤늦게 집에 들어가자 엄마는 여느 때처럼 촛불을 켜놓고 무릎을 꿇은 채 기도를 하고 있었다. 나는 어떻게 말을 꺼내야 할지 고민하다 일단 샤워를 했다. 꽤 오래 샤워를 하고 나왔는데 엄마는 다리도 안 저린지 같은 자세로 계속 기도를 하고 있었다. 나는 조심스럽게 엄마에게 다가가 입을 열었다.

"엄마, 오늘 태리네 반에 가봤는데 태리가 사흘 넘게 결석했다네."

"뭐? 어디 아프대?"

"왜 안 나오는지는 아무도 모르더라고. 태란 누나도 전화 안 받고……"

엄마는 황급히 성호를 긋고는 촛불을 껐다. 그리고 소파에 앉더니 마른세수를 했다.

"별일 없겠지. 너무 걱정하지 마."

엄마는 한숨을 쉬며 말했다.

"예전에 말한 적 있지. 엄마가 미라 아줌마 가게 열 때 조금 투자했다고 했잖아. 급한 김에 그거라도 돌려받을 수 있을까 싶어서 전화를 했는데 계속 안 받아서 가게를 가봤더니 아무도 없더라고. 대낮인데도 문이 잠겨 있고, 창문으로 보니까 재고 박스는 가득하고. 혹시

나 미라네 집도 찾아가봤는데 인기척도 없고."

아무래도 내가 알지 못하는, 예상할 수 없는 어떤 일이 벌어진 것 같았다.

*

태리에게서 문자가 온 건 그러고도 며칠이 지난 밤이었다.

―통화 가능해?

학원에서 영어 수업을 듣고 있던 나는 화장실에 다녀오겠다고 한 뒤 밖으로 나와 곧장 태리에게 전화를 걸었다. 태리의 목소리는 막 운 사람처럼 거칠게 가라앉아 있었다. 괜찮냐고, 학교에는 왜 안 나오는 거냐고, 도대체 무슨 일이 있는 거냐고 묻자 태리는 아무런 대답도 하지 않았다. 그러다 한참 뜸을 들이고 겨우 말을 꺼냈다.

―혹시 이따 만날 수 있어?

―그래. 내가 너희 집에 갈까?

―집은 좀 그렇고…… 수성못에서 볼까? 관광호텔 입구 앞에서.

―언제?

―지금도 좋고 내일도 괜찮아.

―그럼 지금 보자. 나 학원이라 도착하면 열두시 좀 넘을 것 같아.

강의실로 돌아가 가방을 쌀까 하다, 그대로 수성못으로 가기로 했다.

평일 자정의 수성못에는 사람이 별로 없었다. 태리는 머리가 덥수룩하게 자라 있었다. 게다가 큰 눈은 당장이라도 눈물을 쏟을 것처럼 물기가 가득했다. 우리는 잠시 서 있다가 호숫가를 걷기로 했다. 태리가 무슨 얘기라도 해주기를 기다렸는데 그는 그저 묵묵히 발걸음을 옮길 따름이었다. 초여름의 수성못에서는 꽃 냄새며 풀 냄새가 진동을 했다. 태리가 지구가 내려앉을 듯 깊은 한숨을 쉬었다. 아무래도 안 되겠다 싶어 가까운 벤치에 앉자고 했다. 엄마에게 태리를 만났다고 연락하려 했는데 핸드폰 배터리가 나가 있었다. 나는 바로 본론으로 들어갔다.

"엄마가 미라 아줌마랑 연락이 안 된다고 걱정 많이 하더라고. 너랑 태란 누나 둘 다 전화도 안 받고. 너는 학교도 안 나오고. 도대체 무슨 일이야?"

태리는 그저 앞만 바라본 채 아무 말도 하지 않았다. 우리 사이에 침묵이 감돌았다. 나는 어떤 말을 해야 할지 고민하다. 이번에 우리 집에 닥친 일에 대해, 반복되는 불행에 대해 이야기했다. 압류 딱지에 적힌 문구, '형벌을 받을 것이다'에 대해서도. 나는 애써 웃으며 이야기를 했는데, 태리의 굳은 표정을 보자 괜한 이야기를 꺼냈다는 생각이 들었다.

이 지긋지긋한 가난은 태리에게 남의 이야기가 아니었다. 우리가 공유하는 공통의 악몽에 가까웠다.

IMF로 세상이 떠들썩할 때 태리의 아버지가 갑자기 집에 들어오지 않는 일이 일어났다. 그는 그 흔한 편지 한 장 남겨놓지 않은 채 아무런 전조도 없이 마치 연기처럼 순식간에 사라져버렸다. 미라 아줌마는 그를 찾아 밤낮으로 전국을 떠돌았고 우리 엄마 아빠도 함께 현수

막을 달고 전단지를 돌렸다. 그렇게 하루종일 찾아다니다가 소득 없이 다시 밤에 집에 모이면 다 같이 한마음으로, 기도로 불안을 달랬다. 그때 어린 태리가 했던 말을 기억한다. 엄마와 누나와 둘러앉아 통성기도를 올리던 도중 엄마가 방언이 터졌다고 했다. 태리는 미라 아줌마가 토해낸 짐승의 울음소리 비슷한, 언어화되지 않은 울음을 재현하며 그것이 믿음과 구원의 증거라고 했다. 태리는 마치 간증하듯 주님의 은혜로 아빠가 곧 돌아올 것이라고 확신했다. 그의 아버지는 다시 돌아오지 않았다.

영영.

조용히 앉아만 있던 태리가 천천히 입을 열었다.

그간 안 좋은 일이 많이 겹쳤다고 했다. 엄마와 함께 새벽 기도를 나가기 시작했으며, 밤새 기도를 올리느라 연락을 받지 못했다고 덧붙였다. 나는 두통이 올 것만 같았다.

"학교는 도대체 왜 안 나오는 건데?"

"나 자퇴할 거야. 유학 가게 됐거든. 필리핀에 있는 국제 학교로."

"뜬금없이 자퇴? 유학은 왜?"

"갑자기 결정한 건 아니고 오래전부터 생각해왔어. 거기 학교는 9월에 학기가 시작되니까 얼른 가서 적응도 하고 영어도 배우게."

"혼자서?"

"응."

"너 영어 싫어하잖아. 괜찮겠어? 초등학교도 아니고 고등학교인데."

"그래서 오늘 만나자고 한 거야. 형, 우리 같이 가자."

"너 아까 내 말 못 들었냐. 우리집 지금 난리 났대도. 유학은커녕 다니는 학원도 때려치워야 할 판이야."

"거기 물가가 싸서 한국에서보다 돈이 훨씬 덜 든대. 기숙사에서 살면 되니까 집 걱정도 없고. 내가 다 알아봤어."

"야, 정신 차려. 학교생활 힘든 건 알겠는데 너무 무모하잖아."

"충동적으로 결정한 거 아냐. 이미 거기 학교도 합격했고. 졸업하면 캐나다나 미국 대학으로도 진학할 수 있대."

캐나다와 미국 대학이라니. 유학원에서 떠들어댄 허황된 소리를 순진하게 그대로 믿는 게 분명했다. 입에 풀칠이나 하면 다행인 형편인 거 뻔히 아는데 무슨 얼어죽을 유학이야.

"그건 돈 많은 사람들이나 가능한 일이지. 미국 대학 가면 한 해에 일억씩 든대. 그 돈은 누가 내줄 거야. 정신 차려. 우리 벌써 고2야."

"나, 안 돌아올 거야. 계속 외국에서 살면서, 행복해질 거야."

외국이라니, 행복이라니. 아무렇지 않게 행복이라는 말을 입에 올리는 태리가 마치 유니콘이나 해태를 잡을 거라고 말하는 것처럼 허황돼 보였다.

"필리핀 유학? 말은 좋지. 근데 너 잘 모르잖아. 거기가 어떤 나라고 어떤 삶이 펼쳐질지. 얼마 전에 교민이 살해됐다는 뉴스도 났어. 거기가 여기보다 더 낫다는 보장 있어?"

"어디라도 여기보단 나을 거야. 그건 확실해."

나도 모르게 코웃음이 나왔다. 그토록 심한 일들을 당해왔으면서도 끝끝내 희망이 있을 거라고 믿는 태리의 안일함에 이제는 화가 났다.

"난 절대 안 가. 지금까지 해놓은 게 아까워서라도 안 가. 조금만 더 버티면 끝인데, 지긋지긋한 집구석도 이 동네도 다 끝인데. 거기가 어디라고 가. 안 가. 절대 못 가."

"형도 알잖아. 우리…… 같은 애들은 여기서 살기 힘든 거."

"우리 같은 애라니, 무슨 소리야? 진짜 미안한데 난 너랑 달라. 지난 일 년간 내신 받느라 똥줄 타게 공부했고 수능도 준비하고 있어. 내 자력으로 충분히 벗어날 수 있다고. 네가 힘든 건 알지만 이건 아닌 기 같다."

"형도 나만큼 힘들잖아. 간신히 버티고 있잖아. 다 알고 있어. 지금껏 다 보고 있었어."

"도대체 뭘 안다는 건데?"

"형이 남자를…… 좋아한다는 것. 도윤도를 좋아하고 있다는 것도."

태리의 입에서 윤도의 이름이 나올 거라고는 전혀 예상하지 못했다. 나는 반사적으로 무슨 개같은 소리냐고, 헛소리하지 말라고 고함을 쳤다.

"형 개 좋아하잖아. 윤도 좋아해서 키스도 했잖아."

눈앞의 검은 호수가 펄펄 끓는 것 같은 기분이었다. 가만히 앉아 있는데도 현기증이 일었다. 도대체 어떻게 그걸 알고 있는 거지? 아니야, 정신 차리자. 그저 나를 도발하는 것에 불과하다. 나는 마음을 가다듬으려 애쓰며 천천히 말했다.

"태리야, 윤도는 같은 반 친구일 뿐이야. 네가 날 어떻게 생각하고 있는지 나도 짐작해왔어. 이해해. 그치만 세상 사람들이 다 너 같은 건 아냐."

"같이 가자. 우리 둘이."

"정신 차려. 필리핀 가면 못하던 공부가 갑자기 잘해져? 갑자기 부자가 돼? 거기 가면 갑자기 왕이라도 되는 거야? 네가 그런, 그런…… 애라는 사실이 변해? 거기서도 똑같아. 뭐가 달라지는데? 네가 너라는 건 하나도 변하지 않는데? 넌 그냥 도피하려는 거야. 너 스스로가 견딜 수 없이 싫어서 도망치려는 거라고."

나는 태리 네가 많이 아픈 것 같다고, 치료가 필요한 것 같다고, 내가 도와줄 수 있다고 차분한 목소리로 덧붙였다. 말을 하면서도 나 자신이 가증스러웠다. 하지만 생존 본능이 나의 양심을 앞섰다. 태리가 한쪽 입꼬리를 올리며 웃었다.

"정말 내가 아무것도 모르면서 막 떠들고 있는 것 같아?"

"어. 그러니 이렇게 헛소리를 하지."

"기억 안 나? 우리 중학교 때 같은 비밀번호 썼던 거."

그 말을 듣자 불현듯, 태리와 게임 계정을 공유했던 어느 날이 떠올랐다. 그때 우리가 만든 비밀번호는 태리네 집 전화번호 뒷자리에 내 이름 이니셜을 더해놓은 것이었다. 기억하기 쉬워서 그후로 사이트에 가입할 때면 별생각 없이 같은 비밀번호를 사용했다. 싸이월드도 마찬가지였다. 무방비했던 나 자신의 손등을 찍어버리고 싶었다. 일상의 내가 항상 타인의 시선을 의식하며 사는 것과는 달리 온라인 속의 나는 누군가 나를 지켜볼 수도 있다는 생각조차 하지 못했다. 알량한 알파벳과 숫자 몇 개로 익명의 가면을 쓴 채 나만의 우주를 유유히 헤엄치고 있는 줄로만 알았다. 내 가장 빛나는 부분과 그 이면의 내밀하고 추악한 부분까지 모든 것을 배설해버렸다. 그 세계가 온전히 안전할 것이라고, 영원히 지켜질 것이라고 믿었다. 이토록 손쉽게 내 삶이, 나의 모든 것들이 노출되어버렸다니. 태리는 도대체 어디까지 알고 있는 걸까. 혹시 내 다이어리를 모조리 읽은 것일까. 윤도와 함께 쓴 우리 다이어리까지 본 걸까?

그래, 모든 것.

이 모든 것을 태리가 보고 있었다. 내 비밀과 내 추한 행적과 내 진심을, 샅샅이 훑어보고 낱낱이 알고 있다. 수치심과 분노가 동시에 밀려들었다. 드라이아이스를 뒤집어쓴 것처럼 온몸이 차갑게 얼어붙었다.

"지금껏 말 안 하고 형 사생활을 훔쳐본 건 정말 미안해. 그치만 형이 나랑 같은 쪽…… 사람인 걸 알고 얼마나 반가웠는지 몰라."

"우린 달라. 하나도 비슷하지 않아. 자꾸 이럴래? 너 말이 나와서 말인데 도대체 처신을 어떻게 하고 다닌 거야? 애들이 너보고 뭐라고 하고 다니는지 알아? 호모 새끼라고, 가난뱅이라고 욕해. 너 현실 감 없이 사는 거 너 자신한테만 잘못하는 게 아냐. 미라 아줌마도 욕보이는 거야."

나는 내가 돌아올 수 없는 선을 넘고 있다는 걸 알고 있었다. 알고 있었지만 멈출 수 없었다.

"형이야말로 정신 차려. 공부 좀 한다고 뭐 다를 줄 알아? 애들이 형에 대해선 뭐라고 떠드는지 알아? 아줌마에 대해서도 뭐라는지 모르지? 모르니까 그렇게 얼굴 멀쩡하게 들고 다니는 거겠지. 아줌마 가짜 교사자격증 가지고 사칭해서 공부방 한다고 소문 쫙 났어. 우린 무섭도록 같아. 도윤도는 뭐 다를 거 같아? 윤도가 여자 만나는 거 형도 알잖아. 걔한테 형은 그냥 심심할 때 만지고 노는 장난감, 밖으로 내놓기는 부끄러운 누더기 인형 그 이상도 이하도 아냐. 진짜 몰라? 모르겠어?"

"헛소리하지 마. 궁지에 몰리니까 아무 말이나 하는구나."

"그래, 인정하고 싶지 않겠지. 윤도만 생각하면 애틋하고 가슴 설레서 미칠 거 같지? 가끔은 너무 좋아서 죽어버릴 것 같지? 나도 알아. 내가 느끼는 감정이거든. 내가 형을 그런 방식으로 좋아해왔으니까. 그래서 많이 원망도 했고. 근데 형이 나랑 같은 사람이라는 거 알고 나니까 날 외면하고 내 마음 몰라준 것도 다 이해할 수 있게 됐어. 지금껏 형이라는 존재가 있어서 외롭지 않을 수 있었어. 앞으로도 그럴 거고. 그러니까 우리 함께 떠나자. 여기서 벗어나면 돼. 그러면 다 해결될 문제야."

"그래, 알겠어. 내가 그간 널 힘들게 했다는 거 인정해. 힘든 널 외면한 거 정말 미안해. 내가 다 사과할게. 네 마음이 정 그렇다면 그래, 유학 가. 단 너 혼자 가. 그냥 이대로 아무 말도 없이 사라져줘. 부탁이야."

"도대체 여기가 뭐가 그렇게 좋은 거야?"

"하나도 좋지 않아. 아까운 것뿐이야. 내 노력이. 지금껏 버텨온 시간이."

"지금의 나처럼 될까봐 두렵지 않아?"

나는 아무 대답도 하지 않았다. 그의 말이 정확히 맞았다. 그것만큼 큰 공포는 내 인생에 없었으니까.

맞아, 강태리 너처럼 약점을 세상에 드러낸 채 짐승처럼 달려드는 사람들에게 물어뜯기게 될까봐 두려워. 죽는 것보다 더 두려워. 두려워서 잠도 못 들어. 태리 너처럼 될까봐. 두려워 미칠 것 같아.

태리는 마치 내 마음을 읽은 것처럼 말을 이어갔다.

"형보고 윤도 쫓아다닌다고 하는 애도 있어. 6반 반장 게이 같다고 호모 새끼 같다고 흉보는 애들도 있다고. 우리 더이상 여기서 이런 일을 당할 필요가 없어. 그러니까 우리 같이 가자. 외국 가서 살자. 거기서 행복해지자. 그게 우리를 위한 최선이야."

"아냐, 난 이곳에 있을 거야. 버티고 또 버텨서 졸업할 거고, 서울에서 나 스스로 일어설 거야. 그게 내 선택이고, 최선이야."

"형이 그렇게 고집을 피운다면 별수없지. 형이 이곳에서 더이상 살 수 없게 만드는 수밖에."

"지금 나 협박하는 거야?"

"함께 떠나지 않으면 모두에게 알릴 거야. 형이 어떤 사람이고 윤도와 어떤 일을 벌였는지. 둘이 어떤 짓거리를 했는지 모두 다."

"개소리하지 마."

"형도 윤도도 얼굴 들고 학교를 다닐 수 없을 거야. 아니, 이 땅에 발붙이고 살 수 없겠지."

태어나서 한 번도 경험해본 적 없는 감정이 내 안에서 끓어오르기 시작했다. 기쁨과 슬픔과 증오와 행복과 고통과 쾌락을 초월한, 뼛속 깊이 차오르는 어떤 강렬한 충동. 어쩌면 한없이 짐승을 닮아 있는, 근원적이고도 강력한 살의.

"형은 갈수록 더 이상해지고 있어. 병들어가고 있다고. 여기선 더 안 좋아지기만 할 거야. 우리 가자. 같이 떠나서 행복해지자."

어떻게 해서든 태리의 입을 틀어막고 싶었다. 그가 알고 있는 것들

을 없는 것으로 되돌리고 싶었다. 그의 존재를 내 삶의 바깥으로 밀
어내야만 했다. 나는 양팔을 뻗어 태리의 어깨를 잡았다.

"그래, 가."

있는 힘을 다해 그를 밀었다. 작고 가벼운 태리의 몸이 훌쩍 뒤로
밀려났다. 난간에 걸려 넘어간 태리의 몸이 굴러떨어졌다. 뭔가 물에
빠지는 소리가 들렸다.

순식간에 벌어진 일이었다. 어두워 잘 보이지 않는데 어떡하지. 구
급차를, 사람을, 누구라도 불러야 해. 그래서 태리를 구해야만 해. 나
는 구급차를 부르기 위해 반사적으로 핸드폰을 꺼냈다. 전원이 꺼져
있었다. 갑자기 수만 가지 생각이 한꺼번에 머릿속으로 쏟아져 들어
왔다. 그를 구하면, 건져올리고 나면 그후에는 어떡하지. 엄마를, 미
라 아줌마를 불러야겠지. 그러고 나면 또 어떤 일이 벌어질까. 태리
는 젖은 입으로 나의 비밀을 모두에게 낱낱이 말하겠지. 나는 얼굴을
들고 다닐 수 없겠지. 윤도에게도 이 모든 일들이 알려지게 되겠지.
그것만은, 그것만은 절대 안 돼.

나는 몸을 돌렸다.

그리고 있는 힘껏 달렸다. 등뒤로 무슨 소리가 들렸지만 한 번도
돌아보지 않고 계속 뛰었다. 태리로부터, 수성못으로부터, 나 자신의
진실로부터 도망치기 위해 온 힘을 다해 뛰었다. 심장이 터질 것처럼
빠르게 뛰고 숨이 멎을 것처럼 가빠왔으나 멈추지 않았다. 차라리 이
대로 심장이 터져 죽어버렸으면 좋겠다는 마음으로.

과거로부터 온 편지 4

벨이 울렸다.

상담 예약을 취소했으니 올 사람은 없었다. 아마도 잡상인이거나 가스 검침원인 것 같았다. 누군가를 맞이하러 나갈 기운이 나지 않아 그저 의자에 가만히 앉아 있었다. 벨은 집요하게도 계속 울렸다. 이어서 핸드폰이 울렸다. 나는 전화를 받았다. 등기가 왔다는 목소리가 들려왔다. 밖으로 나가자 우체부가 몹시 언짢은 표정으로 서 있었다. 나는 서명을 한 뒤 서류 봉투 하나를 받아들었다. 보내는 사람의 이름은 따로 적혀 있지 않았고 발신 주소만 남해의 한 섬이었다. 남해에 아는 사람은 없었다. 누가 보낸 건가 싶어 봉투를 뜯은 나는 소스라치게 놀랐다.

『涼宮ハルヒの憂鬱』.

투명한 비닐로 포장된 일본어 원서. 『스즈미야 하루히의 우울』이었다. 표지가 닳고 누렇게 바래 있었지만 태리가 나에게 선물했던 그

책이 분명했다. 그 옛날 소각장을 샅샅이 뒤져도 찾을 수 없었던 그 책이 십오 년의 시간을 건너와 지금 내게 건네진 거였다. 날카로운 것으로 뒤통수를 세게 얻어맞은 것 같았다. 누군가 내 삶을 통째로 들여다보고 나를 놀리고 있는 것 같은 기분이었다.

아무리 발버둥쳐도, 아무리 애써봐도 네가 저질렀던 일들은 절대 과거가 될 수 없어.

비닐을 뜯다 손이 떨려 책을 놓쳐버렸다. 바닥에 떨어진 책에서 편지 봉투 하나가 튀어나왔다. 봉투는 아무것도 적혀 있지 않은 채 밀봉되어 있었다. 만지면 감염되기라도 할 듯 나는 봉투와 책을 신발장 위에 올려두었다. 화장실로 가 비누를 묻혀 손을 씻었다. 아무리 열심히 손을 씻어도 뭔가 더럽혀지고 훼손된 것 같은 기분은 가시지 않았다. 거울 속에는 안색이 어둡고 안광이 번뜩이는 미친 사람 하나가 서 있었다. 미쳤다기보다는 지쳤다고 하는 게 차라리 어울릴지도 몰랐다. 눈 밑이 어둡고 피곤에 전 남자가 허공을 향해 울부짖기 시작했다.

미안해.

그치만 나라고 마냥 좋았던 건 아냐.

그때 내가 당한 폭력은 문신처럼 뼈에 새겨져 이후 내 삶을 끊임없이 가로막아왔다. 내가 겪었던 일들, 초년부터 내 삶을 결정지어버린 억압들이 아직까지도 중요한 순간마다 번번이 나를 가로막고는 했다. 나를 규정지었던 폭력적인 시선들과 나를 갉아먹은 세월들로부터 나는 절대 벗어날 수 없었다.

그때 너뿐만 아니라 나도 잔뜩 구겨졌어. 아무리 펴보려고 해도 그

326

구겨진 자국을 지울 수 없어.

아무렇지 않게 살아가고 있는 사람들은 따로 있잖아.

그러니까, 이러지 마.

제발.

내가 잘못했어.

진심이야.

4장

천사가 아니야

그날 이후 아주 많은 것들이 변해버렸다.

정신없이 달려 집에 돌아왔을 때는 새벽 세시가 다 된 시간이었다. 집안은 고요했고 부모님은 모두 자고 있는 것 같았다. 나는 조용히 방에 들어가 문을 잠갔다. 그리고 이 일을 어떻게 해야 할지 고민했다. 지금이라도 경찰에 신고해야 하나. 아니면 구급차를 불러야 하나. 부모님이라도 깨워 모든 일들을 털어놓아야 하나. 한참을 고민했지만 결론은 나지 않았고 그러는 새 점점 더 시간이 흘렀다. 조심스레 태리에게 전화를 해보았는데 전화기가 꺼져 있다는 안내음이 들렸다. 자꾸만 불길한 생각이 들었다. 괜찮겠지. 고작 수성못인데. 거대한 폭포도 아니고, 잔잔한 호수에 불과한데. 태리가 왜소하다고 해도, 어린 애도 아니고 다 큰 남자인데. 어렵지 않게 다시 걸어나왔겠지. 전화를 받지 않는 건…… 핸드폰이 물에 빠져 고장난 거겠지. 그러니 전화를 받지 못하는 게 당연하지. 그렇게 생각하며 가슴을 쓸어내리다가 문득 태리가 어릴 적부터 극심한 물 공포증에 시달렸다는 사실이 떠올랐다. 종아리 정도 오는 물에도 발을 담그지 못했던 태리. 텔레비전 뉴스에서 홍수 장면이 나올 때면 이따금 놀라 비명을 질렀던 태리. 갑자기 참을 수 없이 불안해졌고, 뒤통수가 저려왔다. 나는 내 인생에 벌어질 수 있는 최악의 경우의 수들에 대해 생각했다.

하지만 모든 게 늦어버린 뒤였다.

*

그날 이후로 새벽 다섯시면 눈이 번쩍 떠졌고, 나는 곧장 현관문으로 달려가 아빠가 구독하는 신문 세 부를 들고 방에 들어왔다. 숨도 쉬지 못한 채 신문을 샅샅이 읽었다. 평소에는 거들떠보지도 않았던 지방지까지도 꼼꼼히 훑어보았지만 수성못과 관련된 기사는 없었다. 매일같이 인터넷으로도 검색했지만 별다른 기사는 없었다.

나는 겉으로는 아무렇지 않게 학교에 다니고 학원에 가고 밥을 먹었지만 그날 태리와의 일이 매 순간 나를 따라다녔다. 태리가 나에게 했던 말들과 태리를 밀었을 때 내 손에 느껴지던 무게감, 그때의 내 선명한 살의가 이따금 되살아나 내 머릿속을 휘저어놓았다.

그 이후로 자주 잠을 설쳤다. 설핏 잠에 들면 어김없이 꿈을 꿨다.

나와 태리는 나란히 봉봉을 타고 있다. 우리 눈앞에 머큐리랜드가 펼쳐져 있다. 우리는 같은 방향을 바라본 채 엇박으로 봉봉을 탄다. 태리가 뛰어오를 때마다 내 몸이 휘청이는 게 느껴진다. 태리가 말을 건다.

형. 기억나? 우리 레고 가지고 놀았을 때?

어. 기억나지. 여덟 살 때였나.

맞아. 형이 생일 선물로 부모님께 받은 거였어. 파라다이스 별장 시리즈였지.

그런 것까지 기억해?

응. 엄청 갖고 싶었거든.

그때 진짜 재밌었는데. 우리 둘 다 어려서 그런지, 아니면 손재주가 엉망이라 그런지 완성하는 데 일주일도 넘게 걸렸잖아. 그래도 엄청 뿌듯했어. 너랑 내가 그럴듯한 별장을 지었다는 사실이.

그때 투명 컵이랑 야자수 블록 없어졌던 것 기억나?

그랬나?

응. 그랬어. 다 완성했는데, 그것들만 사라졌다고 형이 한참 찾아다녔었지.

그랬구나.

사실 그거 내가 가져간 거야.

정말? 웃긴다. 그걸 가져다 뭐했는데.

그냥 가지고만 있었어. 쪽. 반짝거려서, 갖고 싶었거든.

침묵이 이어진다. 아무 말 없이 봉봉을 타던 나는 힘겹게 입을 뗀다. 꼭 해야 할 말이 있었기 때문에. 그 말을 하기 위해 나는 이곳에 왔기에. 입이 말라 쩍쩍 갈라지는 소리가 난다.

태리야, 내가…… 내가 정말, 미안해.

뭐가 미안한데?

너를 그렇게…… 만든 것.

……

무서워서 그랬어. 그냥…… 모든 게 무서웠어. 우리 가족이, 너네 가족이, 주위 애들이, D시 사람들이, 무엇보다…… 내가 나인 걸 들키는 게…… 너로 인해 진실을 마주해야 하는 게 두려웠어. 이런 나를…… 제발……

발바닥에 전해지던 진동이 멎었다. 고개를 돌렸을 때, 내 옆에는 아무도 없다.

태리야?

고개를 돌려 정면을 보자 머큐리랜드 문으로 어린아이가 들어가는 게 보인다. 작은 들짐승처럼 재빠르게. 나는 봉봉에서 내려와 문 쪽으로 달려간다. 문을 열기 위해 애쓴다. 문에는 녹슨 체인이 감겨 있다. 이 문만 열고 들어가면 괜찮아질 거야. 되찾을 수 있어. 다시 데려올 수 있어. 나는 손톱에 피가 배어나도록 정신없이 문을 당겨보지만 문은 굳게 잠긴 채 열리지 않는다.

저멀리 롤러코스터 너머로 아이가 사라지는 게 보인다.

나는 아이의 등에 대고 소리친다.

조금만 기다려줘. 제발.

잠에서 깨어났을 때 나는 내가 태리를 영영 잃어버렸다는 걸, 그를 다시는 볼 수 없을 거라는 걸 직감했다.

*

그리고 그후로 정말 나는 태리를 보지 못했다. 태리뿐만 아니라 태리의 가족 중 누구도 다시 볼 수 없었다. 태리네 가족 모두가 연기처럼 사라져버렸다.

"아무리 생각해도 너무 이상해. 미라를 안 지 근 삼십 년인데 이런 적은 처음이야. 무슨 큰일이 나지 않고서야 이렇게 갑자기 연락이 안 될 리가 없어."

엄마의 말을 들었을 때 나는 심장이 내려앉는 것 같은 기분이었다.

며칠 뒤 나는 엄마의 손에 이끌려 태리네 집에 갔다. 초인종을 눌러도 답이 없어, 한참 동안 문을 두드려보았다. 역시나 아무 인기척도 느껴지지 않았다. 엄마와 나는 아파트 단지 앞 부동산에 들렀다. 우리는 충격적인 소식을 듣게 되었다. 몇 주 전 집을 급매하려고 미라 아줌마가 부동산을 찾았지만 국세 체납과 대출로 압류가 가해진 상태라 내놓을 수 없었다고 했다. 이후로 미라 아줌마와 연락이 끊겼으며 집은 곧 경매에 들어간다고 했다. 엄마는 믿을 수 없다는 듯 부동산 사장에게 몇 번이고 되물었다.

"그러니까, 아예 없어졌다고요? 어디 갔는지도 모른다고요?"

집에 돌아왔을 때는 해가 진 뒤였다. 엄마는 쓰러지듯 주저앉아 소리 내 울기 시작했다. 울음 섞인 목소리로 연신 미라 아줌마를 향한 원망을 쏟아냈다.

"걔가 어떻게 나한테 이럴 수가 있니. 미라가 나한테 어떻게……"

퇴근을 한 아빠가 놀라서 무슨 일이냐고 물었다. 내가 자초지종을 말하자 아빠는 한숨을 쉬며 엄마를 다독였다. 그리고 거듭 이렇게 말했다.

"잊자. 살다보면 이런 일도 저런 일도 생길 수 있는 법이다. 잊자. 다 잊어."

아빠의 말을 듣고 엄마는 마치 자신에게 주술을 거는 것처럼, 기도하듯이 같은 말을 반복했다.

잊자. 살다보면 이런 일도 저런 일도 생길 수 있는 법이다.

잊자. 다 잊자.

모든 걸 잊자.

결국 태리는 무단결석 횟수가 쌓여 퇴학 처리가 되었다. 전교에 태리를 둘러싼 온갖 소문이 퍼졌다. 미라 아줌마의 건강 사업에 투자한 사람은 우리 엄마뿐만이 아니었다. 교회에서도, 동네 주부들 사이에서도 미라 아줌마는 꽤 영향력 있는 사람이었다. 그녀가 판매하던 건강 보조 식품을 먹고 부작용을 겪은 사람들도 있다고 했다. 가족끼리 동반자살을 했다는 둥, 다단계로 한탕하고는 돈을 떼먹고 서울로 날랐다는 둥 온갖 소문이 떠돌았다.

그 소문에는 나도 들어가 있었다. 6반 반장을 짝사랑하던 태리가 고백했다 차인 후 가출했다. 아니, 둘이서 비밀 연애를 하다 헤어진 후 자살을 했다. 육체적인 관계까지 나눈 사이였다…… 소문을 전해준 정동훈은 말 지어내기 좋아하는 애들이 하는 영양가 없는 소리라며, 신경쓰지 말라고 했지만 그 누구보다 흥미진진해 보이는 얼굴이었다. 나는 아무렇지 않은 척 괜찮다고 말했지만, 하루에 일 센티미

터씩 입지가 좁아지는 것 같은 기분을 느꼈다.

　매일 발밑으로 물이 넘실대고 있다. 곧 빠른 속도로 물이 차오른다. 발목과 종아리, 허리와 가슴, 어깨까지 차오른다. 결국에는 정수리까지 차올라 나는 질식해 죽어버릴 것이다.

　　　　　　　　　　*

　당장이라도 빚쟁이들에게 집이 넘어갈지도 모른다는 내 우려와는 달리, 산부인과 전문의인 막내 고모의 도움으로 우리 가족은 급한 불을 끌 수 있었다.

　우리 가족을 일어서게 한 건 주님이 아니라 부동산이었다. 궁전아파트 재건축 사업이 시작된다는 소문이 돌았다. 부모님은 인생을 역전할 수 있는 마지막 기회라고 했다. 아빠는 호황기에 건설 부자재 업체를 오랫동안 경영했던 경력이 인정돼(때마침 운영하던 회사를 말아먹어 시간이 남아돌기도 했으니) 재건축 추진위원회 회장이 되었다. 엄마는 공부방 일을 하는 동시에 틈틈이 아빠를 도왔다. 둘은 콧물 닦을 시간도 없이 바빠졌지만 터널 속에서 가느다란 빛줄기를 본 듯 들뜬 기색이었다.

　하지만 나는 그 일들과 아무런 상관이 없는 듯 느껴졌다. 내가 저지른 일이 언젠가 만천하에 드러날지도 모른다는 불안감이 나를 옭아맸고, 나는 빈껍데기처럼 이리저리 나부낄 뿐이었다.

*

사실은 딱 한 번, 윤도에게 이 모든 사실을 고백하려 한 적이 있었다.

윤도의 컨테이너 앞에 서서 한참 동안 말을 골랐다.

미안하지만, 더이상 우리 사이의 일들이 우리의 것만이 아니게 되었어.

우리가 함께했던 모든 일들이 누설되어버렸어.

그래서, 그것이 퍼져나가는 것을 막기 위해 내가 사람을 죽였어.

태리를 밀어버렸어.

모든 것들을 비밀로 남겨놓기 위해서 그랬어.

너는 이해하지? 윤도야, 너는 이런 나를, 내 마음을 이해하지?

문 앞에서 주저하다 나는 결국 해가 질 때까지 문도 두드리지 못한 채 집으로 발걸음을 돌렸다.

그날 그 밤, 나 홀로 모든 것들을 비밀에 부치기로 마음먹은 밤, 나는 오르막길을 오르며 내 안에 존재하는 모든 감정을, 애정을 다 없애버리기로 결정했다.

애초에 이 모든 일이 벌어지게 한 윤도에 대한 나의 마음까지도 모조리 폐기하기로 마음먹었다. 윤도와 나를 엮어주고 있다고 믿었던 붉은 실을 완전히 끊어내기로 작정했다. 나는 설정 메뉴로 들어가 미니홈피 회원 탈퇴 버튼에 마우스 커서를 올려놓았다. 클릭 한 번이면 나와 윤도의 지난 추억들이 모두 사라질 터였다. 몇 번이고, 버튼을 누르려 했지만 차마 모든 것을 지워버릴 수는 없었다. 결국 나는 탈퇴를 하는 대신 내 미니홈피의 모든 메뉴를 닫고 일촌평도 비공개로

338

돌렸다. 수정된 프로필의 이력까지도 모조리 지웠다. 윤도와의 우리 다이어리도 사라졌다. 윤도와의 실낱같은 인연의 끈마저 끊어지는 기분이었지만 그럼에도 불구하고 닫아야만 했다. 그것이 이 삶을 견딜 수 있는 유일한 방법이라는 사실을 알고 있었다. 남은 내 삶을 견뎌내기 위해.

*

학교에는 윤도와 희영이 사귄다는 소문이 삽시간에 퍼졌다. 축제 때 희영이 무대에서 고백하던 모습을 찍은 동영상과 사진이 누군가의 미니홈피에 올라왔고, 그것은 빠른 속도로 학교 애들의 미니홈피로 퍼져나갔다. 대중에게 그다지 존재감이 없던 윤도가 학생회장 남친, 이라는 별명으로 불리기 시작했다. 난생처음 윤도의 미니홈피 투데이가 천 명을 넘어섰다. 학생회장과 일진이 사귄다는 소문은 당시아이들 사이에서 유행하던 인터넷 소설의 내용처럼 들리기도 했다. 나는 이 모든 것들이 그저 귓가에 스치는 바람처럼 느껴졌다. 아니, 그렇게 느끼기 위해 애써야만 했다.

미니홈피를 닫은 후 며칠이 지나 윤도에게서 문자가 왔다. 축제 날 이후로 처음으로 연락을 하는 거였다. 윤도는 한마디 인사도 없이 다짜고짜 내게 물었다.

—미니홈피 왜 닫았어?

그가 나의 부재를 인식하고 있다는 사실이 반가웠지만 동시에 컨테이너 앞에 놓여 있던 메리 제인 슈즈가 떠올랐다. 그러자 순식간에 원망이 차올랐다. 그 신발의 주인이 누구냐고 책망하려다, 그게 무슨 소용인가 싶어 결국 아무 답장도 하지 않았다. 내가 답을 않자 윤도에게서 연달아 문자가 왔다.

　—요즘 무슨 일 있음?

　—아니면, 내가 뭐 잘못한 거 있어?

　너의 잘못이라.

　그러게. 나도 잘 모르겠네. 네 잘못이 뭘까.

　너를 좋아하게 한 것? 나를 네 삶의 한중간에 초대해놓고, 너에게 정신없이 빠져들게 해놓고, 단 한 순간도 나에게 솔직하지 않았던 것? 나와 좋아하는 것들을 공유하고, 웃고, 떠들고, 안고, 가끔은 함께 잠들기도 하고, 입까지 맞춰놓고 그 일들에 대해, 너의 감정에 대해 아무런 말도 꺼내지 않은 것? 언제나 네가 만나고 싶을 때만, 내가 필요할 때만 나를 찾은 것? 내 일상을 송두리째 흔들어놓고 결국 깃털처럼 홀연히 곁을 떠나버린 것?

　그런데 이 모든 것들을 윤도의 잘못이라고 할 수 있을까. 나는 내가 진심으로 원망하고 있는 건 윤도가 아니라 그에게 좋아한다는 말 한마디 건네지 못한 내 처지가 아닌가 하는 생각이 들었다. 심지어 그 마음을 다른 사람에게 들키기까지 해 나와 윤도의 삶 모두를 위험하게 만들어버린 건 나였다. 지금 내 머릿속에 떠오르는 이 상념들은 그가 나에게 백 번 천 번 묻는다고 한들 절대로 대답할 수 없는 종류의 것이었기에, 나는 그와의 완벽한 단절을 택하기로 마음먹었다.

　지금껏 윤도에게서 받은 문자를 하나씩 다 지웠다.

그에 대한 내 마음도 지금까지의 모든 기억도 완벽히 지워지기를 바라며.

*

학기말, 6월 모의고사 점수와 내신성적을 합산한 종합 성적이 중앙 현관에 나붙었다. 나는 6등에서 40등으로 성적이 수직 하락했고 청운반에서 탈락했다.

그날 저녁 나는 급식을 먹지 않았다. 대신 청운반의 내 자리를 정리하기 위해 자습실에 올라갔다. 책상에 놓인 참고서를 가방에 집어넣고 있는데 공교롭게도 희영과 마주쳤다. 희영 역시 나처럼 밥을 거르고 자습실에 온 것 같았다. 나는 희영에게 말했다.

"성적 올랐더라? 축하해."

희영은 "학원에 왜 안 나와?"라고 물었고 나는 "혼자서 공부하기로 했어"라고 짧게 대답했다. 희영은 안쓰러운 듯한 말투로 말했다.

"힘내."

"너 윤도랑 사귄다며. 애들이 잘 어울린다고 난리더라. 축하해."

나도 모르게 꺼내버린 윤도의 얘기. 누가 들어도 퉁명스러운 말투였다. 희영은 잠시 대답을 않고 나를 가만히 바라보았다. 호수처럼 투명한 그 눈빛에 나도 모르게 시선을 피하게 됐다. 희영이 차분한 목소리로 내게 물었다.

"넌 걔에 대해서 얼마나 알고 있어?"

"그냥 적당히 알지. 같은 반이니까."

"걔 너무 믿지 마."

"둘이 무슨 일 있는 거야?"

"······"

희영은 아무 대답도 않고 도망치듯 자습실 바깥으로 나갔다. 도대체 뭘 믿지 말라는 걸까. 내가 알지 못하는 나에 대한 소문이 또 있는 걸까. 설마 윤도가 희영에게 나에 대해서 뭔가를 떠들어댄 걸까? 내가 아는 윤도는 적어도 그렇게 입이 가벼운 사람은 아닌데. 그리고 다시금 컨테이너 앞에 가지런히 놓여 있던 메리 제인 슈즈가 떠올랐다. 희영은 도대체 무엇을 알고 있는 걸까.

짐을 다 챙기고 계단을 내려가는데 핸드폰 진동이 울렸다.

—죄는 절대 사라지지 않지. 그리고 언젠가는 그 대가를 치르게 되어 있어. 청운의 꿈에서 나락으로 굴러떨어진 너 자신이 가장 잘 알겠지만.

발신인은 1004였다. 나는 심장이 얼어붙는 것 같은 공포에 사로잡혔다. 놀란 채 천천히 고개를 돌려보았지만 주변에는 아무도 없었다. 몇 달 동안 멎었던 그의 문자가 지금 나에게 다시 도착한 것이다. 나는 그동안 1004의 정체가 태리일 거라고 믿었다. 당연히 태리여야 했다. 내 일기를 훔쳐보지 않고서는 알 수 없는 사실들이 문자에 적혀 있었고, 그가 사라지고 난 후 문자가 끊겼으니까. 그런데 태리가 사라져버린 지금도 1004는 이곳에 남아 나의 일상을 좇고 있다. 마치 망령처럼. 나는 누가 볼까봐 얼른 핸드폰을 주머니에 집어넣었다. 그리고 건물을 나와 곧장 후문 쪽으로 달렸다.

점점 더 숨이 가빠오기 시작했다. 무작정 앞으로 계속 뛰었는데,

도무지 어디로 가야 할지 알 수 없었다. 매일 걷던 익숙한 길이 완전히 새로운 길처럼 느껴졌다. 나는 길을 잃은 채 한참 동안 뱅뱅 돌다가 다시 학교 근처로 돌아왔다. 교복을 입은 애들이 여럿 지나갔다. 누군가 웃는 소리가 들려 나는 고개를 돌렸다. 열 명 정도 되는 아이들의 무리가 바로 내 뒤에 바짝 붙어 있었다. 나는 속도를 늦추었다. 그들 중 누군가 내 팔을 살짝 스치고 지나갔다. 또다시 웃는 소리가 들렸다. 큰길가로 학교 아이들이 쏟아져나오기 시작했고, 다들 나를 바라보고 있었다. 나를 보며 비웃고 있는 게 분명했다. 모든 게 다 까발려진 거겠지. 다들 내 비밀을 알게 된 게 분명해. 그렇지 않고서야 이 많은 사람들이 나를 쳐다볼 리가 없었다. 순간 누군가 심장을 세게 움켜잡는 것 같은 강렬한 통증이 느껴졌다. 나는 차도 쪽에 서서 허리를 굽힌 채 허공에다 손을 허우적거렸다. 마치 물에 빠진 것처럼. 곧 내 앞에 택시 한 대가 멈춰 섰다. 나는 쓰러지듯 택시에 탔다. 말이 잘 나오지 않았다. 가슴을 몇 번이고 쓸어내리며 안간힘을 다해 병원, 이라고 말했다. 목소리가 사정없이 떨렸다.

*

눈을 떴을 때, 왼쪽 팔에 링거가 꽂혀 있는 게 보였다. 그날 이후 닷새 동안 나는 진료실 곳곳을 돌아다니며 여러 검사를 받았다. 마지막으로 간 곳은 신경정신과 진료실이었다. 두꺼운 안경을 낀 중년 남성이 나에게 그간 무슨 문제를 겪었는지 소상히 말해보라고 했다. 나는 대답을 하는 대신 벽에 붙은 담당의의 약력을 읽었다. 서울대 의

학과를 졸업한 후 예일대에서 박사 학위를 받았다고 적혀 있었다. 이 동네의 학부모라면 누구라도 부러워할 코스를 밟은 사람이었다.

그에게 모든 걸 다 털어놓고 싶었다. 제가 사실은 남자를 좋아해요. 같은 반의 남자애를 사랑합니다. 그애가 저를 어떻게 생각하는지 모르겠지만, 그애가 없으면 죽어버릴 것 같아요. 그런 제가 싫고 이 삶이 싫어서, 이 모든 삶이 내 것이 아니었으면 좋겠어서 미쳐버릴 것 같아요. 그것뿐인 줄 아세요? 그래서 저는 사람을 죽였습니다. 제가 싫어서, 저에 대해서 모든 걸 알고 있는 친구를 죽였어요. 그런데 그 친구는 죽은 이후에도 제 곁을 떠나지 않고 있습니다. 제 옆에 붙어서서 저의 불행을 바라고 있는 게 분명해요.

이런 말을 할 수는 없었다. 대신 나는 윤도와 태리를 제외한 나머지 모든 것들을 다 털어놓았다. 모태 신앙으로 자라나 강압에 의해 성당을 다녔던 유년기부터 누군가를 좋아했다 좌절했던 일까지, 나아질 만하면 끊임없이 추락하는 삶에 대해, 명확하게 지칭하는 대상 없이 감정만 담긴 문장들을, 누설해도 상관없는 종류의 비밀들을 모두 털어놓았다.

내 이야기를 들은 의사는 부모님을 호출했다. 의사는 나에게 절대 빼먹지 말고 꾸준히 먹어야 한다고 말하며 약을 처방해주고는 부모님에게 따로 면담을 하자고 했다. 나는 진료실 밖으로 나와 기다렸다. 진료를 보러 온 사람들이 나를 홀끔대는 것 같았다. 진료실 안에서 소란스러운 소리가 들렸다. 아이는 아무런 문제가 없다고, 지속적인 치료가 필요한 건 당신들이라고 말하는 의사의 목소리가 들려왔다.

진료실에서 나온 엄마는 울고 있었고 아빠의 얼굴은 붉어져 있었다. 아빠는 그런 엄마를 달래며 아주 큰 문제는 아니라지 않냐, 걱정하지 말라, 고 말했다. 부모님은 치료가 필요한 건 내가 아니라 자신들이라는 사실에 대해 내게 털어놓지 않았다.

집에 돌아와도 편안한 기분은 들지 않았다. 엄마는 내게 담임선생님께 잘 말해두었다며, 어차피 오늘이 학기의 마지막날이기도 하니 당분간 학교 일은 걱정할 필요가 없다고 말했다. 학교라니. 다시 학교에 가는 게 상상조차 되지 않았다. 심장이 빨리 뛰는 것 같아 나는 의사에게 처방받은 약을 꺼냈다. 약을 먹으려 하자 엄마가 황급히 내 손에서 약을 빼앗아 싱크대에 버렸다. 엄마는 내게 며칠 동안 집에서 쉬면서 앞으로 어떻게 이 문제를 해결해나갈지 더 생각해보자고 했다. 나는 이해할 수가 없었다.

"의사 선생님이 매일 챙겨 먹으라고 했는데?"

"바보 되는 약이다."

"엄마 아빠가 좋아하는 서울대에 미국 대학까지 나온 선생님이 내린 처방인데……"

아빠가 한숨을 쉬며 옆에서 덧붙였다. 어릴 적에 나와 같은 문제를 겪는 아이가 있었는데, 전교에서 최상위에 들 만큼 수재였으나 약을 먹고 난 후로 성적이 수직 하락하고 수업시간에도 꾸벅꾸벅 졸기만 하더니 결국 자퇴를 했다고 했다. 정신과 약이라는 게 원래 그런 것이라고 했다. 내게는 차라리 학교를 떠나는 게 더 나은 것처럼 느껴졌는데, 아빠는 절대로 그런 일이 생겨서는 안 된다고 거듭 다그쳤다.

"그저, 너무 열심히 달려서 잠시 쉬어갈 시간이 필요한 거다."

나는 심장이 뛰고 가슴이 답답해서 견딜 수 없다고 답했다. 엄마는 그것은 어디까지나 의지와 마음의 문제이자 신만이 해결해줄 수 있는 문제라고 했다. 엄마는 여느 때처럼 성모상 앞에 무릎을 꿇고 앉아 초에 불을 밝혔다. 나와 아빠에게도 무릎을 꿇고 앉으라고 하더니 기도를 하기 시작했다. 다리가 저리다못해 감각이 사라질 때까지 기도는 계속되었다. 엄마와 아빠는 도무지 뭐라고 하는지 알 수 없을 만큼 작은 목소리로, 그러나 진심을 다해 기도문을 읊었고 중간중간 울컥해서 눈물을 흘렸다. 그 모습을 보며 내가 할 수 있는 말은 하나밖에 없었다. 나는 괜찮다고, 이제 다 괜찮아졌다고 말했다.

"그래도 고3 때 일어난 게 아니라 얼마나 다행이니."

엄마는 뺨에 흐르는 눈물을 닦으며 말했다. 뒤이어 네가 아빠를 닮아 성격이 제멋대로라 그렇다고 했다. 아빠도 눈에 고인 눈물을 닦으며 웃었다. 눈물을 닦은 두 사람은 화기애애해 보이기까지 했다.

나는 웃을 수 없었다. 조금의 웃음도 나오지 않았다. 나에게 있어 고통은 극복될 수 있는 종류의 것이 아니었다. 일시적인 문제가 아니라 영원히 내 삶을 따라다니게 될 것이라는 사실을 나는 너무나 잘 알고 있었다. 부모님은 힘들면 언제든지 쉬어도 괜찮다고 하면서도, 입시에 지장을 줘서는 안 된다고 재차 강조했다. 마지막으로 약을 복용하는 대신 새로운 방법을 찾아보자고 나를 다독였다.

*

이틀 뒤, 나는 아빠 차를 타고 D시 인근의 소도시로 향했다. 시 경

346

계를 벗어나 숲길을 따라 한 시간쯤 더 달렸다. 줄지어 늘어선 과수원에서 꽃이 떨어지고 있는 게 보였다. 죽음을 앞둔 꽃들이 사력을 다해 꽃향기를 풍겼다. 내 옆에 앉은 엄마는 창문을 반쯤 열어놓고는 싱그러운 미소를 지으며 이곳이 천국이나 다름없다고 연신 감탄사를 내뱉었다. 누가 보면 소풍이라도 가는 것처럼 보일 지경이었다.

차가 멈춰 선 곳은 임마누엘 수도원이었다. 수도원이라는 팻말이 없으면 교외의 오래된 벽돌 건물에 불과해 보일 만큼 평범했다. 엄마가 이곳은 중세 유럽부터 내려오는 규율을 엄격히 적용하는 침묵 봉쇄수도원이라고 했다. 주로 신부가 되기 위해 교육을 받는 신학생들이나 연차가 오래된 신부님들이 피정을 위해 찾는 곳인데, 내 사정을 들은 주임신부님의 부탁으로 고등학생인 나를 이례적으로 받아주었다고 했다. 엄마 아빠는 보름 동안 공부 걱정도 자기들 걱정도 하지 말고, 이곳에 묵으면서 마음을 비우라고 했다. 실은 그 두 가지는 하나도 걱정되지 않았고 신이나 기도 같은 것도 관심 없었지만, 수성못에서 최대한 먼 곳으로 떠나고 싶었으므로 지금의 상황을 그대로 받아들이기로 했다. 엄마는 매일 열 시간 넘게 기도를 하면 모든 게 다 괜찮아질 거라 말하고는 다짐하듯 덧붙였다.

"빨래하듯 깨끗이 씻어내리는 거야. 너의 죄와 상처들을."

나의 죄는 무엇이고 나의 상처는 무엇일까. 그 두 가지 다 명확히 알 수 없어서 조금 아득한 기분이었다.

엄마는 내 주머니에 꼬깃꼬깃하게 접힌 만원짜리 열 장을 넣어주며, 무슨 일이 있으면 언제든지 연락하라고 했다. 편의점은커녕 자판기 하나 없을 것 같은 이곳에서 도대체 돈이 왜 필요한지는 알 수 없었지만, 나는 고개를 끄덕이고 건물 쪽으로 향했다. 엄마가 울기 시작했다. 고개를 돌리지 않아도 알 수 있었다.

건물 안으로 들어가자 어딘가 음전해 보이는 앳된 인상의 수도사가 나를 맞아주었다. 그는 손가락으로 초록색 바구니와 그 위에 붙은 안내문을 가리켰는데, 이곳에서는 핸드폰 사용이 엄격히 금지된다고 적혀 있었다. 몇 개의 핸드폰들이 시체처럼 쌓여 있었다.

수도원에서의 생활은 단조로웠다. 하는 일이라고는 아침 여섯시에 복도를 가득 울리는 성가를 들으며 깨어나 노란색 장판이 깔린 기도실에 모여 앉아 있는 것이 전부였다. 스피커에서 흘러나오는 명상 테이프 같은 기도문을 들으며 벽의 한 점을 응시한 채 묵언 기도를 했다. 스피커에서 흘러나오는 낯선 음성은 주님께 몸과 마음을 의탁하는 것을 통해 고뇌를 물리치라고 했다. 식사시간에는 채식 위주의 음식을 먹었다. 쉴새없이 틀어주는 성가에서 나오는 주님이라는 말만 빼면 수도원이 아니라 사찰이라고 해도 좋을 것 같은 공간이었다. 나는 노래를 듣는 식물이 된 양 저린 다리를 주무르며 하루하루를 버텼다.

희미한 인상의 신학생과 같은 방을 썼는데, 그는 해가 질 때쯤 불을 껐다. 성경을 제외한 책을 읽을 수도 없었고, 핸드폰도 엠피스리도 없었으므로 나는 그저 멍하니 천장을 바라보고 있을 때가 많았다.

개미 한 마리 지나가는 소리도 들리지 않는 늦은 밤, 나는 세면 가방을 들고 샤워실로 향했다. 물을 틀어놓고 아주 오랫동안 씻었다. 손끝이 쪼글쪼글해질 때까지 씻어도, 끈적끈적한 것을 뒤집어쓴 듯한 기분은 가시지 않았다. 아주 오래전부터, 내가 짐작도 하기 전부터 이런 기분을 계속 느껴왔던 것 같기도 했다.

샤워를 마치고 돌아온 나는 내 침대의 이불이 불룩하게 솟아 있는 것을 보았다. 불이 꺼져 있었지만 무언가가 확실히 내 침대에 누워 있었다. 맞은편 침대에 누운 신학생은 코를 골며 자고 있었다. 누구지? 나는 침대에 가까이 다가가 이불을 젖혔다.

아주 작은 아이가 등을 돌린 채 새끼 짐승처럼 몸을 웅크리고 누워 있다. 아이는 어릴 적 내가 세상 무엇보다 아꼈던 악어 인형을 안고 있다. 아이의 얼굴은 보이지 않는다. 하지만 나는 그 아이가 누구인지 알고 있다. 나는 천천히 그 아이의 옆에 무릎을 꿇고 앉는다. 그리고 조심스럽게 아이의 손을 잡는다. 아이의 손은 부피감이 없으며, 소름 끼치게 차갑다.

미안해.

아이는 여전히 미동도 하지 않는다. 나는 고개를 이불에 파묻은 채 계속해서 같은 말을 반복한다. 미안해. 정말 미안해.

눈을 뜨자 아이는 온데간데없이 사라지고 나는 홀로 침대에 누워 있었다.

몸이 잔뜩 굳어 눈을 깜빡이는 것 말고는 움직일 수 없었다. 나는 자리에 누운 채 천장을 응시했다. 어둠을 한없이 응시하다보니 서서히 천장의 네 귀퉁이에 검은 그림자가 서려 있는 게 보였다. 내 안에 고여 있던 수많은 감정들이 소용돌이치는 게 느껴졌다. 아무리 애를 써도, 아무리 먼 곳으로 도망쳐와도 내가 저지른 짓으로부터, 내 삶으로부터, 나 자신으로부터 벗어날 수는 없었다. 손가락 하나 까딱할 수 없는 마비 상태가 계속 이어졌다. 나는 미동조차 하지 못한 채 깊은 어둠에 압도당해 있었다.

도대체 얼마나 더 많은 밤 동안 지금과 같은 순간을 견뎌내야만 하는 걸가. 얼마나 많은 날이 지나야 지금의 삶으로부터 자유로워질 수 있게 될까. 손가락도 까딱할 수 없는 고립 속에서 나는 조금이라도 움직이기 위해 안간힘을 다했다. 오래된 철제 창문을 통해 달빛이 내 얼굴을 비추었다. 창틈으로 들어온 미지근한 바람이 내 뺨을 만지고 지나갔다. 그 순간 떠오르는 하나의 목소리.

천장 말고 창문 너머의 세계를 떠올려봐. 거기에 내가 있다고 생각하는 거지. 너랑 나를 연결하면 또다른 선이고, 천장 너머의 또다른 세계가 만들어진다고.

나는 사력을 다해 새끼손가락에 집중했다. 조금 뒤, 손가락이 조금 굽혀졌다. 영영 끊겨버린 줄 알았던 붉은 실이 마치 다시 연결되기라도 한 것처럼, 누군가 내 손가락을 잡아당긴 것처럼. 비로소 나는 몸을 움직일 수 있게 되었다. 나는 바짝 마른 입술을 열어 토해내듯 말했다.

윤도.

나는 발소리를 죽여 방밖으로 나갔다. 윤도에게 전화를 해야겠다는 생각이 들었다. 윤도의 전화번호는 내 전화번호보다 더 잘 기억하고 있으니까, 전화만 쓸 수 있으면 그에게 연락을 할 수 있을 터였다.

건물 안에서 공중전화를 본 기억은 없었다. 사람들이 묵고 있는 방안에도 당연히 전화는 없었다. 수도원장의 방에 찾아가 전화를 쓰게 해달라고 해야 하나. 그러려면 내 사정을 설명해야 할 텐데. 내 핸드폰을 찾는 편이 낫겠다는 생각이 들었다. 나는 일층으로 내려가 식당과 창고를 차례대로 뒤졌다. 어둠 속이라 아무것도 보이지 않았고, 그래서 살펴보는 데 한참이나 걸렸다. 마지막으로 내가 들어간 곳은 빨래방이었다. 늘어선 세탁기와 건조기 가운데 커다란 수납장이 보였다. 수납장의 제일 위 칸에서 눈에 익은 초록색 바구니를 발견한 나. 나는 핸드폰들 사이에서 바로 내 걸 찾았다. 전원을 켜자마자 단축번호 1번을 눌렀다. 한참 동안 연결음만 이어졌다. 나는 다시 한번 전화를 걸었다. 이번에는 얼마 지나지 않아 윤도가 전화를 받았다.

"윤도야."

눈물이 쏟아지려 하고 있었다. 나는 숨죽인 채 속삭였다.

"나를, 구해줘."

*

윤도가 수도원에 도착한 것은 새벽 두시가 넘어서였다. 나는 저멀리에서 달려오는 스쿠터의 소음을 듣자마자 계단에 내려두었던 배낭을 둘러멨다. 그리고 곧바로 스쿠터 불빛을 향해 달려갔다. 윤도는 반바지에 노스페이스 패딩을 걸치고 슬리퍼를 신고 있었다. 여름에 패딩이라니. 그의 복장이 그가 얼마나 정신없이 나왔는지를 보여주고 있었다. 윤도와 마주하자마자 나는 그를 안았다. 윤도는 아무렇지 않게 나를 안아주며 말했다.

"늦어서 미안해."

오는 길에 기름이 떨어져 주유를 하고 왔다고 했다. 게다가 워낙 외진 곳이라 찾는 데 고생을 했다고, 그래서 늦었다고, 어쩔 수가 없었다고, 변명처럼 계속 말을 이어갔다. 그게 무슨 소리야. 이렇게 네가 왔는데. 늦은 때라는 건 없다고, 그게 언제건 너는 제때 도착한 것이라고 말하고 싶었지만, 자꾸만 울음이 차올라 아무 말도 할 수 없었다. 윤도가 울고 있는 내게 어째서 이런 곳에 오게 됐냐고, 보충수업은 왜 안 나오냐고 물었다. 나는 눈물을 삼키며 대답했다.

"내가 아주 큰 죄를 저질렀거든."

그리고 아무 말도 잇지 못한 나. 윤도는 웃으며 답했다.

"여기가 무슨 감옥이냐?"

"감옥이지, 일종의."

윤도는 짐짓 심각한 표정을 짓다가 다시 웃으며 대답했다.

"그럼 난 지금 탈옥을 돕는 거네? 신난다."

이 무슨 〈쇼생크 탈출〉 같은 소리일까 하는 생각에 나도 덩달아 웃음이 나왔다. 웃음을 터뜨리는 내게 윤도는 스쿠터에 올라타라고 했다. 나는 윤도 뒷자리에 앉아 그의 배에 양팔을 감았다. 스쿠터가 속력을 내기 시작했다. 나는 윤도의 등에 더 가까이 몸을 기댔다. 베개를 벤 것처럼 포근한 느낌이 들었다. 윤도가 나를 향해 뭐라고 소리를 질렀지만 바람 때문에 잘 들리지 않았다. 윤도의 등에 뺨을 갖다 대자 노래를 흥얼거리는 윤도의 목소리가 전해져왔다. 기분이 좋은지 평소보다 세 음계쯤 올라간 윤도의 목소리. 윤도가 속도를 내기 위해 허리를 앞으로 숙일 때마다 패딩 안에 입은 윤도의 티셔츠가 딸려 올라갔다. 윤도의 맨살이 내 몸에 닿았다. 나는 내 손을 타고 전해지는 윤도의 체온과 빨개진 귓불과 슬리퍼를 신은 맨발 같은 것들을 기억하기 위해 온 감각을 동원했다.

이 거리에는 윤도와 나뿐이다. 지금 이 순간이 내 인생의 전부이다.

이걸로 나는 족하다.

윤도가 더 속도를 내자 나는 눈을 감았다. 영원히 시간이 멈춰버렸으면 좋겠다는 생각을 했다.

한 시간 넘게 도로를 달리니 시의 경계에 도달했다. 가로등이 즐비한 D시의 도심에 들어서자 윤도는 차선을 넘나들며 다시 속도를 높였다. 윤도가 내게 소리쳤다.

"둘이서 소풍 갔다 오는 거 같지 않아?"

"그러게."

스쿠터는 부서질 것처럼 위태로운 소리를 냈다. 급작스럽게 과속 방지턱을 만난 윤도가 소리를 지르며 속도를 줄였다. 바퀴가 바닥에 미끄러지는 소리가 나면서 몸이 출렁했다. 손이 미끄러져 윤도의 옷자락을 더 세게 쥐었다.

다시 눈을 떴을 땐 내 얼굴과 몸으로 새하얀 깃털이 쏟아져내렸다. 사방이 어두운 가운데 깃털만큼은 눈이 부셔서 저절로 눈을 찌푸리게 되었다. 눈앞에 펼쳐진 풍경이 너무나도 비현실적이라 정신을 차리기 어려웠다.

죽은 건가. 기어이 죽어서 이런 세상에 당도한 건가.

정신을 차려보니 여전히 스쿠터는 도로를 달리고 있었으며, 깃털

은 천사의 날개가 아니라 윤도의 찢어진 패딩에서 쏟아져나오고 있
었다. 놀란 나는 윤도에게 외쳤다.

"야, 세워봐!"

"뭐라고?"

"당장 스쿠터 세워! 너 옷 찢어졌다고."

윤도는 내 목소리가 잘 들리지 않는지 계속 달렸다. 우리는 마치
도시의 천사라도 된 것처럼 하얀 깃털을 날리며 한동안 더 도로를 달
렸다.

커다란 느티나무 옆에 스쿠터를 세웠을 때 윤도의 패딩은 눈에 띄
게 얄팍해져 있었다. 윤도는 그제야 자신의 옷 상태를 알아채고는 놀
란 목소리로 말했다.

"어쩐지. 쌀쌀하더라."

나는 윤도의 허탈한 얼굴을 보고는 토하듯 웃을 수밖에 없었다.

"방금 전까지 패딩이었는데 이제 바람막이가 됐어."

우리는 배를 잡고 세상이 떠나가라 웃었다. 윤도는 웃다가 눈물을
흘리기까지 했다. 나는 윤도의 뺨에 흐른 눈물을 닦아주었다. 윤도가
그런 내 손을 맞잡았다. 우리 사이의 거리가 더 가까워졌다. 우리는
몸을 바짝 붙인 채 누가 먼저랄 것도 없이 입술을 맞댔다. 윤도의 혀
가 내 입속으로 들어왔다. 그 뜨거움으로 지난 시간 내 곁을 끈질기
게 맴돌았던 수치심이며 죄의식 같은 것들이 다 타버렸다. 잿더미만
남은 빈 공간에 윤도와 윤도에 대한 나의 열정이 차오르기 시작했다.
도시의 한구석에서 우리는 온전히 서로만을 의식하며 깊이 안았다.
그리고 서로의 체온을 나누며 키스를 했다. 가로등 불빛이 마치 스포

트라이트처럼 느껴졌지만, 괜찮았다. 이 밤, 이 순간 우리는 누구보다도 자유로웠다.

한참 동안 그렇게 입을 맞추다 정신을 차렸다. 윤도는 쑥스러운지 짧은 머리를 벅벅 긁으며 말했다.

"우리 이제 어디 갈까."

"나는 일단 씻고 싶다."

"나도 너무 달려서 그런지 몸이 끈끈하네."

윤도의 티셔츠가 축축하게 젖어 있었다. 우리는 다시 스쿠터에 올라탔다. 익숙한 곳으로 가기로 결정했다.

윤도의 스쿠터가 궁전스포츠센터에 도착한 것은 새벽 다섯시 반.

운동을 하려는 사람들이 벌써 카운터 앞에 삼삼오오 모여 있었다. 우리는 탕에 들어가 끈적한 몸을 씻고 나왔다. 2002년 월드컵, 윤도를 처음 만났던 그 시절로 돌아간 기분이었다. 둘 다 이제는 손색없는 성인의 몸이 되어 있었고, 다시는 그때로 되돌아갈 수 없을 것 같았고 그 당연한 사실이 이상하게도 슬펐다. 온전히 우리 둘만이 있는 곳으로 가고 싶었다. 그래서 말했다.

"우리 멀리 가자."

"어디로?"

"갈 수 있는 한 가장 먼 곳으로. 아무도 우리를 모르는 곳으로. 아무도 우리를 찾을 수 없는 곳으로."

윤도는 내 말을 듣고는 골똘히 생각에 잠겼다가 픽 웃었다.

"근데 나 돈이 없어. 기름도 없고. 이 스쿠터로는 끽해야 수성못

정도나 갈 수 있지 않을까."

나는 잠시 가만히 있다가 내가 가장 가고 싶은 곳, 가장 안전하게 느껴지는 곳을 떠올렸다.

"그럼 우리, 컨테이너에 갈래?"

윤도가 안 간 지 오래돼서 완전 더러운데, 라고 말하며 스쿠터에 올라탔다.

컨테이너에 도착했을 때에는 해가 완전히 떠 있었다. 윤도가 문을 열자 쿰쿰한 냄새가 나서 절로 미간이 찌푸려졌다. 윤도는 민망한지 얼른 슬리퍼를 신고 들어가 빗자루로 바닥을 부지런히 쓸기 시작했다. 고작 몇 분 안 지났는데 윤도는 땀을 뻘뻘 흘렸다. 나는 안으로 들어가 에어컨을 켰다. 털털거리며 움직이는 에어컨에서 나쁜 냄새가 나와 나는 창문을 열었다. 환기를 마치고 윤도와 나는 창문과 문을 차례대로 닫고 문을 잠근 뒤 바닥에 누웠다. 땀에 젖은 윤도의 몸에서 열기가 느껴졌다. 나는 윤도의 이마를 짚었다.

"네 이마 뜨거워."

"네 손도 뜨거워."

윤도의 얼굴을 바라보았다. 빨갛게 상기된 윤도의 얼굴을. 윤도도 나를 바라보았고 우리는 누가 먼저랄 것도 없이 키스를 하기 시작했다. 누운 내 몸 위로 윤도의 몸이 포개졌다.

윤도의 눈동자에 내 얼굴이 비쳤다. 윤도가 땀에 젖은 티셔츠를 벗고 반바지와 속옷을 벗었다. 나도 입고 있던 티셔츠를 벗고 바지를 내렸다. 처음부터 이렇게 될 운명이었던 것처럼, 원래부터 서로 아무런 장벽이 없던 것처럼, 애초에 이어붙여져 있던 것처럼 우리는 주저

없이 자연스럽게 서로의 몸을 안았다.

눈을 감았다.

우리는 주황빛 물속에 함께 있다. 붉은 물. 수면에 부서지는 햇빛. 사람의 마음. 사랑. 미움. 애상. 괴로움. 우울. 나의 죄들이 모두 한꺼번에 섞여 휘몰아친다. 눈을 감으면 이 모든 것들이 비로소 아무것도 아닌 것이 된다. 나는 그저 윤도를 느끼기 위해서 존재하는 사람이 된다. 아무것도 아닌 채로 달아올라서 수면 아래에 고인 물과 같은 존재가 된다. 아무것도 아니다. 투명한 사람. 그렇게. 모든 게 사라지고 부서진다.

우리는 아무런 말도 하지 않은 채 나란히 누워 서로의 손을 맞잡았다. 모든 것들이 처음이었지만 그 어느 것도 자연스럽지 않은 게 없었다. 시간이 얼마나 됐을까. 나는 꺼놨던 핸드폰을 켰다. 시간은 아침 여덟시. 다행히 수도원에서도, 집에서도 연락이 없었다. 윤도가 시간을 확인하고는 화들짝 놀라며 몸을 일으켰다. 윤도는 보충수업 기간이기 때문에 교복을 챙기러 집에 가야 한다고 했다. 학교에 가야 하는데도 불구하고 밤새 나와 있었다니. 윤도는 내게 집으로 돌아갈 거냐고 물었다.

"집에 가긴 싫은데. 부모님한테 뭐라고 해야 할지도 모르겠고. 어떡하지?"

"그럼 일단 여기서 생각해봐."

윤도는 부랴부랴 문을 열고 나가 스쿠터를 탔다. 나는 윤도를 붙잡고 싶은 충동을 느꼈으나, 차마 그러지는 못하고 다만 윤도의 등을 두어 번 쓰다듬었다. 스쿠터가 하나의 점이 되어 사라질 때까지 나는 하염없이 윤도의 뒷모습을 바라보았다.

　나는 윤도가 돌아오기 전에 청소를 하기로 마음먹었다. 빗자루로 바닥을 쓰는데 하얗게 뭉쳐진 먼지와 구불대는 털 사이에서 길고 가느다란 머리카락을 발견했다. 길이와 색깔이 다른 머리카락이 여러 개 더 나왔다.

　메리 제인 슈즈.

　문틈으로 불쑥 튀어나온 하얀 손과 그 손이 집어들었던 메리 제인 슈즈.

　긴 머리카락.

　'윤도가 여자 만나는 거 형도 알잖아.'

　나에게 함께 떠나자고 했던 태리의 목소리와, 많은 기억들이 한꺼번에 쏟아져 들어왔다. 나는 눈을 질끈 감았다.

　도대체 무엇을 기대했던 걸까. 이곳에서 언제까지고 그와 함께 행복할 수 있다고 믿었던 걸까. 나는 도대체 왜 또 이곳에 온 걸까. 윤도와 무엇을 하려고? 애인이라도 되려고? 학교에서 팔짱을 끼고 돌아다니며 우리 사귑니다, 사랑하는 사이입니다, 선언하고 다니려고? 아니면 이 좁아터진 컨테이너에서 천년만년 살림이라도 차리려고? 모든 것들이 부질없게 느껴졌다.

　나는 가방을 쌌다. 자꾸만 눈물을 흘리는 내가 싫었다. 원래 이렇게 눈물이 많지 않았던 것 같은데, 어느 순간 내 안의 감정을 조절하는 기관이 완전히 고장난 게 분명했다. 일어나려는데 문이 벌컥 열렸

다. 윤도가 교복을 입은 채 서 있었다. 나는 아무 일도 없었던 척, 윤
도를 똑바로 마주보고 물었다.

"혹시 여기에 나 말고 누가 또 온 적 있어?"

"아니. 너 말고 여기에 누굴 데리고 와. 이렇게 좁아터졌는데."

말끔한 얼굴로 태연하게 거짓말을 하는 윤도. 너는 안다. 너를 향
해 기울어 있는 내 마음을 안다. 내가 너에게 더 캐묻지 않을 거라는
사실을 안다. 앞으로도 그럴 거라는 사실을 안다. 그러니까 너는 기꺼
이 비겁해져도 된다. 그러니까 나는 너에게 더이상 무엇을 물어서는
안 된다. 거짓말을 하지 않았냐고 추궁해서도, 감정이 동요되어서도
안 된다. 내가 할 수 있는 건 그저 나 자신의 마음을 꽉 묶어놓은 채
조용히 이곳을 떠나는 것이다. 고요하고 평화로운 결말을 내는 것이
다. 나는 감정을 티내지 않기 위해 노력하며 천천히 가방을 쌌다.

가방을 다 싼 나는 얼른 문을 열었다. 그리고 아무렇게나 신발을
꿰어 신은 채 무작정 앞으로 달렸다. 등뒤로 윤도가 나를 부르며 따
라오는 소리가 들렸다. 나는 계속 뛰었다. 길을 건너자 수성못이 나
타났고, 수성못을 따라 끊임없이 달렸다. 할 수만 있다면 멀리, 윤도
가 나를 잡을 수 없는 곳으로 도망가고 싶었다. 그러나 곧 윤도에게
따라잡혀버렸다. 윤도가 잡아당기는 바람에 나의 가방이 벗겨졌다.

"갑자기 왜 이래. 말도 없이 어디 가는데?"

나는 가방을 버려둔 채 계속 걸었다. 윤도가 가방을 손에 들고 나
를 따라왔다.

"갈 때 가더라도 얘기는 하고 가. 갑자기 왜 이러는 건지."

나는 걸음을 멈추었다. 더는 참을 수 없을 것 같았다.

"너 왜 수도원에 날 데리러 온 거야?"

"네가 오라고 했잖아."

"단지 그거 때문이야?"

"응, 그것 말고 또 이유가 필요해?"

"그럼 나 말고 희영이가 연락했으면, 그래도 달려갔을 거야?"

침묵. 입을 꽉 다문 윤도에게 자꾸만 뭔가를 묻고 싶어졌다.

"그럼 최하늘이랑 김민준이 연락했으면? 방철진은? 천다민은? 민혜린은?"

한번 터져나온 질문은 끝날 줄을 몰랐다. 윤도의 표정이 점점 더 싸늘하게 굳어갔다.

"우리는 무슨 관계야?"

윤도는 여전히 가만히 서서 내 얼굴을 바라보며 입을 굳게 다물고 있었다. 그 표정 속에 이미 대답이 들어 있었다. 나는 밧줄에 매달리는 심정으로 윤도의 어깨를 꽉 붙잡았다.

"윤도야, 우리 같이 떠나자."

"어디로?"

"이곳에서 벗어날 수 있다면 어느 곳이든. 같이 가자."

윤도는 다시 침묵했다. 나는 다그치듯 계속해서 말을 이어갔다.

"나는 알아, 네가 나와 같은 마음이라는 사실을. 너도 나를, 나를…… 그러니까 우리……"

윤도가 바닥을 보며 작은 목소리로 말했다.

"미안."

미안, 이라니. 혀끝에 맴돌다 사라지고 마는 두 글자의 한없이 가벼운 무게라니. 차라리 윤도가 내게 화를 냈으면 좋겠다. 미친놈이냐고, 무슨 개소리를 하는 거냐고. 나를 밀치고 밟고 입에 담을 수도 없을 만큼 더러운 말을 내뱉으며 주먹으로 내 얼굴을 때리면 좋겠다. 나도 그러고 싶었다. 윤도와 뒤엉켜 피가 날 정도로 싸우는 게 나을 것 같았다.

나는 윤도를 때리는 대신 꽉 안았다. 윤도는 엉거주춤 내게 안긴 채 괜찮냐고, 도대체 왜 이러냐고, 무슨 일이 있었던 거냐고, 거듭 물었다. 윤도의 목소리는 여느 때처럼 다정하고 따뜻했으며 그의 몸은 내가 알고 있던 그대로 마르고 단단했다. 나는 아무도 나에게서 윤도를 앗아갈 수 없게 윤도를 더 꽉 안았다. 그리고 그의 귀에 대고 속삭였다.

"우리, 하나가 되자."

나는 힘껏 안은 윤도의 몸을 밀며 앞으로 내달렸다. 몇 걸음 가지 않아 뭔가에 걸려 넘어졌고, 우리의 몸이 천천히 아래로 굴러떨어지기 시작했다. 은빛으로 일렁이는 수면이 보였다. 우리는 순식간에 물속으로 잠겨 들어갔다.

왜 나랑 함께하지 못하는데?

살아 있으니까. 지금의 내 삶이 있으니까.

이 삶은 가짜야. 아무것도 아니야.

아니야. 진짜야. 너무 진짜야. 지금 우리가 함께하고 있다는 것만큼이나 진짜야.

과거로부터 온 편지 5

태란 누나와 마주앉았을 때 나는 지난 십오 년의 시간이 통째로 잘려나간 것 같은 기분에 사로잡혔다. 태란 누나는 긴 생머리부터 맑은 기운과 총기까지 훼손되지 않은 채 그대로 보존되어 있었다. 물론 군데군데에 새치가 보였으며 입가며 눈가에 주름이 잡혀 있기는 했다. 복장 역시 누가 봐도 변호사 같은 투피스를 입고 있었다. 말하자면 태란 누나는 삼십대 후반의 삶을 충실히 이행한, 누구보다도 생애주기를 잘 밟아서 그 나이대에 이룰 수 있는 거의 모든 것을 성취한, 성공한 사람의 기운을 풍기고 있었다. 한 번의 실수도 하지 않았을 것 같은 사람. 어느덧 태란 누나와 내가 삼십대의 나이가 되었다는 것, 그 사실이 이상하게만 느껴졌다.

태란 누나는 런치 코스를 시켰다.

"내가 살 테니까 걱정은 말고."

열일곱의 나를 대하던 때와 별반 다르지 않은 말투라 나도 모르게 웃음이 나왔다. 태란 누나도 덩달아 웃으며 말했다.

"너도 이제 번듯한 상담사 선생님인데 예전같이 애 취급을 해버렸네. 나도 참 주책이다, 그렇지?"

"뭘, 사주면 언제든지 고맙지."

열일곱의 내가 스물두 살의 누나를 만났을 때처럼 나는 무슨 말을 해야 할지 막막하기만 했다. 입을 달싹이는 나를 보며 태란 누나가 먼저 말을 꺼냈다.

"너 사무실이 요 근처야?"

"응. 나도 누나 회사 검색해보고 좀 놀랐네. 누나가 변호사가 됐다니. 예전에 판사 임용됐다고 학교에 현수막 붙은 거 봤었는데. 그때 난 누나가 법무부장관 정도는 될 줄 알았어."

"장관은 얼어죽을. 판사도 무리였어. 그래도 꽤 오래 버티기는 했다. 옷 벗은 지는 얼마 안 됐어. 정신이 사납고 피곤해서 재작년에 육 개월 정도 휴직하고 미국 가 있었거든. 복직했더니 바로 D시로 발령을 내더라. 다른 데는 다 참아도 거기는 죽어도 싫더라고. 동거인이랑 떨어져 살아야 하는 것도 그렇고. 그래서 아예 때려치워버렸지 뭐."

"동거인……"

동거인이라는 단어가 괜히 어색하게 느껴져 나도 모르게 따라 발음하게 되었다.

"응. 동거인. 너도 본 적 있지? 민혜."

"어. 그분이랑 지금까지 같이 살다니, 진짜 대단하다."

"대단할 게 뭐 있냐. 다 똑같지 뭐. 그냥 서로 좋았다가 안 좋았다가 하면서 버티는 기분이 들기도 하고. 그러다가 여기까지 왔네. 그런데 내가 상담사 앞에서 주름잡는 소리 한다. 그치?"

"아니야. 버티는 거, 그게 제일 위대한 거지. 나미에…… 아니 나 민혜님은 요즘 어떻게 지내셔?"

"나랑 미국 갔다가 들어와서는 마포에 카페 열었어. 빵 굽고 커피 내리기 바빠. 그래도 적성에는 잘 맞는지 오래 붙잡고 있네."

태란 누나는 목이 타는지 물을 벌컥벌컥 들이켠 후 다시 천천히 말을 이어갔다.

"네가 방송에 나온 것 봤어. 유튜브며 인스타에 짤로 돌아다니더라? 하나도 안 바뀌어서 단숨에 알아봤어. 그리고 실은 네 책도…… 읽었어."

어깨가 빳빳하게 굳었다. 내 책을 읽었다는 사람, 나를 안다는 사람을 마주칠 때마다 나는 두려움에 사로잡히고는 했다. 내가 책에 쓰지 않은 부분, 그러니까 내 죄와 과오까지 모두 간파하고서는 마음속으로 나를 조롱하거나 비난할 거라는 과장된 공포심이었다.

그런데 지금 내 앞에 앉아 있는 것은 태란 누나였다. 나는 그의 가족에게 죄를 지었고, 그 죄를 은폐하면서 살아왔다. 내 삶의 궤적과 내가 쓴 글에는 그런 흔적들이 가득했다.

"읽으면서 참…… 괴로웠겠다는 생각이 들더라."

태란 누나는 어디까지 알고 있는 걸까. 내가 자신의 동생에게 저지른 일을 알면서 이런 얘기를 하는 것일까. 나는 달리 할말이 없어서 테이블에 놓인 유리잔만 바라볼 뿐이었다. 누나는 밥이 나오기 전에 일을 끝내놓자며 나에게 봉투를 건넸다.

"열어봐. 많이는 아니더라도 이자까지 챙겨넣었어."

봉투를 열어 보니 천만원짜리 수표 세 장과, 오만원권 한 다발이 들어 있었다. 아마도 법정 이자율을 훨씬 상회하는 금액 같았다. 그 것이야말로 태란 누나다운 해결이니까. 주머니에 봉투를 넣는 나를 보며 누나가 말했다.

"나는 전혀 몰랐어. 그때 3차 떨어지고 온갖 소문에 시달려서 그냥 핸드폰 번호 정지해버렸거든. 가족들 연락도 안 받았고. 연수원 들어갈 때까지 까맣게 몰랐어. 아니다, 아예 몰랐다고 하는 건 거짓말이겠네. 무슨 일이 벌어졌다는 건 분명히 느끼고 있었으니까. 엄마가 갑자기 말도 없이 외진 동네로 이사를 가지 않나, 그후로 다시는 너희 가족 얘기를 하지 않아서 뭔가 이상하다는 생각은 했어. 근데 그냥 외면해버린 거야. 나도 내 가족을 받아들이기 힘들었으니까. 그때 우리 엄마가 저질렀던 일, 네 책을 보고 나서야 알았어. 변명하자면 나 사는 것도 바빴어. 신경쓰고 싶지 않기도 했고. 우리 엄마가 아줌마한테 정말 몹쓸 짓을 했더라고. 늦었지만 정말 미안해."

"아니야. 그게 누나 잘못인가 뭐."

"근데 웃긴 게 너 보니까 무턱대고 반갑다? 이상할 정도로 너무 반갑네."

"사실 나도 그래. 꼭 어제 본 것 같고. 십오 년 만이라는 게 실감이 안 나."

"그 여자애랑은 아직도 연락하고 지내? 왜 그 삐쩍 마른 애 있었잖아. 이름이 뭐였더라."

"무늬?"

"어. 맞아, 걔."

"응. 그냥 가끔 연락 주고받아. 보자 보자 하면서도 잘 못 보게 되네."

"걔도 되게 유명해졌더라? 너네 나이대가 뭐 있나봐. 너도 그렇고 걔도 그렇고."

"그러게."

주문한 식사가 나와서 한동안 음식 먹는 소리만 이어졌다. 나는 주저하다 태란 누나에게 물었다.

"혹시 우리 사무실에 책 같은 거 보냈어?"

"아니? 무슨 책? 나 너네 사무실 주소도 모르는데. 뭐 이상한 거라도 왔어?"

나는 고개를 저으며 말했다.

"아니, 그냥 소설책. 출판사에서 신간 보냈나보다."

태란 누나는 스테이크를 반쯤 남기고 칼과 포크를 내려놓았다. 그리고 입을 닦고는 가방에서 봉투 하나를 꺼내 내게 건넸다.

"깜빡했는데, 모레 사십구재가 열려. 교회에서."

교회에서 사십구재? 이 무슨 형용모순 같은 말인가 싶었다. 태란 누나가 살짝 웃으며 말했다.

"웃기지? 나도 웃겨서 엄마보고 불교 의식을 왜 교회에서 치르냐고 했더니, 목사님께서 집도하시면 괜찮다더라. 장례도 아니고 사십구재를 뭘 그렇게까지 챙기나 싶었는데, 제대로 상도 못 치렀는데 사십구재만큼은 꼭 올려야 한다고 고집을 피우더라고…… 어이없고 한숨 나오지만, 그게 우리 엄마인 걸 어쩌겠니."

나는 아무런 대답을 하지 못했다.

"엄마는 아직도 D시에서 살아. 중구에 있는 작은 빌라에서 지내."

태란 누나는 말을 계속 이어나갔다.

"아줌마를 몹시 보고 싶어하시는 거 같아. 나한테 직접 그렇게 말한 건 아니지만, 와주셨으면 하는 눈치야. 괜찮으면 아줌마께 전해줄 수 있어? 물론 우리 엄마한테는 말 안 할 거야. 오늘 널 만난 것에 대해선."

나는 아무런 대답을 않고 태란 누나가 준 봉투를 열었다. D시의 한 교회에서 장례 예배가 진행된다고 적혀 있었다. 봉투를 주머니에 넣는 내게 태란 누나가 말했다.

"너무 미안해할 필요 없어. 나는 널 이해해. 내 동생보다 오히려 너를 더."

놀라서 말을 잇지 못하는 내 눈을 바라보며 태란 누나는 또박또박 말했다.

"태리가 너를 보고 싶어해."

5장

대학가요제

방학이 끝나고 학교에 돌아갔을 때 표면적으로는 모든 것이 똑같았다. 나는 여전히 반장이었고, 수업이 시작되면 차렷 경례를 외쳤으며, 4교시 종이 치면 다른 아이들처럼 빠르게 급식실로 달려가 밥을 먹었다. 하지만 나는 이전과는 완전히 다른 존재가 되어 있었다.

2학기의 첫 학생회 월례 회의 날, 나는 소강당으로 가서 구석에 앉았다. 무늬가 내 옆자리에 쪼르르 앉더니 그간 도대체 어디 가 있었냐며, 왜 전화기는 꺼놓았냐고 핀잔을 주었다. 그날 윤도와 함께 물에 빠질 때 핸드폰도 물에 빠져 완전히 고장나버렸다. 나는 새 핸드폰을 흔들며 예전 핸드폰이 고장나 아무와도 연락을 하지 못했다고 말했다. 무늬는 한숨을 내쉬더니, 방학 보충수업에 내가 나오지 않아서 학생회 애들 사이에서 별의별 소문이 다 돌았다고 했다. 성적이 떨어진 내가 팔공산 기슭에 위치한 기숙학원에 입소해 성적의 반등을 노린다는 얘기가 가장 많은 지지를 받았다고 했다. 그래, 그게 가장 일반적이고도 보편적인 도피겠지. 나는 별로 할말이 없어서 그냥 아팠다고 대답했다.

"희영이랑 도윤도, 헤어진 거 알아?"

그렇게 말하고는 무늬는 내게 방학 동안 희영이 겪은 일에 대해서 들려주었다.

보충수업을 하는 동안 매일 오후 세시면 검은 양복을 입은 남자가 희영의 반에 찾아왔다. 그는 희영의 책상에 꽃다발을 올려두고 떠났다. 학교에는 실체를 확인할 수 없는 여러 소문이 났다. 정설에 가까운 이야기는 희영이 양복을 입은 남자와 연애, 혹은 원조교제를 하는 것 같다는 것이었다. 희영의 부모님이 사채빚을 지고 잠적하는 바람에 업자가 돈을 받으러 학교에 온 것이라는 설도 있었다. 채무자의 자녀에게 찾아와 모욕과 수치를 주는 게 돈을 받아내는 수법 중 하나라고 했다. 윤도가 황급히 나가는 남자를 따라가 그를 때려눕히고 주먹다짐을 했다는 등의 확인되지 않은 애정사가 퍼지기도 했다. 무늬는 희영이 딱하다고 했다.

"무슨 위로를 해줘야 할지 모르겠더라."

단상 앞에 서서 회의를 진행하는 희영의 얼굴은 몹시 지쳐 보였다. 나로서는 그 모든 소문들이 궁금하지 않았다. 다만, 이 모든 일들이 벌어지기 전으로, 태어나기 전으로 시간을 되돌리고 싶을 따름이었다. 아니면 아예 빨리 감기를 해서 죽기 직전의 시점으로 가버리고 싶었다.

*

이틀 뒤, 새 핸드폰으로 문자가 왔다. 저장되지 않은 낯선 번호였지만 나는 그 번호의 주인을 알 수 있었다.

—6교시 마치고 소각장으로.

나는 오후 수업이 끝나고 소각장으로 향했다. 전교생이 버린 쓰레기들로 가득한 소각장에서 우리는 악취를 느끼며 서로를 바라보았다. 학교에서 윤도와 얼굴을 똑바로 마주하는 것은 처음이었다. 마치 평행선처럼 나란히 선 우리의 거리는 이십 센티 남짓. 숨막힐 듯 가까운 그 거리가 호수의 양끝처럼 멀고 아득하게만 느껴졌다. 윤도가 평소와 같은 느릿느릿한 말투로 내게 말했다. 네가 그렇게 가버리고 몇 번이고 전화를 했지만 받지 않아서 놀랐다고.

"연락이 안 돼서 걱정을 많이 했어."

그렇게 다정한 표정과 목소리로 또다시 나를 쥐고 흔들려고. 밧줄 위에 올라선 것처럼 간신히 균형을 잡고 있는 나를 흔들어놓으려고. 더이상은 안 돼. 나에게는 이제 더이상 그에게 휘둘릴 기력이 남아 있지 않았다. 나는 할 수 있는 한 가장 공격적인 어조로 윤도에게 쏘아붙였다.

"걱정은 무슨 얼어죽을 걱정이야. 네 잘난 일진 친구들이랑 여자……친구나 신경써."

순간 윤도의 눈빛이 날카롭게 변했다.

"너 진짜…… 돌았냐?"

"응. 돌았지. 너 존나 좋아해서 돌아버렸는데, 몰랐어?"

내 안에 불을 질러놓은 것처럼 몸 전체가 뜨겁게 타들어가는 기분이었다. 윤도를 만난 날부터 지금껏 내내 하고 싶었던 얘기였는데, 너무나도 간절했던 그 고백을 이런 식으로 하게 될 줄은 몰랐다.

"너 진짜 게이냐?"

"응. 몰랐어? 게이니까 너랑 키스하고 섹스했지. 그러는 너라고 나랑 다른 거 같아?"

"씨발! 좆같은 소리 좀 그만해라. 애초에 너랑 나는 아무 사이도 아냐."

"그럼 우리가 같이 했던 건 뭔데? 수영장은, 머큐리랜드는, 스쿠터는 다 뭔데? 우리 추억은, 기억은 다 어떻게 된 건데?"

"네가 워낙 찐따 같은 새끼라 불쌍해서 놀아준 거지."

독한 말을 쏟아낸 윤도의 눈에 천천히 물기가 어렸다. 나는 윤도를 안았다. 그리고 귀에 속삭였다.

"왜? 다른 애들이 우리 사이 알게 될까봐 무서워? 그래서 여기로 불러낸 거지?"

윤도는 질겁하며 나를 밀쳤다.

"씨, 씨발 넌 그냥 내 좆집이었어. 어? 개만도 못한 게이 새끼가 남자 좋아하는 걸 뭐, 뭐라고 하겠냐만 남한테 피해는 주지 말아야지. 혼자서 쫓아다닌 걸 갖고 어? 지랄 염병이 나서는 내가, 내가 뭘 어떻게……"

흥분해 말끝지 더듬는 윤도 앞에서 우리가 함께했던 모든 계절이 사라져가고 있었다. 화선지에 먹이 번지듯 검게 덮여가고 있었다. 우리가 서로의 귀에 속삭였던 대화들이 순식간에 혼잣말이 되어버렸다. 너와 하나가 되었다고 믿었던 순간들이 다 없던 일이 되었다.

그래, 더 해. 더 심한 말을 해. 내가 힘을 낼 수 있게. 힘을 내서 모든 걸 망쳐버릴 수 있게.

나는 우리의 시간을 지우는 말을 하는 윤도의 입에 주먹을 날렸다. 윤도는 그저 맞고만 있었다. 윤도의 입술에서 피가 났지만 나는 주먹질을 멈추지 않았다. 마치 혼잣말과도 같은 주먹질이었다.

*

10월이 되고 대학가요제에서 D시 출신의 밴드가 대상을 수상했다. 거리에 안녕하세요, 로 시작하는 노래가 계속 울려퍼졌다. 노래를 들을 때마다 나는 안녕하지 못한 나의 현실을 새삼 깨닫고는 했다.

내가 윤도와 대학가요제에 나갈 일은 없겠지.

내게 밥을 먹자고 하는 사람도, 내 곁에 물끄러미 서서 나를 보는 사람도, 내가 바라볼 사람도, 순식간에 다 사라져버렸다.

정신을 차려보니 나는 혼자였다. 외딴섬처럼 무리의 밖에 있었다. 예전의 태리가 그랬던 것처럼.

또하나 변한 것은, 웃음.

내가 지나갈 때마다 등뒤에서 웃음소리가 들렸다. 마치 칼날처럼 날카롭게 나를 헤집는 것 같은 비웃음이었다. 단순히 내 착각인가 싶다가도 피해 의식이라고 치부하기 어려울 만큼 그런 순간들이 잦았다.

나는 누구의 눈에도 띄지 않기 위해 유령처럼 투명한 존재가 되기로 마음먹었다. 기꺼이 자발적인 고립을 선택하는 애들도 있었으니까, 외롭거나 슬프지는 않았다. 나는 급식실에 갈 때마다 언제나 귀에 이어폰을 꽂고 손바닥만한 단어장을 챙겼다. 당연히 단어는 눈에 하나도 들어오지 않았지만 계속 뭔가를 외우거나 읽는 척 중얼거렸다. 뭐라도 들여다보는 순간만큼은 그저, 미래를 위해 현재가 저당잡힌 대한민국 보편의 고등학생일 수 있었다.

그러나 한 번 떨어졌던 성적은 좀체 복구되지 않았다. 나는 담임에게 불려가 상담을 받았다. 공부가 재미없니, 어디 아픈 데라도 있니, 가정에 무슨 문제라도 있는 거니, 혹시 여자친구가 생긴 거니. 그중 뭐 하나도 맞는 말은 없었으므로 나는 말없이 웃으며 고개를 저을 따름이었다. 담임은 어머니께 대충 사정을 들었다며, 나를 이해한다고도 했다. 도대체 무슨 소리를 듣고 어떤 정보를 바탕으로 나를 이해한다는 건지 알 수 없었다. 나는 별수없이 감사합니다, 열심히 하겠습니다, 하고 자판기에서 나오는 것 같은 대답을 했다. 당연히 그 무엇도 열심히 하지 못했다.

엄마와 아빠는 궁전아파트 재건축 추진위원회 일로 몹시 바빴다. 주민들에게 투표를 독려하려고 매일같이 단지를 돌아다녔다. 부모님이 내 성적표를 확인하지 않은 지 오래였다. 성적표에 부모님 사인을 받아오라는 담임의 말에 나는 대충 아빠의 사인을 흉내내 성적표를 제출했다.

감정도, 감각도 아무것도 느끼고 싶지 않다는 생각을 하다보니 정말 아무것도 느끼지 못하게 되었다. 윤도와 태리, 몰락하는 내 삶에 대한 고민도 순식간에 과거가 되어버렸다. 그 모든 일들로부터 한순간이라도 도피하고 싶었는데, 안간힘을 쓰다보니 어느 순간 그것들이 아예 없던 일처럼 아득하게만 느껴졌다. 그렇다고 그 빈자리에 대단히 가치 있는 것들이 들어찬 것도 아니었다.

나는 그저 텅 빈 채로, 그 자리에서 천천히 낡아갔다.

*

그 이후 졸업할 때까지의 기억이 내게는 별로 남아 있지 않다. 다만, 몇 가지 기억들이 순서와 인과를 잃은 채, 파편처럼 내 머릿속을 부유할 따름이다.

윤도와 소각장에서 싸운 지 얼마 지나지 않아, 윤도의 미니홈피 계정이 온데간데없이 사라져버렸다. 윤도의 미니홈피에 들어가면 탈퇴한 회원의 미니홈피입니다, 라는 메시지가 떴다. 윤도와 함께 우리 다이어리에 남겨놓았던 추억 어린 글들, 사랑하는 음악과 영화의 목록들도 순식간에 날아가버렸다. 그렇게 되니 정말이지 나의 머릿속에만 윤도와의 추억이 존재하게 됐다. 이렇게 될 줄 알았더라면 윤도가 써놓은 일기나 사진들을 다 저장해놓을걸. 우리의 추억을 증명할 수 있는 것이 아무것도 없었고, 나는 뒤늦게 그게 서글퍼졌다. 그 서글픔마저도 시간이 지나면 잦아들 것이라 믿었다.

희영이 우리 반에 찾아온 것은 아이들이 막 패딩을 입기 시작할 무렵이었다. 고3을 목전에 두고 입시에 짓눌린 아이들이 점차 타인에 대한 관심을 닫아가고 있을 때였다. 나는 그 어떤 것에도 집중하지 못한 채 텅 빈 것처럼 살아갔지만 적어도 겉으로는 다른 아이들처럼 문제집을 책상에 펴놓고 있었다.

오후 자습 시간이 끝나고, 앞문이 벌컥 열렸다. 들어온 사람은 희영이었다. 여자애가 남자 반에 들어오는 일은 드물어서 아이들의 이목이 집중됐다. 몇몇 아이들이 윤도와 희영을 번갈아 보며 웃었다. 희영은 곧바로 내 쪽으로 걸어와서는 내 옷자락을 잡더니 밖으로 나오라고 했다. 나는 영문도 모른 채 희영의 손에 이끌려 건물 밖 수돗가까지 끌려갔다. 희영은 다짜고짜 내게 외쳤다.

"너 정신 안 차려?"

"무슨 소리야."

"언제까지 그러고 있을 거야?"

"내가 뭘 어쩌고 있는데."

"너 대학 안 가? 모의고사 성적도 바닥을 치고. 왜 그러고 살아?"

"너 바쁜 줄 알았더니 꽤 한가한가보다, 내 성적까지 체크해주고. 근데 희영아, 나는 네가 갑자기 왜 이러는지 모르겠다."

"너 이러는 거 답답해서 그런다. 언제까지 도윤도 타령할 거야. 다 보여. 도윤도 그렇게 순진하고 착한 애 아닌 거 너도 알잖아."

나는 조금 놀랐다. 희영의 입에서 나와 윤도에 대한 이야기가 나올 것이라고는 예상하지 못했기 때문이었다.

"너랑 도윤도랑…… 소각장에서 싸운 거, 학교 애들이 다 알아."

나는 당황해 아무 말도 하지 못했다. 도대체 어떻게…… 아니, 아무도 모른다고 생각한 것이 바보였던 걸까.

"왜? 학교 안에서 그렇게 소란을 피워놓고 정말 아무도 모를 것 같았어? 너네 싸우는 거 봤다는 애들, 차고 넘쳐."

"그래서 뭐 어쩌라고."

"똑바로 정신 차리라고. 도윤도가 너에 대해 뭐라고 떠들고 다니는지 알아?"

희영은 몰아치듯 쏟아붓기 시작했다.

윤도는 내가 일방적으로 자신을 좋아해 따라다녔고, 자기 미니홈피를 몰래 훔쳐보기까지 했으며, 남자 새끼가 걸레처럼 한 번만 자달라고 수년 동안 매달려왔다고 했다. 역겨운 나를 떼어내기 위해 소각장에서 끝장을 봤다고, 그 사실을 동네방네 떠들고 다닌다고 했다. 내가 보낸 문자를 아이들끼리 돌려보게 했다고, 그애는 쓰레기라고 거듭 말했다.

"희영아, 윤도랑 네가 잘 안 된 건 알고 있는데, 나까지 끌어들여서 이러는 거, 유치해 보여."

"우리? 애초에 사귄 적도 없어. 아직도 모르겠어? 걔는 누구를 좋아해본 적도 없고 좋아할 줄도 모르는 애야."

나는 아무런 대답도 하지 못했다. 소각장에 희영을 남겨둔 채 서둘러 뒤돌아섰다. 칼로 그어진 것처럼 가슴에 통증이 일었다. 한 손으로 가슴을 부여잡고 균형을 잃지 않기 위해 애쓰며 한 걸음 한 걸음 앞으로 걸었다. 울부짖는 희영의 얼굴이, 마치 내 얼굴처럼 익숙했다.

*

2006년, 고등학교 3학년이 되면서 나는 반장이라는 직책에서 벗어날 수 있었다. 쫓겨났다, 고 표현하는 게 맞을지도 모르겠다. 그리고 비로소 윤도와 다른 반이 되었다. 하루에도 몇 번씩 마음을 뒤흔드는 일들이 있었고, 크고 작은 비웃음과 멸시가 일상이었으나 괜찮았다. 웬만한 추문은 대수롭지 않게 느껴질 만큼 모두가 대입이라는 출구만을 바라본 채 정신없이 달려가고 있었으니까.

그렇게 질식할 듯 숨막히는 고등학교 3학년, 정신없는 한 해의 가운데 빼놓을 수 없는 기억이 있다.

우리 가족이 지긋지긋한 궁전아파트를 탈출한 것이다. 지난했던 재건축 과정이 일사천리로 해결되었고, 철거 날짜가 정해지기가 무섭게 엄마는 학교 바로 앞에 있는 투룸 빌라로 이사를 결정했다. 응달에 위치한 평수가 더 작은 집으로 이사를 가는 것임에도 불구하고 엄마는 즐거워 보였다. 맹모삼천지교의 일환으로 생각하는 것 같았다.

내가 학교에서 수업을 받는 사이 이사는 끝나 있었다. 집에서 가장 작은 방에 내 책상과 침대가 들어가 있었다. 다섯 개였던 책장이 두 개로 줄어 있었고 참고서와 교과서, 대입 논술 교재를 제외한 나머지 책들이 보이지 않았다. 『한낮의 우울』과 『왜 나만 우울한 걸까?』 같은, 내가 즐겨 읽던 심리학 서적들도 모두 사라져 있었다. 그 빈자리에는 평화와 행복, 영성 같은 단어들로 점철된 신앙 서적들이 꽂혀 있었다. 나는 부엌 찬장을 정리하는 엄마에게 다가가 물었다.

"엄마, 내 책들이 안 보이는데? 어디 갔어?"

"다 정리했다. 그런 책들 보니까 더 우울해지고 그런 거다. 사람이 좋은 걸 보고 긍정적인 생각을 해야 마음이 나아지지. 그리고 공부하기도 바쁜데 언제까지 그런 책들이나 들여다보고 있을래?"

나는 아무 대답도 하지 않았다.

평화롭고 무심했던 시간으로 기억된다.

두고 온 것들

　강형국씨의 사십구재 예배에 다녀온 이후 엄마는 곧바로 내게 전화를 했다. 울음이 섞인 목소리로 정신없이 이야기를 털어놓았다.

　오랜 시간 물에 잠겨 있어 완전히 백골이 되어버린 시신의 사망 시점을 추정하기는 쉽지 않았다. 미라 아줌마는 의외로 담담한 모습이었다. 미라 아줌마는 강형국씨, 그러니까 자신의 남편이자 태리의 아버지인 그가 실종된 97년의 어느 여름날에 이미 죽었을 거라고 추측했었다고 했다. 당시 강형국씨는 도박 중독에 빠져 회사 공금을 횡령했고, 미라 아줌마의 이름으로 신용카드를 여러 장 만들어 그녀를 신용불량자 상태로 몰아넣었다. 심성은 곱지만 유혹에 약하고 책임감이 결여되어 있으며 심약하기까지 한 그가 절망에 사로잡혀 스스로 목숨을 끊은 게 틀림없다고 미라 아줌마는 결론 내렸다.

　그 이후로 미라 아줌마의 삶은 투쟁과 고난의 연속이었다. 남편의 부재에 상실감을 느낄 겨를도 없이 출처 모를 빚쟁이들이 집에 찾아들었으며 그렇게 시작된 가계 부채를 감당하며 마침내 두 아이를 대학까지 보낸 삶. 홍수처럼 불어난 빚더미를 견디지 못해 가장 친한 친구의 돈도 갚지 못하고 도주하기에 이른 삶. 엄마는 강형국씨의 죽음이 아니라 미라 아줌마의 삶을 진심으로 애도하고 있었다.

"미라 걔가 눈이 퀭하고 뺨이 푹 들어간 게 꼴이 말이 아니더라. 동창들 중에서 제일 인물 좋기로 유명했던 앤데……"

엄마는 눈물을 닦는지 몇 번이고 말을 멈추었다.

"그때, 집까지 포기하고 도주하지만 않았어도 지금쯤 돈방석에 앉았을 거다."

그것은 엄마가 지난 세월 끊임없이 말해왔던 레퍼토리이기도 했다. 재건축 조합이 설립되었을 때, 시공이 확정되었을 때, 그리고 새 아파트에 입주하던 때, 이후 엄마는 매번 돌림노래처럼 미라 아줌마를 거론하며 말했다. '걔가 그때 그러지만 않았어도.'

나는 그것을 자신을 배신한 친구를 향한 분노 섞인 상실의 감정으로 이해했다.

비로소 숨쉴 틈 없이 쏟아내던 엄마의 이야기가 끝났고, 나는 조심스레 물었다.

"태란 누나랑 태리는…… 왔어?"

"그럼. 둘 다 왔지."

태리는 고등학교 때와 별반 다를 바가 없다고 했다. 똘망똘망하게 예쁜 얼굴이며 애기 같은 목소리도 여전하다고 했다. 다만 외국 생활을 한 지 오래돼 한국말이 다소 어눌해졌고, 지금은 캐나다에서 간호사 일을 하고 있다고 했다. 태란 누나는 나이가 든 태가 났지만 똑 부러지는 건 여전하다고 했다. 프리미엄을 얹어서 마포의 아파트를 분양받았다는 말도 잊지 않고 덧붙였다(근 이십 년 만에 보는 친구 딸의 부동산 상황부터 점검한 것이 지독히 엄마답다는 생각이 들었다).

"태란이가 네 책 봤다고 하데. 걔네 변호사 친구들도 네 팬이래. 동창들도 만나면 네 얘기 하느라 바쁘다더라."

엄마는 행복한 목소리였으나 나는 그 이야기들이 하나도 귀에 들어오지 않았다.

전화를 끊자 두통이 몰려왔다. 도대체 뭘 어쩌면 좋을지, 판단이 서지 않았다. 나는 관자놀이를 주무르며 신발장 앞으로 향했다.

얼마 전 올려둔 뒤로 손조차 대지 못한 책을 집어들었다. 책상 앞에 앉아 책장 사이에 꽂힌 편지 봉투를 꺼냈다. 천 가지 만 가지 생각이 머릿속을 스쳐지나갔다.

나는 조심스럽게 봉투를 열었다. 마치 활자로 찍어놓은 것처럼 정갈한 글씨의 편지가 눈앞에 펼쳐졌다. 편지의 발신인은, 희영이었다.

잘 지내지?

너에게 이렇게 편지를 쓰는 날이 올 줄은 몰랐는데, 참 이상하다.

텔레비전에서 너를 보고 많이 놀랐어. 내가 기억하는 너는 겁이 많고, 눈에 띄는 걸 괴로워하는 애였거든. 그런데 가만히 생각해보니 사람들 앞에 서는 네 모습이, 스스럼없이 네 연한 부분을 털어놓는 모습이 전혀 어색하지 않더라. 내가 알고 있던 네가 반쪽에 불과하다는 걸, 뒤늦게 깨달았어. 그리고 동시에 그런 생

각이 들더라. 네가 알고 있는 내 모습 역시 반쪽에 불과할 거라
는 사실 말이야.

이렇게 편지를 쓰는 건, 어떤 공평함에 대해서 이야기하고 싶
어서야. 좀더 정확히 말하자면 너에게 미뤄놓은 사과를 하기 위
해서랄까. 나는 너를 비교적 잘 알지만 너는 나에 대해 잘 알지
못하지. 그러니까 설명할 게 많네. 무슨 이야기부터 시작하면 좋
을지 모르겠다.

얼마 전 태리를 만났어. 꼬박 십 년 만이었지.

내 말을 듣고 너는 좀 의아할 수도 있겠다. 실은 태리와 나는
초등학교 때부터 알고 지낸 사이야. 교회에서 만나 주일마다 얼
굴을 봤었고, 그 인연이 지금까지 이어지고 있으니 어쩌면 가족
만큼이나 끈끈하다고도 할 수 있겠네. 태리는 내가 살면서 처음
으로 사귄 남자친구야. 더불어 처음으로 나를 찬 남자이기도 하
지. 중학교 1학년 때 내가 먼저 그애를 좋아해서 사귀기 시작했
는데, 사귄 지 두 달 만에 시원하게 차여버렸어. 나 말고 예전부
터 좋아하는 사람이 있다고 하더라. 그 이후로 태리와는 둘도 없
는 베프가 됐고.

그래서 나는 너를 보기 전부터 너에 대해 알고 있었어. 물론
초등학교 때부터 태리가 언제나 얘기해왔던 그 '형'이 너이며,
태리가 그런 너를 아주 많이 좋아하고 있다는 사실을 알게 된 것
은 조금 뒤지만 말이야.

고백하자면, 나는 너를 많이 미워했어. 그땐 내 앞에 있는 누
구라도 미워할 준비가 되어 있었지. 운나쁘게 네가 내 앞에 있었

던 거고.

너 내가 중고등학교 내내 할머니 집에서 얹혀살았던 거 알고
있어? 부모님이 여기저기 빚지고 나만 버려놓고 홀라당 야반도
주를 해서 그렇게 돼버렸어. 난 중학교부터 대학교 때까지 언제
나 전액 장학생이었어. 제일 못사는 애들 중에서 제일 공부를 잘
해서였지. 좀더 긍정적으로 말해보자면 공부를 잘하는 애들 중
에서 제일 가난했다고 해야 하나? 사실 너랑 함께 다녔던 그 학
원도 학교에서 나온 장학금 덕분에 다닐 수 있었던 거였어. 그때
의 난 언제나 약점이 잡힌 것 같은 기분이었어. 누구라도 마음만
먹으면 나를 망쳐놓을 수 있을 것만 같았지. 등허리에 끈적하게
따라붙은 그 감각이 너무 싫어서 투지에 불탔었지. 반드시 1등
이 하고 싶었고, 그래야만 한다고 믿었어. 누구도 나에게 그러라
고 한 적이 없는데도 말이야. 이상하게 세상에 계속 빚을 진 것
만 같았지. 실제로 빚을 많이 지기도 했고. 너도 알겠지만, 고등
학교 땐 빚쟁이가 학교에 찾아오기까지 했잖아. 매일매일이 안
죽기 위한 투쟁이나 다름없었지. 지나고 나니까 웃으면서 얘기
할 수 있는 일이 되었지만 말이야.

사는 것도 고되고 힘겨워 죽겠는데 바로 앞에서 너랑 무늬가
떡하니 버티고 있어서 얼마나 곤란했는지 몰라. 나는 아무리 발
악을 해도 이룰 수 없던 것들을 너희 둘 다 아무렇지도 않게 척
척 이뤄내곤 했으니까. 별다른 노력도 하지 않는 거 같은데 1등
을 하고, 청운반에 들어가고…… 그런 너에게 열등감을 심하게
느끼곤 했어. 너는 모두의 사랑을 받고 있었으니까. 잘 웃고, 상

낭하고 학교에서 평판도 좋고, 스스럼없이 윤도와 가까워지고, 나처럼 모난 구석도 없어 보이고. 물론 그건 너무나도 어렸던, 나 혼자만의 착각에 불과했지만 말이야.

후에 태리에게 너희 집안 사정을 듣고 나서는 놀랐지. 너도 안정적이지 못한 환경에서 자랐다는 게 썩 와닿지가 않더라. 그런데도 마치 삶에 아무 문제도 없는 것 같은 네 꼿꼿한 자세가, 누구에게나 공평하고 온화한 그 태도가 너무 싫어졌어.

너는 왜 구겨진 구석이 없는 걸까, 나처럼.

질투, 라고 표현하는 게 가장 정확할 것 같아. 수많은 약점들을 짊어지고도 그 꼿꼿한 태도를 잃지 않는 게 꼴 보기 싫었어. 네가 뭔데, 라는 생각이 자꾸 들고는 했지. 실은 네가 그 자세를 유지하기 위해 얼마나 많은 노력을 기울였을지에 대해선 알지 못했어. 알려고 하지도 않았지. 내 문제에 매몰돼 있었으니까. 나도 너처럼 되고 싶었어. 그래서 없는 살림에도 학생회장에 출마했고 누구보다도 당당히 살려고 마음먹었어.

우는 태리의 전화를 받았던 그날이 아직도 생생히 떠올라.

네 생일이었지. 태리가 용기를 내서 너에게 선물을 했는데, 가장 아끼는 책과 편지를 줬는데, 네가 그걸 쓰레기통에 버렸다고 하더라. 반 애들 모두가 보는 앞에서 편지를 조각조각 찢어버리기까지 했다고. 그 얘기를 듣는데 피가 거꾸로 솟는 것 같았어. 나는 교실인 것도 잊고 버럭 소리를 질러버렸어. 도대체 걔가 뭔데 널 그토록 함부로 대하게 놔두는 거냐고. 그렇게 쓰레기 같은 애를 왜 좋아하는 거냐고. 태리는 말없이 울기만 하더라고.

나는 수업이 끝나기 무섭게 소각장으로 달려갔어. 쓰레기통을 비우러 오는 아이들에게 일일이 몇 반이냐고 물었지. 그렇게 너희 반 쓰레기통을 찾아내 속을 뒤졌어. 아니나 다를까 태리가 준 책과 찢긴 편지 조각이 담겨 있더라. 온갖 쓰레기에 뒤엉킨 채로 말이야. 더러워진 책을 가방에 집어넣으면서 나는 너를 절대로 용서하지 않겠다고 다짐했어.

　그날 그 사건으로 말미암아 태리는 유학에 대한 결심을 완전히 굳힌 것 같았어. 필리핀으로 갈 거라고 하더라고. 이곳에는 더이상 희망이 없으니 거기서 새 삶을 시작할 거라고. 계속 만류하는 내게 태리가 모든 것을 털어놓았지. 네가 윤도와 썼던 비밀 일기를 훔쳐본 사실을, 그리고 윤도와 네가 그 여름에 벌였던 일들에 대해서도. 그 얘기를 듣고 나니 마치 퍼즐이 맞춰지는 것 같은 기분이었어. 밸런타인데이에 윤도의 책상 위에 올려져 있던 초콜릿이며, 윤도와 네가 같이 걸어가는 것을 우연히 봤었던 일, 윤도가 나에게 보였던 뜨뜻미지근한 태도 같은 것. 내가 모르는 새 둘이 비밀 일기를 쓰고 누구보다도 절절하게 열애를 하고 있었다니. 그야말로 기만을 당한 기분이었어. 태리만큼이나 나도 깊이 절망했지. 생각해봐, 내가 평생 동안 좋아했던 남자애 둘 모두가 너를 좋아하고 있다는 걸 알게 됐으니, 기분이 어땠겠니? 그래서 오기라고 해도 좋을 만큼 용기를 냈고, 나답지 않게 무대 위에서 윤도에게 고백까지 했지. 우습게도.

　나는 지금 남해에 있는 한 섬에서 아이들을 가르치며 지내고 있어. 이 년 전 이곳에 발령을 받았을 땐 아는 사람이 아무도 없어서 막막했는데 이제는 적응을 했어.

아이들은 착해. 뉴스에 나오곤 하는 맹랑하고 되바라진 아이들을 생각하며 왔다가 금세 마음을 열게 되었어. 한 학년에 열 명 남짓의 아이들이 있어. 순수하고 맑아. 그런데 그 맑고 순수한 얼굴로 아무렇지 않게 개미를 밟아 죽이고 고양이에게 돌을 던지기도 해. 그 작은 집단 속에서도 서로를 사랑하고, 따돌리고, 진심을 다해 증오하기도 한다는 걸 매일 배우고 있다. 그럴 때면 네 생각이 나. 어쩌면 일종의 놀이이자 화풀이였을지도 모르겠다는 생각을 했어. 누구보다 이기적이었던 건 네가 아니라 나였을지도 모른다는 생각을 이제야, 그때로부터 십수 년이 지난 지금에서야 하게 됐어.

1004라는 번호로 협박 메시지를 보내기로 한 건 내 아이디어였어.

태리는 끝까지 주저했어. 네가 많이 괴로워할 것 같다고 하더라. 내가 그애를 설득했어. 그 아이의 근간을 뒤흔들어놓고 아무렇지도 않게 살아가는 네가 괘씸했고, 미웠어. 태리가 이대로 가만히 니 인생에서 사라져버리고, 잊혀져버린다면, 그 아이가 그 오랜 시간 동안 간직해왔던 마음이, 오랫동안 견뎌왔던 세월이 너무 억울하잖아. 태리는 나한테는 무엇과도 바꿀 수 없는 소중한 친구였으니까, 네가 그 죄의 대가를 치러야 한다고 강하게 믿었어. 그래서 너를 괴롭히고 벼랑 끝으로 밀고 있다는 자각조차 없었어. 문자를 보내면서도, 그저 태리를 위한 일이라고 믿고 싶었던 것 같아. 실은 나 자신의 모난 마음에서 비롯된 질투심, 어쩌면 철저한 복수에 불과했는데 말이야. 그걸 인정하기까지 이렇게 오랜 시간이 걸렸어.

고백하자면, 사실 그간 너에 대해서 별로 생각하지 않았어. 사는 게 바빴거든. 그러다 얼마 전 텔레비전에서 너를 보고, 너의 책을 읽고 난 후에야 나는 감히, 죄책감을 느끼게 되었어.

그때 너한테, 그러지 말았어야 했는데.

이미 너무 뒤늦은 후회겠지. 직접 만나서 얘기를 하거나, 하다못해 전화라도 거는 게 맞을 텐데 도저히 용기가 나지 않아서 이렇게 편지를 쓴다. 너에 대해서 생각하면 너무 많은 것들이 떠올라 마음이 복잡해지곤 했어. 어쩌면 너도 마찬가지일지도 모르겠다는 생각도 해봐.

알고 있을지 모르겠지만, 태리가 한국에 돌아왔어. 너를 보고 싶다고 하더라. 이렇게 너에게 편지를 쓸 용기를 내게 된 것은, 태리 덕분이기도 해. 그 아이는 잘못이 없어. 애초에 너에게 메시지를 보내자고 한 것도, 태리가 떠난 후에도 계속 너의 과거사를 들먹였던 것도 모두 나였어. 태리는 그저 너를 좋아하는 마음을 어떻게 표현해야 할지 몰랐던, 어리고 미숙했던 아이에 불과해. 그 감정에 이상한 방향을 내준 것은 나고.

그런 내가 이런 말을 한다는 게 면목없다는 것을 잘 알고 있지만, 네가 태리를 한번 만나볼 수 없을까? 네 얼굴조차 마주할 용기가 없어 구구절절 편지를 적어 보내는 내가 할 소리가 아니라는 것도 알고 있지만, 네가 태리를 위해 한 번만 용기를 내줄 수 없을까? 주제넘지만 그게 너에게도 태리에게도 꼭 필요한 일이라는 생각이 든다. 어쩌면 나에게도 말이야.

결국에는 이 말을 하고 싶어서 편지를 쓰기 시작했는데, 딴소리를 하느라 깜빡할 뻔했네.

미안해.

나를 용서하지 않아도 좋아.

류희영

편지를 끝까지 읽었을 때 손등으로 눈물이 떨어졌다. 나는 내가 울고 있다는 게 이상해 몇 번이고 눈물을 닦으며 심호흡을 했다. 나를 휘감고 있는 지금 이 감정의 정체를 알 수가 없었다. 분노나 원망은 아니었다. 오히려 후회와 자조, 어쩌면 한없이 연민에 가까운 감정이었다.

*

나는 무늬에게 전화를 걸었다. 꽤 오랜만에 하는 통화였음에도 무늬의 목소리는 마치 어제 연락한 것처럼 익숙했다. 무늬라는 존재는 언제나 그랬다. 딱히 자주 연락을 하지 않아도, 물리적으로 가깝지 않아도 아무렇지 않게 속내를 터놓을 수 있는 그런 사람. 그저 맑은 유리처럼 내 앞에 서서 반쯤은 나를 비추고 또 반쯤은 자신의 속내를 보여주는 사람. 어쩌면 나 역시 무늬에게 그런 사람일 수도 있다.

무늬는 아버지의 반대를 이겨내고 K대 의대 대신 서울대 생명과학부에 진학했고, 2학년까지 학교를 다니다 그만뒀다. 이후 자연주의 브랜드를 론칭해 입지를 다져나갔다. 얼마 전 그 브랜드가 한 대기업으로부터 거액의 투자를 받게 됐다는 소식이 발표됐다. 무늬는 저탄소 산업 분야를 선도하는 젊은 여성 CEO로 한동안 매스컴을 탔다. 나는 긴장된 기색을 숨기고 장난스럽게 무늬에게 말했다.

"너 요즘 아주 스타가 다 됐던데?"

"스타는 무슨. 너야말로 난리던데, 아주 세기의 석학이 되셨더라? 나는 팔자에 없이 알려져서 피곤해 죽겠네."

"인스타로 이상한 쪽지 안 와? 뭐 상담해달라든가, 제발 자기 얘기 좀 들어달라든가."

"그런 건 별로 없던데? 돈 빌려달라는 사람만 넘쳐나더라. 네가 정신병 고치는 사람이라 그런 종류의 사람들만 들러붙는 거겠지. 그러고 보니 고등학교 때 의대 가겠다고 난리 친 건 나였는데, 정작 의사가 된 건 너네."

"내가 무슨 의사냐? 상담사지."

"사람 고치고 살리는 건 다 똑같지 뭐."

"어디 가서 그런 소리 하지 마라. 욕먹어."

무늬와 안부를 주고받은 뒤, 나는 희영은 어떻게 지내냐고 가볍게 물었다. 무늬는 화들짝 놀라며 답했다.

"며칠 전에 희영이도 나한테 네 소식 묻던데?"

"그래? 신기하네."

"뭐야 니들? 나 모르게 동창회라도 열 작정인 거야?"

"동창회는 무슨. 그냥 이래저래 살다보니 갑자기 떠오른 거지 뭐."

"하긴 우리가 벌써 그럴 나이긴 하지."

"그럼 너 혹시…… 윤도 소식 들은 거 있어?"

"야, 그 이름 얼마 만이냐? 니 천년지애 도윤도씨."

"조용해라."

"윤도, 도윤도라. 나도 따로 소식 들은 건 없네. 한 오륙 년 전에 동남아인가 중국에서 사업한다고 누가 말했던 거 같기도 하고? 내 주변에는 딱히 연락하고 지내는 사람은 없는 듯해."

"그래. 알겠어."

"왜, 아직 그리워? 그리워 죽겠어?"

고등학교 3학년 때, 윤도와 나 사이의 소문을 들은 무늬가 내게 찾아와 했던 말들을 아직도 기억하고 있다. 무늬는 나에게 별다른 질문도 어설픈 위로의 말도 하지 않았다. 대신 이렇게 말했다.

"너 서로 좋아하는 사람들을 판별하는 방법이 뭔지 알아?"

"눈빛?"

"그런 거 말고. 안간힘을 다해 숨기고 있더라도, 심지어는 서로 좋아하고 있는지 확신하지 못할 때조차도 서로 사랑하고 있다는 걸 아는 방법이 있어."

"그 대단한 방법이 뭔데?"

"둘이 서 있는 모습을 보면 돼. 서로 배를 마주하며 서 있으면 그건 이미 게임 끝난 거야."

무슨 뚱딴지같은 소리인가 싶어 아무 대답도 하지 않았다. 무늬는 큰 비밀을 누설이라도 하듯 목소리를 죽였다.

"야생에서는 눈을 정면으로 마주치는 게 싸우자는 뜻이래. 남자들끼리는 절대 배를 마주하고 서 있지 않아. 절대로."

"그래? 몰랐네."

"근데 너희는 달랐어. 서로 배꼽이 달라붙을 것처럼 바짝 마주서서 아무렇지도 않게 눈을 똑바로 쳐다보면서 그렇게 얘기를 하더라. 윤도랑 너 말이야."

"그래서, 뭐 어쩌라고."

"그냥, 그건 진짜였다고. 너희 둘이 무슨 말을 주고받았고, 무슨 일을 했는지 잘 모르겠지만, 그때 그 순간은 진짜였다고."

서로를 똑바로 바라보는 것. 그의 눈 속에 내가 들어 있다는 사실을 온몸으로 감각하는 것.

그 순간들이, 그때 우리의 마음이 다 진짜였다는 것.

그 한마디로 말미암아 내가 살 수 있었다는 것을, 그것을 마치 경전처럼 주워 삼키고 되새겼기에 내가 간신히 그 시절을 버틸 수 있었다는 것을 무늬는 알고 있을까?

"도윤도에 류희영에, 갑자기 웬 과거 소환이래. 평소에 내가 학교 얘기만 하면 귓등으로도 안 들었으면서. 희영이야 뭐, 똑같은데? 학교에서 애들 가르치고 결혼은 아직이고. 하긴, 생각해보면 다 비슷비슷하게 살아. 내 주변에서 제일 드라마틱하게 달라진 건 너야. 내 친구들도 다 니 책 읽었다더라? 나는 이상하게 간지러워서 못 보겠더라고……"

두고 온 것들 395

무늬와 통화를 하고 나자 가라앉았던 기분이 조금 나아졌다. 나는 주저하다 책상 서랍 마지막 칸을 열었다. 그 속에서 하늘색 핸드폰과 까맣게 변한 은반지를 꺼냈다. 반지를 새끼손가락에 껴보았다. 손가락에 꼭 맞는 반지. 한때는 세상 무엇보다도 소중했던 물건이었는데, 불에 타버린 것처럼 까맣게 변색돼버린 모습이 흉해 얼른 빼버렸다. 핸드폰을 들어 셔츠에 먼지를 닦았다. 귀퉁이에 긁힌 자국이 가득한, 고등학교 졸업하기 전부터 복학하기 전까지 사용했던, 내 인생 마지막 피처폰이었다.

이 핸드폰으로 받은 마지막 문자를 기억한다.

윤도에게서 온 부고 문자였다.

*

서울에 있는 대학에 합격하면서, 나는 바람처럼 D시에서 벗어날 수 있었다. 모든 게 다 괜찮아질 거라는 기대와는 달리 별로 바뀌는 건 없었다. 오히려 내 내면에 잔뜩 쌓아놨던 문제들이 고름처럼 자꾸 터져나왔다. 잠을 잘 자지 못하는 것도 여전했다. 나는 학사 경고를 받고도 매일 술을 마셨으며, 술에 취해서야 간신히 잠들 수 있었다. 그런 나를 더 지켜볼 수 없었던 부모님이 나를 군대에 보냈다. 훈련소에 입소하던 날 엄마는 조금만 버티면 모든 게 괜찮아질 거라 말했다. 고등학교 때 나를 임마누엘 수도원에 보낼 때와 같은 어조였다. 그들의 바람과는 달리 나는 우울증으로 인한 자살 가능성이 보인다는 소견을 받아 네 달 만에 사회로 방출되었다.

그후 길고 지난한 치료가 시작되었다. 담당 의사는 치료 시기를 놓쳐 생각보다 병세가 깊다고, 장기적인 치료를 요한다고 말했다. 고등학교 때 하지 못했던 약물치료도 드디어 하게 되었다. 상담을 받고 약을 먹으면 괜찮아질 거라는 기대와 달리, 나는 좀체 나아지지 않았다. 입원과 퇴원을 반복했다. 치료가 길어질수록 먹어야 하는 약의 양과 횟수는 늘어났고, 그럼에도 중독과 허무, 희망과 절망이 반복됐다.

한번은 모든 것을 끝낼 생각으로 검은 물 앞에 선 적도 있었다.

수성못이 아닌, 고여 있지 않은 채 끊임없이 흐르는 한강을 보면서 나는 오래전 내 손으로 검은 물에 밀어넣은 사람들을 떠올렸다. 그때 내 팔에 담겼던 적의와 분노에 대해서. 누군가를 밀치고 짓밟고 간신히 도망쳐온 이곳에서도 나는 고작 이렇게 살고 있구나. 그 시절의 내가 너무나도 간절히 바랐던 삶이 이렇다는 게, 뒤도 돌아보지 않고 달려 도착한 곳이 여기라는 사실이 나를 견딜 수 없게 만들었다. 나의 감정은 알지 못한 채 무심히 흘러만 가는 검은 물. 한 발만 더 앞으로 걸어가면 이 모든 고통으로부터 벗어날 수 있는데, 그걸 알면서도 그러지 못했다. 나 자신에 대한 분노가 나를 떠밀 수 있을 만큼 깊지 않다는 사실에, 나는 진심으로 절망했다.

마지막 입원 치료가 끝나고 복학 준비를 하고 있을 때쯤, 낯선 번호로 부친상 부고 문자가 왔다. 장례식장은 D역 근처에 있는 작은 의료원이었으며, 상주는 도윤도였다. 기록적인 폭염이 이어지던 여름이었고, 나는 한참을 고민하다 집에 있는 옷 중 가장 어두운 색 티셔츠와 면바지를 챙겨 입고 D시로 가는 기차에 몸을 실었다.

의료원은 기차역에서 도보로 오 분 거리였다. 인근의 으리으리한 대학병원들과는 달리 작고 오래된 병원 건물 앞에서 나는 삼 년 만에 윤도와 마주했다. 마른 체구이지만 얼굴에는 생기가 돌던 예전과 달리 피부가 거칠어졌고, 눈빛도 탁해져 있었다. 빈소에는 윤도와 윤도의 어머니만이 자리를 지키고 있었다. 영정 사진 속 윤도의 아버지는 살집이 있고 무뚝뚝해 보였으나 소문처럼 조폭이라 하기에는 평범한 얼굴이었다. 헌화와 절을 하고, 밥상에 앉아 밥을 먹을 때까지 윤도는 내게 아무 말도 하지 않았다. 묵묵히 나에게 국밥과 반찬을 가져다주고, 내가 밥을 먹는 모습을 지켜볼 따름이었다. 내가 억지로 밥 한 공기를 다 비울 때까지 누구도 장례식장에 찾아오지 않았다. 의리로 죽고 못 사는 네 아버지 형제들은 다 어디 있는데, 그 많던 네 친구들은 다 어디 간 건데, 묻고 싶었지만 윤도의 잔뜩 부은 눈과 빨개진 코를 보니 그럴 수 없었다. 밥을 다 먹고 자리에서 일어나려 하자, 윤도가 내 옷자락을 잡았다.

"담배 피울래?"

병원 옥상에 흡연 구역이 있다고 했다. 옥상이라고 해봤자 사층에 불과했다.

우리는 옥상 난간에 나란히 기대서 먼 곳을 바라보았다. 윤도는 양복 안주머니에서 담배를 꺼내 불을 붙였다. 담배 한 모금을 길게 빨아들이며, 왜 이곳에서 장례식을 치르게 됐는지 아냐고 내게 물었다. 나는 고개를 저었다.

"이 병원이 수성경찰서에서 제일 가깝거든. 수성구에서 자살하거나 범죄에 연루된 사람들 시신은 죄다 여기로 보내진대."

아무렇지 않은 표정으로 그런 말을 하는 윤도. 그는 옥상 바닥에 꽁초를 버리고는 구둣발로 비벼 껐다. 자신의 몸보다 훨씬 더 큰 양복을 입어 움직일 때마다 옷깃이 펄럭였다.

"왜 이렇게 큰 옷을 입었어."

"이거 아빠 양복이야. 워낙 급하게 가버리셔서, 어쩔 수 없었네."

곧 울 것 같은 표정이 되어버린 윤도. 그런 윤도를 나는 꽉 안았다. 나는 윤도의 목 뒤에 빨갛게 생채기가 난 것을 보았다. 윤도의 귀에 대고 물었다.

"목에 상처는 뭐야."

윤도는 옷깃이 자꾸 목에 닿아 쓸린 것 같다고 내 귀에 대고 말했다. 나는 윤도의 목을 가만히 만져주었다. 시간이 얼마나 흘렀을까, 윤도의 어깨가 떨리는 것이 느껴졌다. 우리는 다시 몸을 뗐다. 윤도가 잔뜩 눈물이 고인 표정으로, 입을 달싹이며 뭔가를 말하려 했다.

"내가…… 내가 정말로……"

윤도는 울고 있었다.

나는 울고 있는 윤도를 내버려둔 채 고개를 돌렸다. 옥상 문을 열고 계단을 내려갔다. 조도가 낮은 조명에 회백색으로 칠해진 벽면, 오래된 시멘트 계단을 따라 내려오며 나는 결심했다.

진심을 다해서 사랑했던 기억은 그 시절에 남겨놓기로.

나 자신의 미숙함과 절망과, 분노와 슬픔, 과오와 아픈 기억들까지도 모두 그곳에 두고 오기로.

*

　나는 책상 위에 올려두었던 폴더폰과 은반지를 쓰레기통에 넣었다.
그리고 주머니에서 핸드폰을 꺼내 인스타그램에 들어갔다. 1004에게
서 온 마지막 메시지를 보았다.

　그동안 너를 떠올리면, 잃어버린 가족을 떠올리는 것처럼 가
슴이 저리곤 했어. 아빠가 죽었다는 사실을 확인한 것보다 그 시
절 '형'을 잃었다는 사실이 아직까지 내게 더 깊은 통증으로 다
가오는 걸 보면, 어쩌면 너는 내게 영원히 형, 으로 남게 될지도
모르겠어. 혈연보다 더 질긴 인연의 끈이 우리 사이를 묶고 있는
것 같다는 일방적인 생각을 하며 이 메시지를 보낸다.
　월요일에 나는 다시 캐나다로 떠나.
　그전에 너를, 형을 한번 보고 싶어.

태리

나는 메시지 맨 마지막 줄에 적힌 전화번호로 전화를 걸었다.

*

　약속 시간이 다 됐음에도 나는 광화문광장에 우두커니 선 채, 시위
를 하고 있는 사람들 사이에 섞여 있었다. 그들은 울분에 찬 채로 저
마다의 구호를 외치고 있었다. 그 모습에서 오래전 IMF로 회사가 도

산해 거리에 나앉은 이들의 모습이, 그것보다 끔찍한 비극은 없을 거라 믿었던 수많은 죽음들이, 여전히 어디선가 울고 있거나 자기만의 호수에 빠져 있는 사람들, 가족들, 친구들이 떠올랐다. 내가 아니지만 나의 일부인, 나를 이루고 있는 어떤 조각들.

인파를 헤치고 스무 걸음만 앞으로 가면, 커다란 카페의 유리문을 밀고 들어가기만 하면 태리를 만날 수 있다는 것을 알고 있는데, 차마 발이 떨어지지 않았다. 몇 번이고 숨을 골라보았지만 요동치는 심장과 가쁜 호흡은 도무지 진정될 기미가 없었다. 나는 자리에 쪼그려 앉았다.

어딘가에서 물비린내가 확 끼쳤다.

수성못.

그후로 나는 최선을 다해 살았다. 내 안의 문제를 해결하기 위해, 타인의 문제를 해결하기 위해 누구보다도 열심히 달려왔다. 혹자들이 왜 그런 직업을 가지게 됐냐고, 왜 그토록 열심히 일을 하는 거냐고 물어볼 때마다, 왜 치명적인 약점이 될 수도 있는 자신의 유약한 이야기를 고백하면서까지 책을 썼냐고 물어볼 때마다, 나는 '두고 온 것들을 외면하지 않기 위해서'라고 이야기하곤 했다. 실은 그저 못난 자기변호에 불과하다는 것을 알고 있다.

어쩌면, 지난 시간 동안 나는 태리가 죽지 않았다고 믿었다. 그렇게 믿기로 했으니까 태리는 내 안에서 죽지 않았다. 그러니까 나는 죄인이 아닐 수 있었고, 설사 죄를 지었더라도 반쪽짜리 죄인일 수 있었다. 사실은 태리가 어떤 상태였는지는 내게 중요한 문제가 아니었다. 나는 내 상처를 빌미로, 그것과 거리를 두겠다는 그럴듯한 명목으로 태리라는 존재를 완벽히 유기했다.

그런 주제에 내가 너에게 무슨 말을 할 수 있을까.

그때부터 지금까지 나의 존재를 감각해줘서, 나를 나로서 좋아해줘서, 그리고 그런 내 모습을 기억해줘서 정말 고마웠다고. 그 시절의 내가 간절히 유기하고 싶었던 것은 네가 아니라 나였다고. 네가 어떤 일을 겪고 있는지 뻔히 알면서 그 차가운 곳에 너를 떠민 채 나 홀로 도망쳐버려서, 그로 말미암아 영원히 그 자리에 너와 나를 머물게 만들어버려서, 정말로, 정말로 미안하다고.

그 말을 할 수 있을까. 내가 감히 그런 말을 해도 될까. 이런 내가 감히 너를 똑바로 마주봐도 될까.

거리에서 아우성치는 사람들의 소리가 물결처럼 들렸다. 사람들의 그림자 사이로 대낮의 햇빛이 비쳤다. 나는 약속 장소인 카페의 유리창을 보았다. 창가에 앉아 있던 누군가가 고개를 돌려 천천히 내 쪽을 바라보았다. 우리의 눈이 마주쳤다.

마치 아주 오래전의 내가 지금의 내게 고개를 돌린 것 같은 기분이었다.

나는 깊이 숨을 삼킨 채 앞을 향해 한 발짝 내디뎠다.

* 소설 속 일부 지명은 실제에서 빌려왔으나 어디까지나 가상의 공간이다. 인물과 사건 역시 모두 허구이다.

* 4장의 제목 '천사가 아니야'는 야자와 아이의 만화 『천사가 아니야』에서 빌려왔다. 마지막 장의 제목 '두고 온 것들'은 강영숙의 단편소설 「두고 온 것」에서 착안했다.

* 이 소설을 쓰기 위해 『왜 나만 우울한 걸까?』(김혜남 지음, 중앙M&B, 2003), 『한낮의 우울』(앤드루 솔로몬 지음, 민승남 옮김, 민음사, 2021), 『아파트 게임』(박해천 지음, 휴머니스트, 2013), 『혐오에서 인류애로』(마사 C. 누스바움 지음, 강동혁 옮김, 뿌리와이파리, 2016), 『트라우마와 기억』(피터 A. 러빈 지음, 권승희 옮김, 학지사, 2019), 〈이반 검열〉(이영 연출, 2005), 〈아웃─이반 검열 두번째 이야기〉(이영 연출, 2007)를 참고했다.

작가의 말

천장의 무게를 처음으로 느꼈던 것은 십대의 어느 밤이었다. 잠을 청하려 침대에 누웠는데 눈앞의 천장이 나를 짓누르는 것 같았다. 도대체 앞으로 얼마나 많은 밤 동안 이 천장을 바라보며 살아가야 할지 생각하니 숨을 쉬기 힘들 정도로 갑갑한 기분이 들었다. 마치 내 앞에 놓인 삶에, 그 절대적인 시간의 총량에 압도당하는 듯했다. 지금은 그 시절만큼 괴롭지는 않지만, 여전히 내 몸 위에 내려앉는 절망의 무게감을 떨쳐내지는 못했다. 아무리 열심히 먼길을 걸어와도 결국에는 제자리를 맴돌고 있었다는 것을 깨닫게 되는 순간들이 있었다. 그 순간들을 모아 『1차원이 되고 싶어』를 만들었다.

소설의 첫 문장을 쓰기까지 오랜 시간이 걸렸다. 너무 각별해 차마 직면할 수조차 없었던 시절을 돌아보는 게 두려웠다. 피할 수 있다면 피하고 싶었고, 눈을 감을 수 있다면 감고 싶었다. 그럼에도 불구하고 그 시절을 뛰어넘기 위해, 현재형의 공포를 과거의 한 시절로 남겨놓기 위해, 주먹을 쥐고 눈을 부릅떠야만 했다.

2000년대를 배경으로 하는 십대들의 사랑 이야기를 담담히 써내려가고 있다고 생각했는데 나도 모르는 새 세상의 아픈 부분들이 섞여 들어가버렸다. 겉으로는 평온해 보이는 아이들이 스스로를 지키기 위해 서로를 밀쳐내고 배신하는 모습을 보며 그들이 겪는 지독한 삶의 낙차가 재난과도 다를 바 없다는 생각을 했다.

사실 나는 구원의 서사를 쓰고 싶었는지도 모른다. 서로가 서로에게 몸을 기댄 채 그저 옆에 있어주는 것만으로 위안이 되는 관계를, 그 시절 내 삶에는 주어지지 않았던 구원의 존재를 가상의 세계 속에서나마 찾아내고 싶었다.

그러나 종국에 이 소설은 실패의 기록으로 남을 것 같다. 구원을 바라며 허공에 손을 뻗었던 한 인간이 결국에는 누구에게도 가닿지 못한 채 홀로 남겨지는 그런 종류의 이야기 말이다. 그럼에도 불구하고, 나는 나와 내 소설 속 인물들이 허우적대며 노력했던 시간이 허사가 아니라고 믿는다. 몸부림을 칠 때 생겨난 생채기와 그 위에 덮인 굳은살, 삶의 장력을 이겨내려다 만들어진 잔근육이 모여 삶을 버티게 한다고, 처절한 고통조차도 때로는 희망의 한 조각이 될 수 있다고. 믿고 싶어서 이 소설을 썼고, 그 믿음을 잃지 않기 위해 계속 쓸 것이다.

나와 비슷한 희망, 혹은 절망을 품고 있는 누군가에게 이 소설이 가닿을 수 있으면 좋겠다. 소설 속 인물들의 치기 어린 질주로 말미

않아 차마 들여다볼 수 없었던 과거의 어떤 시절을 마주할 수 있게
된다면, 작가로서 그만큼 기쁜 일도 없을 것이다.

모두가 안녕하시기를 바라는 마음을 담아
2021년 가을, 박상영

문학동네 장편소설
1차원이 되고 싶어
ⓒ박상영 2021

1판 1쇄 2021년 10월 8일
1판 11쇄 2024년 10월 30일

지은이 박상영
책임편집 정민교 | 편집 김내리 권순영 이상술
디자인 윤종윤 유현아 | 저작권 박지영 형소진 최은진 오서영
마케팅 정민호 서지화 한민아 이민경 왕지경 정경주 김수인 김혜원 김하연 김예진
브랜딩 함유지 함근아 박민재 김희숙 이송이 박다솔 조다현 정승민 배진성
제작 강신은 김동욱 이순호 | 제작처 한영문화사

펴낸곳 (주)문학동네 | 펴낸이 김소영
출판등록 1993년 10월 22일 제2003-000045호
주소 10881 경기도 파주시 회동길 210
전자우편 editor@munhak.com | 대표전화 031) 955-8888 | 팩스 031) 955-8855
문의전화 031) 955-2696(마케팅) 031) 955-1906(편집)
문학동네카페 http://cafe.naver.com/mhdn
인스타그램 @munhakdongne | 트위터 @munhakdongne
북클럽문학동네 http://bookclubmunhak.com

ISBN 978-89-546-8274-9 03810

www.munhak.com